TIR DIAL

TIR
DIAL

DYFED EDWARDS

bwthyn
GWASG Y BWTHYN

DIOLCHIADAU

Dilyniant ydi'r nofel yma i *Bedydd Tân* a gyhoeddwyd gan Wasg y Bwthyn yn 2021. Rydw i wedi sgwennu triolegau a dilyniant i nofelau o'r blaen, ac wedi addo i fi fy hun, ar bob achlysur, na faswn i'n gwneud y ffasiwn beth byth eto. Ond dyma ni. Cysondeb ac ymchwil a ballu yw'r her fel arfer efo'r fath grwsâd, ac os oes yna gamgymeriadau, fy mai i ydi'r cwbwl lot. Hogyn o Sir Fôn ydw i, ac mae iaith Sir Fôn yn gyfarwydd i mi. Ond heb *Dywediada Gwlad y Medra: Geiriau ac Ymadroddion Llafar Môn*, cyfrol wych Siôn Gwilym Tan-y-Foel, mi fuaswn i ar goll. O ran y dyfyniadau Beiblaidd, maen nhw i gyd yn syth bìn o Feibl William Morgan (1588, 1621) felly dyna pam mae'r gramadeg (y treigliadau a ballu) y swnio'n od — ac yn anghywir, weithiau — i ni. Ond eto, nid bai'r anrhydeddus esgob yw hynny. O safbwynt gwaith yr RUC, a Vince Groves, rydw i wedi cyfeirio at *Y Plismon yn y Castell* gan Elfyn Williams ac *A Force Like No Other* gan Colin Breen, ond fy nhuedd i yw dyfeisio gan mai ffuglen rydw i'n sgwennu, nid stwff ffeithiol; felly eto, fy mai i ydi i os oes ffaith nad yw'n ffaith. Ynysig yw bywyd yr awdur tra bo'n sgwennu, ond nid unig. Trwy gydol y siwrna i'r *Tir Dial* yma, mae sawl un wedi bod yn gymorth i mi. Hoffwn ddiolch yn fawr iawn i'r golygydd gwych Meinir Pierce Jones a pob un wan jac o griw Gwasg y Bwthyn. Ers *Iddew* mae'r wasg yma wedi bod yn hynod gefnogol i mi a fy mentrau. Hefyd i'r Cyngor Llyfrau, i Huw

Meirion Edwards am ei waith trylwyr a gofalus, ac i Siôn Ilar am y clawr. Diolch i'r hen fêt Brian Howes — storïwr gwych sydd yn haeddu sylw — am ddarllen y nofel bob hyn a hyn. Mae teulu'n bwysig, felly diolch mawr i Mam, siŵr iawn, ac i 'mrodyr, Rhys a Llifon, a hefyd i'r teulu yma'n Whitstable ddaru fy helpu i ddewis y clawr (Stephanie, Richard, Joe, Ben, Alex, Jade, Demi, Lisa). Ac yn ola — ond yn gynta, mewn gwirionedd — diolch i fy ngwraig anhygoel, Marnie Summerfield Smith, sydd wedi rhannu fy nhaith greadigol ers ugain mlynedd bellach, sydd wedi cymryd pob cam efo fi, sy'n frwd dros fy ngwaith, sy'n rhoi hwyth i mi pan dwi'n amau fy hun, a sy'n rhoi pwrpas i mi. Rydan ni'n byw'r bywyd creadigol efo'n gilydd bob dydd, a hi yw fy ysbrydoliaeth i.

ISBN: 978-1-917006-13-2

Cyhoeddwyd gyda chymorth ariannol
Cyngor Llyfrau Cymru

Dyluniad y clawr: Siôn Ilar
Cysodi: Almon

bwthyn
GWASG Y BWTHYN

Cyhoeddwyd gan
Gwasg y Bwthyn,
36 Y Maes, Caernarfon,
Gwynedd LL55 2NN
01558 821275

www.gwasgybwthyn.cymru
post@gwasgybwthyn.co.uk

Cadw fi rhag y gŵr traws:
y rhai a fwriadasant
fachellu fy nhraed —

SALMAU 140:4

BEIBL WILLIAM MORGAN
1588, 1620

RHAN 1

20 Mawrth — 7 Mai 1989

'Ni all neb wisgo un wyneb iddo'i hun
ac un arall i'r dyrfa,
heb ddrysu o'r diwedd
ynghylch pa un a all fod yn wir'

Nathaniel Hawthorne, *Y Llythyr Ysgarlad*

Ar y ffin

GWASGODD y dreifar y llyw —
  Chwys ar 'i wegil o,
  angau'n 'i hawntio fo,
  y dyddia 'di cael 'u rhifo —
  Fe ddatgelir pob celwydd...
Dreifiodd drw dirwedd gwledig Werddon, agosáu at Swydd Armagh — 20 Mawrth 1989. Tri ohonyn nhw yn y car:

Y dynion yn y sêt gefn yn smocio: dim smic, jest mwg rownd 'u penna nhw.

Y dreifar ar 'i ben 'i hun yn y tu blaen: dim smic, jest dryswch yn 'i ben o.

Ychydig iawn ohonom sy'n ymddangos fel yr ydym...

Ciledrychodd yn y miryr ar y ddau yn y sêt gefn:

Y Prif Uwch-arolygydd Harry Baxter —

Y Prif Arolygydd Bob Barnard —

A fo, y dreifar: sarjant.

Y tri'n aeloda o Gangen Arbennig yr RUC — y Royal Ulster Constabulary.

Tydyn nhw ddim i fod yma. Trip heb awdurdod. Trip heb 'i gofnodi. Dim gair wrth neb — dim smic swyddogol.

Gwasgodd y dreifar lyw y Cavalier coch. Car Barnard. Car gwaith y Chief Inspector.

O'u blaena nhw: Border Checkpoint 10 ar Ffordd Edenappa.

Y ffin.

Mi oedd yr awyr yn dywyll a'r tywydd yn aeafol, er na mis Mawrth oedd hi.

Brathodd y dreifar 'i wefus —

Chwys ar 'i wegil o.

Fe ddatgelir pob celwydd.

Angau'n 'i hawntio fo.

Ychydig iawn ohonom sy'n ymddangos fel yr ydym...

Y dyddia 'di cael 'u rhifo.

Oedd hi'n tresio bwrw, ond mi fedra fo weld y ffin o'i flaen o'n glir fatha lledrith mewn diffeithwch...

Oria 'nghynt, 6:00am — y dreifar newydd ddarfod 'i shifft; Barnard yn 'i alw fo i mewn i'r offis yng ngorsaf Armagh.

'Gin i joban i chdi, Taff.'

'Dwi newydd orffan 'yn shifft, syr.'

'Ti'm yn briod, nagw't?'

Oedodd; ysgwyd 'i ben.

'Byw ar ben dy hun yn fa'ma?'

Oedodd; nodio'i ben.

Crychodd Barnard 'i dalcian, tuchan.

Fe ddatgelir pob celwydd...

Taniodd Barnard sigarét, tagu. Cynigiodd sigarét i'r sarjant. Mi gymrodd y sarjant y sigarét, ystyn bocs o fatshys o'i bocad.

Taniodd y sigarét.

Mwg yn drwchus, dryswch yn dew.

'Gwranda,' medda Barnard.

A dyma'r sarjant yn gwrando...

Ar ôl deud 'i ddeud, dyma Barnard yn rhybuddio,

'Dim smic am hyn, reit?'

Oedodd; nodio'i ben.

Ychydig iawn ohonom sy'n ymddangos fel yr ydym...

Dim smic am:

'Fydd gynnon ni'm gynna — mae dreifio i'r De efo gynna'n anghyfreithlon. Fydd gynnon ni'm platia dur ar y car — dim byd i atal bwledi. Cenhadaeth answyddogol 'di hon.' Rhoddodd Barnard oriada'r car iddo fo, deud, 'Dos ati. Syth bìn. Dim lol.'

Mi gymrodd y sarjant y goriada.

Barnard yn deud,

'Gin ti'r asgwrn cefn i neud hyn, yn does?'

Oedodd; nodio'i ben.

'Oes, siŵr iawn,' medda Barnard. 'Chdi o bawb. Y cleta o'r cleta.'

Ar ôl y sgwrs efo'i well, aeth y sarjant i ffonio rhywun.

Ar ôl ffonio, mi aeth o am goffi sydyn, ac i feddwl mymryn. Mi roddodd o'r Walkman ymlaen a throchi'n nhwrw Hywel Ffiaidd yn canu 'Plismon'...

Leinio, hitio, curo, cicio...

Ar ôl coffi a'r gân ffyrnig, aeth o i roid petrol yn y car. Tra'i fod o'n llenwi'r tanc, mi ddoth boi'r garej ato fo, sgwrsio. Talodd y sarjant a rhoddodd boi'r garej becyn iddo fo — rhwbath 'di'i lapio mewn cadach.

Ychydig iawn ohonom sy'n ymddangos fel yr ydym...

Dreifiodd y sarjant y Cavalier yn ôl i'r stesion. Rhoddodd y pecyn, rhwbath 'di'i lapio mewn cadach, o dan sêt y dreifar. Aeth i'r orsaf, aros am Baxter a Barnard. Cael mymryn bach o gwsg, deg munud wrth 'i ddesg: pen i lawr 'lly.

Ond chafodd o fawr o orffwys... ffwr' â nhw'n syth bìn. Ffwr' â nhw i lle'r oeddan nhw ddim i fod. Trip heb awdurdod 'lly. Trip heb 'i gofnodi'n swyddogol.

Dim gair...

... wrth neb.

Dechreuodd y cyfarfod yng ngorsaf An Garda Síochána Dundalk am 2.10pm. Barnard a Baxter a'r Prif Uwch-arolygydd Donal Rail o'r Gardai. Arhosodd y dreifar efo'r car. Smociodd tu allan i'r car. Syllodd ar y cymyla duon.

Chwys ar 'i wegil o,
angau'n 'i hawntio fo,
y dyddia 'di cael 'u rhifo.

Nodiodd ar amball aelod o'r Gardai oedd yn mynd a dŵad. Pawb i weld yn gwbod *pwy* oedd o, *be* oedd o, *pam* oedd o yno.

Pawb?

Dim smic. Mwg. Dryswch.

Tu mewn: Baxter a Barnard yn llunio cynllun efo Rail i nadu'r IRA rhag smyglo arfa drost y ffin o'r Weriniaeth i Ogledd Iwerddon.

Aeth y dreifar i ista'n y car, aros. Taniodd yr injan. Mi wthiodd o'r casét i'r chwaraewr tâp. Hywel Ffiaidd yn mynd amdani:

Poeni, pannu, colbio, stanu...

3.15pm, y cyfarfod 'di darfod —

Y dreifar a Baxter a Barnard yn gadael y stesion yn Dundalk.

Y dreifar yn gwrando ar Baxter a Barnard yn sgwrsio, a'u gwatshiad nhw'n smocio.

Ond wrth iddyn nhw ddŵad yn agosach at y ffin, aeth hi fatha'r bedd yn y car — dim smic, dim sgwrsio, jest smocio, wedyn —

A dyma nhw, 'ŵan, ylwch: Ffordd Edenappa, ar gyrion pentra Jonesborough, Swydd Armagh.

Siecbwynt: sowldiwr ar ganol y lôn yn stopio'r car. Aeth

tensiwn drw gorff y dreifar. Gwasgodd y llyw. Chwys ar 'i wegil o —

Y Cavalier y slofi. Y ddau yn y sêt gefn yn smocio. Y dreifar yn sbio'n y miryr arnyn nhw. Y mwg a'r dryswch.

Mi oedd y fan Toyota LiteAce wedi bod ar 'u cynffon nhw am hydoedd. Wrth i'r Cavalier slofi, mi oedd y fan ar din y car.

Ddaru'r LiteAce ddim slofi o gwbwl pan arafodd y car. Yn hytrach, mi sbardunodd dreifar y fan 'i gerbyd — y LiteAce yn fflio heibio i'r Cavalier.

Mi welodd y dreifar y dyn balaclafa tu ôl i lyw'r LiteAce yn sbio arno fo.

Stopiodd y dreifar y Cavalier.

Barnard o'r sêt gefn: 'Rifyrshia, ffycin rifyrshia!'

Y dreifar yn rhoid y car yn y gêr ôl.

Neidiodd pedwar dyn arfog mewn lifra milwrol a balaclafas o'r fan.

Baxter: 'Iesu ffycin Grist —'

Taflodd y dreifar 'i hun ar 'i hyd ar draws sêt y pasinjyr. Cysgodion yr asasins yn syrthio drost y car. Y saethu'n cychwyn —

Baxter a Barnard yn dywnsio i diwn y bwledi —

Y twrw'n fyddarol —

Y cordeit yn drewi —

Y gwaed yn boeth —

Rhwsut, mi faglodd Baxter o'r car. Mi oedd o 'di'i drochi mewn gwaed. Chwifiodd ffunan bocad: *Dwi'n ildio*.

'Ar lawr,' medda un o'r ymosodwyr.

Llithrodd y dreifar 'i law o dan y sêt. Dŵad o hyd i'r pecyn — rhwbath 'di'i lapio mewn cadach. Cododd ar 'i ista. Dynion efo gynna'n bob man: bataliwn IRA. Safodd un drost Baxter.

Sbiodd y dreifar i'r sêt gefn: Barnard 'di'i drochi mewn gwaed a 'di marw. Ffenestri'r car yn jibidêrs.

Y dyn balaclafa oedd yn sefyll drost Baxter yn hercio'i ben i gyfeiriad y dreifar: *Ty'd 'laen*.

Mi agorodd y dreifar y pecyn — rhwbath 'di'i lapio mewn cadach:

Pistol —

Luger Po8 —

Fe ddatgelir...

Agorodd ddrws y car —

... pob...

Camodd o'r Cavalier —

... celwydd...

Anelodd —

Dyn yn dŵad allan o'r düwch

MIKE Ellis-Hughes, blin 'tha tincar heno, yn deud,
'Mi fasa dy dad 'di cyfansoddi englyn a 'di tynnu'r lle'n llyfrïa erbyn hyn.'

A dyma Owain Iwan, y bwrlas ifanc oedd efo fo'r noson honno yng Ngodreddi, yn deud,
'Mae'r lle'n llawn o'r Glas.'

'Ti'n meddwl 'sa hynny'n deud ar dy dad?'

'Dwn i'm,' medda Owain Iwan, dim clem.

Mike yn taflu slyms: 'Mi fasa dy dad 'di gwbod.'

Dim smic gin Owain Iwan.

Mike 'di brifo'r boi bach ar bwrpas. Dyna'r oedd o'n neud pan oedd o'n flin 'lly. Pan oedd o'n teimlo'r gwendid o beidio cael Iwan ap Llŷr ar 'i ysgwydd o.

Yn hytrach, hwn:

Mab Iwan.

Dim ond 24 oed oedd Owain a heb ddŵad ato fo'i hun go iawn ers colli'i dad ddeg mlynadd yn ôl yn y gyflafan yng nghartra Mike —

Iwan ap Llŷr yn un o'r rheini saethwyd gan John Gough.

Y folawd yn y cnebrwn: 'Tad annwyl, gŵr tirion, Cymro triw.'

Owain drofun dial am y noson honno. Gwaed am

waed, llygad am lygad, dant am ddant — mi oedd o'n Hen Destament go iawn ar gownt hyn.

Ond mi oedd testun 'i lid o'n y jêl, yn doedd. Allan o afael cynddeiriogrwydd y mab amddifad.

Mi oedd mwrdwr 'i dad 'di mwydo Owain mewn malais, ac mi fuo ffyrnigrwydd y llanc, a'i barodrwydd i weithredu heb gysidro, yn handi ar y diân yn y frwydr oedd ar droed yng Nghymru.

Ond mi oedd 'na helynt arall heno:

Mi oedd hi'n 8:00pm, 29 Ebrill. Oer, hen law mân. Ebrill yn dangos 'i ddannadd ar ôl Mawrth go lew ar Ynys Môn, hogia.

Safodd Mike ac Owain ar gyrion y safla. Mi oedd yr heddlu 'di gosod tâp ynysu i'ch nadu chi rhag mynd yn agos:

HEDDLU GOGLEDD CYMRU –
NORTH WALES POLICE –
DO NOT CROSS – PEIDIWCH Â THRESMASU

Y tâp yn fflapio'n y gwynt. Y tai tu ôl i'r tâp ar 'u hannar; sgerbyda cartrefi — ac felly fyddan nhw ar ôl i'r esgyrn gael 'u ffeindio'n gynharach yn y dydd.

'Ffycin niwsans,' medda Mike. 'Helynt fel hyn sy'n atal cynnydd, yli.'

Ffarm teulu Hugh Densley oedd Godreddi: dafliad carrag o Landyfrydog, ochra Llannerch-y-medd. Densley, y prif uwch-arolygydd laddwyd gan John Gough.

Y folawd yn y cnebrwn: 'Tad annwyl, gŵr tirion, Cymro triw.'

Ar ôl y cnebrwn, aeth Mike at y weddw efo'i walat. Cynnig pris symol iddi am Godreddi. Cogio cymryd y baich oddi arni hi'r gryduras. Derbyniodd honno'r cynnig dwy a dima, cael 'i rogio o etifeddiaeth werth chweil. Rhoddodd Mike gais cynllunio i mewn yn syth bìn: 200 o dai.

'Mae gofyn dwys yn yr ardal am gartrefi medar pobol leol 'u fforddio,' medda fo wrth y *County Times* mewn ymatab i stori'n sôn bod cwyno 'di bod am y cais.

Dechreuodd y gwaith adeiladu cyn sicrhau'r caniatâd —

Mike yn hidio dim: mi oedd caniatâd yn garantîd, er bod adran gynllunio Cyngor Bwrdeistref Môn yn argymell gwrthod y cais —

Mi oedd o'n groes i'r cynllun lleol, meddan nhw.

Rwtsh, medda Mike.

A beth bynnag, mi oedd y mwyafrif o'r pwyllgor cynllunio'n fêts i Mike, yn 'i bocad o, ylwch. Mi lwgrwobrwyodd o amball i gynghorydd. Mi gadwodd o'n dawal am jibidiw un neu ddau arall efo'r genod oedd o'n ddarparu. Ac eniwe, mi oedd Mike yn un o hoelion wyth Plaid Cymru: er lles trigolion Môn oedd o'n gweithredu. Mi oedd o'n arwr ar ôl cyflafan Plas Owain yn '79. Pwy wada arwr?

Y wasg yn glafoerio: Mr Ellis-Hughes yn rhoid 'i fywyd yn y fantol i ddiogelu'i gyfeillion pan dresmasodd y gŵr gwyllt ulw, John Gough, ar gyfarfod o hoelion wyth y sir.

Yr ynys yn anrhydeddu: Mihangel O Fachau'n cael 'i dderbyn i Orsedd Beirdd Ynys Môn am 'i gyfraniad sylweddol i ddiwydiant a diwylliant yr ardal.

Yr awdurdod lleol yn llyfrïo'r canllawia: Cartrefi Ellis-Hughes, busnas newydd sbon, yn cael caniatâd cynllunio'n erbyn argymhelliad y cyfarwyddwr cynllunio i godi tai ar dir Godreddi — ar y sail fod Mr Ellis-Hughes, perchennog Cartrefi Ellis-Hughes, yn andros o ddyn dewr.

'Tai lleol i deuluoedd lleol,' medda fo wrth y wasg.

'Tai lleol i deuluoedd lleol,' medda'i fêts o ar y pwyllgor cynllunio.

Pasio ddaru'r cais. Parhau ddaru'r adeiladu.

Tan heno 'lly —

Heddlu Gogledd Cymru'n forgrug drost y safla. Swyddogion fforensig yn haid o gwmpas y pydew lle'r oedd gweddillion.

Chwibanodd Mike fel tasa fo'n gorchymyn ci defaid. Trodd un o'r plismyn: ditectif mewn côt oedfa Sul. Hudodd Mike y ci rhech ato fo. Troediodd y ditectif draw yn ufudd, tanio sigarét wrth ddŵad —

'Î-Hêtsh,' medda'r ditectif — Î-Hêtsh am Ellis-Hughes, ylwch.

'Gwynfor, su' ma'r wraig?'

Y Ditectif Arolygydd Gwynfor Taylor yn sigo a deud,

'Go giami, Mike.'

Cansar ar y gryduras. Nid bod otsh gin Mike. Mi oedd 'na hen ddigon o ddiodda'n y byd; fedra fo'm torri calon drost bob trasiedi.

Mi sbiodd Mike o'i gwmpas, anwybyddu'r ditectif: sarhad. Dim gair am Mrs Taylor wedyn, jest deud,

'Am faint fyddi di a dy fêts yn atal cynnydd, Gwynfor?'

'Anodd deud, sti. Lasa'i bod hi'n *crime scene*, yli.'

'Hen esgyrn? Paid â cyboli, Gwynfor. O'r oes a fu, bownd o fod. Cyntefig. Pan oedd Sir Fôn a'r tir mawr yn un darn. I be'r awn ni i nogio dros olion Neolithig, Gwynfor? Wyt ti am nadu cartrefi angenrheidiol er mwyn y carcasa 'ma o ddyddia Noa?'

'Dwn i'm os mai o'r oes o'r blaen ma'n nhw, Î-Hêtsh.'

'Ewadd, ffycin Indiana Jones, yli. Gest ti'm y ffasiwn ysgol i mi gofio.'

'Naddo, ond mi gafodd y giamstars sy'n tyrchio'n y twll 'cw, yli. Archeolegwyr fforensig, meddan nhw wrtha fi 'lly.

Rhyw dechneg newydd. A bob un wan jac yn andros o sgolar.'

Crensiodd Mike 'i ddannadd, wedi colli'r dydd — hôps mul bellach i gynnydd; hôps mul i Mike fedru ennill swllt neu ddau.

Dyma fo'n deud,

'Sawl sgerbwd?'

'Tri. Gweddillion dillad. Hoel 'u bod nhw'n gwisgo siwtia, mae gin i ofn. Doeddan nhw'm yn gwisgo siwtia'n yr oes Neolithig — o'r chydig ysgol gesh i, Mike.'

Mi sbiodd Mike ar y DI Taylor am y tro cynta, i fyw 'i llgada fo, a deud,

'Paid â nghymryd i'n sbort, washi, neu mi bicia i draw at Helen 'cw, y gryduras ar 'i gwely angau, a cynnal sleid show yn ych stafall ffrynt chi.'

Dim gair o ben Taylor. Llwydo braidd.

Mike yn deud,

'Sgin ti syniad pwy 'dyn nhw?'

Smociodd Taylor; cododd 'i sgwydda; deud dim.

Wrth gwrs bod gynno fo ffycin syniad — jest cau deud oedd o.

'Well i mi'i heglu hi,' medda'r ditectif.

'Well i chdi,' medda Mike. 'Ffonia fi'r funud w't ti'n cael datguddiad o bwys, Mastermind.'

Mi aeth Taylor yn ôl am y twll a'r tâp.

'Ty'd 'laen, washi, mi 'na i dy bicio di adra,' medda Mike wrth Owain.

Trodd y ddau er mwyn cerad o'r cae, dychwelyd at y car oedd 'di'i barcio ar iard y ffarm.

Ond mi stopiodd Mike yn stond.

Safai ffigwr o flaen y coed, silwét tywyll. Mi gamodd y ffurf 'ma wedyn o gysgod yr onnen: dyn, fel pe bai yn dŵad allan o'r düwch. A phan ymddangosodd o, mi aeth 'na rwbath annifyr drw esgyrn Mike. Dim ond un dyn oedd yn oeri'i waed o. Ond nid y dyn hwnnw oedd hwn; dyn arall oedd hwn.

Oedd o'n foi nobl — un reit handi, bownd o fod. Sgwydda sgwâr a ballu. Ond mi oedd Owain yma, a fatha'i dad, mi oedd o'n slanwr tasa raid.

Cerddodd Mike ac Owain i gyfwr y dieithryn. Wrth iddyn nhw agosáu, datgelodd y lleuad nodweddion y dyn diarth.

Gwallt gola, gwep galad, llgada cul. Ond be dynnodd sylw Mike oedd yr hoel sgratshys a'r cleisia wedi gwywo ar 'i wynab o, fel tasa fo 'di cael slas. Lasa'i fod o'n hawdd 'i drin, ylwch; dim helynt i hogyn 'tha Owain tasa hi'n mynd yn flêr 'lly.

Mi oedd y dyn 'ma drost 'i chwe troedfadd. A rhwbath dim lol ar 'i gownt o, er y cleisia. Mi oedd o'n 'i dridega, rhyw ddeg mlynadd yn fengach na Mike.

Doedd Mike ddim yn 'i nabod o a doedd Mike ddim yn lecio peidio nabod pobol.

'Su' ma'i?': Mike yn seboni.

Nodiodd y dieithryn, talcian 'di crychu.

'Be ddigwyddodd i dy wep di, boi?' gofynnodd Mike.

Y dieithryn yn deud dim.

Oedd Owain 'di dechra sgwario. Rêl 'i dad. Mi fasa Mike 'di lecio cael Iwan ap Llŷr wrth 'i ysgwydd yr eiliad honno, jest rhag ofn. Ond mi fasa'n rhaid i Owain neud y tro.

Syllodd y dieithryn i gyfeiriad y gweithgaredda a'r goleuada ar dir Godreddi fel tasa fo'n gweld petha na fedra neb arall 'u gweld: eneidia'r meirw, ẃrach, yn esgyn o'r bedd.

'Dwi'm yn dy nabod di,' medda Mike, yn blwmp ac yn blaen 'lly. 'Fi bia'r tir 'ma, sti.'

Trodd y dieithryn at Mike yn slo bach, golwg *paid â codi twrw efo fi* ar 'i wep o. Gwegiodd penaglinia Mike.

'Na, dw't ti ddim,' medda'r boi, troi'i sylw eto at waith yr heddlu'n y pelltar.

'W't ti'n gwbod pw' 'dw i?' medda Mike.

Y dieithryn yn hidio dim, a deud yn sbeitlyd, 'Cefn dyn, bownd o fod.'

Sythodd Mike. 'Dw't ti'm yn 'y nghymryd i'n sbort, nagw't?'

Y dieithryn y sbio i fyw llgada Mike rŵan, a Mike yn gwingo, a'r dieithryn yn deud,

'Be taswn i 'lly?'

Owain: 'Ffwcin el, washi, tisho —'

'Dyna fo, Owain, gad lonydd iddo fo,' medda Mike, nadu'r llanc rhag mynd i helynt. Wedyn deud fel hyn wrth y dieithryn:

'W't ti'n llygad dy le, frawd. Dwi'n gefn dyn ffor'ma. A mae gin i gymrodorion yn fancw, yli' — pwyntiodd i gyfeiriad y twll, i gyfeiriad y Glas — 'a gosa'r ei di o 'ma'r funud 'ma, mi gei di dreulio noson yn un o'u *suites* nhw.'

'Ewadd,' medda'r dieithryn, 'well i mi fynd i ddeud helô a bwcio'n stafall 'lly.'

A dyma fo'n cerad i fyny'r cae i gyfeiriad y Glas, a'r sgolars, a'r sbotoleuada, a'r tâp oedd yn deud am i chi beidio â chroesi i'r ochor arall.

* * *

Aeth pwy bynnag oedd y boi mwstásh a'i gi rhech yn ôl at 'u car ac mi aeth Vince Groves i gyfeiriad y goleuni.

Cyrhaeddodd y tâp melyn ac ufuddhau i'r gorchymyn

i beidio â chroesi. Yn hytrach, tynnodd sylw WPC oedd yr ochor arall i'r baricêd.

'Chdi,' medda fo.

Trodd hi'n slo bach, golwg *pwy ffwc ti feddwl w't ti?* ar 'i gwep hi.

'Gin i enw,' medda hi.

'Be dwi 'lly, ffycin seicic?'

'Mi fasa "Esgusodwch fi, offisyr" yn ddechra, basa.'

Anwybyddodd Vince 'i chwyno hi a deud,

'Sawl sgerbwd?'

'Amgian i chi fynd yn ôl at ych car, syr, a'i throi hi am adra. Mae hon yn *crime scene*, ylwch.'

'Pw' 'di'r giaffar?' medda fo.

'Syr —' medda'r WPC, cam tuag ato fo.

'Y DI Gwynfor Taylor, ia?'

Gwyrodd o dan y tâp melyn.

'Syr, syr!' medda'r WPC, baglu amdano fo.

Iwnifforms erill, rŵan, yn gweld yr helynt. Rhuthro i helpu. Drofun bod rêl bois a gneud sioe o flaen y lefran 'ma, bownd o fod.

Llamodd Vince i gyfeiriad y pydew fel tasa fo'n hidio dim am y plismyn oedd yn heidio amdano fo. A deud y gwir, doedd ffwc otsh gynno fo.

Mi oedd sbotoleuada'n goleuo'r safla i gyd. Swyddogion fforensig yn mynd a dŵad; dringo i mewn ac allan o'r pydew.

A dyma fo'n gweld y boi yn 'i gôt fawr a'i ben moel.

'Gwynfor Gwd Boi,' galwodd Vince, a dyma'r DI Taylor yn troi a gweld, jest pan oedd y WPC a dau PC ar fin mynd i'r afael â Vince.

*   *   *

Pwysodd y ddau ar gar y Glas ar iard Godreddi'n yfad te o fflasg oedd gwraig Gwynfor Taylor, er 'i chyflwr truenus, wedi'i baratoi i'w gŵr pan alwyd o allan yn gynharach.

Crafwr oedd Gwynfor Gwd Boi yn Ysgol Gyfun David Hughes — llyfwr tin ac un am gario straeon; ond hen fêt i Vince, y ddau'n rhannu hanas.

A Taylor rŵan yn deud stori:

Y bora hwnnw, gweithwyr ar y safla'n gosod sylfeini ac yn dŵad o hyd i sgerbyda.

Taylor yn gosod y cefndir:

Godreddi, lle'r oedd Mike Ellis-Hughes yn codi tai. Mike Ellis-Hughes, un o hoelion wyth y sir. Y darganfyddiad yn glec i'w gynllunia fo. Y sgerbyda'n 'i gynddeiriogi fo go iawn: melltith ar y meirwon.

'Tri ohonyn nhw,' medda Taylor wrth Vince.

'Tri?'

Ysgydwodd Taylor 'i ben a deud,

'Dim *hi* ydi hi, Vince, cyn i chdi ofyn. Dynion ydyn nhw, y tri. Medru deud o'r sgerbyda.'

'W't ti'n siŵr?'

'Fedran ni'm cuddiad be 'dan ni.'

Nodiodd Vince.

Yfodd Taylor o'i banad.

Yfodd Vince hefyd.

Smociodd y ddau.

Gofynnodd Taylor, 'Be ddigwyddodd 'lly?'

'Be ti feddwl?'

Cyfeiriodd at wynab Vince — golwg dyrnu — deud,

'Di clŵad pentwr o straeon amdana chdi, 'de.'

'Ffasiwn straeon, Gwynfor?'

'Werddon. RUC. *Undercover*. Special Branch.'

'Swnio'n straeon gwerth chweil.'

'Be ti'n neud adra, Vince? *Leave*?'

Cododd Vince 'i sgwydda, deud dim.

Y dyddia 'di cael 'u rhifo...

Taylor yn deud,

'Biti garw am y ddau dditectif RUC rheini saethwyd yn farw gin yr IRA mis dwytha.'

'Fel'a mae hi yn yr RUC, sti.'

'Dw't ti'm am fysnesu efo'r esgyrn 'ma, nagw't?'

'Dim os na'n nhw'm bysnesu efo fi.'

'Paid.'

'Swnio fatha ordor i fi, Gwynfor.'

'Dwi'n DI.'

'Ti'm yn DI Special Branch, boi.'

Ddudodd Gwynfor ddim byd. Be o' 'na i ddeud?

Tawelwch am funud neu ddau tan i Vince ddeud,

'Be ddudo chdi oedd enw'r coc oen acw sy'n meddwl na fo bia'r lle?'

Mi ddudodd Gwynfor, er mai cyndyn oedd o, rhybuddio Vince i beidio mynd i godi twrw.

Nodiodd Vince, wedyn deud,

'Ddrwg gin i glywad am Helen.'

Aeth Gwynfor yn drist i gyd, nodio'i ben.

'Cofia fi ati,' medda Vince.

'Ia.'

*   *   *

Mi oedd Plas Owain, tŷ crand Mike Ellis-Hughes, yn esiampl o ddiffygion canllawia cynllunio Cyngor Môn, a sut oedd hi'n bosib i'w hosgoi nhw — dim ond i chi leinio pocad amball i gownslar. *Quid pro quo* pob hyn a hyn 'lly.

Lwmp o dŷ ar ymylon pentra Bachau gafodd 'i godi'n 1974 oedd o.

Na, na, na, medda'r adran gynllunio.

Ia, ia, ia, medda'r pwyllgor cynllunio.

Mae'r teulu'n hoelion wyth y gymuned, medda'r cynghorwyr, maen nhw'n haeddu cartra.

Fel tasan nhw'n garidýms yn byw mewn ogof.

O amgylch y tŷ crand, catrawd o goed conwydd a reilia dur. Ar y giât, arfwisg Owain Glyndŵr. Celf a chrefft a Chymreictod tu mewn: delwedda o'r ddraig goch, Glyndŵr eto, Llywelyn ein Llyw Olaf; darlunia o'r Mabinogi a Marx. Mike yn dangos 'i liwia tu mewn: Che, Fidel, Lenin, Stalin ar bosteri. Ac ar y shilffoedd llyfra Marx eto, Engels, Saunders Lewis.

Nid crandrwydd, yn ôl Mike, ond ceidwadaeth: cynnal yr hen drugaredda.

Nid gormodedd, yn ôl Mike, ond gorfoleddu: dathlu arwyr.

Mi oedd arwyr yn angenrheidiol. Mi oedd yn rhaid cael unigolion oedd yn barod i sefyll uwch y parapet. Mi oedd yn rhaid cael pen dynion.

Fo oedd Glyndŵr. Fo oedd yr uchelwr. Bonedd, chwadal Saunders.

Primus inter pares — y cyntaf ymysg y cyfartal.

Mi oedd sosialaeth — oedd ym mêr esgyrn Mike — yn mynnu hynny; mi oedd o'n hanfodol i'r syniadaeth.

Fedra unigolion ddim gneud penderfyniada ar gownt 'u bywyda bob dydd; mi oeddan nhw'n rhy brysur yn llafurio.

A llafur oedd pwrpas yr unigolyn: chwsu ar ran y wladwriaeth, ar ran y werin, ar ran ych cyd-ddyn.

Os byddai neb ni fynnai weithio, ni châi fwyta chwaith, chwadal Paul a Lenin, dau sant.

Mi arferai tad Mike, Clive, ddeud,

'Mae pawb yn gyfartal yn Rwsia, ond mae gin ti rei sy'n fwy cyfartal. Nhw sy'n cadw cownt. Nhw sy'n iro'r injan.'

Ond rŵan mi oedd hynny'n mynd ar chwâl wrth i'r Undeb Sofietaidd gael 'i sgytio, wrth i'r cyfalafwyr sbeitio.

Doedd petha fawr gwell yn China: y blydi stiwdants yn codi twrw yn Tiananmen.

Un o hoff ganeuon Mike gan Ail Symudiad:

Pam na allwn ni fel China bell
Weithio am sefyllfa well...
Pam na allwn ni fel China bell
Drin pob un yr un peth?

Ond mi oedd gofyn bod yn selog a chadw'r ffydd. Dal ati efo'r frwydr. Hyrddio am y nod, a'r nod oedd:

Gweriniaeth Sosialaidd Gymreig.

Ac mi oedd Mike yn barod i neud jest iawn unrhyw beth i gyflawni'r freuddwyd.

Darllenodd y *Daily Post* yn 'i swyddfa:

Tŷ ha arall 'di'i lyncu gin fflama'r ddraig, fflama oedd Mike wedi'u cynna.

Cysidrodd 'i rym a sut bu ond y dim iddo fo golli'r grym hwnnw ddegawd ynghynt, diolch i ymyrraeth John Gough.

Ers carcharu'r newyddiadurwr, mi oedd Mike 'di cyfnerthu'i safla'n y gymdeithas.

A tu ôl i'r llenni, mi oedd o 'di magu grym gwahanol: byddin gudd oedd wedi tanio awch Cymru am annibyniaeth dros y degawd dwytha.

Oedd o'n cael 'i hawntio gin hunllefa ers y noson yr aeth Gough o'i go, cofiwch. Hen freuddwyd gyson am rywun, neu rwbath, yn 'i erlid o yn y nos. Fynta'n mynd fel fflamia i ddengid rhag yr heliwr. Cuddiad wedyn mewn cwpwrdd — y cwpwrdd oedd o'n arfar cuddiad ynddo fo pan oedd Dad yn mynd o'i go — a phwy bynnag oedd yn 'i hela fo'n deud,

'Wn i lle'r w't ti, sti; wn i be w't ti hefyd.'

Mi driai Mike roid y freuddwyd o'r neilltu'n ystod y dydd, mynd o gwmpas 'i betha. Ar y cyfan mi oedd petha'n o lew ers Gough a'i giamocs.

Ond heno, mi oedd 'na bry arall yn y pren.

Mi ddoth 'na gryndod i stumog Mike.

Mi ffoniodd o Gwynfor Taylor:

'Ti'n nabod o 'lly, y dyn 'na ddôth o'r coed?'

'Oeddan ni'n 'rysgol efo'i gilydd,' medda Gwynfor.

Oedi wedyn, fel tasa fo'n cadw rhwbath yn ôl, ond Mike ddim yn cymryd arno ac yn deud,

'Ac mae o'n aelod o'r RUC, medda chdi, Special Branch.'

'Yndi, mae o.'

'Sut affliw ma' hogyn o Sir Fôn yn landio'n fan'no?'

'Mi weithiodd o'n Llundan, Maenceinion, Special Branch. Wedyn mynd i Ogledd Iwerddon rhyw chwe mlynadd yn ôl.'

'Pwy 'di'i deulu o?'

Mi ddudodd Gwynfor pwy. Mi wrandawodd Mike a deud,

'Chwaer...'

'Paid â cyboli efo fo, Mike,' medda Gwynfor. 'Mae Vince Groves yn sgrafil brwnt. Un sgut am slanu fuo fo 'rioed. Oedd o'n un ar y diân yn 'rysgol. Hidia i chdi'i ofni fo fatha gŵr â chledda. Yli, mae 'na sôn 'i fod o'n...'

Oedodd Gwynfor eto: dal yn ôl.

'Gas gin i gont sy methu gorffan 'i frawddega,' medda Mike.

'Mae o wedi byw a bod yn un o'r llefydd cleta'n y byd i fod yn gopar. Mae o'n handi, Mike. Boi go beryg.'

Ar ôl rhoid y ffôn i lawr, gwthiodd Mike y dyn hwnnw ddoth o'r düwch o'i feddylia. Tynnodd bâr o fenig *latex* am 'i ddwylo. Estynnodd y papur o'i ddesg. Estynnodd y stensil. Ysgrifennodd y nodyn gan ddefnyddio'r stensil. Nodyn yn hawlio cyfrifoldeb am losgi'r tŷ ha. Arwyddodd y llythyr:

RHYS GETHIN

*   *   *

'Uchelwr o Nant Conwy, un o gadfridogion Owain Glyndŵr, oedd Rhys Gethin,' medda Mike wrth Owain Iwan, rhoid y llythyr iddo fo: gwas bach yn mynd i bostio ar ran 'i fistar.

Oedd hi'n drannoeth, ylwch, a golwg lladd nadroedd ar Owain — fatha'r oedd o yng Ngodreddi, i ddeud y gwir.

Fasa'r hogyn 'di lecio rhoid slas i'r dyn diarth. Ond ar ôl i Mike sgwrsio efo Gwynfor, mi fetiodd o na Owain 'sa 'di cael y slas.

Ewadd, oedd o'r un ffunud â'i dad — heblaw 'i fod o'n cael helbul i dyfu locsyn. Mi oedd o'n sgwâr ac yn solat fatha Iwan, ac yn danllyd fatha'i dad ar gownt Cymru. Oedd o'n barod i weithredu, yn fodlon mynd i'r eitha. Oedd gynno fwy o dempar na'i dad, hwnnw'n fwy cymedrol cyn rhyddhau'i lid. Ond chwara teg, mi fuo Owain Iwan yn filwr troed triw ym myddin gudd Mike ers 'i fod o'n 16 oed — ddwy flynadd ar ôl i John Gough ladd tad y cradur bach.

Ac mi oedd y mwrdwr yn diwmor ym mrest y llanc.

Safodd y ddau rŵan ar gowt Plas Owain. O' 'na arddwyr wrthi'n trimio'r cloddia, a gweision yn cadw aceri Mike yn dwt. Mi oedd Owain yn gweini yma o dro i dro, hefyd: mi gâi ffadan am neud joban i Mike.

Oedd hi'n dal yn ddigon oer, ac mi swatiodd Mike gwpan goffi chwilboeth yn 'i ddylo.

'Be sy haru chdi?' medda fo rŵan.

Owain 'di llyncu mul, dim gair o'i ben o.

Mike eto: 'Be tisho'n fwy na dim byd arall, Owain?'

Mi sbiodd Owain i fyw llgada Mike a deud,

'Cymru Rydd. Gweriniaeth Sosialaidd.'

'Dyna fo, washi. Gwlad sy gynta, dim gwaed.'

Mi oedd llgada Owain yn gul ac yn llawn dial — Mike yn gwbod yn iawn be oedd ar feddwl y cradur. A dyma fo'n deud,

'Mae Gough yn jêl am oes. Ddaw o byth o Strangeways. Mae o 'di cael 'i gosbi am 'i gamwedda.'

'Dim gin i. Dim gin Gymru. Pa iws 'di cosb Cyfraith Lloegar? Dwisho fo gael 'i gosbi gin Gyfraith Cymru.'

'A chdi 'di hwnnw?'

'Ia, fi 'di hwnnw.'

'Clint Eastwood, yli. Chei di byth afael arno fo. Anghofia John Gough. Llwch y llawr ydi o. Mae gin ti alwedigaeth. Mae gin ti bwrpas i'th fywyd, frawd. Rydan ni'n crefftio hanas newydd o'r hen greigia 'ma. Ni 'di'r dewisedig, Owain. Y genhedlaeth aur. Allwn ni'm caniatáu i fanion penwan 'tha dial waradwyddo'n crwsâd ni. Ni 'di'r cyfiawn. Chdi 'di'r Un.'

Oedd golwg 'di pwdu ar Owain o hyd, rwtsh Mike ddim yn 'i liniaru fo, a dyma fo'n deud,

'Gwaed am waed.'

'Paid â blydi cyboli efo —'

'Os na fedra i ddial ar Gough, mi 'na i ddial ar 'i waed o — pechoda'r tad.'

Rhyw dwrw llond bol yn dŵad o geg Mike cyn iddo fo ddeud,

'Ma'r gryduras yn Dinbach ers degawd, washi.'

Oedodd Owain; ysgwyd 'i ben a deud,

'Dim ar ôl wsnos yma, tydi hi ddim.'

*   *   *

Agorwyd y North Wales Counties Lunatic Asylum yn 1848 i watshiad ar ôl siaradwyr Cymraeg oedd 'di mynd o'u coea 'lly, ac yn 'i phen mi wydda Fflur Gough 'i bod hi'n un o'r rheini.

Treuliodd bedair blynadd bellach yn y seilam yn cael triniaeth. Aethpwyd â hi yno o Gartra Gofal Bryn Estyn, Wrecsam, ar 'i phen-blwydd yn ddeunaw oed. Fan'no'r aeth hi ar ôl i Dad saethu'r dynion rheini oedd am 'i gwerthu hi fatha heffar ym Mhlas Owain pan oedd hi'n ddeuddag oed.

Aeth 'na rwbath go hegar o'i le efo'r niwrona'n 'i hymennydd hi'r noson honno. Mi ddoth 'na olwg wag i'w llgada hi, rhyw dwllwch di-ben-draw, ac mi'i danfonwyd hi ar awgrymiad 'i thaid, Eoin Gough — *'mechan i, mae hi wedi cael 'i styrbio* — i Fryn Estyn. Yno, mi aeth Fflur i ryw nos hir. Mi oedd y twllwch yn guddfan iddi rhag yr arswyda dyddiol; modd iddi gogio nad oedd y petha 'ma'n digwydd. Storiodd y drygioni i gyd mewn cist yn 'i phen; safodd ar wahân, hyd braich rhyngddi a'r boen.

Wedyn, dŵad â hynny i gyd efo hi i Ddinbach: hi'n organedd lletyol i'r Drwg.

Ac yn y seilam, mi steddodd hi mewn cylch efo cleifion oedd yn siglo ar 'u cadeiria, efo cleifion oedd yn glafoerio, efo cleifion oedd yn glana chwerthin ac yn beichio crio. Mi gafodd hi dabledi a phigiada, mi gafodd 'i byseddu a'i mwytho. Ymosodwyd arni. Amddiffynnodd 'i hun. Tolltwyd 'i gwaed hi, tolltodd hitha waed. Mi gafodd 'i slanu, mi slanodd hitha.

Mwy o arswyd i'w storio.

Am ddegawd, bob nos, ym Mryn Estyn ac yn Ninbach, mi gaeodd 'i llgada ond ddaru hi ddim cysgu.

Am ddegawd, bob bora, ym Mryn Estyn ac yn Ninbach, mi agorodd 'i llgada ond ddaru hi ddim deffro.

Am ddegawd, meddiannwyd hi gan gythral.

A'r cythral hwnnw oedd —

TAID.

Tresmasodd ar 'i meddylia hi pan oedd hi'n effro. Hambygiodd 'i hunllefa hi'n ystod y nosweithia duon a dreuliodd hi'n Ninbach. Rafliodd 'i bresenoldeb o unrhyw synnwyr oedd ar ôl yn y beth bach.

Tasa hi 'di bod yn y seilam rhyw gan mlynadd ynghynt, mi fasa hi 'di cael lobotomi, a dyna fo.

Mi driodd Ffion ddychmygu'r byd tu allan i walia Bryn Estyn a'r seilam; mi oedd 'i dyddia hi yno 'di cael 'u rhifo. Welodd hi'm o'r tu allan ers degawd. Fuo Taid 'rioed yn 'i gweld hi. Ond mi ffoniodd o i ofyn amdani, medda'r swyddogion ym Mryn Estyn ac yn Ninbach.

'Mae'ch taid 'di ffonio eto, Fflur. Cofio atach chi. Holi amdanach chi.'

Ond dyna fo.

Yr unig gysylltiad efo'r byd tu allan oedd gynni hi oedd Bethan Morris, y ferch ddenodd Fflur i ffau'r llewod ddegawd yn ôl.

Ond edifarhaodd Bethan am 'i phechod, ac mi faddeuodd Fflur iddi. Oedd hi'n deulu, wedi'r cwbwl, yn doedd: mam i hannar brawd Fflur.

Mi sgwennodd Bethan ati'n go amal. Danfon llynia o'i mab, Iorath, oedd yn ddeg oed bellach.

Sori am Cymraeg fi. Dwin anfon llun o Iorath. Rafin bach di o. Di Maes G ddim yn le da i fagu hogyn.

Ddaru Fflur 'rioed sgwennu'n ôl. Nadodd presenoldeb 'i thaid hi rhag gneud, rhwsut. Oedd o yn 'i phen hi, nos a dydd 'lly. Ond dal i sgwennu ddaru Bethan. Dal i blagio, a dal i swnian am Maes G, dal i gwyno am ba bynnag rafin oedd yn rhannu'i gwely hi'n digwydd bod. Rhyw sinach o'r enw Dave oedd y diweddara.

Mi steddodd Fflur ar y fatras. Sylwodd ar 'i meddylia, fel tasa hi ar wahân iddyn nhw. Tir gwyllt oedd tu mewn i'w phen hi. Gwastrafftir go iawn, heb dyfiant na dim. Oedd hi rêl *Ac mi a'i gosodaf hi yn ddifrod: nid ysgythrir hi, ac ni chloddir hi; ond mieri a drain a gyfyd* yn 'i phenglog hi.

Cnoc ar y drws yn dŵad â hi o'r tir diffaith. Y drws yn agor a nyrs yn picio'i ben i mewn, deud,

'Ti'n barod, Fflur? Dy sesiwn ola di heddiw, mêt.'

*   *   *

Bethan Morris, y ferch ddenodd Fflur i ffau'r llewod ddegawd yn ôl, ylwch: honno'r gryduras wedi mynd o'r ffau i'r llyn tân.

Dave yn 'i dyrnu hi eto. Iorath, oedd 'mond yn ddeg oed, yn cuddiad tu ôl i'r soffa, swnian, meddwl am chwarae gêm fideo i anghofio am hyn i gyd, meddwl ŵrach sgwennu at *Jim'll Fix It* a gofyn iddo fo'i achub o a'i fam rhag Dave.

Ond do' 'na'm dengid o fa'ma; nid i bobol fatha fo; nid i ferchaid fatha Mam.

'Gredith neb y genod,' oedd hi'n arfar ddeud ar y ffôn wrth rywun weithia, beichio crio.

Ewadd, mi oedd Mam y gweiddi ar dop 'i llais rŵan am i Dave roid gora iddi, a hwnnw'n rhuo ac yn 'i galw hi'n ast a 'pres fi oedd hwnna'r bitsh wirion, dw't ti'n da i ffac ôl, yr hwran'.

Oedd Mam 'di gweld y niws am esgyrn ar Sir Fôn, a 'di gofyn i Dave am ffêr bys i fynd yno.

'Ti'm 'di bod ers deg mlynadd,' medda fo wrth smocio sbliff. 'I be'r ei di rŵan, ast ddwl?'

Do' gin Mam ddim atab i Dave, a do' gin Iorath druan ddim clem pam 'i bod hi drofun mynd i'r ynys.

Y gwir amdani: mi atgyfododd y newyddion am yr esgyrn yng Ngodreddi ryw awch yn Bethan i leddfu petha efo'i mam.

Ond sut oedd disgwl i foi bach deg oed wbod hynny, 'dwch?

Rŵan: mi roddodd Iorath 'i ddylo drost 'i glustia, cau'i llgada'n dynn. Meddwl am y Teenage Mutant Ninja Turtles yn dŵad i'w achub o a Mam a rhoid cweir i Dave; meddwl am ista ar lin Jimmy Savile ar y telifishion, a hwnnw'n deu'tho fo'i fod o'n saff rŵan.

Ond doedd o'm yn saff. Do' 'na'm Teenage Mutant Ninja Turtles yn Maes G; do' 'na'm 'fix it' ar hyn.

*   *   *

Ar ôl Jonesborough, mi oedd Vince 'di goro mynd i weld seiciatrydd: ordors a ballu.

Y seiciatrydd yn deud,

'Gadwch i'r gorffennol orffwys. Does 'na'm ffasiwn beth â *closure*. Dim diweddglo, ylwch, Sarjant Groves.'

Llynia teuluol o Veronica — Vonnie — yn 'i ben o'r adag honno: Vonnie, tair ar ddeg, efo'i llaw ar 'i chlun, sgert fer, dechra magu hyder, y cama cynnar rheini o blentyndod. Ond chafodd hi 'rioed adael 'i phlentyndod, naddo. Y boen yn mathru Vince — poen 'i cholli hi a be gafodd 'i danio gin y diodda:

Dad yn fwy ciadd fyth —
Vince yn sefyll 'i dir —
Dad yn 'i heglu hi —
Mam yn beio Vince —

'Symud ymlaen, Sarjant Groves — *ymlaen.*'

Mi sbiodd y seiciatrydd ar Vince drost 'i sbectol cyn sgwennu rhwbath yn 'i lyfr nodiada —

Sarhad neu slanu neu rwbath, bownd o fod:

Rage... propensity to violence... obsessive...

'Be dach chi'n ddisgwl gyflawni drwy ddal ych gafael ar y gorffennol, ar yr hyn ddigwyddodd i'ch chwaer?'

Doedd o'm isho bod yma, goro gwrando ar y cyboli 'ma a'i du mewn o'n malu. Ond do' gynno fo'm dewis ar ôl Jonesborough. Ar ôl i'r IRA fwrdro Baxter a Barnard. Ar ôl i Vince fyw drw'r gyflafan. Ac ar ôl iddo fo ddŵad trwyddi, mi o' 'na holi'n doedd —

Ymchwiliad hirwyntog. Y pwysigion ar 'i sodla fo, yn ddygyn —

Siwts o HQ yn smocio tu ôl i ddesg yn mynnu'r manylion i gyd, os gwelwch chi'n dda, Sarjant Groves, o'r cychwyn cynta —

O 'Gin i joban i chdi, Taff' i'r bwledi a'r gwaed.

Y Prif Arolygydd Ray Dobbs yn arwain yr ymchwiliad —

Y Prif Arolygydd Ray Dobbs yn hoelio Vince go iawn —

Y Prif Arolygydd Ray Dobbs yn Hen Destament i gyd —

Tanllyd, dialgar —

Casáu cenedlaetholwyr, casáu Catholigion —

Debrief: mynnu pob manylyn am Jonesborough —

Awch ad-daledigaeth arno fo —

Myfi yw dial yn 'i llgada fo: rheini'n gul, yn danllyd wrth holi a holi a holi.

Dobbs efo cysylltiada yn yr UDA, yr UFF — mudiada terfysgol unoliaethol.

Ond hynny ddim yn syndod i neb: oedd hynny'n wir am bentwr o swyddogion yr RUC —

Protestaniaid oeddan nhw. Unoliaethwyr oedd yn driw

i'r Goron, i'r Undeb. Pob Pabydd yn elyn. Pob Gwyddal yn gnaf.

Clecs am Jonesborough: y Gardai 'di cydgynllwynio efo'r IRA.

Clecs am Jonesborough: y Gardai 'di chwarae rhan yn y rhagod.

Clecs am Jonesborough: y ditectifs yn ŵyn i'r lladdfa.

Dobbs yn glafoerio. Dobbs ar drywydd bradwr. Dobbs â'i fryd ar ddial.

Y seiciatrydd yn gofyn,

'Ddaru'r digwyddiad yn Jonesborough atgyfodi emosiyna ynglŷn â Veronica, Sarjant Groves?'

Mi sbiodd Vince i fyw llgada'r dyn. Pan oedd Vince yn sbio i fyw'ch llgada chi, mi oedd 'na rwbath bach yn llacio tu mewn i chi —

Llaciodd rhwbath tu fewn i'r seiciatrydd. Trodd o'r neilltu; dŵad o hyd i rwbath hynod ddiddorol yn 'i lyfr nodiada.

Sgriblodd —

Sarhad neu slanu neu rwbath eto —

Unfit for duty...

A man of violence...

Math yna o beth, bownd o fod.

Ar ôl yr ymchwiliad hirwyntog, ar ôl *debrief,* mi alwyd Vince yn ôl i offis Dobbs —

20 Ebrill, smocio a stwna, Dobbs yn deud,

'Mae gin i un cwestiwn.'

Mi nodiodd Vince, deud dim byd.

'Y cwestiwn ydi, Groves: be fasa dy ddymuniad ola di tasa dy ddyddia di ar y ddaear 'ma wedi cael 'u rhifo?'

*   *   *

Y seiciatrydd yn gofyn,

'Ydach chi'n teimlo'ch bod chi ar grwsâd, i ddial am yr hyn ddigwyddodd i —'

Y seiciatrydd yn oedi, gwyro'i ben at 'i nodiada, cael datguddiad, deud,

'Veronica?'

Teimlodd Vince y tân yn diferu trwy'i waed o. Yr enw 'mond yn llythrenna ar bapur i'r siwt 'ma; dim ystyr iddo fo. Oedodd Vince ac ysgwyd 'i ben.

'Sut ydach chi'n diffinio cyfiawnder, Sarjant Groves?'

Gwaed Vince yn berwi —

'Ydi'r diwrnod y diflannodd Veronica'n glir —'

'Ydi siŵr dduw'r ffwcsyn gwirion: 24 Hydref 1966.'

Herciodd y seiciatrydd am yn ôl. Wedi dychryn. Jest fel tasa fo 'di cael clustan.

Vince yn meddwl: Ac mi gâi o un gosa fydda fo'n ofalus. Dim lol.

Crafangodd Vince 'i ddylo. Crensiodd 'i ddannadd. Chwyrnodd fatha blaidd —

Veronica ar goll ers bron i dri deg chwech awr.

Mam yn beichio crio, harthio, ac wedi bod wrthi am oria.

Dad yn yfad, yn meddwi, ac wedi bod wrthi am oria.

Yr heddlu'n shwtrwds, yn drysu, ac wedi bod wrthi am oria.

Ac un bwystfil yn hawntio Vince yn ystod hyn:

Y gŵr traws.

... a man of violence...

Yr un Drwg o'r Beibl. Drwg go iawn. Nid drwg 'myrrath' 'lly. Chwedl i godi ofn ar blant. Hanas oedd yr hogia'n ddeud i godi ofn ar y genod. Hanas i drio mynd i'w perfadd nhw. Hwdw drost hen dir. Neb yn gwbod pwy oedd o. Neb yn rhy siŵr oedd o'n bodoli go iawn —

Panther yn llechu'n y cysgodion. Bwgan dan bont yn barod i fwydo ar unrhyw un oedd yn croesi fin nos. Trychiolaeth oedd yn troedio arterïau'r ynys.

Stori werin, stori ysbryd:

Y gŵr traws.

Yr enw oedd ar feddwl Vince ar y dwrnod y diflannodd 'i efaill o. Yr enw losgnodwyd ar 'i atgofion o. Yr enw oedd yn plagio'n meddylia ni.

Ni welwyd mohoni wedyn. Ddoth hi ddim i'r fei. Neb 'di'i gweld hi ers bora'r 24ain. Vince oedd un o'r rhei dwytha i sgwrsio efo hi. Mi ddoth o adra am bump y pnawn y dwrnod hwnnw, dwrnod Ffair Borth.

Mam, newydd ddŵad adra o joban llnau, yn holi'n syth bìn: 'Lle mae Vonnie gin ti, Vincent?'

Vince yn deud dim.

Dad yn holi wedyn, 'Ia, lle mae hi'r diawl? Chdi sy fod i edrach ar 'i hôl hi.'

Dim sôn amdani. Mam yn mynd i'r ffôn-bocs i lawr y lôn, ffonio'r heddlu. Rheini'n deud,

'Rhowch dros nos iddi, mae hi'n bownd o ddŵad adra, 'chi.'

Mam yn mynd i chwilio, wedyn. Dwrdio efo Dad. Hwnnw'n deud,

'Mi ddaw hi o rwla.'

Ond Mam allan yn chwilio, Vince allan yn chwilio — drw'r nos.

Pawb yn deud,

'Mi ddaw hi'n ôl, 'chi.'

Ddaru hi ddim. Drannoeth, a'r tŷ'n halibalŵ. Mam yn beichio crio, Dad yn chwil ulw. Modryb Lena efo ffunan bocad, golwg fel tasa hi 'di gweld bwgan arni; wedi gweld y meirw'n atgyfodi.

Mam yn deud,

'Lle mae hi? Lle'r aeth hi?'

Dad yn mynd i'r cefn. Golchi'i ddylo. Golchi a golchi. Nôl mwy o gwrw. Yfad ac yfad. Golchi a golchi. Yfad ac yfad.

A neb yn gwbod dim am Vonnie.

Lle mae hi? Lle'r aeth hi?

Llwch oedd hi. Wedi'i chythru gin faelstrom. Wedi'i gwasgaru i'r gwyntoedd. Wedi'i chwalu odd'ar wynab y ddaear fel tasa hi 'rioed 'di bod —

Hitha bellach yn chwedl —

Hitha bellach yn ôl-nodyn hanas —

Ffuglen oni bai am y llynia ohoni —

Y llun oedd ar 'i feddwl o, efo'i llaw ar 'i chlun, yn dechra magu hyder, yn dechra dŵad o hyd iddi'i hun. Mynd o fod yn fabi mam i fod yn ferch ifanc. Dechra troi'i chefn ar blentyndod a diniweidrwydd. Y daith drwy'i bywyd hi'n cymryd tro. Ond mi ddoth y daith i ben, do.

Dwynwyd hi. Diflannwyd hi. Fatha eira'n toddi, byth 'di bod.

Mi oedd yr alldafliad yn andwyol —

Petha'n mynd o ddrwg i gachu'n go sydyn 'lly.

Mam yn darnio, Dad yn dyrnu —

Pentwr o yfad, pentwr o ddwrdio —

Petha'n cael 'u taflyd a'u malu —

Lena'n 'i chanol hi fatha Javier Pérez de Cuéllar o'r Cenhedloedd Unedig. Ond yn methu sicrhau cadoediad—

Mam yn 'i rhegi hi a'i galw hi'n sguthan ac yn jadan...

Rŵan —

Aeth Vince i'w bocad ac ystyn 'i smôcs, ac mi dynnodd y seiciatrydd andros o wynab pwdlyd, deud,

'Fasa'n well gin i tasach chi ddim yn smocio —'

Taniodd Vince sigarét. Cododd ar 'i draed. Trodd a mynd o 'na, a gobeithio basa'r bwganod oedd yn 'i ben o'n aros lle'r oeddan nhw yn y stafall 'ma, hawntio'r seiciatrydd yn hytrach.

Ond ddaru nhw ddim. Ar 'i ôl o y daethon nhw, a'i hambygio fo fel y buon nhw'n 'i hambygio fo am jest iawn i chwartar canrif.

*   *   *

Tri charcas yn gorfadd mewn marwdy ar ôl bod yn gorffwys ym mhridd Godreddi am ddegawd —

'Dyna faswn i'n ddeud,' medda'r patholegydd. 'Degawd.'

Dim ond olion pydredig oedd ar ôl fwy neu lai, olion oedd yn codi cyfog ar y DI Gwynfor Taylor, yn amlwg —

WPC Lowri Marr yn sylwi ar hynny, ond honno ddim yn hidio: hogan ffarm, ylwch, wedi hen arfar efo gwaed a pherfadd.

'Mae'r dirywiad yn sylweddol,' medda'r patholegydd. 'Mae'r pydru'n cychwyn yn syth bìn ar ôl i gorff farw, i ddeud y gwir. Awtolysis: y corff yn hunandreulio — bwyta'i hun. Mae'r organau'n dechra pydru. Mae'r gwinadd yn briwsioni. Mae'r corff yn chwyddo...'

'Mi gymra i'r manylion os liciwch chi, syr,' medda Lowri wrth y DI. 'Os liciwch chi fynd am awyr iach 'lly.'

'Rargian, 'mechan i, dwi siort ora, siŵr dduw —'

Mi drodd o a mynd fel dwn i'm be am y sinc, lle chwdodd o'n swynllyd.

Ar ôl taflyd i fyny, dyma fo'n troi, golwg symol arno fo, a deud wrth Lowri,

'Dos i nôl glasiad o ddŵr i chdi dy hun, 'mechan i. Ti'n llwyd ar y diân. A ty'd ag un i finna hefyd.'

Mi sbiodd y WPC arno fo cystal â deud, *Wyt ti o dy go?* Ond ddaru hi ddim deud hynny, siŵr iawn. Mi oedd o'n DI, yn doedd. Ac yn ddyn. Ac yn goc oen oedd yn meddwl na joban WPC oedd mynd i neud panad iddo fo. Chwara teg, doedd o'm fatha rhei oedd yn rhoid chwip din iddi, chwibianu arni, wrth iddi gerad drw CID neu rwbath. Ond eto...

Trodd Lowri i fynd trw'r drws efo golwg 'di laru arni hi, ond dyma'r dyn diarth o Godreddi yn dŵad trwyddo fo.

Y dyn RUC.

Teimlodd Lowri rwbath yn mynd trwyddi, rhyw awch.

'Helô,' medda hi efo'i llgada'n mynd i fyny ac i lawr y dyn, hwnnw'n nodio'n ddi-ddim.

Cofiodd 'i enw fo: Vince Groves. Mwythodd yr enw yn 'i cheg. Mi fasa hi 'di lecio mwytho —

Mi stopiodd 'i hun rhag meddwl be oedd hi'n feddwl, ond bownd o fod iddi fynd yn goch i gyd.

Ond ta waeth. Doedd o'm fatha'i fod o wedi sylwi. Oedd 'na olwg swrth arno fo er 'i fod o'n hogyn smart, chwadal Mam. Oedd o'n 'i dridega, debyg iawn, efo gwallt gola a llgada cul oedd fatha'u bod nhw'n trio craffu i dwllwch y byd. Mi oedd o'n o dal hefyd, ar draws chwe troedfadd, bownd o fod. Ac ewadd, mi oedd yn hogyn nobl — chwadal Mam eto. Golwg medru slanu arno fo. Edrach 'tha'i fod o 'di'i gerfio o fflint. Miniog a chalad i gyd 'lly.

'Vince, be ti'n da 'ma?' medda'r DI Taylor.

'Bysnesu,' medda'r dyn.

'Ma'r WPC 'ma'n mynd i nôl panad i fi. Tisho un?'

Oedd hi'n banad rŵan, meddyliodd Lowri. Glasiad o ddŵr oedd hi funud yn ôl. Mi fydd hi'n ginio-ffycin-dy'-Sul mewn chwinciad gosa watshith hi.

Mi sbiodd y dyn arni hi a deud,

'Dwi'n gesio bod gynni betha gwell i neud na berwi cetl i chdi, Gwynfor.'

'Dwn i'm wir. Be mae'r genod 'ma'n da, d'wad? Pentwr o'nyn nhw'r dyddia 'ma,' medda'r DI, chwerthin, disgwl brawdoliaeth gin y dyn, cael ffac ôl, sylwodd Lowri — dim ond rhyw edrychiad oedd yn ddigon i flingo rhywun.

Taylor yn rhoid tro arall arni, deud,

'Blydi *political correctness*. Sud oedd hi'n Belffast 'cw? Dim ffit cael genod yn fan'no. Rhy beryg o beth coblyn, debyg iawn.'

Mi oedd Vince Groves yn amlwg 'di laru ar y cyboli 'ma, a dyma fo'n gofyn,

'Sgin ti ID'r tri gŵr doeth?'

Crychodd Taylor 'i drwyn. Mi oedd 'na fymryn o liw yn 'i focha fo erbyn hyn, y taflyd i fyny 'di gneud lles iddo fo.

'Ma'n nhw 'di cymyd DNA,' medda fo, 'ac ŵrach y ca'n ni ID o hynny —'

'Na, na,' medda'r patholegydd, torri ar draws. 'Gormod o ddirywiad. Mi ddaw'r ID o'r dannadd sy'n weddill. Ond mi fedra i'ch sicrhau chi mai tri gwryw ydyn nhw: dynion. Gellir datgan hynny o'r sgerbyda. Mae'r esgyrn yn dewach na rhai benywaidd. Tri dyn sydd yma: a'r tri wedi diodda trosedd.'

Rhwbiodd Taylor ei dalcian chwslyd efo cadach.

'Ti'n gwbod pwy ydyn nhw'n dwyt?' medda'r dyn.

'Mi arhosa i am yr ID swyddogol,' medda Taylor.

'Mi w't ti'n gwbod, a dw inna'n gwbod, Gwynfor.'

'Pwy?' medda Lowri.

*   *   *

'Ei di ddim i dyrchio eto, na nei, Vincent? Codi twrw 'lly?'

Lena: yr unig un oedd yn 'i alw fo'n Vincent, bellach. Lena: chwaer Mam. Oedd Mam yn arfar 'i alw fo'n Vincent hefyd; Mam a Veronica. Dad ddim yn 'i alw fo wrth 'i enw o gwbwl, fel'na gafodd o fedydd 'lly. 'Vincent' yn air melltith: 'Ma' 'na hwdw ar y diawl bach,' fydda Dad yn ddeud, rowlio smôc, tollti brandi rhad arall iddo fo'i hun, gosod pilsan ar 'i dafod.

Lena rŵan: 'Bechdan ham a tomato, yli.' Rhoid y blât ar y bwr' brecwast o flaen Vince. 'Tisho panad?' Tollti panad cyn iddo fo ddeud plis neu na, dim diolch.

10:00am oedd hi, a'r *Daily Post* ar y bwr' brecwast —

Dal i alaru'r cefnogwyr pêl-droed fuo farw'n y wasgfa'n Hillsborough ar 15 Ebrill oedd y wlad, y stori'n newydd o hyd, y boen yn amrwd. Teuluoedd 'di mynd i watshiad rownd gynderfynol y Cwpan FA rhwng Lerpwl a Nottingham Forest. Teuluoedd 'di cael 'u dyfetha. Teuluoedd heb atebion. Teuluoedd châi fyth derfyn ar 'u diodda.

Does 'na'm darfod ar betha...

No closure, Sergeant Groves...

Gwyneba'r meirw ar flaen y papur: plant, y fenga 'mond yn ddeg oed. Oedd 'na frodyr 'di marw efo brodyr, a thada 'di marw efo'u meibion, a dwy chwaer, dau hogyn ifanc oedd ar fin bod yn dada.

Naw deg pedwar trasiedi, a mwy i ddŵad: llanc yn yr ysbyty ar beiriant cynnal bywyd.

Dim darfod. Dim terfyn. Dim cloi. Y diodda'n fythol. Y twllwch yn ennill y dydd. Arswyd wrth y llyw. Mwy o farw ar y gweill. Mwy o deuluoedd heb atebion.

Meddyliodd am eiria'r seiciatrydd, a Lena rŵan yn deud fwy neu lai'r un peth —

'Does 'na'm diwadd ar hyn, nag oes.'

Dyma hi'n chwthu'i thrwyn a sychu'i llgada. Golwg 'di'i stricio arni hi. Smôcs yn deud arni. Bywyd yn deud arni. Hitha'n deud rŵan,

'Mae hyn yn mynd i dy ddyfetha di, Vincent, fatha ddaru o ddyfetha dy dad a dy fam druan.'

Cododd Lena a mynd at y sinc, dechra potshian: golchi llestri; sychu llestri; cadw'r llestri, deud,

'Ma'i'n braf dy gael di adra, cofia.'

Mi oedd hi fymryn drost wsnos ers iddo fo landio; mi heglodd o hi'n syth bìn ar ôl y sgwrs efo Dobbs, ar ôl 'dy ddymuniad ola di'.

Stopiodd Lena botshian a deud,

'Ddoi di'n ôl, ti'n meddwl? O Werddon 'lly? Ewadd, fasa hidia i chdi setlo i lawr, basa. Ti'n cofio Eirian Morgan yn 'rysgol? Mae hi'n ôl o Lerpwl, sti. Twrna 'di hi'n Llangefni. Swelan. Yddach chi'n ffrindia go dda'n 'rysgol. Hen ferch 'di o hyd, sti...'

Mi stopiodd hi fwydro am funud ac mi ddoth 'na rycha ar 'i thalcian hi fatha bod rhwbath yn brifo'n 'i phen hi 'lly, a deud ddaru hi,

'Ti'm yn drofun bod yn hen lanc, nagw't.'

Mi safodd Vince, deud,

'Dwi'n mynd i ddŵad o hyd i Veronica, i be sy ar ôl ohoni hi. Mi ro i ddiwadd ar hyn —'

Aeth ias trwyddo fo, rhyw bresenoldeb —

Chwys ar 'i wegil o,

angau'n 'i hawntio fo,

y dyddia 'di cael 'u rhifo.

'Vincent —'

'Dim ond fi sy ar ôl, Lena.'

'Lasa bod dy dad —'

'Argol, nac'di. Ac os ydi o, mae o 'di marw i fi. Tydi'r ffwcsyn ddim yn bod.'

Mi hitiodd o'r bwr' brecwast efo'i ddwrn mawr. Y fechdan yn neidio. Y banad yn sbrencian. Y gorffennol yn atgyfodi —

Oedd Vonnie 'di mynd ers misoedd. Dad wedi troi'n fwy o sinach nag erioed, mynd o ddrwg i waeth, o gas i giadd. Meddwi'n dwll yn yr Holland Arms ym Mhentra Berw. Gwario pres dôl ar gwrw a pils. Mam yn goro byw o'r llaw i'r gena.

Dad yn cerad adra'r dair milltir o'r dafarn yn chwil ulw a'i ffyrnigrwydd o'n goelcarth fel arfar. Cyrraedd adra a waldio Mam, waldio Vince. Yr un peth jest iawn bob nos. Yr un meddwi, yr un waldio.

Aeth hyn ymlaen am fisoedd, am flwyddyn, tan —

Vince yn 13 a 'di tyfu'n hogyn nobl. Glasoed gwrywaidd 'di bod yn hael ar y naw efo'i roddion —

'Hogyn cry 'di o'n de. Llond 'i groen. Bôn braich —'

Un nos Sadwrn, mi ddoth Dad adra'n chwil ulw fel arfar. Chwil ulw ac yn flin 'tha tincar. Hefru wrth gerad i'r tŷ. Galw Mam yn ast ddiog a ballu. Mynd i'r afael â hi. Mynd ati'n syth bìn i slanu'r gryduras —

Ond mi aeth Vince i mewn fel corwynt. Rhoid andros o stid i'w dad. Slanu'r cont. Gwaed ar deils llawr y cefn. Dad 'di goro cropian o'r tŷ. Beichio crio ar 'i bedwar. Diferu ddaru o i'r nos, i'r twllwch o lle doth o.

A Mam yn cnewian: 'Wedi torri ers i Vonnie fynd mae o, sti... dim 'i fai o ydi o, Vincent... fi sy'n 'i hambygio fo... gwraig sâl dwi...'

Aeth Vince i'w chysuro hi ond clustan gafodd o, a llond ceg wedyn: 'Ffor shêm i chdi'r bwrlas anniolchgar... gwatshia di tan ddaw o adra...'

Ond ddoth o ddim. Dim siw na miw ohono fo ar ôl y

38

slas honno'n '67. Dim hanas ohono fo. Neb yn gwbod dim am y diawl. Un arall o'r teulu 'di diflannu — fel tasa fynta 'di cael 'i ddwyn.

Aeth Mam i chwilio. Crwydrodd Berffro, milltir sgwâr Dad. Holodd, erfyniodd, beichiodd. Neb yn gwbod.

Ryw ben, mi ddechreuodd y clecs —

Mi oedd o 'di marw'n feddwyn ym Mangor yn rhwla —

Mi neidiodd o odd'ar Bont Borth —

Mi aeth o i America a fan'no mae o —

Mi dorrodd Mam druan go iawn. A dyna'i diwadd hi, a deud y gwir. Mynd lawr allt go iawn, wedyn. Pils a'r ddiod feddwol, 'chi. A Vince rhyw fora'n mynd â panad iddi'n y gwely fel arfar, er na fydda hi byth yn 'i gydnabod o nac yn twtshiad yn y te. Llonydd oedd hi'r bora hwnnw; llwyd a llipa. Mi driodd o'i deffro hi, ond mi wydda fo'n iawn bod 'na'm gobaith:

Y botal o dabledi'n wag ar y gwely —

y tri can Special Brew ar y llawr —

yr eda o boer yn diferu lawr 'i gên hi —

a'i llgada hi ar agor yn trio gweld gorwelion anfeidredd.

Aeth Vince i fyw at Lena a Taid. Hen ferch oedd Lena, yn byw efo'i thad. A fo oedd bia'r tŷ lle'r oedd Vince a'i fam a'i dad a Vonnie'n byw, ylwch. Tŷ galar oedd o bellach. Tŷ'r meirw. Tŷ'n llawn twllwch. Lena'n arfar deud wrth 'i thad,

'Fasa hidia i chi werthu'r lle.'

A'i thad yn deud,

'Dwn i'm, sti.'

Taid yn gwbod yn iawn na fan'no oedd Vince drofun bod, ar ben 'i hun ymysg bwganod. Ac mi adawodd o'r eiddo i Vince yn 'i ewyllys. Aeth Lena o'i cho, deud,

'Gwerthwch y lle!'

Ond Taid yn anwybyddu a deud wrth Vince,

'Mi gei di o pan w't ti'n un ar igian os dwi yma neu ddim. Stidwll o le 'di o bellach, beth bynnag. Hwdw ar y lle.'

A hwdw ar Vince. Hwdw arno fo cyn hynny, cyn iddo fo gael y tŷ. Hwdw arno fo ers y cychwyn cynta —

Aeth o i helbul yn yr ysgol. Slanu a smocio. Malu. Codi twrw. Athrawon yn rhybuddio Lena a Taid: 'I'r jêl yr eith o.'

Cnoc ar y drws un pnawn ar ôl i Vince gael 'i hel o'r ysgol am ddyrnu Price PE. Oedd y plisman ifanc yn gyfarwydd. Mi oedd o'n rhan o'r ymchwiliad i ddiflaniad Vonnie. Mi driodd o'i ora glas yn ystod y chwilio amdani, ond cyfadda'n y diwadd a deud,

'Does gynnon ni ddim clem be ddigwyddodd iddi hi, mae gin i ofn.'

'Be tisho?' medda Vince wrth y plisman oedd 'di picio draw ar ôl iddo fo gael 'i hel adra.

'Vincent,' dwrdiodd Lena'n dila. Oedd gynni ofn 'i nai. Oedd o'n llabwst.

Y PC ifanc yn gofyn,

'Tisho dŵad i focsio efo fi a'r hogia?'

Aeth o i focsio, felly, i Borthaethwy. Vince yn dipyn o foi; giamstar go iawn yn y cylch sgwâr. Anogwyd o gin y plisman ifanc: dal ati. Mi oedd Vince mewn llesmair. Mi oedd o'n llosgi — oedd o am fod fatha'r plisman 'ma. Oedd o am fod *efo'r* plisman 'ma. Tîm o ddau yn dyrnu'r drwg, yn datrys dirgelion, yn dŵad o hyd i Vonnie. Y ddau ohonyn nhw'n dal y dyn diawledig aeth â hi, a'i...

ffycin...

slanu...

o...

Y tân yn Vince yn wirioneddol ffyrnig. Y tân yn wyllt ac yn amhosib 'i ddiffodd o. Y tân yn 'i waed o ac yn 'i galon o.

Aeth o i'r heddlu chydig ddyddia cyn 'i ben-blwydd yn 17, a mynd yn syth bìn at y plisman i gael deud.

Oedd Vince awydd deud mwy na jest hynny wrth y plisman. Ond mi faglodd o drost 'i eiria 'lly. Y geiria ddim gynno fo, ylwch. Yr adnabyddiaeth o'r tân ddim gynno fo —

Chwys ar 'i wegil o,
angau'n 'i hawntio fo,
y dyddia 'di cael 'u rhifo —

Mi roddodd y plisman swadan gyfeillgar iddo fo ar 'i ysgwydd: dwrn 'da iawn'.

Enw'r plisman oedd Ifan Allison.

Un o garcasau Godreddi.

*   *   *

Mi fuo'r tŷ'n wag am hydoedd. Vince 'di hel 'i bac a mynd i weithio yng ngogledd Lloegar tra bod yr hen le'n hel llwch.

Lena'n deud,

'Gwertha'r lle, wir dduw. Fasa hidia i 'Nhad 'di cael madael arno fo ar ôl... ar ôl...'

Ond Vince fatha'i daid: cau gwerthu. Oedd synnwyr yn deud y basa hidia iddo fo neud. Ond rhwbath arall, dim synnwyr 'lly, yn deud wrtho fo am ddal 'i afael ar yr eiddo.

Llais o rwla'n deud,

'Mae gin yr hen le betha i'w datguddio.'

Ond hanfod Vonnie oedd yno go iawn. A tasa Vince yn cael madael ar y lle, dyna hi wedyn — Vonnie 'di mynd go iawn. Yn y tŷ, mi oedd hi'n fyw o hyd. Ac mi oedd 'na gysur yno i Vince. Er 'i bod hi'n oer ac yn dywyll, er y llwch a'r llanast, fan'no oedd 'i aelwyd o.

Ers dychwelyd o Wlster, ers dychwelyd i'r tŷ oer, i'r tŷ

41

tywyll, mi oedd Vince wedi'i drochi yn yr atgofion oedd yn diferu o'r parad ac o'r carpedi a'r teils, cychwyn drw roi llun ohoni hi ar y parad yn y stafall ffrynt: yma y bydda fo'n mapio'i bywyd hi, datrys y pos, hoelio'r dihiryn aeth â hi.

Mi deimlai'i phresenoldeb hi go iawn yn deillio o fyny grisia, lle'r oedd 'i llofft hi. Oedd hi yno, ylwch, ac oedd hi'n gweiddi arno fo, yn erfyn arno fo i'w helpu hi...

... yn y tŷ oer, yn y tŷ tywyll...

Mi gaeodd o'i llgada, ond ddaru o ddim cysgu; mi agorodd o'i llgada, ond ddaru o ddim deffro.

Ers dŵad adra, mi fydda'n mynd bob dydd i weld Lena, a gwrando arni'n deud,

'Gwertha'r lle, wir dduw.'

Mynd yn ôl i'r tŷ wedyn, a throi'i wynab at y parad, syllu ar y llun o Vonnie, chwilio trw hen drugaredda am atebion, tyrchio trw doriada o bapura newydd. Mi oedd ofn arno fo; ofn dŵad o hyd i rwbath dychrynllyd; ofn 'i hesgyrn hi, rhan fach, fach ohono fo'n dal i obeithio'i bod hi yn y byd.

Ond mi oedd yr awch i sicrhau iachawdwriaeth iddi'n fwy na fedra fo ddiodda. Y gwir amdani oedd mai yn yr ogof oedd o'n ofni oedd y trysor oedd o'n fynnu...

Mi oedd gofyn mynd i'r fagddu, 'chi.

Oedd o 'di datgan 'i fwriad, yn doedd —

Chwys ar 'i wegil o —

Oedd o 'di gosod yr her —

Angau'n 'i hawntio fo —

Y dyddia 'di cael 'u rhifo —

Be fasa dy ddymuniad ola di...?

*   *   *

Mis Mai a'r chwiliedydd gofod Magellan yn chwipio mynd am blaned Gwener, a'r stori ar flaen y *Daily Post* yn deud,

BODIES FOUND ON ANGLESEY FARM
ARE COPPERS MISSING FOR TEN YEARS –
MURDER HUNT BEGINS

Darllenodd Vince y stori a chael cadarnhad o'r hyn oedd o wedi'i ddrogan:

Ifan Allison oedd un o'r tri.

Y ddau arall yn y twll yng Ngodreddi oedd Robin Jones a Nicholas James. Oedd y tri 'di cael 'u nabod o'u dannadd, medda'r papur. Mi ddiflannon nhw ar noson y gyflafan yn Bachau pan fwrdrodd John Gough, gohebydd o'i go, bump dyn: y Prif Uwch-arolygydd Hugh Densley; Moss Parry; Iwan ap Llŷr; Elfed Price; Trevor Owen. Mi ddatganwyd bod dyn arall, David Wilkins-Jones, yn un o'r meirwon hefyd, ond bywiodd hwnnw — heb y gallu i siarad na symud na bwydo'i hun — tan 1982. Ar ôl iddo fo farw, mentrodd yr awdurdoda ddŵad â chyhuddiad arall o lofruddiaeth yn erbyn John Gough, ond methu ddaru'r ymdrech. Anafwyd sawl un arall yn yr ymosodiad, gan gynnwys Mike Ellis-Hughes.

Hailed a hero after his courage during Gough's shooting spree...

Lasa mai Gough laddodd y tri yma hefyd. Oedd 'na awgrym o hynny yn yr erthygl.

Darllenodd Vince y papur newydd yn y tŷ oer, yn y tŷ tywyll. Darllenodd deyrngeda i'r tri gin brif gwnstabl Heddlu Gogledd Cymru. Darllenodd alarnad Susan, 25, a Colin 23, plant Ifan Allison —

Datganiad yn Saesnag gynnyn nhw'n deud ei bod yn ryddhad bod Dad 'di cael 'i ffendio a ballu... mi gâi o gnebrwn teuluol... degawd o dristwch 'di dŵad i ben... rhewodd ein bywydau ar 11 Mai 1979... o'r diwedd, mi fedrwn ni fel teulu symud ymlaen...

Y datganiad yn deud:

We've finally had closure, and so has our dad...

Vince yn meddwl: Does 'na'm ffasiwn beth â therfyn; dim ond dechra petha oedd hyn.

Mi oedd merch Robin Jones, Ceri, stiwdant un ar higian oed, wedi teithio'n ôl o'r Unol Daleithia medda'r papur, ac oedd hi 'di rhoid datganiad i'r papur —

Tristwch mawr... rhyddhad... mynnu cyfiawnder...

Mi oedd 'na sylw hefyd gin deulu'r PC James o Gaerfyrddin —

Tristwch mawr... rhyddhad... mynnu cyfiawnder...

Porthodd y papur yn y manylion am y noson y diflannodd y tri. Manylion am y lladdfa'n nhŷ crand Mike Ellis-Hughes. *A gathering of some of the island's great and good... a charity event for underprivileged children... a memorial for well-respected farmer Robert Morris, who was murdered weeks previously... the three officers were part of the inquiry...*

Darllenodd Vince am gar Allison yn cael 'i ffendio ar gyrion yr Wyddgrug, y car 'di'i losgi'n ulw.

Oedd hynny'n gysylltiedig efo diflaniad y tri?

Ŵrach fod rhyw *joyrider* 'di gweld y car yn rhwla a 'di'i ddwyn o. Ŵrach fod y llofrudd 'di mynd â fo, ffaith fasa'n profi nad John Gough oedd yn gyfrifol.

O' 'na lynia o'r tri heddwas yn y papur. Syllodd Vince ar y llun o Ifan Allison. Moel efo mwstásh *gaucho*. Llgada fatha llgodan fawr. Oedd 'i llgada fo'n ffeind pan oedd o'n mynd â Vince i focsio i Borthaethwy. 'Run ffunud â Ringo Starr. Blynyddoedd o blismona wedi cledu'r dyn a 'di dwyn unrhyw dynerwch oedd yn 'i galon o. Mi wydda Vince yn iawn bod hynny'n berffaith bosib. Oedd o 'di digwydd iddo fynta. Natur y job.

Caeodd y papur a mynd i fyny'r grisia, i'r llofftydd. Mynd i nôl yr hen gês lledar oedd yn llawn llynia a ballu. Llusgo'r cês odd'ar dop y wardrob yn llofft Mam a Dad. Y llwch yn glawio arno fo, y gwe pry cop yn malu i gyd.

Mi ddoth o â'r cês i lawr grisia, a'i agor o, a'r hen ogla'n dengid ohono fo.

Porodd trw'r llynia —

Veronica'n fywiog, fatha'i bod hi 'di cael 'i hatgyfodi. Oedd hi'n fyw eto yn nychymyg Vince a phosibiliada'i bywyd hi'n rowlio allan fel carpad: y plant fasa hi 'di esgor arnyn nhw; yr wyrion ddeuai wedyn, yr hen wraig 'sa hidia iddi fod wedi bod. Nain i nifer. Y gwallt yn wyn. Rhycha ar 'i bocha hi, ond y llgada'n sgleinio, yr un gwynab gofiai Vince, ond yn hŷn. Bwydodd ar yr atgofion ohono fo a Vonnie'n tyfu. Llynia oedd yn cogio bod pob dim yn iawn —

Mam a Dad a fo a Vonnie ar drip ysgol Sul yn Rhyl;

Dad a fo'n sgota'n afon Cefni;

Mam a fo a Vonnie yn Ffair Borth...

Lledaenodd y pydew fuo'n 'i frest o ers y diflaniad. Ymestynnodd yr ymylon a rhoid poen corfforol yn 'i galon o. Amlygwyd 'i wendida fo'r eiliad honno — y methianna, y pechoda, y cyfrinacha.

Ychydig iawn ohonom sy'n ymddangos fel yr ydym...

Mathrwyd o gin yr unigedd anochel oedd yn rhaid iddo fo'i ddiodda, a fynta'r dyn yr oedd o. Ysai am fod yn dad i fab, yn dad gwell na'r un gafodd o.

Oedd 'i galon o'n racs, yn ddarna. Sgyrnygodd. Sgrialodd y llynia. Datgelwyd torryn o'r *County Times* yn y chwedega, y papur 'di crino, yn felyn i gyd:

Chwech o genod Fform 2 Ysgol Gyfun David Hughes, Borth 'di ennill y wobr gynta yn Steddfod yr Urdd Caergybi, 1966. Veronica'n fan'na ar y chwith, chydig fisoedd cyn iddi fynd i'r gwynt.

Syllodd Vince ar 'i chwaer, ar 'i gwên hi, Vonnie druan heb glem am y twllwch oedd yn llechu amdani —

Vonnie druan —

Do' 'na'm henaint iddi hi —

Do' 'na'm mynd yn fusgrell na chrymanu —

Do' 'na'm cyfiawnder.

Caeodd y cês. Rhuodd. Beichiodd. Cofiodd be oedd Lena 'di'i ddeud pan aeth o i fyw ati ar ôl i Mam farw, pan addawodd o setlo'r cownt. Lena'n smocio a siglo yn 'i chadar freichia'r adag honno, a'i llgada hi'n sbio ar betha oedd yn bell, bell, ac yn deud,

'Aberth i dduwia oedd hi, sti. Mi oedd ffawd Vonnie yn y sêr. Wedi cael 'i lunio cyn i'r byd fod. Mi gafodd hi'i chymryd am reswm mwy na fedrwn ni ddallt. Y twllwch yn 'i hawlio hi o'r cychwyn cynta. Fasa hidia i chdi beidio bysnesu efo'r twllwch hwnnw, Vincent. Dim ond deffro rhyw ddrygioni dychrynllyd nei di. Atgyfodi rhyw anghenfil o'r pydew — rhyw ddrwg ddaw i'n hawntio ni i gyd.'

'Wn i,' oedd Vince 'di'i ddeud 'radag honno.

'Wn i,' medda fo heno wrth y tŷ oer, y tŷ tywyll.

Cythrodd yn 'i gôt a mynd i wynebu'r twllwch.

Nid oes dianc rhagdda i

HEDFANA'I phlant ar adenydd o blu aur: chwerthin, crychlamu, chwyrlïo trwy'r awyr; fyny'n fancw, maen nhw'n rhydd ac yn saff.

Nid yw'n fam, wrth gwrs, ond y rhain — dwsinau — yw ei hepil; gŵyr hynny.

Mae hi'n gorfoleddu wrth eu gwylio.

Ond mae düwch islaw: staen ar lesni'r ffurfafen; clais yn y cymylau.

Sgrechia rybudd i'w phlant, ond ni ddaw llais o'i genau. Sgrech eto, yn uwch — ond dim smic; mae hi fel tasa hi'n fud.

A'r bygythiad yn rhuthro i'w cyfwr nhw, i gyfwr ei babanod hi; y bygythiad yn esgyn o'r gwaelodion, yn saethu o'r pydew —

Anghenfil: ei adenydd anferthol yn esgyrn; ei gorff hir mewn siwt ddu garpiog; ei wallt hir yn wyn; ei wedd yn filain; ei lygaid yn ddu bitsh.

Hyrddia i blith ei phlant, rheini'n sgrialu, yn sgrechian wrth i'r anghenfil eu rhwygo'n ddarnau; y glas yn troi'n goch; gwaed yn glawio; cyrff yn plymio —

*   *   *

Deffrodd Nel o'r hunlla'n fyr o wynt ac yn laddar o chwys. Oedd y freuddwyd 'di'i sgytio hi. Fuo 'na sawl breuddwyd fatha hon yn ddiweddar. Rhwbath yn 'i hawntio hi, debyg iawn.

Ar ôl eiliad, cododd ar 'i hista. Sbiodd: neb wrth 'i hymyl hi heddiw. Cododd o'r gwely, agor 'i cheg, rhedag 'i llaw trw'i gwallt du a sbio ar y cloc larwm: 6:45am; tair awr o gwsg. Noson hwyr fel arfar. Y criw yn yfad a smocio — cwrw, dôp a sigaréts — tan berfadd nos ar ôl y ffair ddwytha ar y tir yma. Codi pac heddiw a'i heglu hi am le newydd.

Tynnodd Nel y crys-T Motörhead oedd John Gough 'di'i roid iddi hi pan aeth hi i'w weld o jest cyn iddo fo gael 'i ddedfrydu i oes yn y carchar. Yfodd wydriad o ddŵr. Llyncodd ddwy asprin. Pisodd a molchodd ym mathrwm y garafán. Gwisgodd yn ara deg. Cur pen gynni hi; yr asprin yn da i ddim.

Dow-dow, Nel bach, medda hi wrthi'i hun.

Agorodd ddrws y garafán. Llifodd yr haul i mewn a'i dallu hi am chwinciad. Arhosodd ar y rhiniog a dŵad i arfar efo'r goleuni. Camodd yn ofalus i'r dwrnod newydd. Mi oedd y maes yn brysur: pentwr o fynd a dŵad wrth i'r criw bacio'r stondins a'r reidia, a'r gêr i gyd. Ac mi o' 'na *bentwr* o gêr.

Ar gyrion Caer oeddan nhw. Handi ar y naw i Nel: mi fedrodd hi fynd i weld Chris yn Strangeways ddoe. Cradur 'di'i stricio ar ôl degawd yn y jêl, cofiwch. Oedd Nel 'di bod wrthi'n ddygyn ers blynyddoedd yn trio cael apêl i'w brawd — yn erbyn y ddedfryd o oes a'r rheithfarn o lofruddiaeth.

Chris laddodd Robert Morris yn 1979; oedd honno'n ffaith ddysgodd Nel 'i derbyn. Ond trw ddynladdiad, nid trw fwrdwr ddaru o ddifa'r ffarmwr. Hudwyd o i slanu mistar Llidiart Gronw gin ferch y dyn, gin 'i wraig o — a gin Hugh Densley, gwir dad Chris.

Datguddiada dinistriol ddegawd ynghynt: gwirionedda'n gormesu.

Ychydig iawn ohonom sy'n ymddangos fel yr ydym...

Ar ôl blynyddoedd o lafur, cafwyd newyddion fis ynghynt bod yr awdurdoda wedi caniatáu i Chris gael ei ryddhau ar drwydded. Dycnwch Nel a bargyfreithwraig 'i brawd wedi ennill y dydd. Cyn bo hir mi gâi Chris fwrw gweddill 'i benyd ar y tu allan.

Ond pryderai Nel: sut fasa fo'n dygymod yn y byd?

Un llipa'i feddwl oedd o. Un ara deg ac yn hawdd i'w drin. Y byd wedi'i hambygio fo 'rioed. Lle'r âi o, 'dwch, ar ôl iddo fo gael 'i ryddhau?

Nid at Mam: honno mewn cartra; nid at Nel: honno ar grwydr.

Wrach mai'r jêl oedd y lle gora i Chris: methodd ddal y tac yn y byd, a methu neith o eto.

Brasgamodd Nel ar draws cae'r ffair. Cyfarchodd ei chyd-weithwyr, hoel noson drom ar sawl un.

Croesodd y lôn o gae'r ffair a mynd i'r siop gyferbyn. Gweld y pennawd ar flaen y *Daily Post.* Rhewodd, a'i hunllefa hi'r eiliad honno'n ffiol lawn.

Fe ddatgelir pob celwydd...

*   *   *

Cyrhaeddodd Nel garafán Ted Silver, perchennog y ffair: penteulu'r siewmyn. Cnociodd, llais o'r garafán yn deu'thi am ddŵad i fewn. A mewn â hi 'lly.

Ted Silver: yn ei chwedega, gwallt brown mewn

cynffon, sbectol hannar lleuad ar 'i drwyn main o. Dyna lle'r oedd o'n ista wrth y bwr' Formica, mygiad o goffi'n stemio o'i flaen o, twmpath o bapura gynno fo.

Tapiodd y bensil oedd yn 'i law o ar 'i drwyn a deud,

'Mae'r hen drwyn 'ma'n drogan ymadawiad.'

'Pa iws oedd i ti hurio gwraig deud ffortiwn a chditha'n broffwyd dy hun, Ted Silver?'

Gwenodd Ted. 'Mae gin bob consuriwr 'i brentis.'

Mi steddodd Nel gyferbyn â'r siewmon, ogleuo'r coffi, awchu un. Ted yn darllan 'i meddwl hi, siŵr iawn, ac yn tollti un iddi o'r pot coffi, a'i osod o mewn mỳg Manchester United o'i blaen hi. Wedyn edrach arni drost 'i sbectol wrth iddi yfad y coffi poeth a chael gwellhad.

'Noson dda neithiwr,' medda Ted, tapio'r cyfriflyfr o'i flaen. 'Buddiol ar y naw. Pawb yn dŵad i gynnig ffarwél i'r ffair. Llenwi'r coffra. A'r Broffwydes Rhiannon, ein hudoles Geltaidd a'i doniau dwyfol, yn hynod boblogaidd, rhaid deud.'

Yr arwydd ar babell Nel:

      Gadewch i'r Broffwydes Rhiannon,

    yr Hudoles Geltaidd, Ddarogan eich Dyfodol...

Dangosodd Nel gopi o'r papur newydd iddo fo: gweddillion Godreddi.

'A be sgin hen esgyrn i'w neud efo 'mhroffwydes i?' holodd Ted.

Ddudodd Nel yr un gair, dim ond sbio ar Ted efo'i llgada llydan gwyrdd oedd yn llawn petha ffyrnig a chyntefig.

Ted yn derbyn fod gin yr hogan 'ma gyfrinacha, a gofyn, yn hytrach:

'Sut hwyl oedd ar dy frawd ddoe?'

Cododd Nel 'i sgwydda: fawr o hwyl.

'Geith o ddŵad atan ni, sti. Ni 'di'i deulu o.'

'Chwara teg i chdi, Ted.'

'Ti'n chwaer i ni, Nel. Fynta'n frawd. Mi 'dan ni'n edrach ar ôl 'yn cig a'n gwaed. Ond fasa hidia i chdi aros.'

'Fedra i ddim.'

'Pam 'lly?'

'Yr esgyrn 'ma.'

Oedodd Ted, ysgwyd 'i ben. Mi sbiodd o ar y papur newydd: llun o'r tri heddwas ddatgladdwyd ar y ffarm na fedra fo ynganu'i henw hi. Darllenodd y stori. Dyfyniad gin y ditectif oedd yn ymchwilio:

Lasa bydd y mymryn lleia o wybodaeth yn sicrhau dedfryd lwyddiannus yn yr achos yma...

Hynny 'di sgytio Nel: pwy sy'n gwbod, a be ddudan nhw?

'Hwn,' medda Ted ar ôl darllan y stori, sbio ar Nel, tapio llun PC Nick James, 'hwn...'

Oedodd Nel; nodio.

'Y meirw 'di'r meirw, Nel bach. Gad iddyn nhw fod.'

'Mae'r sêr yn cyflinio, Ted. Mae grymoedd ffawd 'di'n bachu ni ac yn 'yn llusgo ni i lygad y storm. Mae 'na rwbath yn dŵad. Rhyw — dwn i'm — rhyw ddatguddiad. Arwyddion: Chris ar fin cael 'i ryddhau; y gweddillion 'ma... nid hyn fydd y diwadd. Y dechra 'di hyn. Mae'n rhaid i mi fod yn dyst i'r digwyddiada sydd i ddŵad.'

Crynodd Ted: rhwbath yn mynd i lawr 'i asgwrn cefn o, bownd o fod.

Nel yn deud,

'Mae gin Chris ofn am 'i fywyd.'

Oedodd Ted; nodio. Mi wydda fo'n iawn ofn be, ofn *pwy*. Y chwedla'n cael 'u chwistrellu trw arterïau'r byd, yn gwthiad o'r pridd dan bebyll y ffair, o'r mân dylla yng nghoncrit a tharmac y dinasoedd, o'r nentydd lleia sy'n diferu o'r mynyddoedd ucha.

'W't tisho cogio'i fod o ddim yn bodoli'n dwyt, Ted.'

Cododd 'i sgwydda: oedd siŵr iawn.

'Ond mae o, yli,' medda Nel. 'Dyna sy'n hambygio Chris, bellach. Mae'r cradur fatha'i fod o 'di cael 'i heintio gan feirws — chwsu, crynu. A deud, "Mae o'n 'yn hudo fi, Nel, mae o'n 'yn hudo fi." Dwi'n meddwl 'i fod o'n 'yn hudo ni i gyd, Ted. Ŵrach na dyna pam dwi'n goro mynd yn ôl. Mae o fatha Polaris. Seren y gogledd. Llonydd, disymud. Y byd i gyd yn heidio o'i gwmpas o.'

*   *   *

Dilynodd Fflur Gough 'i Pholaris hitha hefyd. Bawd allan ar yr A55.

Chwys ar 'i gwegil hi.

Angau'n 'i hawntio hi.

Y dyddia 'di cael 'u rhifo.

Mi gafodd hi ddwy lifft hyd yma: un o Drefnant i Fodelwyddan ac un o gyrion Abergele i Fae Colwyn.

Doedd y milltiroedd ddim ar 'i meddwl hi go iawn, dim ond lle'r oedd hi'n mynd oedd yn cyfri —

Y fo...

Ystum hynafol yn 'i hudo hi'n ôl at 'i hil. Hud a lledrith perthyn yn 'i denu hi. Gwaed yn galw. A'i addewid o ar draws yr oesau'n atsain yn 'i phen hi:

'Chei di ddim cam tra bydda i'n byw a bod. Ddaw 'na ddim niwed i ti tra bydd fy enw i ar dafodau dynion. Myfi yw'r parddu sydd yn gorchuddio'r ddaear, adladd y tân. Nid oes dianc rhagdda i.'

A doedd 'na ddim.

Teimlai Fflur 'i grafanga fo ynddi hi: bacha'n 'i llusgo hi tua glan rhyw fyd o falurion a llwch.

'Nid oes dianc rhagdda i...'

Mi oedd hynny'n wirionedd fasa hidia i bawb 'i dderbyn. Mi o' 'na gynulliad yn dŵad. Atgyfodiad hen betha o bridd Môn 'di tanio rhwbath. Wedi danfon, fatha coelcerthi, negas ar draws y byd yn galw pawb yn ôl am gyfri.

Ac mi oedd y cyfri'n dŵad.

*   *   *

Gwynfor Taylor ar y newyddion ar S4C yn deud,

'Rydan ni'n absoliwtli penderfynol o ddal yr unigolyn, neu'r unigolion, sydd yn gyfrifol am lofruddio'n tri cyd-weithiwr. Mae'r dystiolaeth o'r gweddillion yn awgrymu anfadwaith. Fydd 'na ddim rhwystra i ymdrechion Heddlu Gogledd Cymru i sicrhau bod Ifan Allison, Robin Jones a Nick James, a'u teuluoedd, yn cael cyfiawnder. Rydw i'n apelio ar i unrhyw un sydd efo manylion fedra fod o iws — o ddefnydd — i'r ymchwiliad gysylltu efo ni'n syth bìn. Ŵrach ych bod chi'n meddwl nad ydi'r hyn glywsoch chi, neu'r hyn welsoch chi'r noson honno yn 1979, ddim yn bwysig. Hidiwch befo. Cysylltwch efo ni. Lasa bydd y mymryn lleia o wybodaeth yn sicrhau dedfryd lwyddiannus yn yr achos yma.'

Ar ôl Gwynfor ar y niws, mi oedd 'na apêl bellach gin deuluoedd y tri. Galarnadau gin blant Ifan Allison a Robin Jones, gin gefndar Nick James.

Smociodd Vince yn y tŷ oer, yn y tŷ tywyll. Deilliai'r unig lewyrch yn y stafall ffrynt o'r teledu portabl a phen y sigarét. Cododd, a switsh off i'r teledu. Fagddu, rŵan. Vince mewn nos go iawn. Ond doedd gynno fo ddim ofn y nos.

Arhosodd yn y twllwch am funud cyn rhoid y lamp ymlaen. Dywnsiodd cysgod ar draws y wal fel tasa 'na rwbath neu rywun wedi sleifio o'r stafall ar ôl iddo fo roid y gola 'mlaen, ac mi stiffiodd o —

Ond do' 'na neb yno. Neb byw, o leia. Bwganod, wrach. Eneidia'n erfyn arno fo o burdan, yn galw arno fo i weithredu ar 'u rhan nhw.

Aeth o drwadd i'r gegin ac oedd hi'n oer ar y diân yn fan'no. Yr hen stof, yr hen ffrij, yr hen sinc — oeddan nhw yma pan oedd o'n hogyn. Ond doeddan nhw'm byd ond rhwd a drewi bellach. Pliciai'r plastar odd'ar y wal, ac mi oedd 'na staen berwi a ffrio ar y parad ac ar y nenfwd.

Mi oedd o'n bwriadu berwi'r cetl: panad. Ond tynnwyd 'i sylw fo gin y twllwch tu allan i'r drws cefn.

Gwrandawodd: twrw gwichian yn dŵad o'r tu allan.

Chwys ar 'i wegil o —

angau'n 'i hawntio fo —

y dyddia 'di cael 'u rhifo —

Mi aeth o allan, colfacha'r drws cefn yn cwyno. Fagddu yn yr ar' gefn. Gola'r lleuad yn dangos y tyfiant; y chwyn a'r drain wedi gorchfygu'n fa'ma, 'chi. Dyma fel y bydd y ddaear oll ar ôl dirywiad y ddynol ryw, ylwch.

A'r gwichian o hyd — yn deillio o'r istyfiant, o dir gwyllt yr ar' gefn.

Mentrodd Vince i'r mieri. Brasgamu i'r blerwch: asgall yn crafu a malwod yn malu; y cregyn yn crensian dan draed.

Y gwichian yn uwch wrth i Vince fynd yn ddyfnach, y düwch yn dewach.

Stopiodd —

Siglen, neu swing chwadal Vince a Vonnie pan oeddan nhw'n blant. Y siglen yn siglo — *siglo ar y siglen* —

Ac wedyn crawcian. Gwylan gefnddu ar dop ffrâm y

swing. Y deryn yn sbio ar Vince drw'r llgada duon. Crawcian arno fo. Wedyn, codi a fflio. Yr adenydd yn chwipio'r awyr. Y deryn gwyn yn mynd i'r nos ddu.

Rhyfadd, meddyliodd Vince, a'i stumog o'n crynu, y greddfa a'i cadwodd o'n fyw yn nhiroedd drwg Wlster yn tanio eto.

Trodd 'i sylw at y swing: y tshaen rydlyd yn gwichian; y ffrâm yn rhwd drosti hefyd — glas oedd hi'r oes o'r blaen — pry ym mhren y sêt; tamprwydd yn tarfu.

Mi sbiodd Vince ar y tir o dan y sêt: slab o goncrit yno. Crychodd 'i drwyn. Cofio Dad yn 'i osod o yno ar ôl i Vonnie ddiflannu:

'Cofiant iddi fydd hwn,' oedd o 'di'i barablu wrth yfad o botal o gwrw, hitha 'mond yn 8.30am. 'Cofgolofn i'n hogan bach i.'

A Vince yn meddwl 'radag honno: Ar goll mae hi; ddaw hi adra.

Ond ddoth hi ddim. A dim ond hyn oedd ar ôl: slab o goncrit. Fawr o gofiant. Y swing yn fwy o gofgolofn iddi —
yn rhydlyd —
yn ddiffaith —
yn ofer...

Y swing yn gwichian o hyd. Gwichian fel oedd hi ar 24 Hydref 1966 — llais Vonnie, wrach, yn erfyn cyfiawnder.

Vonnie oedd 'di aros ar goll.

*　　*　　*

Ffair Borth, 1966. Dydd Llun heulog ym mis Hydref — y 24ain, dyddiad arferol y ffair. Strydoedd a llefydd parcio Porthaethwy i gyd 'di cau i geir. Y pyntyrs yn pentyrru, y pafinoedd yn byrlymu. Rhesi o stondina ar bob lôn. Gêms ffair yn denu: stondin saethu, stondin ddartia, stondin goconyts; enillwch wobr: tegan blewog, chwadan blastig, sgodyn aur; conffeti a toffi a chŵn poeth; gwragadd deud ffortiwn; meri-go-rownds. Meddwyns yn twallt o'r Victoria Hotel: yr hwyl a'r hefru, y slanu a'r sbort, y dyrnu a'r dywnsio.

A dau efaill o Langaffo 'di cael dwad efo'u ffrindia ar ben 'u hunan am y tro cynta.

Vince efo Ifor, Dafydd a Gwynfor Gwd Boi.

Vonnie efo Carys, Heulwen a Helen.

Mi oedd Helen yn ffansïo Vince ond mi oedd Vince yn canlyn Carys. Ond do' 'na neb yn gwbod. Doedd o'm yn 'i ffansïo hi, ond oedd o'n teimlo na cael cariad oedd y peth iawn i neud. Dim ond hogia go iawn oedd yn medru denu genod — ac mi oedd o'n hogyn go iawn.

Doedd Vonnie'm yn gwbod am Carys. Doedd Helen ddim yn gwbod chwaith. Felly mi llgadodd honno Vince ar y bŷs. Mi llgadodd Carys o hefyd. *Fi bia fo*'n 'i phen hi. Cogiodd Vince beidio cymryd arno. Aeth o gwmpas 'i betha efo'i fêts — jest bod yn hogia 'lly. Mi driodd Helen 'i gora glas i ddilyn Vince a'i fêts rownd y ffair. Cogio peidio ond Vonnie'n sylwi a holi, 'Pam tisho mynd ffor'ma?' a Carys yn meddwl, 'Pam ma' hi isho mynd ffor'ma?'

Llgadodd Gwynfor y genod. Mi oedd *o'n* ffansïo Helen, ylwch, ond doedd o ddim am gyfadda. Cadw'i barch 'lly. Dim isho teimlo cwilydd. Y cradur braidd yn swil.

Ac aeth hi'n llanast yn Ffair Borth. Datguddiada'n malu petha'n racs. Vonnie'n ffeindio fod Carys a Vince yn gariadon, a Vince yn deud,

'Tydan ni ddim, reit.'

A Carys yn beichio crio a deud,

'Ddudist ti'n bod ni.'

Helen yn mynd i dempar wedyn am fod Carys a Vince yn ddau gariad er 'i fod o'n gwadu.

A Vonnie'n ffeindio allan wedyn bod Helen yn ffansïo Vince, a Gwynfor yn cael ar ddallt hefyd, ac yn mynd o'i go.

Gwynfor yn sgwario a'i wynab o'n goch i gyd, deud 'i fod o am roid slas i Vince fel tasa Vince ar fai am fod Helen yn 'i ffansïo fo.

Llanast llwyr rhwng y plant 'ma, a Gwynfor, rhyw grio mawr, yn deud,

'Mi ro i blydi slas i chdi, Vince.'

Wel, dim ffiars. Do' 'na neb yn rhoid slas i Vince Groves. Ac aeth hi'n ddyrna, do, Gwynfor a Vince yn cwffio tra bod Vonnie a Helen yn cega. O, ffycin halibalŵ, wir dduw.

Beth bynnag, mi roddodd Vince homar o slas i Gwynfor, er ei fod o'n gyndyn o ddogni cweir i'r cradur. 'Rho gora iddi, Gwynfor,' medda fo, ond Gwd Boi yn dal i gwffio a Vince yn goro dal 'i dir.

Mi rwbiodd o waed Gwynfor odd'ar 'i ddyrna —

Mi helpodd o Gwynfor ar 'i draed —

Mi ddwrdiodd o Gwynfor am fod yn dwl-al —

Teimlai bechod drosto fo: trwyn y cradur yn pistyllio gwaed a'i llgada fo'n bownd o gleisio dros nos.

Mi ddaru'r gwaed a'r dyrnu neud i Vonnie feichio crio, a dyma hi'n 'i heglu hi. A Vince, wrth llnau'r gwaed odd'ar 'i ddyrna'n meddwl,

Globan wirion.

Ond mynd ar 'i hôl hi ddaru o. Oedd o'n meddwl y byd ohoni go iawn, er 'i fod o'n methu'n glir â'i dallt hi, na dallt genod i ddeud y gwir.

Ond Vonnie oedd 'i galon o, ac oedd o drofun gweld sut i fendio'r llurguniad yma rhyngthyn nhw.

Methu'i pherswadio hi i ddŵad yn ôl i'r ffair ddaru

o. Trampio i gyfeiriad Pont Borth am Fangor ddaru hi. Trampio, a dim troi'n ôl, debyg.

*   *   *

Aeth y dyddia heibio, dim hanas ohoni hi. Mi agorodd 'na dwll mawr ym mrest Vince, andros o boen yno, a'r twll yn mynd yn fwy bob dydd. Yr ofn am be lasa fod wedi digwydd iddi'n 'i fyta fo o'r tu fewn. A gweld bai arno fo'i hun, siŵr iawn. Fasa hidia iddo fo fod wedi peidio dyrnu Gwynfor a chreu helynt. A phawb arall yn gweld bai arno fo hefyd.

Mam yn deud,

'Fasa hidia i chdi fod wedi edrach ar 'i hôl hi'r diawl bach!'

Dad yn 'i regi o a'i sarhau o.

Mêts Vince yn 'i osgoi o hefyd, yn enwedig y rheini oedd yno'r dwrnod hwnnw. Doeddan nhw methu dallt be ddigwyddodd. Sut yr aeth petha'n llanast. A pam fuo 'na ddyrnu rhwng Vince a Gwynfor Gwd Boi.

Yr athrawon chwaith methu delio. Vince yn lond llaw. Mynd i helynt. Coblyn o hogyn cry. Slanwr ar y naw yn hogyn ifanc — a mynd yn fwy o slanwr wnâi o wrth dyfu a ballu, gwatshiwch chi.

Mr Ebley, gweinidog Capel Bethania, yn cyboli am Dduw a Iesu'n cadw llygad ar Vonnie. Ond 'i lais o'n diferu efo amheuaeth: emyn ddiflas.

Neb yn dallt go iawn ond dau:

Y Plisman a'r Pregethwr.

Y Plisman oedd Ifan Allison: 'Mi dria i 'ngora glas i ddŵad o hyd iddi hi, Vince.'

Y Pregethwr: enw hwnnw'n y gwynt.

Y gŵr traws... y gŵr traws... y gŵr traws...

A heno, 24 mlynadd yn ddiweddarach wrth i Vince fyfyrio ar y plisman oedd yn sgerbwd mewn pydew, a'r Pregethwr heb enw oedd yn sant ar goll, rhychwantodd yr enw'r oesau i hambygio Vince —

Y gŵr traws... y gŵr traws... y gŵr traws...

Hwnnw a Vonnie: llwch ar y gwynt.

* * *

Mi oedd gwely Vonnie fatha'r oedd o ar y bora Llun hwnnw ar ôl iddi hi'i neud o: crycha ar y blancad, dim cweit mor dwt â pan oedd Vince yn gneud 'i wely.

Ar y wal uwch y gwely oedd 'na bostar o'r bydysawd: Vonnie'n sgut am y sêr a ballu, ac yn medru enwi'r planeda i gyd, ac yn gwbod oed yr haul. Ewadd, mi fasa hi 'di bod ar i fyny efo'r newyddion am y chwiliedydd gofod Magellan.

Hefyd, posteri o'r Beatles, The Monkees a'r Beach Boys ar y parad, yr ymylon yn felyn efo oed, yn crebachu. Oedd 'na sengla 7-modfadd gan y bandia 'ma'n y bocs wrth ymyl y peiriant chwarae records. Ar shilff ar y wal, mi oedd 'na resi o lyfra: pentwr o rei Enid Blyton; *Charlie and the Chocolate Factory* gin Roald Dahl; cyfrola gwyddoniaeth i blant am y ddaear a'r haul a ballu. Ar y ddesg mi o' 'na gopïa o *June*, comic i genod. Aeth 'na rwbath poeth drw Vince. Rhyw gwilydd 'lly. Cofiodd sbio drw *June* yn slei bach, 'cofn i neb weld a thynnu'i goes o. Teimlodd gwilydd mawr.

Fe ddatgelir pob celwydd...

Beth bynnag: mi oedd y lle'n llwch i gyd, yn fyglyd, efo ogla hen ar yr awyr. Capsiwl amsar o'r chwedega, go iawn.

Aeth Vince trwy'r sengla. Tynnodd *These Boots Were Made For Walking* gin Nancy Sinatra o'r bocs. Llithrodd y record o'r amlen bapur. Cododd glawr y peiriant chwarae records. Rhwbiodd lwch odd'ar y trofwrdd. Chwthodd ar y nodwydd; lwmpyn o lwch yn fflio i ffwr'. Mi osododd o'r sengl ar y trofwrdd. Trodd y peiriant ymlaen. Dechreuodd y drymia a'r tamborîn; dechreuodd Nancy Sinatra ganu...

You keep sayin' you got somethin' for me...

Wrth i'r gân ganu, mi sbiodd Vince o gwmpas llofft 'i chwaer a theimlo'i phresenoldeb hi yno — yn y miwsig, yn y walia, yn y llwch.

Aeth o at y ffenast: y cyrtans ar agor. Pwll o oleuni o'r stafall gefn yn gleuo'r ar' gefn a'r swing — a'r swing yn siglo —

Gwich gwich gwich gwich...

Cri rhyw anifal mewn trap, yn orffwyll am ryddid. Ac ar dop ffrâm y swing, y wylan gefnddu.

A Vince:

chwys ar 'i wegil o,

angau'n 'i hawntio fo,

y dyddia 'di cael 'u rhifo —

*   *   *

Lena fatha record 'di sticio'n deud,

'Fasa hidia i chdi werthu'r lle — hwdw ar y tŷ 'na 'rioed.'

Smociai 'tha stemar, twt-twtiai, deud,

'Fasa hidia i chdi'm bod ar gyfyl y lle, Vincent — eith o dan dy groen di.'

'Dyna'r lle magwyd fi, 'de — fi a Vonnie.'

'Gwenwyn 'di'r gorffennol, Vincent.'

Dŵad yno am damad i fyta ddaru o, dim am bregath 'lly. Doedd 'na fawr o awydd bwyd arno fo, a ddarfododd o ddim o'r wy ar dost oedd hi 'di'i neud iddo fo. Mi daniodd o smôc a ddudodd o na Lena 'run gair o'u penna am chydig bach.

Wedyn Vince yn gofyn,

'Ydach chi'n cofio'r Pregethwr hwnnw?'

Mi wingodd 'i fodryb o fatha'i bod hi 'di cael 'i chythru gin ryw oerfel. Mynd i fewn iddi hi'i hun i gyd 'lly. Rhyw dwrw cwyno'n dŵad o'i cheg hi fatha cath yn mewian, jest iawn.

Welodd Vince y ffasiwn beth. A dyma fo'n deud,

'Be sy haru chi?'

'Gest ti'r casetia, do?'

'Sut?'

'Y miwsig o'n i'n ddanfon —'

'Wyddoch chi'n iawn. Deudwch wrtha fi.'

'Deud be, Vincent bach?'

'Deudwch.'

'Anghofia hyn, wir dduw.'

'Fedra i ddim.'

'Dos yn ôl i Werddon, wir. Ddanfona i fwy o'r miwsig Cymraeg 'ma i chdi, yli. Ewadd, licio petha swnllyd w't ti'n de. Be sy'n rong efo Dafydd Iwan, d'wad? Dos yn ôl, Vincent, wir dduw.'

'Fedra i ddim.'

Mi rythodd Lena arno fo, golwg gwael arni: llwydaidd, a'i llgada hi'n goch, y gwallt yn flêr ac yn britho.

'Be ti 'di neud?'

Mi sgydwodd o'i ben, deud dim.

Lena'n deud,

'Fasa hidia i chdi briodi. Mae Eirian —'

'Lena.'

'Hen lanc,' medda hi, fel tasa fo'n air budur.

'Sgin i'm lle i neb yn 'y mywyd,' medda Vince. 'Mae gin i dwll yn 'y nghalon ers i —'

'Ac ẃrach 'sa rhywun yn medru llenwi'r twll hwnnw tasa chdi'n —'

Safodd ar 'i draed, deud,

'Dyna ddigon.'

'Vincent,' medda hi, edrach arno fo fel tasa hi'n edrach ar rywun oedd yn gwywo i'r tarth am y tro dwytha. 'Be *w't* ti, d'wad? Be *w't* ti?'

Chwthodd Vince aer o'i geg mewn rhyw dwrw laru mawr, gofyn eto,

'Ydach chi'n cofio enw'r Pregethwr, Lena? Pwy oedd o?'

Trodd Lena rhag 'i bod hi'n goro edrach arno fo, a'i gwynab hi'n grycha i gyd. Smociodd a thagodd a chriodd, a wedyn dyma hi'n deud,

'Gwenwyn...'

*   *   *

Mi fethodd Vince gysgu, ac ar 'i ista oedd o ym mherfeddion nos, yn y gadar oedd 'i dad o'n arfar 'i hawlio. Diogi ynddi fasa Dad bob nos cyn mynd i'r Holland Arms. Potal o rwbath gynno fo. Tabledi — Drinamyl: 'purple hearts'. Lle affliw oedd o'n cael gafael ar y ffasiwn betha yng nghefn gwlad Cymru, 'dwch? Ond dyna lle'r oedd o, y cwrw a'r amffetamin yn corddi'i ben o.

Ond petha erill oedd yn corddi pen Vince.

Caeodd 'i llgada a gweddïo — neu drio. Anodd cadw ffydd yn y byd oedd ohoni. Anodd pan aethpwyd â Vonnie. Anodd yn Wlster. Ond y Pregethwr 'di'i annog o i ddal 'i afael mewn cred:

'Angor mewn byd cythryblus ydi'n ffydd ni,' medda'r dyn diarth na fedra Vince yn 'i fyw gofio'i enw fo.

Angal, 'wrach: dyna'i enw fo. Angal, tra bod y Diafol wedi atgyfodi a mynd â Vonnie.

Ddoth 'na'm gweddi, beth bynnag. Chlywodd Vince mo lais 'i Dduw. Dim ond tic-tician hen gloc Nain oedd 'di tic-tician drw gydol dyddia'r arswyd yn sgil diflaniad Vonnie. Un o'r petha cynta ddaru Vince ar ôl landio'n y tŷ oedd weindio'r hen gloc. Oedd o jest fel 'i atgyfodi o i Vince: rhoid bywyd mewn rhwbath marw eto.

Agorodd yr hen gês. Syrthiodd yn bendramwnwgl i fyd 'i chwaer goll. Llynia ohoni: rhai'n lliw, y mwyafrif mewn du a gwyn; toriada o bapura newydd — Nain wedi'u hel nhw, ylwch: Vonnie'n cystadlu'n yr Urdd, Vonnie'n cynrychioli tîm pêl-rwyd yr ysgol; Vonnie'n hel pres efo'r clwb ieuenctid ar ran y rhai oedd yn llai ffodus...

Vonnie'n fyw.

Porodd Vince dros gynnwys y cês: llun du a gwyn dynnwyd gin Lena —

Y llun dwytha o Vonnie'n fyw.

Aeth rhwbath gaeafol trw Vince, ewadd do; affwys yn dyfnhau 'lly —

Vonnie a'i pharti adrodd o aelwyd Llangaffo. Y chwechawd wedi bod yn diddanu trigolion cartra henoed lleol. Y llun yn dangos:

Y parti adrodd, pump o genod, un hogyn: nefi, Gwynfor Gwd Boi —

Hen wraig a hen ŵr o'r oes o'r blaen —

Mr Ebley'r gweinidog —

Staff y cartra —

Pwysigion lleol yn 'u mysg nhw, y Pregethwr —

Gwefusa Vince yn sychion.

Y Pregethwr: tal, awdurdodol, gwallt hir, gwep fain, llgada tywyll.

Hyrddiwyd Vince yn ôl i '66:

Tic-tic-tic, ac oedd hi'n '66 eto yn y tŷ oer, yn y tŷ tywyll; oedd hi'n 25 Hydref —

A Dad yn yr ar' gefn yn llamu'n ôl a blaen: *amphetamine high*. Mam yn beichio crio'n y stafall fyw. Vince yn berwi'r cetl: Ydach chi drofun panad? A'r Pregethwr, er syndod i Vince, yng nghadar Dad. Tasa Mam neu Vince neu Vonnie 'di ista 'nghadar Dad, mi fasa 'na le. Tasa dyn diarth 'di picio draw ac ista 'nghadar Dad, mi fasa Dad 'di llyncu mul a 'di cega ar Mam am adael i'r dyn ista 'na. Ond pan landiodd y Pregethwr, mi ysgydwodd o law efo Dad, rhoid rhwbath *yn* llaw Dad — mi oedd Vince yn bendant iddo fo weld bag plastig bach — a wedyn deud,

'Mi stedda i yn fa'ma, ylwch.'

A dyna ddaru o. A Dad wedyn yn mynd i'r ar' gefn.

Mi welodd Vince hyn i gyd rŵan; mi welodd o'r dwrnod hwnnw hefyd, fel tasa fo'n 'u plith nhw i gyd, fel yr oeddan nhw ar y dydd hwnnw'n '66 —

Y Pregethwr, silwét jest iawn, yn y gadar; awra o'i amgylch o. Mam ar y soffa mewn andros o stad. Dad yn llamu'n ôl a blaen yn yr ar' gefn, mynd yn gynddeiriog yn slo bach; mynd o'i go.

Vince yn gweld y Pregethwr rŵan yn deud,

'Trystiwch yr Arglwydd, Luned. Cofiwch y salm: *pe rhodiwn ar hyd glyn cysgod angau, nid ofnaf niwed*. Nid oes rhaid i Veronica ofni niwed, Luned bach.'

Sleifiodd y Pregethwr un fraich hir fatha neidar ar draws yr affwys rhyngtho fo a Mam. Mwythodd goes Mam efo'i law arall, llaw fatha rhaw. Gwthiodd sgert Mam i fyny 'i chlun hi. Nodiodd Mam, chwthu'i thrwyn, crio i gyd.

Y Pregethwr eto, wrth fwytho, yn deud,

'Ei wialen a'i ffon yn cysuro...'

Y llais yn yddfol:

'Irodd fi ag olew, Luned annwyl, ac fe irodd Veronica yn ogystal...'

Y llgada'n llachar:

'Mae daioni a thrugaredd yn ddiau yn fy nghanlyn holl ddyddiau fy mywyd, ac fe ganlynant Veronica...'

Y geiria'n sgytio'r ddaear:

'Trig ein plant yn ein calonnau'n oes oesol, Luned. Yno'r hadwyd nhw: trwy gariad. Crefftweithia'r Hollalluog ydyn nhw; Ei fetric o ddynol ryw.'

Syllodd Mam arno fo ac mi oedd 'na ddryswch ar 'i gwynab hi: methu dallt y geiria 'ma; fel tasa fo'n siarad iaith ddiarth; ac mi *oedd* o.

Vince yn gweld 'i hun rŵan yn sefyll yn nrws y stafall fyw, tair ar ddeg oed, dwy banad gynno fo, un i Mam, un i'r Pregethwr.

Y Vince tair ar ddeg oed hwnnw'n sbio fel dwn i'm be ar y dieithryn. Y Vince tair ar ddeg oed hwnnw'n 'i edmygu o. Y Vince tair ar ddeg oed hwnnw'n 'i addoli o. Y Vince tair ar ddeg oed hwnnw am fod fatha'r dyn 'ma pan oedd o'n tyfu'n ddyn. Fatha hwn, nid fatha'r llipryn diog tila oedd yn llamu'n ôl a blaen yn yr ar' gefn, amffetamin yn 'i waed o.

Oedd Vince yn cofio sefyll yn y cefn, pawb arall yn y stafall ffrynt yn udo ac yn galaru. Y lle'n llawn plismyn. Dad yn pwdu. Mam yn hefru. Oedd hi'n dridia, ẃrach, ers i Vonnie fynd. Mi sbiodd Vince drw'r ffenast i'r ar' gefn, y swing yn siglo, y twrw'n y tŷ'n gwywo i gyd wrth i'w feddwl o grwydro.

Ac ar dop y swing, mi glwydodd gwylan gefnddu. Doedd o methu'n glir â thynnu'i llgada odd'ar y deryn. Oedd hi fel tasa bod y wylan drofun deud rwbath wrth Vince. Ond doedd gynnyn nhw'm iaith gyffredin.

Teimlodd law ar 'i ysgwydd o, a throdd, ac yno'n dal ac yn dywyll 'i llgada, oedd y Pregethwr.

Ac yn 'i lais dyfn, dyma'r Pregethwr yn deud,
'W'sti be 'di ystyr gwylan gefnddu, Vincent?'

*   *   *

Mi neidiodd Vince yn effro. Oedd o 'di pendwmpian a 'di breuddwydio, ylwch. Hen atgofion 'di cael 'u tyrchio o feddrod 'i feddylia fo. Yr adag ar ôl i Vonnie ddiflannu wedi dŵad i'w blagio fo. Mi ysgydwodd o'i ben, oedd yn teimlo 'tha'i fod o'n llawn gwe pry cop. Mi welodd o'r llanast ar y llawr —

Cynnwys yr hen gês 'di sgrialu drost bob man. Y llun o'r chwechawd adrodd ar y llawr. Trodd y llun, sbio ar 'i gefn o rhag ofn bod enwa: enw'r Pregethwr. Dim byd, 'mond dyddiad — Hydref 1966.

Aeth ati wedyn i dyrchio trw'r twmpatha o lynia a thoriada papur newydd a thystysgrifa a rhubana am ennill mewn steddfoda.

Llwyddianna Veronica'r cwbwl lot.

Ond wedyn, mymryn am Vince:

Cadét 17 oed efo'r heddlu. Swelyn yn 'i lifra. Sefyll i fyny'n syth. Hogyn nobl. Tarw o lanc. Tal, a'i sgwydda fo'n llydan. Lena mewn het wrth 'i ymyl o, golwg tila arni.

Wedyn, llun arall gafodd 'i dynnu'r un dwrnod: Vince efo Ifan Allison, y ddau'n ysgwyd llaw. Mi gofiodd o'r balchdar oedd o 'di'i deimlo'r eiliad honno efo'r dyn oedd yn fentor iddo fo, y dyn oedd yn dad, jest iawn; yn frawd —

Ifan Allison: y rheswm pam oedd Vince yn yr iwnifform honno'r dwrnod hwnnw. Allison trw gydol yr ymchwiliad i ddiflaniad Veronica 'di bod yn gefn i'r teulu:

Dwi ar ych ochor chi —

dwi'n danllyd dros gyfiawnder —

dwi'n addo'r a' i i'r eithafion i ddŵad o hyd i Vonnie —
dwi o blaid y dioddefwr —
dwi'n addo cheith hi ddim 'i hanghofio —

Addawodd y basa fo'n datrys y dirgelwch. Addawodd
gyfiawnder i Vonnie a'i theulu. Addawodd hoelio'r dihiryn
oedd 'di mynd â hi.

Anogodd Vince i neud yn iawn bob tro; brwydro dros
y gwan.

Dyn cyfiawn oedd o. Ac mi oedd Vince am fod yn ddyn
cyfiawn hefyd pan oedd o'n 'i arddega.

Ond newid mae pob dim, yn de.

Neidiodd ar 'i draed, mynd at y ffôn.

*   *   *

Panad efo Gwynfor Taylor mewn caffi bach yn Llangefni,
y llun o'r chwechawd adrodd ar y bwr' Formica rhwng y
ddau.

Vince a'i fys ar y llun yn deud,

'Chdi a hi, chydig wsnosa cyn iddi ddiflannu.'

'Chydig wsnosa cyn i chdi roid slas i fi.'

'Tair ar ddeg oeddan ni. Ac mi gest ti rybudd teg.'

'W't ti'n 'y meio fi am 'i bod hi 'di mynd ar goll?'

Mi oedd rhaid i Vince feddwl am funud. Mi oedd o
drofun deud,

'Chdi gododd dwrw, ac ar gownt hynny ddaru Vonnie
bwdu a'i heglu hi.'

Ond fedra Vince ddim bod yn gant y cant am hynny. A
dim bai Gwynfor oedd hi go iawn; bai neb ond y gŵr traws
aeth â hi.

Dyma fo'n deud,

'Meddwl am Allison dwi. Meddwl os ŵrach 'i fod

67

o wedi bod yn holi ar gownt diflaniad Vonnie ar hyd y blynyddoedd. Oedd o'n danllyd dros ddŵad o hyd iddi hi 'radag honno. Lasa'i fod o wedi mynd ar 'i liwt 'i hun ac wedi mynd yn rhy agos at y... at pwy bynnag aeth â hi 'lly.'

Oedd o drofun deud 'y gŵr traws' ond ddaru rhwbath 'i nadu o; fatha bod yr enw'n felltith.

'Paid â cyboli, Vince. Pam 'sat ti'n meddwl hynny amdano fo?'

'Gaddo ddaru o.'

'Gaddo be, d'wad?'

'Cyfiawnder.'

'Sut?'

'I Vonnie.'

'Jest... jest geiria 'di rheini, Vince, wyddost ti hynny.'

'Dim geiria 'dyn nhw i fi.'

Taniodd Vince sigarét. Yfodd fymryn o'i banad. Oedd gynno fo gur yn 'i ben, heb gysgu'n iawn ers hydoedd.

'Lasa fod o 'di dŵad o hyd i rwbath,' medda fo, 'a dyna pam 'i fod o 'di cael 'i ladd.'

'Paid â cyboli.'

'Jest cysidro bob dim dwi, Gwynfor. Lasa fod gin 'i fwrdwr o rwbath i neud efo diflaniad Vonnie. Lasa fod 'na gysylltiad — un bach, ond cysylltiad 'run fath.'

'Ti'n cythru mewn gwelltyn yn fan'na, Vince.'

'Dyna'r unig beth sgin i i gythru 'no fo. Oedd Allison yn ymchwilio i fwrdwr Robert Morris, yn doedd. Dyna'i achos dwytha fo. Lasa fod 'na gysylltiad rhwng be ddigwyddodd yn Llidiart Gronw, a wedyn Godreddi, a diflaniad Vonnie. Lle bach 'di Sir Fôn, Gwynfor. Ac yli agos 'di Llidiart Gronw at Godreddi. Allison yn gysylltiad rhwng y ddau le.'

'Rho gora iddi.'

'Fedra i'm rhoid gora iddi.'

Oedd 'na dawelwch am funud. Mynd a dŵad y caffi'n

tynnu sylw'r ddau. Wedyn, Vince yn rhoid 'i fys ar y Pregethwr oedd yn y llun efo'r plant a deud,

'Ti'n nabod hwn?'

Ddaru Gwynfor ddim sbio'n rhy hir ar y llun. Chwifio'i law yn ddiystyriol, deud,

'Jest i chwartar canrif yn ôl, Vince. Hogyn bach o'n i.' Wedyn dyma fo'n sbio i fyw llgada Vince a gofyn reit o ddifri, 'Pam tisho gwbod?'

Cododd Vince 'i sgwydda. Mi *oedd* o'n gwbod, ond mi benderfynodd o beidio rhannu efo Gwynfor. Rhwbath yn 'i ben o'n deud, Cadw hynny i chdi dy hun.

Ochneidiodd yn hytrach, a deud,

'Ellis-Hughes a'i gonsortiwm bia Godreddi. Densley oedd arfar bia'r lle. Oedd Densley ac Ellis-Hughes yn aeloda o'r Gwŷr Môn 'ma, a nhw oedd yn cyfarfod ym Mhlas Owain pan aeth John Gough o'i go yno.'

'Be ti'n falu, Vince?'

'Be oedd Allison a Jones a Nick James yn da yn Godreddi'r noson honno?'

'Dwn i'm.'

'Chdi 'di'r blydi *investigating officer*.'

Taniodd tempar Taylor: 'Dwi'm 'di ffycin —'

Vince, dim lol: torri ar draws, deud,

'Be 'ddan nhw'n da 'na, Gwynfor?'

'Sgin hyn ddim byd i neud efo dy chwaer.'

*   *   *

Os dysgodd Vince un peth yn Wlster, mi ddysgodd o bod bywyd yn rhad. Ystadega oedd pobol ar ddiwadd y dydd: un arall 'di'i ladd, un arall 'di diflannu.

Do' 'na neb yn hidio dim.

Y daioni — os fuo 'na 'rioed ddaioni — wedi'i gannu o'r byd, y twllwch yn meddiannu'r cwbwl lot.

Ysgelerdera dyddiol yng Ngogledd Iwerddon yn brawf o hynny iddo fo.

Mi o' 'na gant a mil o achosion, ond cofiai hwn yn glir fel y dydd hyd heddiw:

Gorsaf Heddlu Antrim rhyw fora rhewllyd, mis Chwefror. Vince yn adolygu manylion llofruddiaeth arall efo cyd-gwnstabl o'r Special Branch. Y llall yn deud,

'Gymaint o waed a chachu bob dydd.'

Ac oedd o wrthi'n ystyn ffeil arall pan oedd 'na homar o ffrwydrad, yr adeilad yn ysgwyd i gyd — fel tasa 'na ddaeargryn 'di taro Wlster.

Pawb o'r stesion yn rhuthro allan, gynnau'n barod.

Mi oedd y ffrwydrad i lawr y lôn, ond yn un aruthrol ac yn teimlo'n agos. Rhuthrodd y copars fel dwn i'm be i gyfeiriad y mwg, i gyfeiriad y drewdod, i gyfeiriad y sgrechian, hidio dim am y peryg.

'Ffacinel,' medda'r cwnstabl oedd efo Vince, ac mi welodd Vince achos y ffacinel:

Oedd 'na gradur yn gorfadd ar ganol y lôn. Malurion o'i gwmpas o. Tŷ'n racs jibidêrs. Tu blaen yr adeilad 'di cael 'i falu'n grybibion gin fom. A'r cradur yn y lôn yn griddfan, y bywyd yn chwistrellu'n slo bach o'i gorff o. Bob darn ohono fo dan 'i fotwm bol o 'di mynd. 'Mond gwaed ac esgyrn a pherfadd lle'r oedd y gweddill ohono fo i fod. Oedd llgada'r cradur ar agor, yn erfyn tragwyddoldeb, a'i geg o'n agor ac yn cau 'tha ceg sgodyn, a gwaed yn poeri ohono fo.

Gwaed a chachu, chwadal y cwnstabl.

Gosodwyd y bom *booby trap* gin y Prods — teyrngarwyr paramilitaraidd — ar ddrws ffrynt y tŷ lle'r oedd perchennog busnas Pabyddol yn byw. Hwnnw oedd y targed. Y syniad oedd iddo fo agor 'i ddrws ffrynt y bora hwnnw i fynd am 'i swyddfa a... BANG!... i abergofiant â fo.

Ond hei gancar, y bora hwnnw mi ddoth 'na brentis 17 oed i roid lifft iddo fo am fod gynno fo hangofyr; rhyw ginio busnas neu'i gilydd y noson cynt wedi mynd yn hwyr, ac yn flêr.

Cnociodd y boi bach ar y drws. Mi ffrwydrodd y bom. Mi falwyd y llanc.

Penliniodd Vince wrth ymyl y boi bach adfeiliedig. Penlinio'n y ffycin gwaed a'r gweddillion. Cysidrodd fynd ati i osod y boi bach yn ôl at 'i gilydd. Ond doedd 'na'm darna digon da i ail-neud dyn, ylwch. Oedd y cradur bach 'di mynd:

Abergofiant.

Fatha Veronica.

Darna ar y gwynt.

Gwactar.

*   *   *

Do' 'na neb yn hidio dim.

'Sut?' medda Gwynfor.

Mi ddoth Vince ato'i hun. Oedd o 'di bod yn synfyfyrio, ylwch; siarad heb feddwl 'i fod o'n siarad 'lly.

'Dwn i'm,' medda fo.

'Iawn 'lly,' medda Gwynfor, gneud ati i hel 'i bac. 'Drofun i mi fynd at 'y ngwaith, yli, a —'

'Y gŵr traws,' medda Vince.

Rhewodd Gwynfor rhyw hannar ffordd rhwng ista a sefyll, ac mi sigodd 'i wep o. Mi deimlodd Vince hefyd fel bod 'na amball i gwsmar arall wedi ochneidio, deud padar sydyn, croesi'u hunan fel y gwna'r Pabyddion. Mi daerai ddu'n wyn bod cysgod wedi hidlo trw'r caffi'r funud honno.

Mi steddodd Gwynfor fel tasa fo'n methu sefyll a deud,

'Stori werin. *Urban myth*. Chwedl i godi ofn ar blant. Tydan ni'm yn ofergoelus bellach, Vince. Yli: HOLMES a DNA a fforensics ydan ni bellach. Dim plant bach.'

Crychodd Vince 'i dalcian, atgof yn tanio. Mam yn 'i fygwth o a Veronica efo stori'r gŵr traws pan oeddan nhw'n hogia drwg, deud,

'Cysgwch, y tacla, neu mi ddoith y gŵr traws i'ch dwyn chi.'

Mi oedd hi'n anodd cysgu tra bod Mam yn erfyn ar i Dad beidio'i waldio hi, cofiwch. Ond 'na fo. Lasa na Dad oedd y gŵr traws. Lasa na'r tada i gyd oedd y gŵr traws.

*'Rhoswch chi tan ddoith Dad adra '*lly.

Lasa na dynion fatha Dad oeddan nhw go iawn, y bwystfilod 'ma, a dim ond rhywun i'w cynrychioli nhw, i gynrychioli'r dynion drwg, y tada oedd yn dŵad i ddwrdio, oedd y gŵr traws. Rhywun i'r tada, gwŷr y tŷ, osod 'u pechoda a'u tramgwydda arno fo rhag 'u bod *nhw'n* cael 'u cosbi. Rhywun oedd yn gadael iddyn nhw fwrw ati efo'u bryntni.

'M'aish chmsin,' medda Taylor o nunlle efo'i ben yn 'i ddylo, bellach.

'Sut?' medda Vince.

'Dyn treisiol, gŵr traws: Hebraeg.'

Nodiodd Vince heb wbod pam.

Taylor yn deud,

'Oedd Taid yn dysgu'r Hen Destament yng Ngholeg Diwinyddol Bala-Bangor, sti.'

'Ewadd...'

'A dwi'n 'i gofio fo'n iwsio'r enw Hebraeg pan oedd

Mam yn dwrdio fi a Deiniol 'y mrawd. Deud y basa'r gŵr traws yn mynd â ni.'

'Islwyn Owen,' medda Vince.

'Sut?'

'Enw'r cynta. Ti'n cofio?'

Crychodd Taylor 'i drwyn fatha'i fod o'n tyrchio'n 'i atgofion. Nodiodd wedyn, yn dŵad o hyd i'r co yn haena'i feddwl. A dyma fo'n sgytio i gyd.

Neidiodd Vince ar 'i draed a deud,

'Ty'd.'

'I lle rŵan?'

*   *   *

Archifdy Llangefni, a chopi o'r *County Times* o 1954 ar y bwr' hir o flaen Vince a Gwynfor, Vince yn pwyntio at lun yn y papur, deud,

'Cread Adda.'

'Petha felly tu hwnt i blismyn 'radag honno.'

'Tu hwnt i ni heddiw hefyd.'

'Be oedd y pwynt, d'wad?'

Do' 'na'm pwynt, meddyliodd Vince. Does 'na byth bwynt.

'Dwi 'di'i weld o o'r blaen, sti,' medda Vince.

'Be?'

'Cread Adda.'

'Nid yr adag yma,' medda Gwynfor, cyfeirio at y flwyddyn, 1954, at yr achos:

Islwyn Owen, deg oed, o Aberffraw. Mi ddiflannodd y cradur bach ar 'i ffordd o'r ysgol ar bnawn dy' Gwenar. Taerai'i fam o'i fod o'n cyboli efo'i ffrindia. Mi ffoniodd hi'r heddlu am 10.00am drannoeth.

Oedodd yr awdurdoda tan y dy' Llun cyn lansio ymchwiliad go iawn, cyn dechra edrach am Islwyn.

Cofiwch chi, mi chwiliodd trigolion Berffro amdano fo trw gydol dy' Sul. Dwrdiodd rhyw weinidog lleol y teulu am weithredu ar y Saboth. Dechreuodd yr heddlu drio dŵad o hyd i Islwyn yn swyddogol am 10:00am fora Llun — 48 awr ar ôl galwad 'i fam o.

Darlledwyd ar y radio'r noson honno fod 'na hogyn bach o Sir Fôn ar goll. Cyhoeddwyd stori'n y *County Times* am 'i ddiflaniad o ar y dy' Mercher. Atgyfodwyd chwedla gwledig am ddrychiolaeth oedd yn hawntio'r ynys.

Darganfuwyd gweddillion Islwyn ar gyrion Llyn Alaw ar y dy' Sadwrn, wsnos ar ôl i'w fam o ffonio'r Glas.

Arswydwyd yr ynys gin yr arddangosfa adawyd gan y bwystfil gipiodd Islwyn.

Sibrydwyd enw gin yr hen do oedd 'di tystio i ysgelerdera fel hyn o'r blaen —

Y gŵr traws...

Ni chyhoeddwyd yr enw yma'n unlla, siŵr iawn. Nefi blw! Lol cefn gwlad oedd y gŵr traws. Do' 'na'm smic amdano fo mewn papur nac ar fwletin radio.

Ond mi oedd yr enw'n bodoli'n seice'r boblogaeth. Wedi'i sodro yno gin yr hen straeon bwgan rheini oedd Nain yn ddeud. Diferodd yr enw o fân dylla'r hen bridd. Sisialodd yn y dail. Mi oedd daear Môn yn datgan yr enw, ylwch, ac mi fedra rhywun oedd yn fodlon gwrando'i glŵad o'n glir:

Y gŵr traws...

Crefftwr dioddefaint, a'i gelf frawychus ar gael am bris — arswyd a phoen.

'*Cread Adda* gin Michelangelo,' medda Vince, trio cofio lle gwelodd o'r darlun. 'Mae Adda'n ista yn 'i ôl efo'i benelin dde wedi'i swatio at 'i senna fo, tra bod 'i fraich dde fo'n gorffwys ar y graig mae'n gorfadd arni, a'i goesa fo wedi'u 'mestyn o'i flaen o. Mae'i ben o ar ongl, yn gorffwys ar 'i ysgwydd chwith o. Y fraich chwith, wedyn, yn ystyn am i fyny a'i fys o'n twtshiad pen bys Duw sydd yn 'i ffurfafen, ymysg angylion — yn poeni ffycin dim amdan 'i greadigaeth bechadurus. Welist ti'r llun 'rioed?'

'Pryd fasa hogyn o Frynsiencyn wedi gweld y ffasiwn beth, d'wad?'

'Welish i o rywdro, ond fedra i'm yn fy myw gofio'n lle...'

Co plentyn gin Vince o weld y Michelangelo 'ma mewn llyfr, ella. Pryd, a phwy ddangosodd o iddo fo, 'dwch?

Awgrymodd y seiciatrydd fuo'n rhaid i Vince 'i weld ar ôl Jonesborough 'i fod o'n diodda o PTSD yn sgil diflaniad Vonnie. Ŵrach, medda'r cwac, fod hynny 'di 'ffeithio ar atgofion Vince. Beryg bod y digwyddiad wrth y siecbwynt wedi aildrawmateiddio'r sarjant.

Rwtsh, feddyliodd Vince ar y pryd.

Ond rŵan: lasa bod y doctor yn llygad 'i le, 'chi. Mi osododd Vince bos *Cread Adda* o'r neilltu am y tro a deud,

'Felly y daethon nhw o hyd i Islwyn, yli. Mi oedd o'n noethlymun fatha Adda'n y llun. Oedd y peth bach 'di'i osod ar fonyn coedan. Wedi cael 'i waedu fatha bustach mewn lladd-dy, y rhifa Hebraeg "6: 4" wedi'u crafu ar 'i frest o. Un benelin wedi'i hoelio i'w ochor o — anaf fathag anaf Crist — a'i law dde fo 'di'i hoelio i'r goedan. Y fraich chwith wedi'i hoelio'n 'i lle hefyd; i gymryd arni'i bod hi'n ystyn am i fyny, yn ystyn am dduw Islwyn. Y duw a'i hamddifadodd o.'

Ysgydwodd Vince 'i ben. Ewadd, mi welodd o erchyllter a'n 'i ddydd. Ond oedd 'na rwbath 'tu hwnt' ynglŷn â'r anlladrwydd yma.

Dyma Gwynfor yn gofyn,

'Pa fath o dduw fasa'n gadael i'r ffasiwn beth ddigwydd i hogyn bach, d'wad?'

Dyma Vince yn deud,

'Un hollalluog.'

*   *   *

Agori dy lygaid i'r fagddu: y nos ar ei chanol. Teimli blwc yn dy frest; hyn sydd wedi dy ddihuno.

Tarfa rhyw gryndod arnat: y platiau tectonig yn ystwyrian.

Codi ar dy eistedd yn y gwely, a syllu i'r tywyllwch sydd yn dy lapio fel côt fawr. Gweli i'r tywyllwch, a'r cyfrinachau mae'n eu cyfleu i ti.

Ynddo mae goleuni.

Ynddo mae pob dim yn glir dim ond i ti edrych.

Ynddo mae yfory'n carlamu tuag atat.

Y mae ar y byd ofn y nos, ond nid oes ei hofn arnat ti: hi yw dy gymar, a'i gwisg, y tywyllwch, yn dy ffitio'n berffaith.

Rwyt ti'n darogan dyfod Marwolaeth ar ei farch gwelw-las; y mae'n canlyn Uffern. Y mae heriwr arall yn dyfod i fygwth dy fawredd.

Rhaid paratoi, siawns, ond mewn gwirionedd beth yw'r chwain sy'n ymdrechu o dro i dro i grefftio dy gwymp?

Y mae'r bydysawd, yn ei anghyfanedd-dra diddiwedd, ei ddiystyriaeth anghyfnewidiol, a'i greulondeb eang, yn ei amlygu ei hun trwyddot ti.

Bydd esgyrn dy wrthwynebwyr yn lludw.

Fe ddaw dydd dy ddicter; pwy a ddichon sefyll?

Gwnaed ei dinasoedd yn anghyfannedd

MI oedd hi'n fora ac yn tresio bwrw wrth i Vince ddreifio am fynwant Llangaffo. Stryffagliai weipars car Lena i ddelio efo'r glaw. Mi oeddan nhw'n gwichian fel dwn i'm be wrth fethu'n glir â golchi'r dyfroedd odd'ar ffenast y car. Glaw niwclear oedd o, chwadal Lena. Hoel Chernobyl o hyd ar betha; dim ond tair blynadd ers hynny.

Jest iawn i Vince droi rownd, wir dduw, a mynd am adra. Ond mi oedd gofyn iddo fo neud penyd, ylwch. Ac mi oedd Rhiannon Tomos yn canu am gorff ac enaid wedi llosgi ar y casét; hynny'n 'i hysio fo'n 'i flaen.

Prin y bydda fo'n mynd i'r fynwant, i ddeud y gwir. Sawl gwaith dros y blynyddoedd, 'dwch? Llond llaw o weithia ers iddi farw.

Ond do' 'na'm dengid rhag y meirw a marwolaeth. Mi driodd o ddengid unwaith; rhagddyn nhw a'u dagra a'u collfarnu. Ond dyma ni: ffawd 'di cythru 'no fo a'i lusgo fo, gerfydd 'i sgrepan, i faes y gwaed; lle câi o dalu am 'i dramgwydda; lle câi o iachawdwriaeth.

Parciodd gar Lena —
Chwys ar 'i wegil o,
angau'n 'i hawntio fo,
y dyddia 'di cael 'u rhifo...

Mi ddoth 'na ryw dristwch drosto fo tra oedd o'n ista'n fan'na am funud yn y car yn y glaw wrth y fynwant.

Ffynhonnell yr iselder chwim 'ma oedd y datguddiad 'i fod o 'di cael y cyfla i setlo cownt, ond bod cosb yn dilyn.

Dim dengid rŵan chwaith. Dim dengid byth. Caethweision ffawd 'dan ni i gyd, meddyliodd, neidio o'r car, gwlychu'n go sydyn yn y glaw.

Aeth o i'r fynwant, ac mi oedd gynno fo gwmni. Gwraig yno ar 'i glinia wrth garrag fedd. Cysgodai o dan ymbarél wrth wyro.

Gweddw oedd hi, ŵrach.

Neu fam i blentyn gollwyd i hen chwedl.

Llgadodd Vince y wraig am funud bach. Doedd wbod pwy oedd yn fygythiad. Mi ddysgodd o hynny'n Wlster —

boi bach ar feic yn rhagflaenu rhuo AK47;

gwên neu *su' ma'i* gin swelan yn suo cyn y semtecs;

tisho peint, giaffar, cyn i fwlad falu dy ben di'n racs...

Tynnodd golar y gôt i fyny, ond da i ddim — mi oedd o'n 'lyb doman at 'i groen. Glaw'n diferu o'i wallt o, ond ta waeth. Mi oedd o 'di hen arfar sefyll yn y glaw. Ar *recce* yn rwla, neu'n aros cyn cicio drws yn gorad mewn cyrch.

Chwiliodd am y bedd, ac mi oedd yn rhaid iddo fo bwyso a mesur. Lle mae hi, 'dwch?

Cofiodd y cnebrwn. Tresio bwrw'r dwrnod hwnnw hefyd, 'chi. Fawr neb yno. Fo, Lena. Allison ar y cyrion. A'r Pregethwr hefyd. Hwnnw wedi dŵad efo'i dduw. Ac Ebley'r gweinidog yn cyboli am gyfiawnder, am Grist, am gyfaddawd.

Cyfaddawd? Dim ffasiwn beth ym myd Vince. 'Radag honno, na heddiw chwaith. Sut oedd hi'n bosib cyfaddawdu, chitha'n amddifad, ych chwaer chi ar goll, ych tad dwy a dima chi 'di'i heglu hi, a'ch mam chi, rŵan, yn 'i harch?

Wrth drio dŵad o hyd i'r bedd, cofiodd lle'r oedd o 'di sefyll: y goedan onnen yn marcio'r lle iddo fo. Cliw iddo fo lle'r oedd Mam yn gorffwys.

Ciledrychodd ar y wraig oedd ar 'i glinia dan yr ymbarél yn tendio'r bedd. Mi gododd hi'n ara deg. Cric'mala'n plagio, bownd o fod. Trodd o'r bedd a mynd yn grymanog 'lly drw'r glaw.

Mi ffeindiodd Vince fedd 'i fam, y garrag yn deud fel hyn,

Luned Groves, Ionawr 6, 1932 — Mai 11, 1969

11 Mai. Y dyddiad mor arwyddocaol. Y dyddia 'di cael 'u rhifo. Darllenodd yn 'i flaen:

Mam annwyl i Veronica a Vincent
Yr Arglwydd yw fy mugail...

Dim hanas o fodolaeth Dad ar y garrag. Dim 'annwyl ŵr' na dim byd felly. Anwiradd fasa hynny. Do' 'na'm byd annwyl yn 'i gylch o, nag oedd. Ac mi oedd yr ymgymerwyr ac Ebley'n gyndyn o roid 'cont ciadd' ar gofeb, debyg iawn.

'Be rown ni, d'wad?' oedd Lena 'di'i ofyn 'radag honno. 'Be rown ni ar gownt dy dad?'

'Dim byd,' ddudodd Vince. 'Tydi o'n ddim byd.'

A Lena'n chwithig, wedi dechra deud,

'Vincent, mi fasa hidia i ni —'

'Dim. Ffycin. Byd!'

Gwingodd Vince rŵan: hanas Dad, y dyn hwnnw, yn cael 'i sgwrio o'r byd. O nunlla, mi redodd 'na ias i lawr 'i asgwrn cefn o, y greddfa rheini finiogodd o'n Wlster — fynta dan warchae bob dydd, cofiwch chi — yn tanio. Synhwyrodd rywun tu ôl iddo fo. Mi drodd o fatha chwip. Teimlo'r...

chwys ar 'i wegil o,

yr angau'n 'i hawntio fo,

y dyddia 'di cael 'u rhifo —

Ond doedd 'na neb yno, 'chan. Dim ond cerrig a glaw.

Felly mi drodd o eto at fedd 'i fam. Sylwodd ar y llanast rŵan. Chwyn yn tyfu o'r cerrig mân ar y bedd. Baw ar y garrag 'i hun. Y pot bloda'n wag, yn rhydu.

Aeth 'na saeth o boen trw'i frest o.

Dyna ddigon, meddyliodd, troi i fynd. Ond llais yn 'i stopio fo'n stond, y llais yn deud,

'Drofun i rywun dendio arni.'

Oedd hi'n sefyll yn fan'na o dan yr ymbarél, wedi dŵad o rwla heb i Vince sylwi, ylwch. Safai yn fregus. Fawr o nerth ynddi. Styllan oedd y gryduras.

Pan sylwodd Vince arni gynta, wrth y bedd, mi gesiodd o'i bod hi mewn oed. Ond rŵan, yn agos fel hyn, gwelodd mai dim ond yn 'i phedwardega hwyr oedd hi. Oedd galar 'di setlo arni a 'di glynu i rigola'i chroen hi, gneud iddi edrach yn hŷn nag yr oedd hi go iawn.

Oedd hi'n edrach ar fedd Mam a dyma hi'n deud,

'Fasa hi'n ych dwrdio chi?'

Oedodd Vince, deud dim.

'Chi 'di'r teulu?'

Nodiodd Vince.

'Ffor shêm,' medda'r wraig, cynnig yr ymbarél i Vince a deud, 'Hwdwch, daliwch o i mi.'

Dyma fo'n gneud heb feddwl. Penliniodd y wraig wrth y bedd a mynd ati i dendio.

Daliodd Vince yr ymbarél uwchben y wraig, rhag iddi lychu mwy 'lly, a deud,

'Ewadd, pidiwch â mynd i draffath —'

'Mae drofun i rywun fynd i draffath.'

'Rhywun arall, dim chi —'

Mi sbiodd y wraig arno fo, llid rhyw dduw neu'i gilydd yn 'i llgada hi, deud,

'Pwy arall sy 'na?'

Gwingodd Vince, cwilydd arno fo, a dyma fo'n deud,

'Dwi'm yn byw ffor'ma bellach. Dwi'n gweithio i ffwr'.'

'Sgynnoch chi'm teulu, 'dwch?'

Lena, meddyliodd, ond fedra Lena ddim diodda dŵad yma. Oedd gin Lena ofn y gorffennol. Oedd hi'n trio anghofio'r boen i gyd. Y gorffennol 'di tarfu arni hi'n fwy na fo, bownd o fod. Os oedd gin rywun PTSD ar ôl diflaniad Vonnie, Lena oedd honno.

Dyma fo'n deud,

'Nag oes.'

'Mi dendia i, felly.'

'Hidiwch befo.'

'Rhaid i rywun barchu'r meirw.'

Oedodd Vince. Gwatshiad y wraig. Gofyn,

'Pwy sgynnoch chi?'

'Y gŵr.'

Mi oedd hi'n go ifanc i fod yn weddw.

'Ddrwg iawn gin i,' medda Vince.

Ysgydwodd 'i phen a gneud rhyw dwrw tuchan.

Vince yn gofyn,

'Pryd golloch chi o?'

'1979, 11 Mai.'

Teimlodd Vince wefr: y dyddiad; y dyddia… Negas o'r tu hwnt i'r bedd 'di'i thrawsgrifio iddo fo. Corff ac enaid yn llosgi.

*   *   *

Y wraig a blygodd wrth y bedd oedd Mrs Rowenna Owen, gweddw Trevor Owen, saethwyd yn farw gin John Gough ar 11 Mai, 1979, ym Mhlas Owain, Bachau.

Degawd union ar ôl i Mam farw. Arwydd, bownd o fod. Gormod o gyd-ddigwyddiad fel arall.

'Radag honno, yn 1979, mi oedd Vince newydd landio 'Ngogledd Iwerddon a 'di'i benodi'n swyddog efo Cangen Arbennig yr RUC.

Cyn hynny, mi fuo fo'n gweithio'n gudd ym Maenceinion am dair blynadd, yn ymdreiddio i gymuneda cenedlaetholwyr Gwyddelig yng ngogledd Lloegar. Oeddan nhw'n fwy parod i drystio Cymro na Sais, yn enwedig Cymro oedd yn un am ddiod ac am ddyrnu.

Mi weithiodd o efo nhw ar y safleoedd adeiladu. Mi yfodd o efo nhw yn Mulligans ac O'Sheas. Mi slanodd o Saeson efo nhw'n Deansgate. Mi fradychodd o nhw i'w feistri hefyd.

Nadu'r gwaetha ohonyn nhw rhag cyflawni ysgelerdera ar y tir mawr.

Mi ffynnodd o'n 'u plith nhw — y chwys a'r cyhyra, y cwrw a'r cwffio. Ond mi oedd byw dau fywyd yn anodd; mae bod yn fwy nag un dyn am hir iawn yn amhosib —

Ychydig iawn ohonom sy'n ymddangos fel yr ydym...

Ac yn ogystal, mi oedd Sir Fôn yn rhy agos. Yr ellyllon o'i orffennol o'n 'i hudo fo.

Chwys ar 'i wegil o,
angau'n 'i hawntio fo,
y dyddia 'di cael 'u rhifo —

Mi fydda'r Gwyddelod ar y safleoedd adeiladu a'r tai tafarna yn melltithio'r RUC — heddlu Gogledd Iwerddon; Saeson diawl; ffycin Brits.

Ar gownt hynny, mi ddoth 'na chwilan i ben Vince. Mi roddodd o gais i mewn 'lly. Dengid, yn de. Gadael y cyrion 'ma. Tir newydd, bywyd newydd, Vince newydd.

Mi gafodd o dalcenna crychlyd gin y bosys, ond mi gafodd o'r bawd — ffwr' â chdi 'ta, Taffy.

Setlodd mewn fflat yn Antrim i gychwyn. Milltiroedd a môr rhyngtho fo a'r bwganod oedd yn 'i blagio fo.

O'r diwadd, pelltar go iawn o'rwth y colledigaetha a'r creithia a'r cyfrinacha. Rheini 'di cael 'u gadael ar lanna pell.

Dyma ddechra newydd. *Year zero* 'lly. *Tabula rasa*'n de.

O Antrim, i Armagh, i Belffast, a dal i giledrach drost 'i ysgwydd rhag ofn bod y bwganod o ddoe'n 'i ddilyn o.

Mi 'ddan nhw'n bownd o ddŵad o hyd iddo fo —

Sarff 'di'r gorffennol, yn llithro'n seimllyd ar draws mapia ac amsar hefyd, yn ystyn amdanach chi, yn ych lapio chi'n dynnach, yn ych gwasgu chi a'ch mygu chi —

Tafarn ym Melffast, 11 Mai, 1986, hitha'n ddy' Sul a Vince yn chwil ulw —

Meddwi i anghofio'r dwrnod hwnnw'n '69, marwolaeth 'i fam. Meddwi i sgwrio'r ffaith bod igian mlynadd ers i Vonnie gael 'i dwyn. Meddwi i ddiffeithio'r dyddiada melltigedig 'ma o'i hanas.

Oedd hi'n 1:00pm, peint a whisgi ar y bar o'i flaen o. Llais tu ôl iddo fo'n deud,

'Groves.'

Adlewyrchiad yn y gwydyr tu ôl i'r bar. Gwynab newydd o'r diwadd. Mi fuo Vince yn sbio ar 'i wep o'i hun am jest iawn i awr; yn trio nabod 'i hun, yn trio dŵad o hyd i'r dyn oddi mewn.

Trodd Vince o'rwth y bar, llgadu'r siaradwr.

Dyn bach sgwâr oedd o, efo trwyn bocsar. Neu ŵrach na 'di cael 'i ddyrnu oedd o, yn hytrach na bod yn ddyrnwr 'i hun 'lly.

Oedd 'na olygfa yn *The Magnificent Seven*, Western John Sturges o 1960, pan oedd Yul Brynner wedi mynd i stidwll o far efo dau o'r pentrefwyr oedd 'di'i hurio fo i'w hamddiffyn nhw rhag giang o fandits. Oeddan nhw'n chwilio am griw

83

rêl boi 'sa'n medru dal 'u tir yn erbyn y bandits. Mi sylwodd un o'r pentrefwyr, Sotero, ar fwrlas yn y dafarn a deud,

'Dyna un — ylwch ar y graith ar 'i wynab o!'

Dyma Hilario, pentrefwr arall, yn deud,

'Y dyn i ni 'di hwnnw *roddodd* y graith iddo fo.'

A dyma Chris, cymeriad Brynner, yn deud,

'Ti'n dysgu'n gyflym.'

Mi ddysgodd Vince hefyd. A doedd hwn efo'r trwyn fflat ddim yn fwrlas, er yr olwg frwnt oedd arno fo. Cachwr bach oedd o.

A dyma fo'n deud wrth Vince rŵan,

'Fa'ma ti...'

Jest iawn fatha'i fod o 'di bod yn *chwilio* am Vince.

'Ia, Conran, fa'ma,' medda Vince. 'Lle ffwc arall dwi fod?'

Mi sbiodd Conran o gwmpas y dafarn wag. Pnawn dy' Sul a halibalŵ nos Sadwrn 'di mynd. Oedd hi'n fwy o halibalŵ nag arfar ddoe am bod Lerpwl 'di ennill y Dybl drw guro Everton 3-1 yn ffeinal Cwpan FA Lloegar.

Mi steddodd Conran ar stôl wrth ymyl Vince. Mi oedd y Gwyddal yn achwynwr heb 'i ail. Lleidar dwy a dima oedd o, ond mi oedd o'n 'i chanol hi. Gwbod bob dim am bawb. Un handi ar y naw i'w nabod ffor'ma.

Mi arestiodd Vince y sinach ryw nos Sadwrn. Dal Conran yn torri i mewn i ysgol. Nos Galan oedd hi, a Vince, off-diwti, wedi bod yn hela cnawd, a'i waed o'n dal i sïo, a'i groen o'n dal i ferwino, a'i stumog o'n dal i siffrwd.

Mi gafodd o afael ar Conran a'i lusgo fo i fagddu cowt yr ysgol, bygwth slas iddo fo 'cyn mynd â chdi, gerfydd dy ffycin sgrepan, i'r stesion a dy slanu di eilwaith'.

Ofn am 'i fywyd ar y lleidar, rhyw fwrlas RUC ar fin 'i slanu o, felly mi aeth o i barablu'n syth bìn, yn dallt yn iawn bod gwybodaeth o fudd mawr mewn helynt fel hon; ased wych pan oedd gofyn i chdi negodi.

Deud,

'Wn i lle ma' 'na ynna IRA! Wn i lle ma'n nhw! Fedra i ddeu'tha chi!'

'Cyffesa,' medda Vince yn flin, sgytio'r sinach.

'Mi dorrish i fewn i'r tŷ 'ma. Dŵad o hyd i'r gêr — gynna, bwledi, bob dim. Mi heglish i'i o 'na'n reit handi. Dim smic wrth neb. Cachu brics.'

Cadw'r wybodaeth ddaru o jest rhag ofn, meddyliodd Vince.

A dyma ni'r 'jest rhag ofn' heno, ylwch, pan oedd rhyw fastad o Frit yn bygwth stid a *breaking and entering*.

Cynhaliwyd cyrch ar y tŷ. Y lle'n llond Glocks a Lugers; AR15s ac M16s; grenadau ac IEDs. Arestiwyd y perchennog. Ac mi gafodd Vince 'i achwynwr swyddogol cynta —

Ronnie Conran.

'Paid â mynd i ffycin nunlla efo'r ffycar ar ben dy hun,' oedd cyngor Ray Dobbs. 'Trefna *di'r* man cyfarfod, a'r *back-up*.'

Ond heddiw, a fynta braidd yn feddw ac yn fregus ar sail y dyddiad a ballu, ddaru hynny ddim croesi meddwl Vince. Llosgodd sawl coelcerth yn 'i ben o. Ymgodymodd pentwr o rymoedd dros 'i enaid o —

chwys ar 'i wegil o —

angau'n 'i hawntio fo —

y dyddia 'di cael 'u rhifo —

Doedd o'm ffit, a deud y gwir, i fod yn wyliadwrus drosto'i hun y dwrnod hwnnw.

Mi brynodd Conran ddybl whisgi iddo fo'i hun ac un i Vince: *mi enillish i ar y ceffyla bora 'ma, 'chan.*

Sobrodd Vince yn o sydyn. Sylweddolodd 'i fod o mewn twll braidd. Teimlodd wres y tân...

Dyma Conran yn deud,

'Oedd gin i chwith ar ôl yr hen Sam O'Reilly, sti. Hen dro bod CID 'di cael gafael arno fo.'

'Chdi ddaru achwyn arno fo.'

Sam O'Reilly: deliwr heroin oedd â chatrawd leol yr IRA ar 'i sowdwl o. Yr achlust gin Conran achubodd 'i groen o. Tasa fo *heb* gael 'i arestio, fasa'r IRA 'di mynd â fo — a dim hanas o Sam ar ôl hynny. Esgyrn mewn rhyw gae ddegawd yn ddiweddarach, ẃrach.

'Ia,' medda Conran, blin, taro'r gwydyr whisgi ar y bar, 'ond o'n i'n meddwl y baswn i'n cael y gêr.'

'Be sy haru chdi? Dyn bach w't ti, Conran. Corrach. Fasa gin ti'm syniad be i neud efo pump kilo o heroin. A mi fasa'r Provos 'di dy badellu di erbyn amsar te.'

'Quid pro ffycin quo, yn de, Mr Groves.'

Mi sbiodd y dyn-trwyn-bocsiwr yn go flin ar Vince, a fasa Vince ddim 'di cymryd lol gynno fo oni bai 'i fod o wedi dechra glana chwerthin a deud,

'Mr Groves bach, cyboli dwi, 'chan. 'Rhosa'n fan'na. Hwda' — rhoid papur £5 ar y bar — 'pryna ddybl arall i ni'n dau, peint hefyd. Dwi'n mynd am wagiad.'

Mi watshiodd Vince y dyn dan din yn mynd yn y drych tu ôl i'r bar. Ddaru o ddim mynd i gyfeiriad y toilets. Aeth o'n hytrach i gyfeiriad y ffôn cyhoeddus.

Pan ddoth o'n ôl, mi oedd 'na whisgi dybl yn aros amdano fo ar y bar, ac mi oedd 'na Vince go flin yno hefyd — ond yn cadw'i dempar am rŵan 'lly.

Dyma Vince yn gofyn,

'Pishiad go dda, Conran?'

'Gwerth chweil,' medda Conran, clec i'r dybl, dylo'n ysgwyd i gyd.

Vince yn meddwl: Ewadd, washi, ti ar biga'r drain.

Cleciodd Vince y sudd afal oedd o 'di'i ordro iddo fo'i hun, y ddiod yn gneud joban dda ar gogio bod yn whisgi.

Oedd hi'n amsar sobri, rŵan. Amsar bod o gwmpas 'i betha. Oedd 'na ddrewi'n y lle 'ma, a Conran 'di dŵad â'r ogla efo fo.

'Off-diwti heddiw, Groves?'

Nodiodd Vince, deud dim.

'Ti'm isho bod allan heb dy wn am hir.'

'Pam 'lly?'

'Reit doji ffor'ma. Beryg bywyd. Gorllewin Gwyllt.'

Meddyliodd Vince: Gwnaed ei dinasoedd yn anghyfannedd.

Meddyliodd Vince: Y dyn i ni 'di hwnnw *roddodd* y graith iddo fo.

Mi fasa hidia iddo fo fod wedi'i heglu hi. Ond gwaith cudd yn Lloegar wedi rhoid awch iddo fo. Agosa roedd o at 'i farwolaeth 'i hun, mwya byw oedd o'n deimlo.

A chredai mewn difri calon, hefyd, mai ar ffinia abergofiant y basa fo'n datrys diflaniad Vonnie, yn dŵad o hyd iddi hi a'r dyn aeth â hi.

'Ffansi parti?'

Canodd larwm ym mhen Vince, rhybudd y basa hidia iddo fo ddengid reit handi. Ond heddiw, ar ddwrnod mor arwyddocaol, doedd o ddim am droi'i drwyn ar risg.

'Lle mae'r parti 'ma?'

'Fflat fi. Cwpwl o lefrans yn byw i fyny grisia. Rêl ffycin nymffos. Os 'a dyna'r math o beth ti'n ffansïo, 'de, boi.'

Nodiodd Vince. Mi yfodd o'i beint. Clec i'r sudd afal oedd yn cogio bod yn whisgi. Llithrodd odd'ar y stôl.

'Reit ta,' medda fo.

Agorodd Conran 'i geg. Cael 'i synnu'n amlwg pa mor hwylus y buo hi i ddenu aelod o'r RUC — a'r Gangen Arbennig ar ben hynny — i drap.

*   *   *

Mi oedd Vince mewn car efo Conran, y lleidar yn dreifio, mynd fel fflamia trw'r strydoedd.

Vince yn gofyn,

'Car chdi 'di hwn?'

'Be ti feddwl?'

'Well gin i beidio.'

Conran yn glana chwerthin eto.

Dreifiodd i'r Divis Flats ar y Falls Road. Dim yn fa'ma oedd Conran yn byw. Fa'ma, yn hytrach, oedd nyth yr IRA a'r INLA. Fa'ma oedd ffau'r llewod go iawn 'lly. Dim ond swyddog efo awch marwolaeth fasa'n dŵad i fa'ma heb gefn, heb roid gwbod i'w feistri.

Parciodd Conran o flaen siop. Blinciodd a llyfodd 'i wefusa. Tagodd. Asu, un gwael oedd o am guddiad, yn de.

Dyma fo'n deud,

'Picio i nôl ffags a cwrw. A condoms, ia?' Chwerthin wedyn; reit nerfus.

Neidiodd o'r car. Gadawodd y drws ar agor. Gwthiodd Vince 'i ddrws o ar agor. Taflodd 'i hun o'r car. Dechreuodd y saethu'n syth bìn. Estynnodd Vince am 'i wn.

Ffyc!

Off-diwti ac wedi gadael 'i arf yn yr orsaf.

Rhegodd fel dwn i'm be. Wedyn anghofio am hynny — rhy ffycin hwyr i gwyno rŵan.

Rowliodd at deiar cefn y car.

Oedd 'na homar o dwrw efo'r saethu i gyd. Trigolion yn sgrialu fel dwn i'm be. Sgrechian a phanic mawr yn llenwi'r stryd.

Peltiodd y bwledi'r car. Gwyrodd Vince 'i ben. Arhosodd, a do, fel y gwydda fo fasa'n digwydd, mi stopiodd y saethu.

Ail-lwytho'n de.

Mi giledrychodd o rownd cefn y car a gweld y taniwr wrthi'n rhoid mwy o amo'n 'i wn.

Oedd 'na olwg 'di dychryn ar y boi, er na fedra Vince weld 'i wynab o dan y balaclafa. Ond mi oedd o'n ysgwyd i gyd, ylwch, ac yn stryffaglio i ail-lwytho; yn fodia i gyd 'lly.

Mi regodd yr asasin wrth weld Vince yn ciledrach arno fo rownd tu ôl y car, gweiddi,

'Fucking RUC bastard!'

Arwydd arall 'i fod o mewn dipyn o stad: llais y sinach yn wich flin; a'r ffaith 'i fod o wedi siarad o gwbwl yn datgelu'r cwbwl lot —

Amatyr, meddyliodd Vince. Neu'r INLA, ẃrach.

Mi oedd yr IRA, ylwch, yn cynllunio petha fel hyn yn ofalus. Ond mi oedd yr INLA — a'r Prods o'r UVF, Corfflu Gwirfoddol Wlster, a ballu — yn fwy tebyg o feddwi'n dwll, cael chwilan, a gweithredu.

Ẃrach fod Conran yn llawiach efo nhw? Ẃrach 'i fod o 'di pechu rhywun a 'di cael 'i fygwth. Deud wrtho fo,

'Dangos pa mor driw w't ti'r diawl bach. Rho offrwm i ni.'

A Vince oedd yr offrwm a'r Falls Road yr allor.

Gwichiodd y seirens yn y pelltar, ond doedd wbod os mai ar gyfar Vince oeddan nhw'n canu. Mi oedd syna seiren yn syna cyffredin yn y ddinas yma. Helynt yn rhwla drw'r amsar.

Amneidiodd Vince o'i guddfan a mesur 'i elyn mewn eiliad —

Styllan o foi, byr, ac er 'i fod o'n gwisgo'r masg, dyfalodd Vince mai ifanc oedd o. Asasin ar brawf, debyg, a hon oedd 'i her farwol gynta fo.

Mi ffliodd Vince amdano fo.

Mi oedd y taniwr ar fin ail-lwytho, anelu eto, pan gyrhaeddodd Vince —

Cythrodd yn y gwn a gwthiad yr arf o'r neilltu. Dyrnodd, dyrnodd, dyrnodd y llanc yn 'i drwyn. Sigodd yr asasin. Tolltodd y gwaed trw'r balaclafa. Ciciodd Vince y cradur yn 'i geillia. Asu, dyna chi wingo.

Aeth amsar ar goll wedyn. Vince yn benysgafn. Adrenalin ac alcohol yn cymysgu.

Yr eiliad honno, mi oedd o'n brae. Os o' 'na ail asasin, mi oedd hi 'di darfod ar Vince Groves.

A phan welodd o ddyn efo gwn yn rhuthro i'w gyfwr o, mi hudwyd o gin y fagddu.

Lapiodd Angau, oedd wedi'i hawntio fo am flynyddoedd, ei adenydd amdano fo.

A rhwsut, mi oedd o'n fwy na pharod am 'i awr dyngedfennol.

*   *   *

Aeth Ray Dobbs o'i go.

Dim asasin welodd Vince yn rhuthro i'w gyfwr o, ond heddwas arfog. Lwc mwngral, Vince bach. Oedd yr RUC 'di heidio i'r Falls Road ar ôl i'r saethu gychwyn.

Arestiwyd y saethwr. Mi o' 'na dipyn o lanast ar y cradur ar ôl y slas gafodd o gin Vince, ond 'na fo.

Cuddiad yn y siop oedd Conran, y cachgi diawl.

Mi lusgwyd o allan gin y Glas dan swnian, ac mi gafodd o glustan gin Vince — llawn haeddu un, hefyd.

Do' gin Conran fawr o asgwrn cefn, a'r funud oedd o'n y car, mi dolltodd o'i gyffes:

Torri i mewn i dŷ nain pennaeth lleol yr INLA ddaru'r twl-al. Cael 'i ddal gin aeloda o'r gatrawd leol efo'i mwclis hi a'i modrwya hi.

Bygythiad wedyn: 'Mi dorrwn ni dy law di i ffwr' fatha ma'r Arabs yn neud i ladron.'

Conran ar 'i linia'n erfyn maddeuant. Ond dim ffiars: dim ond gwaed a dial oedd ar gael yn fa'ma, hogia.

Mi gafodd o ddewis cyfyng: lli ar draws 'i arddwrn neu achwyn ar ran yr INLA.

Tra'i fod o'n achwyn ar ran yr RUC, cafodd Conran freinryddid rhag cyhuddiada. Ond ar ôl bradychu Vince, agorwyd llyfr pechoda'r jibar dwl. Cosbwyd o. Mi gafodd o jêl am 'i holl dramgwydda.

A'r saethwr ifanc hefyd. Degawd o garchar i hwnnw, ac enw da ymysg y Provos ar ôl profi'i hun yn driw yn y Maze, cau'i geg hyd yn oed wrth gael 'i holi — 'holi', wir dduw — gin yr RUC.

Mi fasa'r llanc yn cael 'i droed yn rhydd jest rhyw flwyddyn cyn i garcharorion y Provos a'r Prods gael 'u rhyddhau fel rhan o Gytundeb Dydd Gwener y Groglith arwyddwyd yn Ebrill '98. Ond rhwbath ar gyfar fory oedd hynny. Fory oedd yn bell ar y diân i Vince tra'i fod o'n cael slas eiriol gin Ray Dobbs: contio Vince; galw bob enw dan haul arno fo; rhegi a rhuo.

Ddaru o ddim potshian trio esbonio i Dobbs pam oedd o'n chwil y dwrnod hwnnw, pam yr aeth o'n ddiamddiffyn efo Conran.

Ond ar ôl y dwrnod hwnnw, mi oedd Vince yn llwyrymwrthodwr. Mi aeth o i'r eglwys hefyd i chwilio am iachawdwriaeth ac atebion.

Hyd heddiw, doedd o heb ddŵad o hyd i'r naill na'r llall, ond mi oedd o'n dal i chwilio, fatha'r oedd o'n dal i chwilio am Veronica.

*   *   *

Cysylltiad felly rhwng Vince a Gough: 11 Mai.

Y dyddiad driodd yr asasin ddifa Vince ar y Falls Road.

Y dyddiad lwyddodd John Gough i ddifa aeloda o Wŷr Môn yn Bachau.

Y dyddia 'di'u rhifo...

Mi oedd Vince yn y tŷ oer, yn y tŷ tywyll. O flaen y parad yn y stafall fyw. O flaen y patryma a'r cysylltiada oedd o 'di'i greu — oedd o'n *trio'u* creu. Map o Fôn ar y wal. Llinell goch yn dangos llwybr Vonnie o'r ffair i'r man lle diflannodd hi. Llynia ohoni. Enwa ac amseroedd.

Oedd gin 11 Mai rwbath i neud efo hyn, 'dwch?

Llifodd 'na ryw wayw rhyfadd trw'i berfadd o.

Doedd 'na'm dwywaith fod 'na gysylltiad rhwng Robert Morris, Llidiart Gronw a Gwŷr Môn. Doedd 'na'm dwywaith fod 'na gysylltiad, wedyn, efo Ifan Allison. Allison 'di cael 'i gladdu ar dir Godreddi. Mike Ellis-Hughes oedd bia Godreddi a Plas Owain lle'r aeth John Gough o'i go. Ac Allison efo cysylltiad i achos Vonnie.

Ond mi oedd 'na fylcha o hyd; doedd pob dim ddim yn ffitio. Oedd 'na ddarna o'r jig-so ar goll.

Meddyliodd am y gyflafan yn '79 ac mi sticiodd o ffotocopïa o rifyn y *County Times* 'radag honno ar y wal.

Teyrngeda i'r rheini laddwyd:

Trevor Owen, ffrind agos i Mike Ellis-Hughes, a'i weddw fo yn y glaw —

Elfed Price, ffotograffydd y *County Times* —

Iwan ap Llŷr, ymgyrchydd lleol —

Hugh Densley, prif uwch-arolygydd efo Heddlu Gogledd Cymru —

Moss Parry, pensionïar bach diniwad...

Teyrnged i David Wilkins-Jones, hwnnw anafwyd yn ddifrifol: *Gobeithio y daw o drwyddi* a ballu.

Ewadd, mi aeth Gough yn honco bost, yn do. Mynd o'i go ar ôl colli'i wraig pan oedd hi'n rhoid genedigaeth i'w hail blentyn nhw, meddan nhw. Un arall, ylwch, 'di colli a 'di methu dygymod. Un arall heb roid clo ar betha.

Piniodd Vince lun o Gough o'r *Daily Post* ar y parad.

Gafodd o lwythi o ffotocopïa o'r archifdy, ac mi oedd Lena wedi bod yn ddygyn drost y blynyddoedd yn sisyrnu straeon o'r papur lleol.

Safodd yn 'i ôl rŵan i gael golwg gwell ar y parad, chwilio am y cysylltiada.

Llun Vonnie ar ganol y parad yn goruchafu: yn 'i dillad ysgol, yn gwenu, fel oedd Vince yn 'i chofio hi. Tair ar ddeg am byth.

Oedd o 'di glynu a phinio straeon dorrodd o o'r wasg leol — y *County Times* a'r *Daily Post*, a hyd yn oed y *Western Mail* pan oeddan nhw potshian efo gogledd Cymru; anamal. Ond mi oedd diflaniad hogan ysgol yn haeddu pwt yn y papur.

Oedd o 'di creu llinell amsar wedyn, yn Saesnag, iaith 'i waith o, *approx times* 'di'i sgwennu ar y top, ac oedd hi'n mynd fel hyn:

9:30am: bus to Ffair Borth;

10.30am: Ffair Borth with friends;

10.45am: argument;

11:00am: saw her for last time;

11:15am: seen alighting bus in Menai Bridge;

12.15am: seen by cyclist —

Darllenodd y stori eto o'r *County Times* yn '66 am y dyn ar y beic. Ceidwad y gyfrinach, ẃrach? Mi welodd hwnnw Vonnie ar y B4419 rhwng Pentra Berw a Llangaffo, ar y gyffordd efo Lôn Ynys Ferw, lôn gefn wledig.

Oedd o 'di ffonio ar ôl i'r newyddion am ddiflaniad Vonnie fod yn y papur. Adawodd o ddim o'i enw'n anffodus.

Seiclo'r oedd o ar gyrion Lôn Ynys Ferw, medda fo, pan ffoniodd o, a gweld hogan ifanc — 'honno efo'i llun yn y *County Times* heddiw' — yn cerad yno, deud fel hyn,

'Oedd hi'n sbio drost 'i hysgywdd fatha bod gynni ofn rhwbath, neu fel tasa 'na rwbath yn 'i dilyn hi.'

Aeth y beiciwr i'r gwynt, er 'i fod o 'di gaddo ffonio'n ôl yn nes ymlaen. Ond ddaru o'm gadael 'i enw na rhif cyswllt, yn anffodus. A ddaru o ddim ffonio'n ôl.

Aeth y Glas i'r bocs ffôn a chael olion bysadd, ond doedd 'na neb ar y ffeil. A do' 'na'm bwriad gynnyn nhw fynd rownd yr ynys yn gofyn i bob dyn gynnig 'u holion bysadd.

Ysgydwodd Vince 'i ben: rhwystredigaeth.

Mi ffoniodd o Gwynfor a deu'tho fo am gymharu'r olion bysadd jest rhag ofn bod 'na rwbath 'di digwydd ers '66, rhag ofn bod y beiciwr dienw wedi croesi llwybra efo'r Glas ers hynny.

Mi oedd Gwynfor yn ddigon blin, wir, bod Vince yn rhoid gordos iddo fo.

'Jest gna, reit,' medda Vince. 'W't ti'r un mor euog â fi ar gownt y dwrnod hwnnw.'

'Ffycin 'el, Vince, w't ti'n giadd, sti.'

'Jest gna.'

Rhoid y ffôn i lawr. Trio peidio dyfaru deud hynny wrth Gwynfor. Mynd ati eto i binio mwy o doriada papur newydd ar y parad.

Llynia o Vonnie lle'r oedd 'na ddynion. Dyn oedd yn gyfrifol, mi oedd o'n bendant. Dynion oedd yn gneud petha fel hyn. Doedd 'na'm llawar o Myra Hindleys yn y byd, oni bai fod 'na ryw Ian Brady 'di dwyn perswâd arnyn nhw.

Oedd hi'n eitha tebygol hefyd na rhywun oedd Vonnie'n 'i nabod, neu oedd yn 'i nabod hi, oedd yn gyfrifol, neu rywun o leia oedd yn gyfarwydd efo hi. Dyna pam oedd o'n llgadu'r dynion yn y llynia 'ma.

Hwn: parti adrodd Ysgol David Hughes, dan bedair ar ddeg oed, yn ennill gwobr yn Eisteddfod yr Urdd yn lleol, Vonnie yn y llun, *with Cllr. Clive Ellis-Hughes of Ellis-Hughes Coaches presenting the award —*

Hwn: tîm pêl-rwyd dan 13 Ysgol Gyfun David Hughes yn ennill Tlws Môn, Vonnie yn y llun, *with Sir Gwyndaf Miles, chairman of Miles Newspaper Group, owner of the County Times, presenting the award —*

Hwn: dosbarth o Ysgol Gynradd Llangaffo yn ennill gwobr gymunedol, Vonnie'n y llun, *with Sergeant Hugh Densley of the Gwynedd Constabulary presenting the award —*

Hwn: Vonnie'n ennill gwobr ysgrifennu gan y *County Times*, wythnosa cyn iddi fynd ar goll, *with the editor, Mr. Gwyn South, presenting her with her £2 Premium Bond —*

Nododd enwa'r dynion. Rhein, a rhei erill hefyd. Mi o' 'na sawl un 'di marw, a theimlodd wayw o ffyrnigrwydd yn rhuthro trwyddo fo.

Be os mai un o'r rheini aeth â hi, un o'r meirw 'ma? Oeddan nhw 'di dengid rhag cyfiawnder felly. Wedi dengid rhag llid Vince.

Ewadd, mi oedd hynny'n 'i wylltio fo, ac mi fasa fo 'di lecio credu mewn Uffern a ballu. Mi fasa fo 'di medru derbyn wedyn bod dihirod meirw o leia'n diodda yn y Llyn Tân.

Diferodd y dagra o'i llgada fo wrth iddo fo binio'r stwff 'ma i gyd ar y parad — Vonnie ddega o weithia, a dega o ddynion hefyd, pob un efo'r gallu i dramgwyddo.

Hil eiddil Adda: epil bwystfilod.

Diffenestriad: be ddigwyddodd
i saith swyddog codog ym Mhrag yn 1419

MI landiodd trên Nel yng Nghaergybi am fymryn wedi deg y bora, a drw gydol y daith o Gaer, y meirw oedd ar 'i meddwl hi —

Y tri fuo 'mhridd Godreddi am ddegawd;

Y pump fuo farw dan law John Gough;

Yr un fuo'n fag dyrnu i'w brawd yn '79...

Christopher, druan bach. Bwch dihangol oedd o. Dedfryd oes yn Strangeways, wedyn. Neb yn hidio dim am 'i dystiolaeth o. Neb yn credu. Neb ond John Gough.

Cysylltiad: Gough a Chris.

Cysylltiad: Marwolaeth Robert Morris, marwolaeth y pump dan law Gough, a marwolaeth Tri Godreddi.

Rŵan —

Gwynt oer Caergybi yn tarfu arni ar y platfform ar ôl iddi ddŵad odd'ar y trên. Hen ysbrydion yn atgyfodi i'w haflonyddu hi, hitha'n ôl ar dir halogedig. Hwdw'r hen ynys yn cyrraedd o'r affwys i oeri'i gwaed hi. Ac enwa'r rheini oedd 'di pechu'n erbyn 'i brawd hi 'di cael 'u diddymu o lyfr y bywyd; cânt eu bwrw ganddi i'r llyn o dân.

Nel wedi tyngu llw —

Mi fydd hi'n *pa fodd y cwympodd y cedyrn* arnyn nhw

rhyw ddwrnod. Enaid pob un yn gondemniedig ar gownt yr hyn naethon nhw i Chris.

Dim heddiw, ẃrach. Dim fory. Dim 'leni o gwbwl, bownd o fod.

Ond rhyw ben.

Pan fasa'r bastads ddim yn disgwl. Pan fasa'u pechod nhw'n atgof pell, niwl amsar 'di mynd â fo, a nhwtha'n meddwl siŵr 'u bod nhw 'di dengid rhag cosb.

Mi fydda 'na ddial am ddioddefaint Chris, y cradur. Strangeways wedi'i stricio fo. Llipryn lle bu llabwst. Bag dyrnu lle bu bôn braich. Y peth bach bellach 'di gwaelu, moeli, llwydo. Methu byw efo'r ffasiwn uffern. Babi mam ymysg barbariaid.

Addawodd yr awdurdoda gadw llygad arno fo, ond mi wydda Nel yn iawn mai addewidion papur oedd rheini. A thorrai'i chalon bob tro'r oedd hi'n mynd i'w weld o.

Mi darfodd y blynyddoedd arni hitha, hefyd. Mi gledwyd hi: haearn a hoga haearn a ballu. Oedd hi'n *pawb a'r a gymerant gleddyf, a ddifethir â chleddyf; casineb genhedla gasineb*, yn doedd.

Mi oedd gin Nel bentwr ar 'i meddwl. Dial i'w drefnu. Addawodd yn '79 na fasa hi byth yn dŵad yn ôl i Fôn tan 'i bod hi'n barod i weithredu'n erbyn y dynion ac ailsgwennu'r hanas oedd 'di'u dyrchafu nhw'n angylion.

Ond dyma hi: wedi cael 'i hudo gin esgyrn. Tri Godreddi. Y meirw'n esgyn ar ôl degawd yn y pridd...

Daffododd y noson honno fatha rowlyn o ffilm yn 'i phen hi rŵan:

Hi a Nick James yn cael hwyth o'r cwt lle clymwyd nhw gin DI Allison a DS Jones — yr 'Octopws' ar gownt y ffaith 'i fod o'n mwytho merchaid heb gael gwahoddiad i neud 'lly.

A dyna lle'r oedd Jones efo rhawia tu allan i'r cwt, a gwên — fatha'i wên fwytho fo, bownd o fod — ar 'i wep o.

97

'Fasa hidia i chdi fod wedi meindio dy fusnas, washi bach,' medda Allison wrth Nick: Nick a Nel 'di bod yn helpu John Gough fynd i'r afael â Gwŷr Môn.

Gough 'di cloddio cyfrinach o bridd yr ynys, ylwch: cartél o gamdrinwyr yn grŵmio genod o fysg caridýms y sir; trin y petha bach fatha hwrod. Y cam-drin 'ma dan drwyn pawb — dim ond i chi edrach.

Ond neb drofun edrach.

Neb oni bai am Gough.

Hwnnw'n bygwth datgelu, dinistrio, dial. Y cabál yn cipio'i hogan o, Fflur, a'i rhoid hi ar ocsiwn: heffar mewn sêl. Gough efo gwn: mynd yn wyllt ulw — tra bod DI Allison a DS Jones yn hysio Nel a Nick tuag at 'u tynged nhwtha 'Ngodreddi...

Crynodd rŵan wrth gofio '79, wrth gofio'r manylion. Mi oedd hi'n cael 'i 'ffeithio'n arw hyd heddiw. PTSD oeddan nhw'n 'i alw fo. Sawl hunlla'n 'i phlagio hi —

Rhyw Satan o beth efo adenydd mawrion yn llurgunio'r plant oedd Nel heb ymddŵyn arnynt ar hyn o bryd...

Allison a Jones yn tyllu'u hunan o'r bedd, y meirw byw...

Nick yn dŵad ati'n y nos, carcas drofun caru...

Sgerbyda'r meirw'n ymestyn o'r affwys, cythru ynddi, a'i llusgo i'r ddaear...

Mi driodd hi fanteisio ar y ddawn oedd gynni i gysylltu efo'r byd nesa, y gallu i weld y dyfodol, rhag ofn y basa hi'n medru rhag-weld y peryglon oedd yn 'i disgwl hi'n Sir Fôn. Chwiliodd am yr atab i'r esgyrn, yr hyn oedd ganddynt i'w ddatgelu.

Ond doedd 'na'm atebion na goleuni. Dim ond rhyw dwllwch trwchus — a rhwbath maleisus ynddo fo, yn ddyfn yn 'i ganol o, yn aros yn amyneddgar am brae.

*   *   *

98

Y Bull yn Llangefni a Vince efo'i lemonêd, Taylor efo'i beint, y ddau wrth y bar —

Vince methu credu:

'Difa'i hun?'

Gwynfor yn deud,

'Bythefnos ar ôl i Vonnie ddiflannu.'

'Y fo aeth â hi?'

'Mi dynnwyd 'i dŷ o'n gria ar y pryd, ond do' 'na'm byd amheus.'

Vince yn berwi:

'Ond 'sa fo'm yn 'i chadw hi'n fan'na —'

'Vince, fo ffoniodd. Pam 'sa fo'n ffonio os na fo nath ddrwg iddi?'

Meddyliodd Vince am funud, twrw'r tŷ tafarn yn rhoid cur pen iddo fo, wedyn deud,

'Euogrwydd.'

Sôn am y beiciwr oeddan nhw. Cafwyd ID o'r printia'n y ffeil: Nefydd Bowen, 42, o Aberffraw.

'Hen lanc oedd o, yli,' medda Vince, fatha bod hynny'n dramgwydd ynddo'i hun.

'Hen lanc w't titha,' medda Gwynfor.

'Ia, ond...'

'Ond be?'

'Hidia befo. Deu'tha fi.'

Drost 'i beint, mi ddudodd Gwynfor:

Teiliwr oedd Nefydd Bowen. Cadw siop dan enw'i daid, William Rhys Bowen, yn Borth. Capelwr a beiciwr. Mi sgwennodd o lyfr yn '62 am feicio. Allan o brint bellach. Ond mi fuo fo ar Radio Wales yn trafod 'i hobi droeon. Daethpwyd o hyd iddo fo'n crogi o raff yn 'i garej, yn 'i gêr beicio, gin 'i frawd, Brychan, bythefnos ar ôl diflaniad Vonnie.

Gwynfor yn deud,

'Oedd hi'n *procedure* i fwrw golwg arno fo fatha *suspect*. Mi gymharwyd 'i brints o efo'r prints yn y teliffon-bocs, ond doedd 'na affliw o ddim i'w gysylltu o efo diflaniad Vonnie.'

Doedd hynny'm yn lleddfu llid Vince, a storiodd y wybodaeth yn 'i ben: mi âi o ar drywydd y llwybr yma ar 'i liwt 'i hun.

'Vince,' medda Gwynfor, llusgo'r llall o'i feddylia.

Dyma Vince yn sbio arno fo.

'Vince, paid â rhoid gordos i fi eto, reit. A paid â rhoid y baich ar 'yn sgwydda i am be ddigwyddodd y dwrnod hwnnw.'

Dim gair o ben Vince. Troi at 'i lemonêd eto. Yfad mymryn, a'i feddwl o'n beiriant rhyfal a'i ddyrna fo'n barod i slanu.

Taylor yn trowchio: 'Dw't ti'n neb yn fa'ma, Vince.'

Y tŷ tafarn yn fwy swnllyd byth, rŵan. Noson brysur. Llond y lle. A phentwr ohonyn nhw'n chwil ulw, hefyd.

Vince yn deud,

'Dwisho gwbod os o's 'a gysylltiad rhwng diflaniad Vonnie a'r esgyrn 'ma.'

'Do's 'a ddim. Giang Gough laddodd Dri Godreddi.'

'Giang Gough? Be sy haru chdi? Do'dd gin Gough 'rioed giang.'

'Meindia dy fusnas, Vince. Dw't ti'm yn gopar ffor'ma. Ti ar leave, beth bynnag. Sgin ti'm petha gwell i neud, d'wad?'

'Nago's,' medda Vince —

chwys ar 'i wegil o,

angau'n 'i hawntio fo,

y dyddia 'di cael 'u rhifo —

Chwthodd Taylor wynt o'i focha: twrw dyn 'di laru.

Deud,

'Pw' ti ar 'i ôl, Vince?'

'Y gŵr traws.'

Y twrw laru 'na eto, deud,

'Glywist ti be ddudish i. Clecs cefn gwlad.'

'*M'aish chmsin*, dyna ddudist ti.'

Tuchanodd Taylor. Yfad. Dim gair yn dŵad o'i ben o.

Vince yn deud,

'Mi laddodd llofrudd Islwyn Owen o'r blaen. Dim dwywaith. Mae'i hoel o ar y tir 'ma ers cyn '54. Cyn Islwyn. Dwi 'di bod trw'r hen bapura newydd. Mi laddodd o ar ôl '54 hefyd. Dwshina. A neb yn meddwl mai fo ddaru, neb 'di gweld y cysylltiada. Ac mi aeth o â Vonnie a'i rhoid hi'n rhwla — heb sacrament.'

'Heb be?'

'Heb i neb weddïo drosti — deud geiria.'

Tuchanodd Taylor, yfad.

Meddyliodd Vince am Nefydd eto. Nid fo aeth â Vonnie, mi wydda fo hynny'n 'i berfadd: mi oedd pwy bynnag aeth â hi wedi lladd ers hynny.

A neb yn meddwl mai fo ddaru, neb 'di gweld y cysylltiada...

Ond mi oedd o'n benderfynol o dyllu i hunanladdiad y beiciwr. Mi o' 'na rwbath yn drewi ar gownt y digwyddiad...

Mi ddechreuodd Vince ddeud rwbath, ond mi oedd 'na rywun yn codi twrw tu ôl iddyn nhw. Trodd Vince at y stŵr:

Ffrae rhwng rhyw fwrlas a'i lefran —

Y bwrlas yn deud,

'Cau dy geg, yr ast, neu mi ro i chwelpan i chdi'n fa'ma o flaen pawb — 'na i'm potshian aros tan 'dan ni adra.'

Poethodd gwaed Vince. Atgofion brwnt yn llenwi'i ben o: Dad yn dyrnu Mam.

'Cau dy geg, ast,' wedyn rhoid slas iddi...

Mi oedd bwrlas y Bull yn llo cors, ac wedi dewis, ar gownt tempar Vince, noson go ddrwg i godi twrw.

Hogyn ifanc oedd o, a'i lefran o'n fengach — rhy ifanc i fod yn chwil ulw'n fa'ma, bownd o fod.

Ond mi fuo'r dan oed dros 'u deg droeon mewn tŷ tafarn, Vince yn 'u plith nhw. Dim byd newydd dan haul.

A dim byd newydd mewn coc oen fatha hwn yn cam-drin 'i lefran, chwaith.

'Mi fydd hi'n wsos go lew cyn i ni gael risýlts y DNA'n ôl ar yr esgyrn,' medda Taylor, heb sylwi ar y dwrdio: andros o dditectif. 'Asu, ara deg 'dyn nhw'n de. Cystal â deud wrth ryw law flewog, "Dos amdani'r llabwst. Torra i mewn i faint fynnir o dai dros y dyddia nesa 'lly. Mi gymrith wsos go lew cyn i ni fynd i'r afael â chdi." Lol wirion.'

Twt-twtiodd ac ysgwyd 'i ben eto, gneud y twrw laru hwnnw, yfad o'i beint, wedyn deud,

'Ma'n nhw 'di dal yr hogia duon rheini'n Gaerdydd am ladd yr hwran honno. Be oedd 'i henw hi, d'wad? Sôn ma' DNA sy 'di'u hoelio nhw. Achos yn cychwyn fis Hydref lawr sowth. Ga'n ni weld, 'de. Hen ysgol dwi. Well gin i sbio i fyw llgada rhywun a gofyn yn syth bìn iddo fo, "Chdi ddaru?" W'sti gystal â finna, Vince, na drofun rhoid pwysa arnyn nhw sy isho — mae'r gwir yn bownd o ddŵad allan wedyn.'

Gan lgadu'r bwrlas a'i lefran, dyma Vince yn deud, 'I fyw llgada pwy dwi fod i sbio i gael y gwirionedd am 'yn chwaer?'

Cododd Taylor 'i sgwydda: 'Asu, dwn i'm, Vince. Ŵrach 'sa seicic yn medru helpu —'

Trodd at Taylor a deud,

'Sut?'

'Gin i apwyntiad efo un fory. Mi ffoniodd hi'n honni fod gynni wybodaeth am Godreddi —'

'O dy go w't ti, Gwynfor, ta be?'

'Asu, rhai' chdi gysidro bob dim, sti, y mymryn lleia...'

Neidiodd y bwrlas ar 'i draed. Ewadd, hogyn nobl. Dros 'i chwe troedfadd. Bol mawr gynno fo. Gwyro'n fygythiol dros 'i lefran. Rhuo a hefru a deud,

'Mi waldia i chdi'r gnawas.'

Gosododd Vince 'i wydriad o lemonêd ar y bar. Picio draw at lle'r oedd y bwrlas yn baldorddi.

'Washi,' medda fo, goro sbio i fyny ar y llabwst, er bod Vince dros 'i chwe troedfadd 'i hun 'lly.

Rhythodd y bwrlas arno fo, deud,

'Ffwctisho?' Y gair yn dŵad o geg cono 'tha sŵn.

Aeth llgada Vince yn reit gul, ac mi oedd 'na ryw hannar gwên ar 'i wep o, a dyma fo'n deud,

'Paid ti â clogi efo fi, washi.'

'Ffacin —'

'Gwers hanas, washi: w'sti be ddigwyddodd i saith swyddog codog ym Mhrag yn 1419?'

'Sut?'

'Gafon nhw fflich drw ffenestri neuadd y dre. O hynny, yli, mi gawn ni'r gair "diffenestriad". A dyna ddigwyddith i chdi os fethi di fyhafio. Mi ro i fflich i chdi drw'r ffenast 'na.'

Cochodd y bwrlas a deud,

'Tisho ffycin slas yn fa'ma ta tu allan, y cont?'

Mi welodd Vince hyn ganwaith: hogia fatha hwn yn llond 'u croen ac y meddwl 'u hunan rêl boi.

Oedd yr hogyn 'ma 'di gneud homar o gamgymeriad heno, yn enwedig a Vince ar biga'r drain go iawn i leinio rhywun.

Dyma fo'n deud,

'Hogyn bach mewn byd bach w't ti, washi. Ti'n meddwl bo' chdi'n ddyn. Meddwl bo' chdi'n dipyn o foi. Ond dw't ti ddim, sti. Dw't ti ddim. Cymra 'ngair i. Dw't ti'm yn nabod y byd dwi'n 'i nabod. Ddallti di byth mo'r byd hwnnw, yli.

Byd dynion. Dwi 'di gneud petha nei di byth. Dwi 'di gweld petha weli di byth. Stedda'n dawal. Aros yn dy filltir sgwâr. Cau dy geg a parcha dy dad a'th fam, a lol felly —'

Hyrddiodd y bwrlas 'i hun fatha tarw heibio i fyrdda a chadeiria, fflich i wydra a diodydd a sigaréts, rhuthro'n syth bìn am Vince.

*   *   *

Diolchodd Nel i'r boi oedd o'r un genedl â hi, o'i thylwyth hi, am 'i dreifio hi o Gaergybi i Langefni. Ted drefnodd y lifft drw Urdd y Siewmyn; chwara teg.

'Croeso, 'chan,' medda'r llanc.

'Ga i fenthyg y car os bydd rhaid?'

'Siŵr iawn,' medda fo, ac off â fo yn 'i Volvo sgraglyd.

Mi oedd 'na fynd a dŵad ar Sgwâr Llangefni: meddwyns yn igam-ogamu o'r Bull i'r Market, o'r Foundry i'r Railway.

Fa'ma'r oedd hi 'di cael llety hefyd, ylwch: y Bull. Lle reit handi. Dyna feddyliodd hi. Agos at stesion y Glas: oedd gynni apwyntiad yno'r bora wedyn efo'r DI Gwynfor Taylor.

'Dwi'n seicic a 'di helpu'r polîs efo achosion o'r blaen,' oedd hi 'di falu awyr wrtho fo drost y ffôn, ac wedyn: 'Amgian gin i'ch cyfarfod chi wynab yn wynab, Mr Taylor.'

A Taylor — yn sinach, yn amlwg — yn barod iawn i wahodd gwraig ifanc efo llais melfaréd i'w gastall.

Ond mi oedd 'na andros o dwrw'n dŵad o'r Bull, Nel yn meddwl: prin y ca i gwsg heno. Swnio fatha bod petha'n mynd yn flêr tu mewn. Cysgodion yn sgytio i gyd tu ôl i'r ffenestri. Helynt go iawn. Slanu a chodi twrw. Rhegi a sgrechian.

Ffrwydrodd un o'r ffenestri, ac yn fflich drwyddi mi ddoth 'na labwst go ffoglyd. Glawiodd gwydyr y ffenast ar y pafin wrth i'r cradur landio'n glec ar y concrit, gwingo, a'i wep o'n waedlyd: wedi cael dwrn. Mi ddoth 'na dwrw tŷ tafarn yn syth bìn ar 'i ôl o drw'r ffenast.

Mi sbiodd Nel drw'r allanfa newydd 'ma, y ffenast faluriedig. Ac yn sefyll yn y ffrâm adfeiliedig, mi oedd 'na rwbath gogoneddus, rhwbath cyntefig, yn llonydd yn y miri, dros 'i chwe troedfadd, sgwydda fatha ci corddi gynno fo, gwallt gola, llgada tywyll cul yn sbio'n syth bìn ar Nel. Ac aeth 'na rwbath drwyddi hi, fatha gweledigaeth jest iawn: pwll dyfn a thân yn 'i waelod o.

Wrth ymyl yr hwn sgytiodd Nel, safai ci rhech efo bol cwrw a pheint, ac mi ddudodd hwn wrth y dyn dim lol,

'Be ffwc ti 'di neud 'ŵan, Vince?'

Hon a fu'n dywyll unig...

MI oedd Hughie Thomas rêl boi. Tan neithiwr. Tan i jarff roid fflich iddo fo trw ffenast y Bull.

Newydd symud i Langefni oedd Hughie a'i fam. Cael 'u hel o'u tŷ cownsil yn Gaerwen ddaru nhw, am fod pawb ar y stad ofn Hughie.

Hughie bach, ylwch, oedd y *dyn* yn fan'no. Pawb arall yn gachwrs. Hel clecs amdano fo. Cachu brics pan oedd o'n sgwario rownd y stad.

Ond chwara teg, dim ond cael sbort oedd o. Sbort yn gwthiad hen ferchaid ar lawr. Sbort yn malu beics plant. Sbort yn dwyn ceir a mynd â nhw am *joyride* rownd Gaerwen.

Sbort, a'r cownsil a'r Glas a bob un wan jac o'r jibars ar y stad drofun stopio'i sbort o. Annheg.

Hollol —

An —

Nheg —

Oedd o'n pwdu wedyn, a mynd yn flin, a gwthiad mwy o hen ferchaid, a malu mwy o feics, a dwyn mwy o geir.

Tasan nhw heb stopio'i sbort o fasa hynny ddim 'di digwydd, a fasa Mam a fo wedyn heb gael 'u hel i ffycin dwll o floc o fflats yn Llangefni.

Mam yn flin 'tha tincar:

'Be am 'yn *human rights* ni?' — doedd hi'n hidio dim, siŵr iawn, am *human rights* y rheini oedd bach 'i nyth hi 'di'u hambygio — 'Dwi a Hughie fatha'r Terry Waite 'na. Cael 'yn cidnapio o'n cartra.'

Mynd fuo rhaid. Fflat ar y pedwerydd llawr o saith. Stidwll o le —

Llygod a llwch.

Plicio a phydru.

Drewi a drygs.

Ond mi aeth Hughie ati'n syth bìn i ddangos i bawb be oedd be. Dysgu'r jibars pw' oedd y giaffar newydd. Ac oedd hi'n bythefnos jest iawn bellach ers iddyn nhw symud yma, a Hughie'n fistar corn ar y fflatia'n barod.

Tan neithiwr 'lly. Tan y Bull a'r jarff hwnnw'n rhoid fflich iddo fo drw'r ffenast.

Doedd 'na neb 'rioed 'di rhoid fflich i Hughie drw ffenast o'r blaen, felly mi oedd o 'di drysu, mi oedd o 'di llyncu mul.

Oedd gynno fo ofn am 'i fywyd rhag i'r stori fynd rownd y stad, ac i bawb glŵad bod Hughie Thomas 'di cael slas.

Dwy ar bymthag oedd o. Chwe troedfadd pedair modfadd. Bol oedd yn cyrraedd cyn y gweddill ohono fo. Sgwydda oedd yn methu mynd trw ddrws. Slanwr a sgwariwr sgrafil.

Mi adawodd o'r ysgol ddwy flynadd yn ôl. Syth bìn ar y dôl. Dim jobsys. Bai Magi Thatcher.

Ond mi stopion nhw'i ddôl a'i orfodi o i falu mwy wedyn. A dwyn mwy. A dyrnu mwy. A'u bai nhw oedd hynny i gyd. Bai pawb arall.

Fatha na bai Olwen oedd hi neithiwr am iddo fo gael fflich drw ffenast y Bull.

Olwen oedd 'i lefran o. Oedd hi'n ast gegog bedair ar

ddeg. Asu, oedd hi rêl babi mam yn y Bull neithiwr. Swnian ar Hughie am 'i fod o wedi mynd i'r afael â lefran arall; wedi mynd i'r afael ag Angela oedd yn fengach ac yn ddelach o beth coblyn nag Olwen.

Mi wadodd Hughie, a hefru bod Olwen yn dychmygu'r lol 'ma i gyd, a drofun iddi stopio yfad gymaint o fodca'i mam. Mi wadodd o er mai deud anwiradd oedd o, siŵr iawn.

Aeth hi'n ddwrdio go iawn yn y Bull. Cega a ballu, a Hughie'n y diwadd yn deud, 'Cau dy geg, y globan wirion.'

A wedyn y jarff yn dŵad atyn nhw. Rhoid rhyw ffycin bregath i Hughie na hogyn bach oedd o. A Hughie'n mynd o'i go. A mynd ar 'i ben drw'r ffenast.

O' 'na griw yn 'i fflat o'r bora hwnnw. Hannar dwshin. Pawb tua 12, 13, neu 14, ŵrach. Mêts Olwen oedd pentwr ohonyn nhw. Honno 'di cael clustan, ylwch, ar ôl iddyn nhw ddŵad adra neithiwr. Bai'r cont roddodd fflich i Hughie drw'r ffenast oedd hynny.

Oedd Anglea yno hefyd, a chwpwl o'i mêts hi. Oedd hi tua 11:00am, pawb yn yfad Special Brew a smocio ffags, ogla mwg a chwrw'n y fflat. Oedd Mam yn chwil ulw ac yn 'i gwely.

Black Sabbath yn rhuo o'r stereo. Y walia'n crynu efo'r twrw. Ond fasa 'na neb yn meiddio cwyno, neu mi fasa Hughie'n leinio.

Oedd Olwen 'di pwdu'n y gornal. Oedd Hughie'n llgadu Angela. Ffycin genod, meddyliodd. Genod efo'u sgertia byr a'u tethi newydd. Oedd Hughie'n magu min. Ŵrach basa cotsan yn llesol. Mendio'r cwilydd oedd yn cnoi arno fo; y ffor shêm o gael slas.

'Hughie,' medda cochyn bach cul.

'Be?' medda Hughie'n ddifynadd.

'Ddudodd Walter bora 'ma fod o'n mynd i gael 'i dad i roid slas i chdi.'

'Pwy ffwc 'di Walter?'

Wydda Hughie'n iawn pwy ffwc oedd Walter. Rêl boi'r fflatia 'ma cyn i Hughie landio a leinio'r cont bach. Dangos iddo fo — a phawb arall — pw' oedd y cefn dyn o hyn 'laen.

'Walter roist ti slas iddo fo,' medda'r cochyn.

Cythrodd Hughie yng ngwallt y cochyn. Sgytio'r styllan nes 'i fod o'n gwichian. Mynd drwyn wrth drwyn efo'r jibar bach diawl a deud,

'Mi geith tad Walter ffycin slas hefyd 'lly, ceith.'

Fflich i'r cochyn ar draws y fflat. Llgadu Angela wrth luchio'r styllan. Dangos 'i hun iddi hi. Dangos 'i fod o'n dal rêl boi, a ddaru neithiwr, a'r ffenast a ballu, ddim digwydd go iawn, ac mi fasa rhywun dduda air am hynny yn cael slas.

Ewadd, oedd o ar i fyny rŵan, a dyma fo'n mynd at Olwen a deud,

'Ffwcia o 'ma'r ast wirion.'

Mi sbiodd Olwen arno fo. Torri calon ar 'i gwep hi. Diwadd y byd yn 'i dagra hi.

'Hegla hi o 'ma,' medda fo wrthi hi. 'Dwi'n darfod efo chdi.'

Beichiodd Olwen a mynd fel fflamia o'r fflat. Aeth 'na un neu ddau ar 'i hôl hi. Wedyn mi aeth Hughie at Angela, sefyll yn gawr uwch 'i phen hi, deud,

'Chdi 'di lefran fi rŵan.'

Agorodd Angela'i cheg i ddeud rhwbath, ond cyn iddi siarad, mi gnociodd rhywun ar y drws ffrynt.

Aeth Hughie'n wyllt wirion — sgyrnygu, a rhegi, a thynnu'r gwallt o'i ben. Mi oedd o'n teimlo fatha bod 'i benglog o'n mynd i falu'n racs, ac mi oedd o'n teimlo felly pan oedd o'n flin, cyn iddo fo roid slas i rywun: fatha bod 'na fom yn 'i frêns o. Ac Asu Grist, mi oedd pwy bynnag gnociodd ar y drws yn mynd i gael 'i slanu.

Martsiodd am y drws a'i agor o, ac oedd 'na hen foi'n sefyll yna. Locsyn blêr gynno fo. Trwyn coch meddwyn. Un o'i llgada fo 'di cau, fatha'i bod hi 'di cael 'i gliwio 'lly. Oedd o'n gwisgo hen gôt Army & Navy oedd yn drewi, a chap gwlân.

'Be tisho?' rhuodd Hughie, poeri ar yr hen ddyn.

'Trowch y twrw 'na i lawr, plis. Mi 'dach chi'n styrbio pawb.'

Mi roddodd Hughie homar o hwyth i'r cwynwr. Baglodd y cradur yn ôl i gyfeiriad y balconi.

Meddiannwyd Hughie gan awch i gythru'n y taid a'i luchio fo drost yr ymyl 'lly.

Ond mi nadodd o'i hun.

Fasa gynno fo ofn lladd rhywun go iawn a landio'n jêl.

Brifo pobol yn iawn. 'U bygwth nhw i beidio deud *gair o dy ffycin ben neu mi ladda i di* 'lly.

Ond fasa fo byth yn *trio* lladd neb. Gormod o ofn arno fo. A doedd o'm isho cael bai am fwrdwr, 'chi.

Wedyn...

Hogyn bach mewn byd bach w't ti, washi.

... yn eco drw'i ben o; geiria'r jarff a'i taflodd o drw ffenast y Bull...

Mi gafodd o'i sgytio am funud, wir yr, ond i deimlo'n ddyn eto, mi ddyrnodd o'r hen ddyn yn 'i drwyn, ac mi leciodd o weld y gwaed.

Wedyn mi heglodd o'n ôl i'r fflat a chau'r drws.

Oedd 'i ben o ar dân o hyd, a'i waed o'n berwi, a'i fin o'n fawr. Aeth o'n ôl at y lleill.

Cythrodd mewn can o Special Brew o law un o'r genod. Yfad y caniad i gyd mewn un.

Oedd trochi'r tân yn 'i ben o efo cwrw'n gneud lles: mi ddechreuodd 'i dempar o fynd yn llai coch rŵan.

Felly'r oedd o'n gweld petha, ylwch: lliwia 'lly.

Coch oedd blin 'tha tincar, a melyn oedd dechra callio; oedd 'i ben o wedi mynd i felyn rŵan.

'Pw' o' 'na, Hughie?' medda rhywun, a mynd â Hughie'n ôl i goch yn syth bìn.

Rhu o bydew 'i berfadd fo:

'FFAC OFF!'

Y stafall yn mynd rownd a rownd, a'i waed o fatha'r Llyn Tân oedd rhyw weinidog 'di addo y basa Hughie'n boddi ynddo fo oes yn ôl.

Crinodd y plant. Mi griodd amball un. Ofn Hughie arnyn nhw, 'chi. Mi fendiodd yr arswyd oedd o 'di esgor arno fo fymryn ar gwilydd Hughie — mynd i felyn eto'n 'i ben, ylwch.

Mi sbiodd o ar Angela wedyn ac mi oedd o'n anifal efo greddfa anifal.

'Ffwciwch o 'ma,' medda fo, ac wedyn pwyntio at Angela. 'Pawb ond *chdi*.'

Wrth i'r plantos hel 'u pac, mi ddoth 'na gnoc arall ar y drws.

Aeth Hughie'n...

... hollol...

... ffycin...

... wallgo...

Wir i chi, fatha'r Tasmanian Devil o'r cartŵn.

*   *   *

Llamodd Hughie at y drws ffrynt, a'i agor o, a ffycin haliba-ffycin-lŵ ar flaen 'i dafod o. Poer a rhegfeydd a melltithion lu yn barod i gael 'u rhyddhau. Môr tanllyd o fryntni ar fin cael 'i dollti drost y tinllach oedd 'di *meiddio* cnocio ar 'i ddrws o — a dyma fo'n gweld —

Y byd tu allan yn dir diffaith... a...

Mi rewodd o —

... tir llosg... tir gwyllt... a...

Ac aeth 'i waed o'n oer —

... mwg trwchus a fflamau... a'r...

A throdd 'i esgyrn o'n bwdwr —

... a'r Diafol yn sefyll ar y trothwy... ac...

A gwaniodd 'i bledran o —

... y gŵr traws... ac...

A corddodd 'i stumog o —

... croen fel lledar... llgada'n fflamau... ac...

Oedd Hughie'n ysgwyd 'i ben i gael gwarad ar y delwedda barodd iddo fo ddrysu, er na llai nag eiliad oedd pob un llun 'di'i bara.

Gesiai mai'r cwrw a'r dôp oedd wedi achosi iddo fo weld y rhyfeddoda welodd o.

Dyna pryd oedd 'i ben o 'di mynd yn chwil, bownd o fod.

Rŵan, a'r byd wedi sadio eto, safai dyn mewn oed arall ar y trothwy, a'r taid roddodd Hughie hwyth iddo fo'n sefyll o'r neilltu, yn smocio.

Mi oedd y dyn newydd 'ma, oedd yn hen 'tha pechod hefyd, yn dal ac yn awdurdodol, grymus a grasol. Gwallt gwyn at 'i sgwydda fo. Llgada duon fatha glo. Gwên lydan fatha'r Joker o *Batman*.

Mi oedd gynno fo ffon hir yn 'i law chwith, y ffon jest iawn mor dal â fo, a dolen o raff yn crogi ohoni. A dyma fo'n gofyn i Hughie,

'W'sti be 'di hon, frawd?'

Aeth 'i lais o trw Hughie fatha rasal trw gnawd, ac mi agorodd y llabwst ifanc 'i geg i ddeud rhwbath. Ond ddaru 'na'm twrw 'tha siarad ddŵad o'i gorn gwddw fo. Dim ond rhyw sŵn hynafol fedrodd Hughie druan 'i greu'r funud honno.

Sŵn fatha sŵn yr ofn cynta.

Tu ôl iddo fo'n y fflat, mi oedd y plant yn siarad yn dawal bach dan 'u gwynt, a chôr o eiria'n siffrwd yn yr awyr:

'... traws...'

'... bwgan...'

'... diafol...'

Dyma'r dieithryn 'ma'n deud,

'Crafangwr ydi o, yli. I ddal cŵn ffyrnig' — cyfeirio at 'i ffon eto — 'Mae'r dorch 'ma'n mynd rownd 'u gyddfa nhw — torch lithrig 'di hi — ac wedyn... wel, mi ddangosa i i chdi.'

Mi ddangosodd o.

Yn sydyn ar y naw, heb i Hughie wbod be oedd be, dolennodd y dyn diarth y rhaff am wddw'r hogyn dwl. Herciodd yr hen ŵr y polyn. Ewadd, mi oedd 'na nerth yn y cojar diawl. Tynhaodd y rhaff am gorn gwddw Hughie. Saethodd tafod Hughie o'i geg o. Mi dagodd o, stryffaglio, gweld sêr.

Bugeiliodd y dieithryn Hughie o ddrws y fflat at ymyl y balconi — yn union 'tha 'sa dyn yn gneud tasa fo 'di dal ci ffyrnig 'lly.

Mi sgytiodd Hughie, trio gwthiad y polyn i ffwr', trio gwthiad 'i fysadd rhwng 'i wddw a'r rhaff oedd yn 'i grogi o.

Ond methu ddaru'r cradur, ac i ddeud y gwir, mwya'r oedd o'n ysgwyd, mwya'r oedd y rhaff yn gwasgu am 'i gorn gwddw fo.

Mi oedd pawb yn gwatshiad — llwyth Hughie o'r fflat, a'r hen bererin efo un llygad a'r gôt Army & Navy —

Pawb yn dyst i'w ddarostyngiad o.

'W'sti, frawd,' medda'i grogwr o rŵan, y llais eto'n

oeraidd, yn ddi-lol, 'be sydd yn gwahaniaethu jarff fatha chdi ac artisan fatha fi?'

Mi oedd y geiria'n swnio fatha iaith ddiarth i Hughie. Mi 'ddan nhw'n 'i atgoffa fo rhwsut o be ddudodd y bastad hwnnw neithiwr wrtho fo — cyn iddo fo roid fflich iddo fo drw ffenast y Bull. Rhwbath am mai hogyn bach oedd o, a heb weld y byd go iawn.

Mi ddechreuodd meddwl Hughie doddi, ac oedd o'n colli arno fo'i hun. Oedd o 'di cael 'i slanu, rŵan, gin ddau ddieithryn, a lasa'i fod o wedi cyrraedd diwadd 'i bwrpas a deud y gwir. Lasa bod geiria cariad Mam, oes yn ôl, yn dŵad yn wir:

'Babi Mam da i ddim w't ti, ac i'r gwynt yr ei di. Cael dy anghofio. Ti'n wast ar amsar, ac yn wast ar awyr iach.'

Deud hynna i gyd wrth hogyn pump oed, ylwch, cyn rhoid slas iddo fo —

Rŵan, heddiw, oedd hi'r un peth —

Hughie'n cael 'i iselhau, a slas yn dilyn, ŵrach.

Dyma'r hen ddyn 'ma'n deud,

'Hyn, yli, sydd yn 'yn gwahaniaethu ni: fy mharodrwydd i fynd i'r eithafion, i'r pen pella un.'

Efo nerth Samson, herciodd y dieithryn Hughie nes bod y llanc yn pwyso dros y balconi. Mi driodd o sgrechian. Llgada'n dyfrio. Piso'n diferu lawr 'i goes o.

Mi giledrychodd Hughie ar y pensionïar roddodd o swadan iddo fo 'nghynt. Oedd yr hen gont 'di hel clecs am 'i dramgwydda fo'n amlwg. Ond doedd 'na'm byd cas yn edrychiad Hughie rŵan. Dim byd fatha setlo cownt na dim: chwilio am drugaredd oedd o. Chwilio am hynny yn un llygad dda'i ddioddefwr — ar gownt y ffaith na wela fo hedyn mwstard o drugaredd yn llgada'i dormentiwr.

Dim ond perfeddion du oedd yn llgada hwnnw.

A rŵan, mi wthiodd y gŵr brwnt 'ma Hughie fymryn yn bellach drost y balconi.

Pen Hughie fatha'i fod o ar fin ffrwydro.

Corn gwddw Hughie'n sych, ar dân.

Sgyfaint Hughie'n dynn ac yn drwm, llond mwg sigaréts, a dim aer ynddyn nhw.

Aeth gwayw trwyddo fo: ofn pur fatha dŵr sanctaidd — *Dwi'n mynd i farw, helpwch fi, Mam*...

'Pa fodd y cwympodd y cedyrn, yn de, frawd?' medda'r gŵr drwg 'ma, a glana chwerthin am 'i ben o.

Mi roddodd o hwyth i Hughie.

Aeth o'n fwrw-tin-drost-ben drost ymyl y balconi.

Y byd ben ucha'n isa.

Y diwadd yn dŵad.

Ac wedyn mi oedd o'n hongian efo'i draed o'n cicio. Oedd 'na bedwar llawr dan 'i draed a dim byd rhyngtho fo a'r tarmac; y ddaear yn 'i hudo fo i lawr: *Ty'd i mi dy falu di'n grybibion, Hughie bach, disgyn ata i.*

Mi oedd 'na sêr yn chwyrlïo o flaen 'i llgada fo. Teimlad fatha'i fod o'n boddi... bob dim o'i gwmpas yn niwlog... twrw'r byd fel tasa fo dan y dŵr... yr aer 'di'i wagio i gyd o'i sgyfaint o...

Yr hen dormentiwr yn deud,

'Y mae arswyd wrth y llyw o heddiw 'mlaen.'

Mi sbiodd Hughie i fyny ar 'i waredwr a gweld — cyrn yn tyfu o'i dalcian o, a'i groen o'n goch, a'i drwyn o'n finiog, a'i ddannadd o'n gyllyll.

Ond dim ond am chwinciad barodd y rhyfeddoda rheini hefyd; chwinciad fach. Diffyg ocsigen a gwaed yn creu gweledigaetha. A rŵan, mi oedd yr hen ddieithryn yno ar y balconi eto'n dal y ffon...

... *sud uffar...?*

... *mor hen...*

... hynafol...

... cynoesol...

... wrth i Hughie lithro tuag at lewyg; tuag at angof...

... sud uffar...?

... mor hen...

... hynafol...

... cynoesol...

A'r llais, fel o'r affwys:

'Fi sy'n dy ddal di, washi. Wele: y mae disgyrchiant yn plygu glin i mi. Mae dy fywyd a dy farwolaeth yn fy llaw i. O'r dydd hwn, ti'n gi rhech i mi. Fi ydi'r cefn dyn. W't ti'n dallt y byd newydd wawriodd heddiw? Gest ti, ar y ffin efo abergofiant, weledigaeth? Datguddiad?'

Do, mi gafodd Hughie weledigaeth, mi gafodd o ddatguddiad. Mi ddoth o i ddealltwriaeth ar gownt y byd. Mi ddysgodd o — neithiwr a heddiw — bod grymoedd mwy pwerus na fo'n bodoli. Dim ar y pedwerydd llawr, ẃrach. Dim yn Gaerwen. Ond *yn* y byd, ac o *dan* y byd, ac uwch*ben* y byd.

Tynnodd yr hen gant Hughie'n ôl drost y balconi heb ddim helbul — fel tasa fo'n ddim o beth a ddim yn pwyso'r un faint â bustach.

Ar ôl llusgo Hughie drost y balconi, llaciodd y cefn dyn y rhaff. Argoledig, mi oedd gwddw Hughie ar dân. Llosgi fel tasa fo 'di yfad asid. Gwingodd ac ista ar 'i din. Methu sefyll yn iawn am fod 'i goesa fo'n rhy fregus i ddal pwysa'r Wybodaeth Newydd gaffaeliodd o'r bora 'ma.

'Llyngyran wyt ti, Hughie, cofia di hynny,' medda'r cefn dyn wrtho fo. 'A finna'r esgid fawr fedar dy fagnu di i'r pridd. Paid ti â byth anghofio be ddudish i.'

Nodiodd Hughie, poer yn diferu i lawr 'i ên o, cofio bob eiliad o'i ddychryn.

Dyma'r mistar corn yn deud,

'Plyga lin gerbron ein brawd, rŵan; erfyn ganddo faddeuant.'

A dyna ddaru Hughie, ylwch: am y tro cynta'n 'i fyw —

Mynd ar 'i benglinia o flaen yr hen lanc oedd o 'di'i ddyrnu a begio arno fo am faddeuant.

*   *   *

Dychwelodd Eoin Gough i'w fflat ar y seithfed llawr ar ôl dysgu gwers i gena Iola Thomas.

Yn digwydd bod, dyrchafodd Eoin ferch Iola bedair blynadd ar bymthag ynghynt — cyn geni'r lartsh, Hughie. Torrwyd calon — a synnwyr — Iola'n 1970 ar ôl i Sharon, oedd yn ddeg oed, gael 'i darganfod wedi'i gosod ar ffurf *Self-Portrait as a Female Martyr* gan Artemisia Gentileschi, ddarluniwyd yn 1613.

Cipiodd Eoin Gough yr enath o Gaerwen ar bnawn Gwenar: ar 'i ffordd o'r ysgol oedd hi, y beth bach.

Mi ddreifiodd hi — honno'n hefru ym mŵt y car — i'r Trallwng lle'r oedd gynno fo gyhoeddiad i bregethu ar y Sul.

Mewn man anial yno, creodd hi o'r newydd: y ferch yn erfyn tra'i fod o'n 'i dyrchafu hi. Diferodd y bywyd ohoni. Ffitiodd y gangen balmwydd yn 'i llaw hi, oedd yn digwydd bod 'di gwywo. Ond mi siwtiodd y nam y gwaith, gan nad oedd llaw Gentileschi, yn 'i hunanbortread, mewn cyfrannedd efo'i phen: yn llai, ylwch, na fasa hidia iddi fod.

Gadawodd y gŵr traws 'i gread ar dir comin yn y Trallwng er mwyn i'r caridýms ddŵad o hyd iddi a chael 'u harswydo gan ddyrchafiad Sharon Thomas.

Ac yn wir, mi ffeindiwyd hi gin blant oedd yn chwarae triwant, a tharfwyd ar 'u datblygiad meddyliol nhw o'r dydd hwnnw. Aeth sawl un yn feddwyn drost y blynyddoedd. Mi wnaeth un amdano'i hun.

Dyna chi ddylanwad y gŵr traws, ylwch: mawr ei nerth.

Dathlodd y dymestl fwriodd o, ac adroddwyd straeon amdano fo:

y Diafol 'i hun —

bwgan yn y cysgodion —

bwytäwr bydoedd...

Adroddwyd straeon am Eoin Gough hefyd, 'chi:

meddwyn —

merchetwr —

mwydryn...

Ond wedyn, o'i gyfarfod:

dymunol —

daionus —

di-lol...

Creu bwlch rhwng y ddau Eoin Gough: y meddwyn a'r dyn moesol. Creu hollt rhwng y gŵr traws ac Eoin Gough, hefyd. Magu dryswch oedd y bwriad. Magu myth. Magu chwedla. Mwydro penna...

Y mae arswyd wrth y llyw...

Ystwythodd Eoin Gough. Agor a chau'i law: mymryn o gric'mala. Ond mi oedd o'n iach 'tha cneuan, fynta'n 'i oed a'i amsar: pymthag a thrigain. Cadwai'n heini drw ymarfer corff: gorchwyl feunyddiol ers 'i lencyndod —

Ymwthiada: rhwng 50 a 100.

Tynnu'i hun i fyny at far neu gangan coedan: 50 o weithia.

Codi ar 'i ista: 100 i 200.

Mynd ar 'i gwrcwd a sythu eto: hyd at 500.

Rhedag: deg milltir, ddwywaith yr wsnos.

Mi ddysgodd yr orchwyl gan 'i dad, Sean: cadlywydd efo Byddin Weriniaethol Iwerddon, yr IRA.

1912: Sean yn dengid i Gaergybi, i blith y gymuned Wyddelig yno, ar ôl iddo fo saethu cyrnol Prydeinig yn farw. Sean yn cuddiad efo'i dylwyth: perthyn pell. Syrthio mewn cariad efo'r ferch fenga, Biddy.

1913: Priodi Biddy, honno'n esgor ar Eoin yn fuan ar y naw ar ôl datgan 'Ydw' i'r cwestiwn, 'A gymerwch chi'r...' Sgandal, wir dduw.

1916: Sean yn dychwelyd i Ddulyn. Marw yng Ngwrthryfel y Pasg — *Éirí Amach na Cásca*. Tolltwyd 'i waed o ar risia Swyddfa Bost Dulyn. Anfonwyd 'i arf o, Mauser, a gweddill 'i eiddo fo — yn cynnwys dyddiadur ac ynddo fo'i orchwyl ddyddiol a'i athroniaeth — at Biddy yng Nghaergybi.

Ymgollodd Eoin yn atgofion 'i dad: pori trw'r dyddiadur. Sean yn dysgu'i epil o'r tu hwnt i'r bedd: am hil eiddil Adda, mai llwch y llawr ydyn nhw, bod yn rhaid didoli'r defaid o'rwth y geifr, a 'darllan dy Feibil': *Léigh do Bhíobla.*

Sianelodd enaid 'i riant:

purdeb 'i weledigaeth o —

fflam 'i ffydd o —

bôn 'i fraich o...

Barn 'i dad: Craig rwystr y ddynol ryw oedd cydwybod —

Felly:

Mi garthodd Eoin Gough 'i hun o'r baich hwnnw. Sgwriodd ofn a chariad o'i fod. Adfeiliodd allgaredd.

Parhaodd efo'i ymdrechion i ddyrchafu'i hun uwchlaw 'i gyd-ddyn:

Adeiladodd Balas Atgofion yn 'i ymennydd. Dull i'ch troi chi'n gofiwr da. Dull ddysgodd o'n blentyn: dysgu'r Beibl fel y mynnodd Dad iddo fo neud o'r tu hwnt i'r bedd. Hogi'r grefft wedyn wrth bori trw'r clasuron: *Rhetorica ad*

119

Herennium, De Oratore gin Cicero, *Institutio Oratoria* gin Quintilian.

Mewn stafelloedd lu yn y Palas yn 'i ben, cadwai argraffiada o'r gelfyddyd oedd wedi'i chreu dros y degawda: y plant a ddyrchafodd o, y diniwed a achubwyd rhag pechod a gwarth.

Cryfhaodd 'i hun yn fwy byth yn gorfforol trw ddilyn canllawia Charles Atlas: tensiwn deinamig. Eto, gorchwyl ddyddiol. A trw fod yn ddygyn, daeth yn nerthol: mi fedra fo gario llo ar bob ysgwydd, meddan nhw, codi car, gwthiad tractor, llorio ceffyl efo un swadan.

Myfyriodd hefyd: cymunodd efo'r cyndeidia. Asiodd 'i hun i hanas yr hen ynys — Bryn Celli Ddu; cromlech Lligwy; Llyn Cerrig Bach...

Myth arall, ylwch: cogio'i fod o wedi egino o bridd Môn.

Hon a fu'n dywyll unig... englyn William Morris i'r ynys yn eco, rŵan: y gerdd ar barad mewn stafall ym Mhalas Atgofion Eoin Gough; y gerdd wedi'i chrafu i groen flingwyd o fabi ffair aeth y gŵr traws o'rwth 'i fam yn 1937...

Synhwyrodd y bywyd boreol yn y sylfeini swbstrataidd: y creigia cyn-Gambriaidd, a'r haena o garrag glai a charrag galch oedd yr oes oesa wedi'u gosod yn blancedi drostyn nhw.

Dychmygodd hefyd hela'i brae yn nyddia'r setliada cynnar: trw'r coed cyll a'r coed derw oedd yn gorchuddio Môn...

Aberthodd yma: yn y llannerch sanctaidd. Fo'n un o'r Derwyddon, ylwch... *mae eu llwch yn heddwch hon...* William Morris eto: y llinell ar y croen dynol...

Croen hil Adda, meddyliodd...

a'u croen a'u cydwybod a'u marwoldeb melltigedig...

Mi wydda Eoin Gough gystal â neb 'i fod o'n llawn

dyddia. Meidrol oedd 'i gnawd o. Felly bellach mi oedd gynno fo un bwriad ar ôl:

Uno'i deulu gwasgaredig. Dŵad â'r afradlon yn ôl at 'i gilydd.

Mi steddodd o rŵan yn y gadar freichia a mynd am dro trw'i atgofion. Ond drapia, mi gnociodd rhywun ar ddrws ffrynt y fflat: cnoc ysgafn, cnoc ofn styrbio.

Ond mi gafodd o'i styrbio, do, a dyna hi.

Cododd, gafael yn y bag plastig efo'r pils bach glas yn'o fo, a mynd at y drws.

Yr hen gant gafodd 'i lorio gin gena Iola Thomas oedd yno. Hen beth musgrall oedd o a welodd ddyddia gwell. Bywyd wedi'i wasgu o ac wedi'i grino fo, er 'i fod o ddegawd go lew yn fengach nag Eoin Gough. Mi oedd y locsyn blewog yn felyn o dybaco, yr hen gôt Army & Navy heb 'i golchi ers oes, y fflachod am 'i draed o'n dylla i gyd, ac un llygad heb weld gola dydd na thwllwch nos ers hydoedd.

'Syr,' medda'r hen ŵr crymanog. ''Mond am ddeud diolch i chi am y bora 'ma 'lly. Achub 'y ngham i a ballu — fel y gnaethoch chi ganwaith, siŵr iawn.'

'Tacla 'dyn nhw, Maldwyn. Fflaw ar groen y byd, sti.'

Nodiodd y llall: parchedig ofn yn diferu ohono fo fatha chwys.

Dyma fo'n gweld y bag plastig llond pils a deud,

'I mi, syr?'

'Siŵr iawn,' medda Eoin Gough, rhoid y cyffuria i'r hen gyfaill.

Ar ôl i'r hen foi 'i heglu hi, aeth y gŵr traws yn ôl at 'i gadar a dychwelyd i'w Balas —

Crwydrodd i'r stafelloedd lle'r oedd o'n cadw'r trugaredda o'r saithdega: i ben draw'r coridor lle'r oedd y rhei cynta o'r degawd hwnnw:

Sharon Thomas, er enghraifft.

Aeth i'r stafall. Mi oedd hi mewn tŷ crand canoloesol yn yr Eidal. Wedi cael 'i gosod, ylwch, yn null y Baroque — cyfnod yr artist Gentileschi.

Myfyriodd yno ar Y Dyrchafedig: cena Iola Thomas, wedi'i harddangos ar y tir comin yn y Trallwng, yn llewyrchus yn y sancteiddrwydd a enillodd hi.

I'th gadw rhag y fenyw ddrwg, a rhag gweniaith tafod y ddieithr.

Agorodd ddrws y stafall ddychmygol. Mentro'n ôl i'r coridor. Cysidro mynd am dro rownd 'i blasty, a —

Cnociodd rhywun ar y drws ffrynt: cnoc hegar, cnoc hidio dim am styrbio.

Sniffiodd Eoin Gough yr awyr. Ogla cyfarwydd yn yr atmosffer: y bydysawd i gyd yn siffwrd.

Aeth at y drws a'i agor o, a'i nabod hi'n syth bìn, deud, ''Mechan i. Nid wyt afradlon mwyach.'

*   *   *

Argian, mi oedd y seicic 'ma'n bishyn. Melltithiai Gwynfor 'i hun am 'i llgadu hi, a Helen druan adra'n sâl, ond methu peidio oedd o bob tro.

Lefran yn 'i thridega oedd hi: gwallt du, llgada tywyll, gwefusa llawn. Siâp da arni 'efyd. Winciodd Gwynfor arni wrth ysgwyd 'i llaw hi a'i chroesawu hi i Stesion Llangefni. Mi oedd 'na olwg go flinedig arni hi, a lasa hynny 'i gneud hi'n haws i'w thrin. Mi fasa fo'n gwrando ar 'i rwtsh hi. Cynnig mynd â hi am ddrinc i'r Bull. *Ewadd, mi 'dach chi 'di dŵad o bell, chwara teg.* Mymryn o gwmni iddo fo; lefran ddel.

Fasa rhaid iddo fo fynd am adra'n go handi heno, cofiwch. Adra at Helen, honno'n dirywio. Ewadd, mi oedd hitha'n bishyn unwaith. Oedd hi'n cael dyddia da, diolch byth, a dyddia drwg, hen dro; y mwyafrif bellach yn ddrwg. Ac er 'i fod o at 'i sgwydda efo'r achos 'ma, mi fasa hidia iddo fo drio'i ora glas i dreulio amsar efo hi. Ond oedd hi'n anodd weithia. Anodd 'i gweld hi ar 'i gwaetha. Anodd derbyn 'i bod hi'n diflannu o'i flaen o. Anodd a fynta efo'i awcha.

Awch fatha dyn ac awch fatha ditectif.

Ac mi oedd o'n benderfynol o hoelio llofrudd y tri Glas o dwll Godreddi; datrys y dirgelwch a derbyn dyrchafiad.

Mi fasa 'na bentwr o gyhoeddusrwydd. Gweddillion Godreddi'n siŵr iawn o fod yn gysylltiedig efo'r lladdfa'n Bachau ddegawd ynghynt.

Jest gobeithio y basa fo'n medru cyrraedd pen y mwdwl cyn i Helen... cyn i Helen...

Asu, na: fedra fo ddim meddwl am y ffasiwn beth.

Gwthiodd y boen o'r neilltu, rŵan, rhoid 'i sylw i gyd ar y lefran 'ma: hon oedd yn gweld i'r byd nesa, medda hi... *ha, ha, ha.*

''Sach chi'n lecio panad, 'mechan i?'

Cododd y seicic 'i haelia. Lasa fod gas gynni gael 'i galw'n ''mechan i'. Genod yn betha rhyfadd y dyddia yma: *women's lib* a ballu.

Mi steddodd y seicic gyferbyn â Gwynfor.

'Dim diolch,' medda hi.

Tuchanodd Gwynfor. Oedd o reit ffansi panad. Rhoid gordos i'r WPC bach 'na i fynd i nôl coffi iddo fo a'i westai. Ta waeth.

''Ŵan 'ta, mi 'dach chi'n seicic medda chi.'

'Fedra i ddrogan, a derbyn negeseuon,' medda hi, sbio i fyw llgada Gwynfor —

Hwnnw'n teimlo braidd yn chwithig, a deud y gwir.

Lasa'i bod hi'n wrach go iawn. Medru gweld i feddylia dynion. Gweld 'i wendida fo a'i awcha fo a'i dramgwydda fo.

Ewadd: oerodd, crynodd, llyfodd 'i wefus, shifflodd yn 'i gadar.

Dyma fo'n deud,

'Mae 'na bentwr o seicics yn cynnig helpu'r polîs, w'ch chi. Ond dwi'm yn cofio'r un sy 'di datrys achos.'

'DI Taylor, mae gin i wybodaeth. Lasa'i fod o 'di dŵad i mi o'r Tu Hwnt, lasa 'mod i 'di digwydd clŵad rhwbath yn y byd yma, heb gofio'n lle. Ond cyn i mi fedru gneud sens ohono fo, rhai' fi wbod be sgynnoch chi.'

Fflachiodd 'i llgada hi. Amrantiodd yr aelia rheini. Brathodd 'i gwefus.

Aeth gwefr trw Gwynfor. Meddyliodd: Ydi hi'n 'y nghymyd i'n giâm, sgwn i? Anodd gwbod efo'r genod 'ma.

Mi wenodd hi wedyn, ac am funud bach, yr eiliad fyrra, mi oedd pob dim yn iawn ym myd Gwynfor Taylor.

'Rhaid i ni rannu, DI Taylor.'

Garantîd y doith hi am ddrinc, meddyliodd. Mi sbiodd o ar y nodyn oedd o'i flaen o ar y ddesg: Rhiannon O'Hara.

'Miss O'Hara —'

'Rhiannon —'

'Rhiannon, fedra i ddim rhannu —'

Stiffiodd y seicic. Steddodd yn ôl. Llgada ar gau. Twtshiad 'i brest, deud,

'Briw...'

Twtshiad 'i chlun, deud,

'Briw...'

Agorodd 'i llgada, creu dwrn efo'i llaw dde, deud...

'Briw...'

Gwynfor yn gegagorad. Y twtshiad 'ma i gyd yn ddigon o r'feddod.

Y seicic yn cael un sgytiad, wedyn dŵad ati'i hun. Chwthu gwynt o'i bocha. Llaw ar 'i thalcian.

'Asu,' medda Gwynfor, 'ydach chi'n iawn, 'dwch?'

'Siort ora,' medda hi: allan o wynt braidd. Wedyn: 'Bwyall... neu bladur...'

'Sut?'

'Un o'r arfa.'

'Asu...'

'Dau lofrudd.'

'Dau? Wel —'

'Dau i drin y tri.'

'Dau,' medda Gwynfor, crychu'i drwyn: giang John Gough: ffitio'r stori.

'Dyna welish i.'

'Dyna *welsoch* chi?'

'Mi oedd gynnyn nhw gar. Ford Escort. Mi wela i fflama, ylwch. Tân mawr...'

Gwenodd Gwynfor. Dim ond darllan papur newydd oedd gofyn iddi neud i wbod am y car 'di'i losgi.

Gwgodd Gwynfor. Ond eto: sut gwydda hi am y briwia ar y gweddillion?

Boch: Allison 'di cael swadan ar draws 'i wep.

Brest: James 'di cael 'i saethu'n 'i senna.

Clun: Jones 'di torri'i goes ar ôl syrthio i'r twll.

Lasa fod gynni'm clem go iawn ac na jest dyfalu oedd hi. Ond lasa'i bod hi'n drogan go iawn, cofiwch. Neu... neu lasa'i bod hi'n dinllach ac yn un o giang John Gough.

Mi oedd perfadd Gwynfor yn swnian, ac mi oedd o'n trystio'i berfadd. A chwadal Nain: Uwch greddf na meddwl. Lasa mai dyna oedd hon, y Rhiannon 'ma, yn ddefnyddio: greddf.

'Asu, diddorol,' medda fo. 'Dowch am ddrinc i'r Bull efo

fi. Liciwn i drafod mwy efo chi, ond mewn lle sy'n llai, wel, offisial, yn de.'

Gwenodd Gwynfor, teimlo'n andros o euog yn gofyn ond methu peidio, methu rheoli'i hun. Hwyth i Helen i gefn 'i ben, gwadu'i fod o'n gi... aros i'r Rhiannon 'ma atab.

*   *   *

Mi elwodd Mike Ellis-Hughes yn arw yn sgil cyflafan Plas Owain: fo oedd yr arwr, yn de.

Ond y cipar oedd o go iawn —

Ychydig iawn ohonom sy'n ymddangos fel yr ydym...

Y cipar: hwnnw baratowyd gan y pen dyn ar gyfer mawredd yn absenoldeb yr etifedd —

Cipar Gwŷr Môn: hoelion wyth yr ynys; pileri'r gymdeithas; cefn ddynion eu cymunedau —

Cyfeillion cefnog yn codi pres at achosion da'r ynys: Dedwydd yw rhoddi yn hytrach na derbyn...

Cyfeillion cefnog yn cam-drin genod o fysg caridýms yr ynys: Yr oedd gwŷr Sodom yn ddrygionus...

Ond ar ôl y gyflafan, ar ôl dyrchafu Mike yn arwr, ar ôl i John Gough gael jêl, methodd y mwyafrif o Wŷr Môn ddal y tac: cachu brics ar gownt y genod; ofn y nos oedd yn closio amdanyn nhw; rhag-weld achlod a chwymp.

Daeth gair gin y pen dyn yn fuan ar ôl achos John Gough:

'Mae'n bryd i ni ailwampio mymryn ar y mudiad — chwala nhw, gipar.'

Ufuddhaodd Mike a chwalu Gwŷr Môn, deud wrthyn nhw,

'Arhoswch yn eich tai fel lleianod. Ac os daw rhywun i

holi ar gownt 'yn gweithgaredda ni, gwadwch fatha ddaru Pedr.'

Mi hitiodd Mike y post i'r parad glŵad hefyd: hel bygythiada'n anuniongyrchol at y rhai oedd yn fwya llipa:

'Mi fydd hi'n abal â byw arnach chi os ewch chi i gega am hyn. Mae gynnon ni lynia gwerth chweil ohonach chi ar gefn lefran bedair ar ddeg oed o Walchmai.'

Chwthu fel clagwydd cyn Dolig oedd Mike: collwyd y drysorfa o ffotograffs a ffilmia'r cabál — oedd yn cael 'u storio yng nghartra'r curadur Moss Parry — ar noson y gyflafan. Cafodd Mike negas anhysbys yn addo'u bod nhw'n saff.

A'r negas i'r genod: heglwch hi'n ôl i'r diffeithwch.

'Ddudan nhw'm gair o'u penna,' medda Mike wrth y dynion. 'A hyd'noed os dechreuan nhw glebran, pwy sy'n mynd i' credu nhw? Pwy gredith y genod? Neb.'

A dyna ni, mwn: aeth Mike ati wedyn i ymdrochi'n y canmol ddaeth yn sgil y lladdfa. Aeth ati efo'i ymgyrch i sicrhau Cymru Rydd. Aeth ati i godi tai ar dir Godreddi.

Pob affliw o ddim yn ddigon o r'feddod — tan yr esgyrn.

Ond yn anffodus, mi atgyfodwyd mwy na jest gweddillion o'r affwys yng Ngodreddi.

*   *   *

Cyrhaeddodd Mike Langefni. Cofiodd y noson wych honno ddwy flynadd ynghynt —

11 Mehefin 1987 —

Sgwâr Llangefni. Mi oedd 'na gân gin ryw grwnar o Fôn, yn doedd...

Wyt ti'n cofio Sgwâr Llangefni...

Ydw, mwn, meddyliodd Mike: Plaid Cymru'n ennill yr

ynys am y tro cynta 'rioed. Ymgyrch Meibion Glyndŵr ar
'i hanterth. Pobol Môn 'di cael 'u tanio. Yr ifanc yn rhuo
rhyddid. Ieuan Wyn Jones yn mynd i fyny. Mymryn o
wyrdd mewn diffeithwch glas: Thatcher yn ennill eto —
yn ysgubol. Cweir i Kinnock, hwnnw'n disgyn ar 'i din ar
draeth Brighton. Cael stid ar ôl mynd i'r Canol ddaru o.
Erlid y gwir sosialwyr o'r Blaid Lafur.

Ar un llaw, mi oedd Mike ar i fyny: Môn yn oleufa.

Ar y llall, mi oedd Mike yn wyllt ulw: Gwalia dan
warchae.

Methu dallt sut yr enillodd Magi *eto*: y wasg las yn y
gwter ar ran y gnawas; y werin yn wigil; y plebs yn plygu
glin i Baal.

Ond:

Ymlaen â'r llosgi. Ymlaen i Weriniaeth Sosialaidd
annibynnol. Ymlaen i ryddid. Y frwydr yn codi calon Mike:
medru anghofio '79, y lladdfa; medru dŵad trwyddi ar ôl
cael 'i arswydo nos ar ôl nos gin yr hunllefa brawychus.
Cael llonydd rhag tacla gwirion Gwŷr Môn oedd yn 'i
helcyd o ar gownt y datguddiada lasa gweithredoedd
Gough eu datgladdu. Cadw hyd braich o'rwth y pen dyn...

Aeth rhwbath trwyddo fo rŵan wrth barcio'i gar
gyferbyn â'r fflatia lle'r oedd Mistar Corn yn byw.

Eoin Gough, y pen dyn, sefydlydd Gwŷr Môn, y
pypedwr —

Yr unig fod byw oedd yn codi ofn ar Mike — ofn go
iawn 'lly. Y math o ofn oedd yn wirioneddol 'ofn am ych
bywyd', lasa chi farw — yn llythrennol — drw fod yn 'i
bresenoldeb o.

Eoin Gough, efo gafal ar bawb. Eoin Gough, oedd yn
medru trin pob dyn. Eoin Gough, ceidwad y cyfrinacha.

Aeth ias trw Mike eto wrth iddo fo bwyso'r botwm ar y
lifft —

Pam ddiawl oedd o wedi dewis byw'n y ffasiwn le? 'Sa fo 'di medru cael cartra go swel. Tydi'r lle 'ma ddim ffit...

Aeth Mike i mewn i'r lifft. Drewi'r piso'n 'i daro fo'n syth bìn, a'i llgada fo'n dyfrio.

*   *   *

Mi ddychwelodd Eoin Gough a setlo ar yr ynys ar ôl blynyddoedd o grwydro. Bwriad y pen dyn oedd eneinio olynydd: yr etifedd, John Gough. Ond aeth hwnnw o'i go: datgladdu, datguddio, dinistrio... Draen yn ystlys yr ynys oedd John Gough. Ac ar gownt hynny, mi oedd 'i dad o'n chwilio am etifedd arall.

Sut mae deud 'Na' wrth y Diafol, meddyliodd Mike, y lifft yn clancio am i fyny.

Mi sgytiodd y lifft, Mike yn dal 'i wynt.

Twll, meddyliodd eto. Pw' sy drofun byw mewn twll fatha hwn, 'dwch?

Eoin Gough yn 'i bryfocio fo: 'Sosialydd, wir. Lol botsh. Swelyn w't ti, Mike. Hen drwyn. Dyna lle'r w't ti'n byw'n grand ym Mhlas Owain — tŷ mawr sosialydd wedi'i enwi ar ôl uchelwr a thirfeddiannwr. Dyna chdi sbort. Tori rhonc fyddi di rhyw ddwrnod, washi bach.'

Eco geiria John Gough yn '79, rŵan:

Mi fasa Arglwydd Glyndyfrdwy wedi troi'i drwyn arna chdi. Ella basa fo wedi dy luchio di i un o'i gelloedd; yn sicr fasa fo 'di sarhau dy gredoa gwleidyddol di — heb sôn am dy rai gwrthgrefyddol di. Ond dyma chdi: yn dathlu uchelwr o'dd, ma'n debyg, yn gneud dim byd ond trio ennill mwy o dir; llenwi'i goffrau.

Mike yn ymatab:

Chwedl 'di hi'n de: chwedl i'w mowldio fel 'dan ni isho'i

mowldio hi; cynrychioli be 'dan ni isho iddi hi 'i gynrychioli.
'Dan ni 'di creu Owain sosialaidd, rhyddfrydol; wedi'i lusgo
fo o'i gyd-destun; o'i gyfnod. Tasan ni'n gweld sut o'dd o'n
bihafio go iawn, 'san ni'n ca'l 'yn brawychu, bownd o fod.
Ond 'dan ni'm isho meddwl; y werin ddim isho meddwl; y
werin isho cael 'u harwain.

A fo a'i fath oedd yn arwain. Y fo a'i fath oedd am lusgo
Cymru tuag at ryddid. Mi oedd y tân hwnnw'n chwilboeth
yn 'i frest o. Doedd o'n hidio dim am ragrith: pen y daith
oedd y nod, nid y daith 'i hun. Ta waeth am foesau'r frwydr.
Y fuddugoliaeth oedd yn bwysig.

Clanciodd y lifft, ysgwyd i gyd: mae hon yn dipyn o
daith, meddyliodd, ac wedyn:

Blydi cyngor yn da i ddim. Asu, mae Cymru wir angan
newid i'w hachub o'r adfail 'ma. Y trigolion yn ysu am
glustog gynnas Marcsiaeth i'w cysuro nhw, i'w diogelu
nhw, i'w cadw nhw mewn trefn. Mi oeddan nhw'n wyllt
ulw, ac yn byw mewn caetshys fatha'r fflatia 'ma. Tennyn
llipa democratiaeth 'di rhoid rhwydd hynt iddyn nhw fyw
fatha moch. Mi fasa'u bywyda nhw'n well o beth coblyn
tasa'r wladwriaeth — Gwladwriaeth y Gymru Rydd — yn 'u
cludo nhw, yn 'u mwytho nhw, o'r crud i'r bedd.

Agorodd ddrws y lifft. Awyr iach o'r diwadd, balconi'r
seithfed llawr. Taniodd Mike sigarét. Mi oedd 'i ddylo
fo'n crynu i gyd. Sugnodd y mwg i'w sgyfaint. Aeth o'n
benysgafn am funud bach. Sadiodd 'i hun. Sbio drost
y balconi. Cofiai fod ar falconi Neuadd y Dre yn '87, yr
hogia'n dathlu, y newid yn cychwyn.

Dim cweit.

Tynnwyd 'i sylw fo gin dwrw. Rhyw dacla'n yfad Special
Brew a smocio dôp ar y balconi. Tri ohonyn nhw'n harthio.
Tri oedd drofun iachawdwriaeth. Achubiaeth o'r purdan

'ma lle'r oeddan nhw'n byw. Dôl a dôp a drost 'u deg bob dydd.

Cerddodd Mike i gyfeiriad fflat Eoin Gough, gwendid yn 'i goesa fo. Y tri llabwst yn 'i lgadu o. Y tri'n sgwario. Y tri'n barod i —

Ond pan stopiodd Mike tu allan i ddrws Eoin Gough, mi heglodd yr hogia: fatha bod ofn arnyn nhw 'lly.

Anadlodd Mike, paratoi: codi dwrn i gnocio.

Agorwyd y drws cyn iddo fo gnocio.

*   *   *

Cyflwr meddwl Nel wrth 'i heglu hi o Orsaf Heddlu Llangefni oedd: 'fy llinynnau a syrthiodd mewn lleoedd hyfryd' —

Mi nabododd Nel y DI Taylor yn syth bìn: y ci rhech efo bol cwrw a pheint safai yn ffenast racs y Bull, deheulaw'r dyn godidog.

Ond oedd 'na'm peryg y basa Taylor yn dŵad i'w herlid hi, beth bynnag: doedd ganddo fo ddim clem am yr esgyrn o'r sgwrs gafon nhw.

Hynny'n dda mewn un ffordd: fydda 'na ddim heddwch i'r annuwiol, i Ifan Allison a Robin Jones.

Ond Nick druan: hwnnw heb gyfiawnder, ac wedi goro rhannu bedd efo dau dinllach.

Aeth gwayw trwyddi, a'r hwyl dda deimlodd hi'n sgil 'i chyfarfod efo Taylor yn hidlo ohoni.

Ffyrnigodd wrth gerad am y sgwâr. Y bwrlas Jones 'di slanu Chris druan ddegawd yn ôl, ac Allison yn cogio mwytho, ond 'run mor giadd â'i bartnar.

Mi flasodd Nel sut beth oedd dial ar ôl claddu'r ddau: pleser a phoen.

Penliniodd yn y baw yng Ngodreddi ddegawd yn ôl a gweddïodd gan feichio crio. Dagra'n diferu i'r pridd ac yn eneinio'r gweddillion. Peth mawr oedd lladd, wyddoch chi.

Wedyn: dreifiodd gar Allison i'r Wyddgrug, arswyd wrth y llyw. Mi ffoniodd 'i thylwyth am iachawdwriaeth. Daethant. Llosgwyd y car. A Nel yn dengid heb fwriadu dychwelyd.

Ond ar ôl i'r esgyrn gael 'u codi o'r pridd, synnwyd hi gan y diffyg dychryn: ewadd, oedd hi drofun mynd yn syth bìn at y peryg.

A dyna chdi wedi gneud, ac wedi goroesi, medda hi wrthi'i hun. Dos am adra rŵan, wir dduw.

Ond fedra hi ddim: oedd hi 'di synhwyro rhwbath yn y sêr; synhwyro *rhywun*.

Dyn ar grwsâd; bwystfil ac iddo galon lân. Hwnnw o'r Bull. Mi arhosai Nel am fymryn yma a gweld 'i fwriad o. Oherwydd roedd 'i fwriad o'n ymfflamychol, ac yn 'i llgada fo, welodd Nel drw ffenast y Bull, mi oedd 'na negas:

'Yli'r llid yr ydw i'n ollwng arnynt...'

*　　*　　*

Mi oedd siop ddillad dynion William Rhys Bowen & Son ar stryd fawr Borth hyd heddiw, ylwch.

Canodd cloch wrth i Vince fynd i mewn, a dyma 'na ddyn bach smart yn 'i chwedega'n ymddangos o gefn y siop a deud,

'Pnawn da.'

Nodiodd Vince, dangos 'i gardyn, mynd yn syth bìn ati, dim lol.

Brychan Bowen oedd y dyn bach smart, a fo oedd

brawd Nefydd, a phan soniodd Vince pam roedd o yno, aeth Brychan yn swil braidd.

'Dwi'm drofun rhoid halan ar hen friwia, Mr Groves. Difa'i hun ddaru 'mrawd. Mi oedd 'na holi a hel clecs ar y pryd ar gownt y ferch honno ddiflannodd —'

Ni chofiai Bowen 'i henw hi'n amlwg. Methodd gysylltu Vince a Vonnie.

'Dwi'n credu mai'ch brawd oedd y dwytha i'w gweld hi cyn iddi ddiflannu, Mr Bowen, a meddwl o'n i os y buo'n fo sôn rhwbath wrthach chi.'

Ochneidiodd Brychan Bowen, rhwbio'i gledra efo'i gilydd.

'Yr oedd 'y mrawd a finna wedi torri partnars, Mr Groves. Mi oedd o'n... sut duda i, 'dwch? Wel, mi oedd o'n hen lanc...'

Am funud, mi oedd Vince 'di drysu. Ac wedyn mi wawriodd arno fo mai gair teg am gadi ffan oedd hen lanc, ylwch.

'Wyddoch chi be sgin i, Mr Groves?'

'Dwn i'm yn iawn,' medda Vince, am i Brychan siarad yn blaen 'lly.

Mi ddaru hynny'r tric, a gwyrodd y teiliwr yn 'i flaen, deud efo malais,

'Homo oedd fy mrawd.'

Sythodd eto, potshian efo teis oedd ar y cowntar, mynd yn 'i flaen:

'Mi oedd o ar i fyny, ylwch, ers Mehefin y flwyddyn honno pan fotiodd aelodau seneddol i ganiatáu... i ganiatáu... wel, sodomeiddio, ynte. Aeth hi'n ffrae rhyngthan ni. Mi wydda'r teulu'n dawal bach na... na *bygrwr* oedd 'y mrawd. Ond neb yn sôn. Rhyw obeithio y basa fo'n cael 'i iacháu. Gobeithio y basa rhyw lefran yn cael gafael arno fo. Ewadd, dyna'r ffisig sy isho ar y dynion 'ma, 'chi: cotsan. Ych a fi ydyn nhw. Ac mi ddudish i hynny wrth Nefydd: "Ych a fi w't ti; annaturiol."'

'Pam laddodd o'i hun 'lly?'

'Cwilydd, bownd o fod.'

'Cwilydd am be?'

'Wel am 'i fod o'n ffiadd, siŵr iawn.' Aeth Bowen i ysgwyd i gyd, chwsu.

'Neu ẁrach fod 'na gysylltiad efo diflaniad 'yn ch—'

Do, mi fuo Vince jest â deud ''yn chwaer i'. Mi nadodd o'i hun, ond oedd hi'n rhy hwyr, ylwch.

'Ych be chi?'

''Yn chwaer i oedd yr hogan aeth ar goll: Veronica Groves.'

Mi fagiodd Brychan yn 'i ôl rhyw fymryn fel tasa fo'n rhy agos at lygad y storm. Oedd 'na olwg 'di drysu arno fo. Mi ddechreuodd o barablu:

'Mi ddaethon nhw, y Glas, dŵad yn haid, mynd â'i hoel bysadd o, cymharu rheini efo'r rheini gafwyd ar y ffôn o lle doth yr alwad am... am...'

'Am 'yn chwaer i.'

Nodiodd Brychan, deud,

'Diolch i'r drefn, mi gadwyd hynny rhag y wasg, neu mi fasa 'na gwilydd mawr ar y teulu.'

'Nid ych brawd oedd yn gyfrifol am ddiflaniad Vonnie,' medda Vince, mwytho, 'ond ẁrach 'i fod o wedi gweld rhwbath, gweld rhywun. Glywsoch chi sôn am y gŵr traws 'rioed?'

'Argoledig,' ochneidiodd Bowen fel tasa fo 'di cael hartan go iawn. Mi gododd o'i law, troi'i wynab o'r neilltu: *canys ni'm gwêl dyn, a byw.* 'Argoledig, peidiwch â deud hynny, wir, peidiwch â sôn am y ffasiwn beth.'

'Soniodd ych brawd amdano fo, Mr Bowen?'

'Soniodd o'm gair o'i ben. Siaradish i'm efo fo ers

misoedd. Heb fod yn y siop oedd o ers tridia — fo oedd yn rhedag fa'ma'r adag honno. A dyma fi'n cael 'yn ethol gin y teulu i bicio i'w dŷ o'n Berffro. A dyma fi'n... dyna fo... mi wyddoch chi'r stori honno. Soniodd o ddim byd, Mr Groves.'

Oedd hi'n bryd i Vince 'i throi hi, ond a fynta ar fin gadael y siop, dyma Brychan Bowen yn deud,

'Ewch chi'm i godi twrw am 'y mrawd, na newch?'

'Sut?'

'Sôn amdano fo. Mynd at y wasg. Cyfeirio at y ffaith 'i fod o'n... homo?'

Tuchanodd Vince yn sbeitlyd, deud dim, agor y drws.

'Gas gin i Magi, 'chi,' medda Brychan yn sydyn. 'Dyn Plaid Cymru dwi. Ond rhaid i mi ddeud 'mod i, a llawar un o'r hen do, yn falch iawn iddi gyflwyno'r Cymal 28 'ma'r llynadd: nadu'r pyrfyrts 'ma rhag hybu dynion efo dynion. Mochynnaidd. Os yr eith y Blaid i'r cyfeiriad yma, chawn ni byth annibyniaeth, credwch chi fi.'

Camodd Vince i'r stryd, cau'r drws, y gloch yn canu tu ôl iddo fo. Meddyliodd am gwilydd ac am gadw gwynab, amddiffyn enw da; meddyliodd am warth a chwymp a sut y basa'r methiant i fadda a dŵad i delera efo'i frawd yn bownd o ddinistrio Brychan Bowen yn y pen draw.

*   *   *

Safodd Mike yn nrws y gegin yn gwatshiad Eoin Gough yn hacio carcas oen efo twca hollti.

Ogla'r cnawd amrwd yn ymosod ar ffroena Mike. Pob clec efo'r dwca'n mynd trwyddo fo. Sgytiodd pan darodd y llafn bren y bwr'-torri-cig.

Torrodd Eoin Gough stecan ar ôl stecan o weddillion yr

oen, min y gyllall yn sleisio trwy'r cig a'r saim a'r asgwrn a'r gewynna.

Ar ôl torri hannar dwshin, twmpathodd y tafella cig ar ymyl y bwr'-torri-cig cyn mynd ati eto i hacio a hollti.

Gwisgai Eoin Gough frat gwyn fatha brat bwtshiar, ac mi oedd y brat yn waed ac yn ddarna cig i gyd. Mi oedd dylo mawr Eoin Gough yn waed drostynt hefyd.

Oedodd y bwtshiar am funud, rhoid gora i'r torri, a sbio i fyw llgada Mike.

Wedyn deud,

'Mi dorra i hannar dwshin i chditha, Mike. Mi fydd y wraig 'cw ar i fyny, bownd o fod. Cig da, sti. Gora gei di. Nant y Wrach, ochra Llanrwst.'

Llyncodd Mike, glychu'i gorn gwddw, a deud,

'Tydyn nhw'm yn gneud y llafur calad ar ych rhan chi, 'dwch? Torri'r cig 'u hunan?'

Gwenodd y pen dyn: gwên lydan.

'Well gin i, sti. A dwi'n hen law arni.'

Heb dynnu'i lygad odd'ar Mike, mi afaelodd o mewn darn amrwd o gig a'i roid o'n 'i geg, a'i gnoi o heb amrantu — y llgada tywyll yn sgleinio.

'Cig ffresh, yli,' medda fo. 'Iachach yn amrwd, yn syth odd'ar yr asgwrn.'

Blasodd y gŵr traws ofn 'i was bach, ac mi ddechreuodd lana chwerthin, deud,

'Hidia befo, Mike bach. Tynnu coes dwi.'

Aeth ati eto i hollti'r oen a deud,

'Welish i'n y papur fod dy gŵn bach di 'di bod yn cynna tân eto.'

Mike yn deud,

'Pam newch chi'm cefnogi, 'dwch?'

Oedodd Eoin Gough: y twca'n rhewi drost y cig.

Methodd Mike gau'i geg, dal i barablu: 'Gneud hyn drost Gymru 'dan ni. Cwffio am ddyfodol gwell i'n plant.'

Gwên arall: un lawn malais. A'r pen dyn yn deud,

'A'r genod fuo chdi'n 'u hysio i dy hwrdy dros y blynyddoedd, ia?'

Mike yn deud yr un gair: chwys dan 'i geseilia fo.

Mi adawodd Eoin Gough i'r dwca syrthio'n chwim a hollti trw'r oen.

Deud,

'Petha i ddynion 'di ffinia. Pa iws 'dyn nhw i mi, d'wad? Anhwylus 'dyn nhw. Rhwystra i'w croesi, i'w negodi. A dynion, be 'na'n nhw? 'Mond rhyfela drostyn nhw fatha'r a'n nhw i ryfela dros bob affliw o ddim — tir, lefrod, da byw, olew. Does gin ddim byd hawl ddwyfol i fodoli, Mike. Gwlad na iaith. Na phlentyn' — haciodd trw'r cig — 'dim mwy na sgin oen. Briwsion ydi'r ffasiwn betha, mewn bydysawd diystyriol' — y twca'n aros eto dros y cig — 'mi wyddost ti amdana fi, Mike.'

Trodd Mike o'r neilltu: ddim *am* wbod, ond y gwbod hwnnw wedi gadael hoel ar 'i enaid o. Staen lwgr fasa oes o weddïo ac o edifarhau byth yn 'i llnau.

Chwerthodd Eoin Gough, meddwl bod hyn y ddigri'n amlwg, a deud,

'Deu'tha fi am Dri Godreddi, Mike. Dyna pam w't ti yma. Nid i gael arddangosfa o fwtshiera, naci. Diddana fi efo dy glecs am y gweddillion.'

Esboniodd Mike be oedd 'di digwydd: oedi ar y gwaith adeiladu ar gownt yr esgyrn; ID'n profi pwy oedd yn y bedd; ymchwiliad Gwynfor Taylor.

Eoin Gough yn mân chwerthin, deud,

'Dyna dwl-al 'di hwnnw. Gesh i gysur dyn tlawd efo'i fam a'i fodryb o slawar dydd, sti...'

Do, mwn, meddyliodd Mike. Ar gefna'r ddwy'r un pryd, bownd o fod.

Ac fel tasa Eoin Gough yn gweld i feddwl Mike, dyma fo'n deud,

'Ar yr un pryd.'

Mike yn deud yr un gair: jest yn laddar o chwys.

'Mi fasa'n amgian gin ti, felly, Mike, i setlo'r achos 'ma'n o sydyn. Er mwyn i chdi fedru mynd ati eto i godi dy dai crand.'

'Basa, ond nid tai crand ydyn nhw.'

'A does 'a fawr o siâp ar Gwynfor, druan. Dim mwy o siâp nag oedd ar 'i dad o. Cath dan ffendar: un diog.'

'Ŵrach. Ond ma' 'na ddrwg arall yn y caws.'

'Nefi, oes wir?' medda Eoin Gough: fel tasa fo ddim yn gwbod go iawn 'lly.

Holltodd y gŵr traws yr oen yn shwtrwds wrth i Mike sôn am y bwrlas yng Ngodreddi'r noson y daethpwyd o hyd i'r esgyrn.

'Groves ydi'i enw fo. Hogyn lleol, chwadal Gwynfor. Swyddog efo'r RUC. Special Branch, meddan nhw —'

'Y mab afradlon wedi dychwelyd,' medda Eoin Gough. Ac wedyn, fel tasa fo'n darllan cardia: 'Mi slanodd o'i dad pan oedd o'n dair ar ddeg, bedair ar ddeg.'

'Sut?' medda Mike 'di drysu. 'Wyddoch chi pwy 'di o?'

'Mi gollodd cono'i chwaer yn '66. I'r gwynt yr aeth hi. Dim siw na miw ohoni ers hynny. Efaill: efeilliad yn agos. Hynny 'di deud yn arw arno fo. Aeth o'n ffyrnig efo'i dad un noson. Meddan nhw 'lly. Homar o gweir i'r cradur. Cofia di, lysh oedd Y Tad Groves. Chwil ulw pob cyfla. Clustan i'r wraig bob hyn a hyn. Fel'a ma'i, 'chan.'

Mi grychodd Mike 'i dalcian, deud dim.

Eoin Gough yn para i sgwrsio:

'Sgrafil 'di Vincent Groves. Tydi o ddim o'r un hil â'r

heddlu ffor'ma. Bwrlas sy 'di byw mewn byd blin. Fedri di'm codi ofn arno fo fatha ti'n codi ofn ar ddyn cyffredin. Sgynno fo'm ofn. Ond mae gynno fo wendid. Mae gin bob dyn wendid, yn does.'

Crafodd y gŵr traws 'i ên efo min y twca, gadael mymryn o waed ar 'i groen, deud,

'Ŵrach mai diflaniad 'i chwaer o sy'n 'i neud o'n sgut am esgyrn Godreddi. Rhyw feddwl lasa mai'r golledig Veronica oedd yn y pridd yn pydru.'

'Wyddoch chi dipyn go lew am y teulu?'

'O'n i'n digwydd bod yn pregethu'n Llangaffo pan ddiflannodd hi, sti.'

Mi sbiodd o ar Mike wrth ddeud hynny, fel tasa fo'n trosglwyddo negas gudd: cod niwclear oedd ddim i'w rannu efo neb arall; cyfrinach o'r nos waetha.

'Mi fydd drofun i ni ddelio efo'r dyn 'ma, Meical.'

Nodiodd Mike.

'W'sti pwy arall geith 'i hudo gin yr esgyrn?' medda Eoin Gough, mynd yn ôl at 'i dwca a'i drin cig.

'Pwy 'lly?'

'Chwaer y bwch dihangol.'

'Nel Lewis? I be ddaw hi'n ôl?'

'Mae'r euog yn ysu i gael 'u cosbi, Mike, w'sti hynny? A beth bynnag: blydi tincar 'di hi'n de. Mynd a dŵad. A dŵad neith hi. Hidia befo, washi bach. Diflanedig ydi'r byd yma a'i helbul. Darfodedig. Tra bod fy myd i, ar y llaw arall, yn anfeidrol. Trwy fy hil, mi fydda i fyw am byth, Mihangel. I'r sêr yr a' i, siŵr iawn. Fy nosrannu'n garbon er mwyn creu bywyd newydd: duw o fath, yn de. Ond trwy 'nghig a'm gwaed y bydda i byw, frawd. Hynny sy'n mynd â 'mryd i, yli.'

Mi ddoth twrw o'r stafall fyw tu ôl i Mike, a dyma fo'n troi a dal 'i wynt, wedi dychryn 'lly.

Ac yno, ylwch, styllan o ferch, gwallt du-goch, golwg gwelw arni — y gryduras 'di'i stricio. Ond 'i gwep hi'n gyfarwydd i Mike.

Dyma Eoin Gough yn deud,

'Ti'n cofio Fflur, siŵr iawn. Fy wyres i. Hogan John, yli. Drïist ti werthu'r gryduras i'r bidiwr ucha'r noson honno'n '79. Trin 'y mechan i 'tha heffar.'

*　　*　　*

Ŵrach mai bwriad Eoin Gough oedd rhygnu ar nerfa Mike. Wel, gwd job, gyfaill. Mi lwyddodd o'n wir.

Blys Eoin oedd sicrhau'r llaw ucha ym mhob cyfathrach. A'r unig ddewis oedd gin ddyn a ddeuai wynab yn wynab efo fo oedd ymostwng i'r drefn.

Goro bod yn yr un stafall â Fflur Gough oedd raid, felly. Teimlo'n chwithig. Teimlo'n *chwi a gewch glywed am ryfeloedd, a sôn am ryfeloedd*: dechreuad gofidia go iawn...

Gafodd yr hogan 'i hel i Fryn Estyn ar ôl i'w thad hi fynd o'i go'r noson honno'n '79, wedyn i Ddinbach yn ddeunaw oed. Y gryduras 'di drysu, meddan nhw. Pa ryfadd, 'dwch?

Aeth Eoin Gough â hi o Blas Owain yn syth bìn, cyn i'r Glas landio i arestio'i thad hi. Caewyd pen y mwdwl yn o sydyn. Chwedl yn ffurfio ar gownt y gyflafan.

Y gŵr traws yn llithro i'r nos; y gŵr traws sy'n byw yng ngolwg y byd.

A Fflur Gough ar 'i phen i gartra plant dan ofal doctoriad.

Mike yn arwr yr awr...

Ond hynny heno'n shwtrwds:

Owain Iwan 'di gaddo: Gwaed am waed —

Os na fedra i ddial ar Gough, mi 'na i ddial ar 'i waed o — pechoda'r tad.

A Mike y funud honno:

chwys ar 'i wegil o,

angau'n 'i hawntio fo,

y dyddia 'di cael 'u rhifo —

'Ewadd, Eoin,' medda fo, gwingo, 'fasa hidia i chi beidio gneud môr a mynydd o'i dychweliad hi, 'chi —'

'Nefi: gweld dy hun yn Ddafydd gerbron Goliath heno, Mihangel. Trio rhoid gordos i mi, felly.'

'Asu Grist, dim o'r ffasiwn beth. Jest sôn. Awgrymu fod 'na bentwr o bobol gafodd ofid yn sgil — w'ch chi — '79 a ballu... a mae 'na awch, wel, gin rei i... i setlo cownt.'

Mi sbiodd Eoin Gough ar 'i wyres. Safodd y gnawas yn stond o flaen Mike. Llgada'r hogan yn sownd iddo fo. Dim yn amrantu hyd'noed. Prin oedd hi'n cymryd gwynt. Oedd hi fatha delw; rhyw ddol Satanaidd.

Trodd Eoin Gough i sbio ar Mike eto. Yr un llgada: tywyll a llonydd; dim daioni na thosturi ynddyn nhw.

'Wn i'n iawn,' medda'r gŵr traws, heliwr bydau, 'bod dy was bach di â'i fryd ar lygad am lygad. Ond dwi am iddo fo ddallt bod yr holl fyd yn fy ngafael i. Ydi o'n gwbod hynny, ti'n meddwl?'

Nodiodd Mike. Crychu'i dalcian, meddwl: Dyma ffycin lanast.

Eoin Gough yn deud,

'Os nad ydi o'n dallt, Meical, mi dwi'n farus i'w gosod hi'n hallt iddo fo, deud be 'di be. A'i droi o du chwith allan, os bydd raid. Sbaddu'r cythral bach fatha bustach. Eglura i'r llanc os dwtshith o ben bys yn fy hil hi, dim ond y pen bys hwnnw fydd yn weddill i'w fam o'i gladdu.'

Nodiodd Mike; deud dim. Mi sbiodd o i fyw llgada Eoin Gough, ac i fyw llgada Fflur Gough wedyn, a gweld fod 'na ranna o'r ddau ar goll: y rhanna rheini sy'n gofannu allgaredd mewn dynoliaeth.

'Well i mi'i throi hi,' medda fo: cyn i betha fynd o ddrwg i waed: mi welodd o ddigon o waedu yma'n barod, y pen dyn efo'i dwca.

'Cyn i chdi'i heglu hi,' medda Eoin Gough, 'lasa'i bod hi'n amsar dŵad â'r cymrodorion yn ôl at 'i gilydd. Ailgodi Gwŷr Môn. Haws gwardio'n erbyn y rhei gwangalon ar adag 'tha hon — yr esgyrn 'ma yn Godreddi a ballu, y mab afradlon 'ma'n dŵad i holi ar gownt 'i chwaer goll. Be ddudi di, Mike, fatha'n cipar ni?'

Mi oedd y mudiad yng ngafael Eoin Gough o'r cychwyn. Mi welodd o mai mewn undod mae nerth. Mi ofannodd o'r gwahanol at 'i gilydd yn un pentwr. Mi fanteisiodd ar wendida dynion. Mi gloddiodd wteri'u meddylia nhw a datgladdu'r trachwanta gwaetha oedd yno. Mi gynigiodd o iddyn nhw baradwys. Mi wireddodd o'u dymuniada dirgel nhw. Mi osododd o'r arwydd ar 'u dwylo nhw, a choffadwriaeth rhwng 'u llygaid nhw, fel y byddo'i gyfraith ar 'u genau.

Mi oeddan nhw'n troi yng ngwynt 'i gilydd, yr aeloda, ac wedi gneud ers degawda.

Ond bob hyn a hyn, lasa i un ohonyn nhw godi dani. Mynnu mwy o ddeud yng ngweithgaredda'r mudiad, ẃrach. Hawlio un o'r genod fatha'i lefran bersonol o'i hun, a gwrthod rhannu. Bygwth y basan nhw'n gadael y gyfundrefn, a gofyn pris buwch i beidio hel clecs. Tasa hynny'n digwydd, fe lusgid y cnaf o flaen y pen dyn a'r pwyllgor yn Nhyddyn Saint, hofal Moss Parry, y curadur:

Fel hyn oedd hi'n fan'no wedyn —

Mike: 'Ty'd i mewn, frawd. Ista'n fan'na, yli. Mi eith Moss i neud panad i ni.'

Y jarff yn troi'i drwyn ar y llanast: stidwll o le oedd

Tyddyn Saint. Y jarff yn meddwl siŵr bod Mike yn mynd i blygu glin i'r hyn oedd o'n 'i hawlio: mwy o ddylanwad; lefran iddo fo'i hun; lwfans i brynu carafán newydd ar gyfar Steddfod Cwm Rhymni flwyddyn nesa 'neu mi a' i at y blydi *Daily Post'*. Y jarff yn godog; Moss yn was bach efo'r te; Mike yn llyfu tin efo'i wên gaws.

Y jarff yn cael clec —

Y pen dyn yn ymddangos a deud,

'Dyma i ti dy gamwedda, frawd.'

A'r curadur yn tollti twmpath o lynia dynnwyd gan Jim Price, ac yn ddiweddarach 'i fab, Elfed, ar y ciarpad seimllyd. A'r cnaf yn gweld ac yn dal 'i wynt ac yn cachu brics.

Y prawf yn 'i ddangos o — gŵr mewn oed, neu'n ganol oed ac yn horwth — ar gefn lefran oedd yn rhy ifanc i adael 'rysgol.

Y jarff yn mopio: 'Argian fawr, hogia —'

Mike a'i wên gaws: 'Un ar y naw w't ti, gyfaill. Yli'r bol mawr noeth 'na ar gefn y gryduras: tair ar ddeg, sti.'

Y jarff yn harthio: 'Nefi blw, Mike, 'sat ti'm yn —'

Awr ynghynt, mi oedd o'n geg i gyd: Dwi 'di laru ar y sinach Gough 'ma'n rhoid gordos i bowb. Pwy mae o feddwl ydi o, 'dwch? Mi ddangosa i iddo fo be 'di be.

Ar ôl y datguddiad, traed o bridd oedd gynno fo, ar 'i linia'n erfyn: Maddeuwch i mi, maddeuwch... 'na i byth mo'r ffasiwn beth eto, ar fy llw...

Y cradur druan rhwng Pi-Hahiroth a Baal-Seffon go iawn: ar un llaw, jêl ar 'i ben a chwilydd, a'i bledu gan atgasedd am weddill 'i oes; ar y llall, llid y gŵr traws.

A Mike yn cythru'n sgrepan y jarff a deud,

'Dos di adra'n dawal bach, 'ŵan, y jibar contlyd, neu mi fydd y wraig a'r genod bach del 'na ti 'di'i fagu'n cael gwahoddiad i gael panad efo Moss a finna'n fa'ma, a mi sbïwn ni drw'r llynia 'ma, yli. Paid â dŵad ar 'y nghyfyl i eto efo dy geg fawr yn mynnu petha sy tu hwnt i chdi. Ffyc off, 'ŵan. Cym bwyll.'

Credai mai dull Eoin Gough o gadw pwysigion yr ynys dan y lach oedd Gwŷr Môn: cymryd mantais o'r hen Adda oedd ym mhob dyn i sicrhau teyrngarwch, i'w trin nhw, i'w trafod nhw, bod yn fistar corn ar y bobol fawr.

Ni loddestodd Mike 'rioed ar y da byw oedd ar ocsiwn ym Mhlas Owain, cofiwch: y genod druan. Ni ildiodd i'w awch, er bod lefrod lu ar gael iddo fo ers i'r cabál ddŵad at 'i gilydd am y tro cynta'n y pumdega.

Y cipar oedd o, ylwch: cadw petha mewn cywair da; cadw'r dynion rhag colli'u penna; cadw'r genod rhag mynd i gega.

Mewn gwirionedd, mi oedd y lefrod yn cael 'u traed yn rhydd o'r rhygnu byw oedd yn ffawd iddyn nhw ar ôl 'u geni i deulu'r fforciast. Ŵrach y ca'n nhw bresanta, ŵrach arian pocad: dim ond iddyn nhw ufuddhau i drachwanta'r dynion. A doedd hynny ddim yn ofyn mawr, nac oedd.

Ond lasa bod llusgo hon, Fflur Gough, i'r cawl wedi bod yn fistêc.

Dŵad â'i thad dan y fawd oedd y bwriad. Etifedd Eoin Gough fel y pen dyn oedd o i fod. Ond y gŵr traws yn dangos gwendid; *gwyn y gwêl* a ballu.

Ac mi sbwyliodd John Gough y pwdin: cyflafan '79; jêl am 30 mlynadd —

Tan 2009, meddyliodd Mike. Sud fyd fydd hi'r adag honno, 'dwch? Sud Fôn?

Asu Grist, bu ond y dim i betha fynd yn racs jibidêrs ar ôl '79. Y byd a'r betws yn heidio yma. Gough yn honni gwarth yn 'i achos llys. Gweddill Gwŷr Môn yn cael ffitia: *mae'i 'di canu arnan ni.*

Ond diolch byth, mi aeth y dogfenna aethpwyd o dŷ Moss Parry oedd yn portreadu beiau Gwŷr Môn i'r gwynt.

Mi gafodd Mike negas anhysbys wedi'i theipio'n dwt, oedd yn cynnwys Polaroid o'r ffeils: *Y dirgeledigaethau sydd eiddo yr Arglwydd ein Duw.* Dyna fo...

Chydig fisoedd yn ddiweddarach, taniwyd ymgyrch Meibion Glyndŵr. Y byd bach lle'r oedd Mike yn byw yn anghofio am John Gough a'i honiada. Efydd yn seinio oeddan nhw o'r doc. Rhygnu ar yr un tant oedd o. Enw Gough fatha enw'r gŵr traws bellach: jest yn rhith, a dyna fo. A'r byd yn mynd dow-dow am ddegawd: dim lol.

Tan rŵan 'lly: yn y dyddiau diwethaf.

'Dos ati, gwael, i ailgodi'r gaer,' medda'r gŵr traws rŵan. 'Sefydlu'r frawdoliaeth eto.'

'Ŵrach y byddan nhw'n gyndyn o —'

Mi chwerthodd Eoin Gough, deud,

'Meical bach, maen nhw i gyd dan rwyma i mi. Feiddian nhw 'mo hau'r gwynt a medi'r corwynt, siŵr iawn. Plygu glin neith y cwbwl lot.'

'Lasa fydd 'na fwy o wrandawiad i glebran ych mab tasan ni'n ailgydio yn —'

'Llef un yn llefain yn y diffeithwch, Mihangel.' Crychodd Eoin Gough 'i dalcian. 'Ydw i'n cael ar ddallt mai cyndyn w't ti i ailafael ynddi?'

'Nefi fawr, Eoin, dim o'r ffasiwn beth. Dim ond —'

'Amdani 'lly,' medda'r pen dyn, y wên annifyr honno eto oedd ddim yn wên go iawn. 'Ac un peth arall...'

Gorchymyn arall. Cymer yr awr hon dy fab, a dos rhagot i dir Moreia, ac offryma ef yno yn boethoffrwm arall.

'Rho stop ar fyrrath y llanc. Hwnnw sy'n mynnu talu'r pwyth.'

Owain.

Aeth Eoin Gough yn 'i flaen:

'Nid sgolar fatha'i dad ydi o, naci. Nid Beria, ond bwrlas. Arf i chdi, Mihangel, chditha'r uchelwr. Hogyn ydi o i chdi i'w daflyd yn erbyn baricêds y gelyn pan ddaw'r frwydr. Nid busnas bwrlas ydi dial, Mike.'

Holltodd y pen dyn gig odd'ar garcas yr oen a deud,

'I *mi* y mae dial; myfi a dalaf.'

Ci ymosod

SISWRN Gwyllt yn canu,
Saethu dros y Saeson, ymladd gyda'r llu...
ar y casét yn y car wrth i Vince ddreifio i Lidiart Gronw,
Llandyfrydog, cartra'r diweddar Robert Morris gafodd 'i
ladd yn 1979, y mwrdwr yn tanio trychiolaetha.

Wrth gyrraedd y giât oedd yn arwain at y ffarm,
rhoddodd Vince daw ar y casét. Oedd hi'n dawal wedyn,
ar wahân i frefu defaid yn rhwla. Ond dim defaid Llidiart
Gronw oeddan nhw, cofiwch. Doedd 'na'm da byw yn fan'no
bellach. Sgerbwd oedd y ffarm bellach: *Texas Chainsaw
Massacre* o le, meddyliodd Vince, fatha'r tŷ ransh yn y ffilm
arswyd — yr adeilada 'di dirywio; y pren i gyd yn pydru;
ffosiliaid hen injans ffarm ar y cowt, yr haearn yn rhydu;
chwyn ac asgall a drain yn arglwyddiaethu.

Parciodd Vince ar y cowt. Troi'r car rownd i wynebu'r
ffordd fawr. Jest 'cofn y basa fo'n goro dengid o 'na'n
handi — hen dric plisman.

Mi borodd o trw'r adroddiada cyn dreifio yma: Robert
Morris yn cael 'i slanu gin Chris Lewis; Griff Morris, y mab,
yn dipyn o jarff; Kate Morris, y weddw, rêl cnawas, medda'r
plismyn; y ferch, Bethan Morris, 'di hen fynd: mam babi
Gough.

Camodd o'r car i dawelwch y cowt, dim ond twrw'r

147

gwynt yn sgytio'r chwyn a'r asgall a'r drain; brefu pell defaid rhywun arall.

Astudiodd Vince 'i amglychedd. Taniodd sigarét. Gwichiodd colfacha rhydlyd drws un o'r sieds. Syllodd Vince i fagddu'r adeilad. Ymddangosodd arth flewog o'r ogof. Llamodd y sgwariwr i gyfwr Vince —

Ewadd: horwth o foi efo locsyn mawr a'i wallt o'n hir ac yn seimllyd, bol cwrw gynno fo, a breichia fatha cyffion coed.

Griff Morris, bownd o fod.

Ẃrach fod cogio bod yn beryg bywyd yn ddull effeithiol o erlid y rhan fwya o dresmaswyr o gowt Llidiart Gronw, ond mi groesodd Vince gleddyfa efo hogia peryclach o beth coblyn na Griff Morris.

A dyma fo'n pwyso a mesur 'i elyn yn ofalus, a sefyll 'i dir.

Yn anochel, ylwch, mi slofodd Griff Morris i lawr, cyn stopio'n stond rhyw bum llath o drwyn Vince a sbio'n ddigon dryslyd arno fo. Doedd o heb arfar efo dynion yn sefyll 'u tir pan oedd o'n llamu amdanyn nhw.

'Su ma'i?' medda Vince, smocio'r sigarét yn ddi-lol, heb boen yn y byd 'lly.

'Iawn,' medda'r maen: rhyw duchan, sŵn 'tha ci'n hytrach na sŵn dynol.

'Griff Morris w't ti?'

'Pw' w't ti?'

'Vince Groves. Plisman dwi.'

Baglu'n ôl rhyw hannar cam a deud,

'Ti'n tresbashio.'

Baglu 'mlaen, wedyn, a deud,

'Sgin ti'm warynt.'

Vince yn ogla'r mwg a'r tail, deud,

'Drofun sgwrs ydw i, dyna i gyd. Ac oedd y giât yn

gorad, 'chan. Welish i'm seins am dresbashio na dim, sti. O's 'a sein?'

Tro Griff Morris i bwyso a mesur rŵan.

Vince yn deud,

'Drofun sgwrs am be ddigwyddodd i Mr Robert Morris dwi. Chdi' — gofyn eto — 'ydi Griff, ia?'

Syllodd y maen ar Vince. Chwyrnodd yn dawal. Ci eto. Ci sy'n deud, Gwatshia dy hun, lasa i mi frathu.

Ddaru o ddim brathu, dim ond deud,

''Rhosa'n fan'na,' a dyma fo'n 'i throi hi am y tŷ.

''Na i'm symud,' medda Vince: smocio; o gwmpas 'i betha; cadw llygad.

Wrth i Vince watshiad yr arth yn llamu am y tŷ, meddyliodd fod mab Llidiart Gronw fatha rhyw ddyn mynydd neu ddyn coedwig. Aelod o'r ddynoliaeth aeth ar goll yn y gwyllt, yn y tir diffaith.

Mi ddechreuodd o ddilyn y cawr i gyfeiriad y tŷ wedyn.

Aeth y bwrlas trw agoriad oedd yn y cloddia trwchus o ddrain amgylchynai'r tŷ ffarm.

Mi 'rhosodd Vince a gweld yr agoriad. Gweld *trw'r* agoriad i be lasa fod yn 'rar ffrynt go dwt — tasa hi 'di cael 'i thendio 'lly. Ond do' 'na'm bloda a ballu'n fa'ma. Dim ond chwyn a thrugaredda: berfa heb 'lwynion; rhaw 'di rhydu; bwyall —

Sgrialodd llgodan fawr trw'r sothach. Un 'run faint â ffycin Jack Russell, ar f'enaid i, meddyliodd Vince.

Agorwyd drws y tŷ ac mi ddoth 'na wraig allan: gwialan o beth; gwelw; rhaffa o wallt gwyn yn diferu drost 'i sgwydda hi —

Chweigian mai Kate Morris oedd hi —

O' 'na debygrwydd yn y gwynab i'r llynia welodd Vince yn y papura newydd o adag mwrdwr Robert Morris. Ond mi oedd hi'n swelan 'radag honno: dynas smart, un oedd yn bownd o godi blys ar ddyn. Ond difrod oedd hi bellach.

'Be tisho?' medda hi'n frwnt i gyd, Griff wrth 'i hysgwydd hi.

Oedd hi'n go agos erbyn hyn, a'r llid y croen oedd yn 'i hawntio hi'n amlwg ar 'i bocha hi, ar 'i gwddw hi, ar 'i thalcian hi.

'Vince Groves.'

Mi sgytiodd hi fymryn, ar f'enaid i, meddyliodd Vince, a dyma fo'n deud,

'O'r polîs. Meddwl faswn i'n cael sgwrs am be ddigwyddodd i'ch gŵr chi a ballu.'

'Polîs? Dwi'n nabod y polîs i gyd ffor'ma, washi. Dw't ti'm yn polîs ffor'ma.'

Amgian iddo fo ddeud y gwir: 'Nac'dw, polîs o ffwr' dwi.'

'O ffwr'? Ti'n swnio 'tha Sir Fôn i fi 'lly.'

'Sir Fôn ydw i. Dwi'n ymchwilio i gysylltiad posib rhwng marwolaeth ych gŵr a'r esgyrn rheini'n Godreddi 'cw. Yddach chi'n nabod Ifan Allison a Robin Jones?'

Aeth llgada'r weddw'n gul ac ar ôl eiliad bach, dyma hi'n deud,

'Hidia i chdi'i heglu hi o 'ma, washi bach. Polîs neu beth bynnag w't ti.'

'Ẃrach y gna i os ga i sgwrs. Efo chi. Ac efo Bethan, ẃrach? Lle fedra i ddŵad o hyd i Bethan, 'dwch?'

Poerodd llid a dial o enau'r weddw:

'Ast...' Ac wedyn dyma hi'n deud, 'Griff, hel hwn o 'ma.'

Llamodd y cawr yn 'i flaen. Bagiodd Vince: gneud lle iddo fo'i hun. Hyrddiodd Griff yn 'i flaen 'tha tarw. Safodd Vince 'i dir.

Oedodd Griff eto. Doedd o 'mond 'di arfar gweld dynion yn powdro mynd am 'u ceir pan oedd o'n bygwth slas iddyn nhw. Ond dim hwn 'lly. Ac eiliad o oedi oedd Vince 'i angan. Neidiodd yn 'i flaen a rhoid homar o gic i Griff rhwng 'i goesa — y lle mwya tendar.

Dyblodd y bwrlas, y wich ryfedda'n dŵad o'i gorn gwddw fo. Syrthiodd ar 'i benglinia. Ewadd, mi oedd o'n gwingo go iawn, a'i llgada fo'n llydan ac yn dyfrio, a'i focha fo'n goch fatha gwawr newydd. Colapsiodd y cradur yn fflat owt yn y pridd a'r mwd, gwingo a gwichian — a geni'r hyll yn 'i drowsus o ar gownt iddo fo gael gymint o fraw.

Argoledig, dyna i chi ddrewi.

Mi oedd 'na olwg 'di dychryn ar Mrs Morris. Heb arfar gweld 'i harth o fab yn cael slas fel hyn, debyg iawn.

Cyrcydiodd Vince, dal 'i drwyn rhag yr ogla, a chysuro Griff.

Deud,

'Dyna chdi, washi bach. Cyma wynt, yli. Mi fyddi di rêl boi mewn chwinciad, sti.'

Safodd eto. Llgadu'r weddw. Honno'n welw ar ôl i'w byd hi droi ben ucha'n isa, ar ôl i'r ffinia gael 'u symud a'r rheola gael 'u newid —

Vince, dyn y newid, yn deud,

'Ga'n ni sgwrs waraidd 'ŵan, cawn, Kate?'

*   *   *

Mi dolltodd 'na gyffes werth chweil o geg Kate Morris —

Dafydd, mab hyna Llidiart Gronw, yn dŵad o'r rhyfal yn '43 efo'i feddwl o'n racs. Yr hogyn druan yn mynd ar gefn 'i chwaer, Mary. A mêts Dafydd, wedyn, yn cael tro.

Isaac Morris — tad Dafydd a Mary a Kate — yn caniatáu. Isaac Morris yn annog, yn hysio.

Mary'n difa'i hun, a bwlch i'w lenwi.

Awcha Dafydd a'i griw'n beryg bywyd. Genod yr ardal yn cael 'u hudo'n hwrod. 'Finna'n un ohonyn nhw,' medda Kate Morris. 'Fi oedd fenga Llidiart Gronw —'

Vince methu dygymod:

chwys ar 'i wegil o,

angau'n 'i hawntio fo,

y dyddia 'di cael 'u rhifo —

Kate yn dal ati, Kate yn datgelu:

Magodd efo'i brawd, Robert, pedwerydd epil Llidiart Gronw. Esgorodd ar Griff a Bethan, epil pechod.

Y tramgwydd yn parhau: genod ar gael i ddynion; genod yn cael 'u prynu a'u gwerthu. Y pechod dan drwyna pawb, ond pwy greda'r genod, 'dwch?

Dynion yn hel: Isaac (*tad hon, Kate*), Clive Ellis-Hughes (*tad Mike?*), Roger Densely (*tad Hugh?*), Jim Price (*tad pwy?*), Horace Owen (*Owen? Owen?*) a...

A phwy? A phwy?

Ond Kate dan straen erbyn hynny; ar ôl rhestru. Vince yn deud wrtho fo'i hun: Gad lonydd iddi am funud iddi ddŵad ati'i hun.

Kate oedd yn hudo, medda hi. Denu'r genod: sbio i fyw llgada Vince wrth ddeud hyn. A'i hogan hi, Bethan, yn un o'r lefrod.

Wedyn, addewid: dyledion teulu Llidiart Gronw'n cael 'u talu — am bris. A'r pris: Bethan. A'r prynwr: Y Prif Uwch-arolygydd Hugh Densley —

Vince methu dygymod:

chwys ar 'i wegil o,

angau'n 'i hawntio fo,

y dyddia 'di cael 'u rhifo —

Ond y ddêl yn troi'n chwerw. Robert, y gŵr-frawd, yn farus. Robert drofun mwy, mwy, mwy.

Aeth hi'n flêr. Aeth hi'n ffrae. Densley'n dŵad yno efo'i

horwth, Chris Lewis: dogar hoffus, babi ffair y *chief super*.
A Chris 'di mopio efo Bethan. Chris yn slanu Robert ar
ordors Densley. Chris yn mynd drost ben llestri a lladd y
cradur —

Vince methu dygymod:

chwys ar 'i wegil o,

angau'n 'i hawntio fo,

y dyddia 'di cael 'u rhifo —

'Mi aberthais aberth drwy gydol fy mywyd,' medda
Kate Morris.

'Do, mwn,' medda Vince.

Mi sbiodd hi'n hir ar Vince, fel tasa hi'n 'i stydio fo
go iawn; hi fatha anturwraig, rhyw David Attenborough
fenywaidd, wedi dŵad o hyd i hil newydd, a deud,

'Welish i'n fy myw ffasiwn fwrlas â chi. Mi 'dach chi
'tha ci ymosod. Mi sgytioch y colofna fatha ddaru Samson:
a syrthiodd y tŷ ar y pendefigion, ac ar yr holl bobol oedd
ynddo... Goliath ydi Griff i fi, ylwch. A lawr â fo heddiw.
Lasa bod newid ar droed. Lasa bydd Bethan yn madda i mi
a gadal i mi weld 'i hogyn bach hi. Gadal i mi fod yn Nain.'

'Pwy 'di'r gŵr traws?'

Aeth llaw Kate at 'i brest hi, fel tasa hi'n cael trawiad.

'Nid fo, nid yr enw hwnnw. Peidiwch, da chi. Peidiwch.
Y mae arswyd wrth y llyw...'

Vince methu dygymod:

chwys ar 'i wegil o,

angau'n 'i hawntio fo,

y dyddia 'di cael 'u rhifo —

*　　*　　*

'Mae'r gŵr traws yn rhan o be ddigwyddodd yn '79,' medda Vince.

'Paid â cyboli,' medda Gwynfor Taylor, chwys doman. 'Mae o'i cho. Peth wirion 'di hi. Dim ffit ers '79. Ers mwrdwr 'i gŵr a ballu.'

Y ddau ohonyn nhw yn y Bull.

Vince yn deud,

'W'sti mai'i brawd hi oedd 'i gŵr hi?'

Taylor yn ysgwyd 'i ben, rhwbio'i wallt, y chwys yn diferu, deud,

'Asu Grist, Vince, paid â corddi'r ffycin dyfroedd, wir dduw.'

'Mi gordda i'r cwbwl lot tan i mi ddŵad o hyd i'r ffycin gŵr traws a gneu' siŵr bod Vonnie'n cael cyfiawnder. Mae'i law o ar bob dim.'

'Hegla hi'n ôl i Wlster, ddyn. Argoledig, mae hi'n saffach yn fan'no.'

'Be ti feddwl?'

'Hidia befo. Wrandawi di ddim, na nei. Do's 'a'm ffasiwn beth â'r gŵr traws, sti. Ysbryd drwg ydi o. Stori Ynys Môn.'

'Y mae arswyd wrth y llyw...'

'Sut?'

'Mae'i enw fo'n enw cudd.'

'Asu Grist, Vince.'

'*M'aish chmsin*,' medda Vince.

'Asu Grist...'

Mi oedd gwep Gwynfor Taylor yn goch ac yn chwslyd. Mi oedd o'n smocio fatha stemar ac yn yfad fodca ac orenj. Vince efo'i lemonêd. A smocio, cofiwch. Dyma fo'n deud,

'Mi werthwyd — *gwerthu*, Gwynfor — Bethan Morris i Densley. Chief Superintendent Hugh-ffycin-Densley.

Mi oedd o'n rhan o ryw ffycin faffia ar Sir Fôn oedd yn cam-drin genod, ac wrthi dan drwyn y byd —'

'Argoledig, Vince!'

'Be?'

Cleciodd Gwynfor 'i ddiod, ordro un arall, deud,

'Lol wirion 'di'r si honno.'

'Y si?'

'Am y... am y cylch cudd 'ma...'

'Sud gwyddost ti amdano fo?'

'Caridýms, Vince. Drygis yn clebran am y cylch 'ma, am bwysigion. Ma' 'na holi 'di bod. Ar y QT. Mi gafwyd enwa, ond oedd gin bob un wan jac alibai solat. Mi gredith pobol unrhyw lol. Dim byd gwell i neud na hel straeon, hel clecs am bwysigion. Sut affliw w't ti'n meddwl y basa'r ffasiwn beth yn digwydd yng ngola dydd, dan drwyna'r awdurdoda?'

'Cylch,' medda Vince.

'Sut?'

'Cylch. Cylch yn cadw cefna'i gilydd. Wn i sud mae hynny'n gweithio. Mae 'na gylchoedd felly'n Wlster. Pobol sy'n gwbod petha. Pobol sy'n gwbod yn iawn pw' sy'n lladd, pw' sy'n bomio. Ond cau deud. Ofn deud, weithia.'

Yfodd Gwynfor, ysgwyd 'i ben, wedyn deud,

'Rho'r gora iddi, Vince. W't ti'n bysnesu efo *on-going investigation*, washi bach.'

'Paid â'n "washi bach" i,' medda Vince.

Llwydodd Gwynfor, deud,

'Jest cyngor i chdi fatha mêt. Meindia dy fusnas. Sgin ti'm tir dan dy draed. Ac os glywith Bae Colwyn bo' chdi efo dy drwyn yn hyn...'

Oedodd Taylor. Yfad eto. Deud dim.

Vince yn deud,

'Ffwc otsh gin i am Fae Colwyn.'

Ddaru Taylor ryw dwrw tuchan, twrw laru.

Gwagiodd Vince 'i wydyr. Mathrodd 'i sigarét. Hwyliodd i fynd.

'Lle'r ei di i godi nyth cacwn rŵan?' medda Gwynfor.

'Bangor i weld Bethan Morris.'

'Nefi blw, ddyn, paid â tynnu pobol i dy ben —'

'Pwy 'lly? Pwy dynna i i 'mhen, Gwynfor?'

'Est ti i weld brawd Nefydd, do. Mynd i'r siop a'i hambygio fo.'

'Hambygish i neb. Taswn i wedi'i hambygio fo, mi fasa fo'n Ysbyty Gwynedd.'

'Mi ffoniodd o gopar lleol beth bynnag, ac mi oedd hwnnw'n digwydd gwbod 'y mod i'n dy nabod di. Creu helynt i chdi dy hun w't ti, Vince.'

Chwerthodd Vince yn ddigon chwerw a deud,

'Mi dro i'r twllwch 'ma'n oleuni a datgelu'r gwirionedda i gyd. Mi ddaw 'na fwy o esgyrn i'r fei cyn y bydda i 'di darfod yr orchwyl 'ma. Wela i di.'

A ffwr' â fo.

Dyma Gwynfor yn deud rhwbath dan 'i wynt, a rhyw labwst oedd yn ordro peint wrth y bar yn deud,

'Be ddudist ti, washi?'

'Dim byd,' medda Gwynfor.

'Alwist ti fi'n bymboi'r sinach?'

'Dos o 'ngolwg i, wir dduw,' medda Gwynfor, dangos 'i ID i'r coc oen.

O'r un iau

'TYLWYTH 'di'r peth pwysica, sti,' medda fo wrth 'i wyres. 'Un o'n greddfa ni: bod efo'n perthyn. Yr anifal, yn ogystal â'r angal ynddan ni, yn nabod hynny.'

Mi oedd Fflur wrth y bwr' brecwast yn byta Rice Krispies. Dyna'r unig fwyd oedd hi'n fyta. Arferodd efo bwyd plaen yn y seilam. Awchodd Rice Krispies am ddegawd — felly dyma hi, ar i fyny.

'Oedd Dad a fi'n arfar mynd i nôl tships,' medda hi, llwyo'r brecwast i'w cheg, llefrith yn diferu drost 'i gên hi.

'Oedd,' medda'i thaid: gyferbyn â hi, dylo mawr ar y bwr' brecwast, dylo efo'r nerth i dagu'r bywyd ohoni hi.

'O'n i'n lecio hynny. Mynd efo Dad.'

'Siŵr iawn. Tylwyth, yli.'

'Ddaw Dad ddim o'r jêl, na ddaw.'

'Lasa fo ddŵad, sti. Rhyw ben.'

'Gafodd o 30 mlynadd.'

'Do.'

"Swn i'n licio mynd i'w weld o.'

'Basat?'

'Baswn.'

'Dwn i'm, sti.'

Mi sbiodd hi ar 'i thaid. 'Pam dwn i'm?'

'Mi gollodd o'i ffor', do. Gwyro odd'ar y llwybr cul, yli.'

Oedd hi'n dal i sbio ar 'i thaid. 'Ma'ch llgada chi'n ddu bitsh. Fatha côl-tar sy 'di toddi'n yr haul.'

Gwenodd Taid a blincio'n sydyn.

'O... ma'n nhw'n wyrdd fatha llgada Dad 'ŵan,' medda Fflur.

'Dyna fo, yli. Gweld petha mae pobol weithia. Gweld petha sydd ddim yno go iawn. Wyddost ti fod gin ti ddau frawd, a chwaer?'

Stopiodd Fflur gnoi a chrychodd 'i thalcian, a wedyn dyma'i llgada hi'n mynd yn llydan fatha'i bod hi'n cael datguddiad, deud,

'Aaron.'

'Aaron, ia. Ti'n 'i gofio fo?'

Nodiodd.

'Mae o'n un ar ddeg bellach, 'mechan i. Byw efo'i nain a'i daid arall, ond matar o raid ydi mynd â fo oddi wrthyn nhw, Fflur. Dŵad yma at 'i chwaer, yli.'

Cysidrodd Fflur hyn cyn deud,

'Ond fasa fo ddim yn 'yn nabod ni.'

'Rhaid i chdi fynd i'w weld o'n bydd. Mi nabith di wedyn, yli.'

'A hogyn Bethan, 'de. Mae o'n frawd i fi hefyd.'

'Hogyn Bethan, ia.'

'Be am 'yn chwaer i 'lly?'

'Anghofiwn i am honno am rŵan, Fflur. Bethan gynta. Bethan a'i hepil. Dwi am i chdi fynd atyn nhw, yli. Chdi 'di'r un ddaw â'r tylwyth 'ma'n ôl at 'i gilydd.'

*   *   *

'Dwi'n bryderus dros ben am ymddygiad Iorath yn y dosbarth, Miss Morris,' medda prifathrawas Ysgol Maesgeirchen wrth Bethan.

Meddyliodd Bethan: Dwisho ffag.

Meddyliodd: Dwisho fodca.

Meddyliodd: Dwisho dyn.

Un gwell na Dave. Mi heglodd hwnnw ar ôl waldio Bethan eto. Mynd ar ôl i Iorath gropian o du ôl y soffa a ffonio 999. Yr hogyn bach yn ddewr ar ôl blynyddoedd o guddiad. Mynd yn syth bìn at 'i gariad newydd ddaru Dave. Ond mi fygythiodd o ddŵad yn ôl, mynnu rhent gynni er mai tŷ cownsil oedd 'u cartra nhw.

Dechreuodd Bethan ganu. Dyna oedd hi'n neud pan oedd hi'n meddwl am y gorffennol, a be oedd wedi digwydd.

Canu a gadael i'r diwn — lol, fel arfar; dim byd oedd yn gyfarwydd i neb — ddwyn y diodda.

Doedd canu'm yn gweithio i gael madael ar Dave, cofiwch. Oedd gan 'i gariad newydd o bump o blant. Oedd gan Dave bedwar 'i hun: genod i gyd, awchu mab. Ond dim un o'i epil efo Bethan, diolch byth: fuo hi'n gallach na hynny.

Oedd Iorath yn ddigon iddi hi: llond llaw.

Ylwch heddiw fel enghraifft: o flaen 'i gwell yn Ysgol Maes G.

Dyma hi'n gofyn i'r brifathrawas,

'Be mae o 'di neud 'lly?'

Y brifathrawas yn deud,

'Mae o 'di ymosod ar ddisgybl arall yn y dosbarth. Heb achos o gwbwl, Miss Morris.'

Dal yn 'Miss', meddyliodd yn sydyn o nunlla. Ewadd, mi o' 'na gyfnod, pan oedd hi tua deg, mwn, pan freuddwydiai Bethan am briodi tywysog, byw mewn castall.

Ond i'r gwynt yr aeth y freuddwyd honno pan ddechreuodd Mam fynd â hi i Blas Owain at y dynion…

Ers dengid o Sir Fôn ar ôl i John Gough saethu pentwr

o'r dynion oedd 'di bod ar gefn Bethan drost y blynyddoedd, aeth hi o un dyn i'r llall.

Mi landiodd hi'n Maes G chwe mlynadd yn ôl, yr amseru'n berffaith, y sêr yn alinio 'lly —

Dave newydd roid hwyth i lefran arall, a chwilio am ast fagu newydd. Ciw: Bethan. Mi gafon nhw dŷ cownsil am 'u bod nhw'n deulu. Oeddan nhw yng ngyddfa'i gilydd o fewn tri dwrnod.

Dave yn deud,

'Dwisho mab, etifedd.'

Bethan yn gwrthod, 'mae gin ti bedair', Iorath yn ddigon iddi hi.

Clustan am fod yn gegog.

Bwrlas brwnt oedd Dave. Ond dyna fo. Mi oedd Bethan 'di arfar dygymod. Aros ddaru hi. Mi oedd hi drofun perthyn. Mi oedd hi drofun cwmni. Mi oedd hi drofun bôn braich ac asgwrn cefn.

Chafodd hi'r un o'r rheini: Dave gafodd hi. Ond mi ddaru o'r tro. Aeth hi'm yn feichiog, o leia. Llyncodd Dave ful ar gownt hynny.

Oedd hi mewn caetsh. Galarai am 'i bywyd. Oedd y gorffennol yn ffau'r llewod, yn lle peryg, yn lle dychrynllyd, yn llawn bwystfilod. Oedd hi'n canu pan oedd yr atgofion yn llenwi'i phen hi. Oedd hi'n goro gneud pentwr o ganu. A doedd y presennol fawr gwell, i ddeud y gwir.

Dwrdio a dyrnu. Dave yn mynd. Dave yn dŵad yn ôl. Dave yn mendio. Dave yn malu. Dave yn caru. Dave yn curo. Mynd eto. Mynd a dŵad.

Tan ryw fis yn ôl 'lly: Dave 'di dŵad o hyd i ast arall.

Ylwch arna fi, meddyliodd. Ar ben 'yn hun, dim gobaith.

Meddyliodd am Mam a Griff, a Llidiart Gronw. Ond ewadd, mi oedd meddwl amdanyn nhwtha'n gneud iddi frifo'n ddyfn yn 'i brest hefyd. Gorfodwyd iddi neud petha cas, petha ciadd drost y blynyddoedd. Bod yn ast ar 'i phedwar i ddynion, hitha'n hogan ysgol. Hudo genod erill wedyn i'r ffau.

Oedd hi 'di goro hudo Fflur, hogan John Gough, yno'r noson honno. Ond mi oedd hi'n falch pan landiodd o yno efo gwn a golwg o'i go arno fo. Mi laddodd Gough rei o'r dynion dreisiodd Bethan, ac oedd hi'n falch o hynny.

Doedd Bethan ddim drofun i Fflur ddiodda be oedd hi 'di'i ddiodda. Felly diolch byth am John Gough a'i wn.

Beth bynnag, fisoedd wedyn, mi aeth Bethan yn ôl adra efo babi John Gough yn 'i bol hi — babi oedd o'm yn gwbod amdano fo. Babi hadwyd pan ddrygiodd cabál Plas Owain y riportar a gorfodi Bethan i gael rhyw efo fo, nhwtha'n tynnu llynia, dyfetha'r dyn, dinistrio'r dyn.

'Ast fach,' oedd Mam 'di'i ddeud wrthi. 'Ti 'di malu'r cwbwl lot. Dos o 'ngolwg i'r gnawas, chdi a'r cena'n dy fol di. Dim chdi 'di hogan Llidiart Gronw rŵan.'

A mynd ddaru hi. Mynd a landio'n fa'ma — offis prifathrawas Ysgol Maes G yn cael ffrae am ymddygiad Iorath. Mab heb dad. Hitha'n hogan heb dad. Fflur hefyd. Pawb yn amddifad.

*   *   *

Wrth i Bethan fynd trw'r rigmarôl efo'r brifathrawas, a gneud 'i gora glas i beidio meddwl am y gorffennol, mi oedd 'i mam hi — honno oedd bellach yn gwadu bodolaeth 'i hepil — yn cael 'i hawntio gin yr oes a fu 'lly.

Yn 'i gwendid, mi gyffesodd hi'r cwbwl lot — jest iawn — wrth y dieithryn danseiliodd 'i byd hi.

Griff oedd 'i chraig hi. Griff oedd dyn Llidiart Gronw.

Slanwr oedd yn codi ofn ar jest iawn pawb. Fo oedd baricêd Kate rhag y byd.

Ond mi gafodd o'i lorio gin y dyn dŵad 'ma, yr hogyn nobl efo'i llgada glas a'i wallt melyn.

Ewadd, tasa Kate o gwmpas 'i phetha, tasa hyn 'di digwydd cyn y llanast, mi fasa hi 'di hudo'r horwth i'w matras. Gadael iddo fo ddringo drosti fatha'r oedd tarw'n dringo drost fuwch, fatha'r oedd dynion wedi gneud erioed iddi.

Ond mi oedd dyddia hudo Kate 'di hen fynd. Ac ar ôl i'r dyn adael, mi fethodd hi setlo: rhyw gryndod yn mynd trwyddi.

Yr enw: Groves.

Cofiodd Kate.

Honno, meddyliodd. Yr hogan honno.

Mi aeth Griff i'r cytia i bwdu ar ôl cael 'i slanu, y cradur heb arfar cael cweir. Aeth Kate i chwilio amdano fo, meddwl 'sa'r ddau'n medru mwytho'i gilydd. Ond do' 'na'm hanas ohono fo: yn y trugaredda'n rhwla, bownd o fod; cuddiad rhag y byd.

Aeth hi'n ôl i'r tŷ a mwydo'n 'i chwilydd. Argian, be ddoth drosti, 'dwch? Cyffesodd gan obeithio ennill achubiaeth o'i thramgwydda.

Yr enw: Groves. Honno... yr hogan honno...

Ond pentyrru ddaru pechoda'r weddw. Doedd gynni'm dewis ond ymgyrraedd am 'i Gwir Gyffeswr. Dyna ddaru hi 'rioed: hi, pawb. Dyna'r drefn, ylwch.

Dan ofn, mi ffoniodd hi, a'i llais llipa hi'n bradychu bob dim, a dyma fo'n deud,

'Cyffes sydd gin ti, Kate?'

A dyma hi'n cyffesu: maddau i mi gan i mi bechu.

Ond mi wydda Kate nad oedd maddeuant am y tramgwydd yma, am y datgelu mawr ddaru hi, am doddi.

Fuo 'na 'rioed ar ôl delio efo'r pen dyn: doedd 'na ddim cysur a rhyddhad ar ôl cyffesu.

Beichiodd grio ar ôl yr alwad:
chwys ar 'i gwegil hi,
angau'n 'i hawntio hi,
y dyddia 'di cael 'u rhifo.

*   *   *

Pan gyrhaeddodd Vince y cyfeiriad oedd o 'di'i gael gin y cyngor, oedd 'na ddwrdio mawr o flaen y tŷ.

Hogan yn hefru ar horwth. Hwnnw'n harthio hefyd. Y ddau'n rhegi a ramdamio'i gilydd, a hogyn bach — lasa'i fod o ar draws y deg oed 'ma — yn 'i chanol hi'n goro gwrando ar y twrw i gyd.

Oedd y wraig — y fam, ẃrach — yn 'i hugeinia, ond golwg 'di byw arni. Oedd yr horwth tua'r un oed. Llawas o datŵs gynno fo ar 'i fraich chwith. Bol cwrw a sgwydda 'tha drws; tal hefyd: drost 'i chwe troedfadd yn handi bach. Bag chwaraeon Adidas drost 'i ysgwydd o. Oedd 'na olwg dipyn o foi arno fo, ond dim ond dipyn o foi ffor'ma, yn de: sgodyn mowr mewn pwll bach.

'Rhoswch tan iddo fo gael blas ar Vince...

'Arna chdi bres i fi'r ast,' medda'r horwth, golwg tywyll ar 'i wep o: sŵn 'i lais o rêl *Bangor Aye* i glust Vince.

'Ffwcia o 'ma, Dave,' sgrechiodd yr hogan, dal llaw yr hogyn bach yn o dynn.

'Tŷ fi 'di o, a mi ddo i fewn os dwisho, reit?'

'Tŷ cownsil 'di o'r llo. Dos â dy gêr a'i guddiad o yng nghwt dy hwch newydd.'

'Ti'n gofyn am glustan.'

'Ges i lwythi gin ti, dwi 'di hen arfar.'

'Isho slas go iawn ti, felly, chdi a'r bastad bach 'na,' medda'r horwth, gillwng 'i fag Adidas, a llamu am yr hogyn a'i fam efo'i ddyrna'n barod.

'Sgin ti smôc, gwael?' medda Vince yn go uchal.

Mi stopiodd yr horwth yn stond. Aeth 'i wynab o'n ddryslyd i gyd. A dyma fo'n sbio ar Vince, pwyso a mesur am fymryn bach. Lledodd gwên oer ar draws 'i wep o; gwên mae dyn garw'n roid a hwnnw'n gwbod yn iawn mai fo 'di Mistar Mostyn ffor'ma.

'Be?' medda'r *Bangor Aye* 'ma, y wên yn para, y sgwydda'n sgwario.

'Smôc,' medda Vince, camu'n 'i flaen.

'Yli, mêt,' medda'r horwth, a'i llgada fo'n mynd i fyny ac i lawr Vince — yn 'i fesur o, ylwch — a'i lais o'n go gyfeillgar 'lly, 'be am i chdi, boi, feindio dy fusnas, a wedyn fydd 'na'm rhaid i fi biso'n dy geg di, na fydd.'

'Ewadd, dyna groeso, 'de,' medda Vince.

Oedd yr hogan yn bagio am y tŷ, mynd â'r hogyn bach efo hi.

Oedd yr horwth 'di synnu braidd: heb arfar efo rhywun yn dal 'i dir ar ôl cael rhybudd i'w heglu hi, yn amlwg. Ac mi ddaru o ryw dwrw chwerthin; syndod bod sinach yn 'i herio fo fel hyn, bownd o fod.

'Fasa hidia i chdi beidio hefru'n y stryd, washi,' medda Vince. 'Eith dy *blood pressure* di drw'r to.'

Mi ysgydwodd y *Bangor Aye* 'ma'i ben, a chwerthin eto, deud, 'Fydd rhaid i fi roid slas i chdi, bydd, cont.'

A dyma fo'n llamu am Vince. Rhuo 'tha peth ffyrnig. Y wep siwdo-gyfeillgar yn troi'n seicopathig. Ystyn 'i wddw allan fatha clagwydd 'lly. Swingio dwrn am ben Vince, ond Vince yn osgoi'n reit handi, rhoid homar o ddwrn i'r horwth yn 'i senna — a thorri un o'r senna, gyda llaw.

Ddaru o ryw dwrw fel hyn:

Bwwwwfffff...

A sigo hefyd, jest fel tasa rhywun 'di cythru'r sylfaen o dan 'i draed o. A chyn iddo fo sythu eto, dyma Vince yn rhoid dwrn iddo fo'n 'i drwyn. Syrthiodd yr horwth ar 'i bedwar wedyn, gwaed yn pistyllio o'i ffroena fo.

Fel arfar 'sa Vince 'di deud,

'Ti 'di cael digon 'ŵan, washi. Dos am adra cyn i chdi gael dy frifo go iawn 'lly.'

Ond mi oedd drofun gyrru'r negas adra'n fa'ma, dangos bod Mistar ar Mistar Mostyn 'lly.

Yr horwth 'ma oedd y cefn dyn ffor'ma, ylwch — mi oedd hynny'n go amlwg. Mi sylwodd Vince, wrth 'i watshiad o a'r hogan yn hefru, bod y trigolion yn cadw hyd braich, aethant o'r tu arall heibio 'lly, ac mi glywodd Vince rywun yn deud,

'Blydi hel, ma' Dave Craig am waed rywun eto.'

Felly, er mwyn gyrru'r negas adra, mi yrrodd Vince flaen 'i Doc Martens i senna'r Dave Craig 'ma, cracio un arall.

A'r tro yma, mi ddaru o dwrw fel hyn:

Sheeeeeeeffff...

A mynd yn fflat owt ar y pafin wedyn, rowlio a thrio cael 'i wynt, dagra'n tŵallt lawr 'i focha fo, poer yn diferu trw'i ddannadd o a drost 'i ên o. Oedd o'n sbio i fyny ar Vince efo rhyw olwg o *llewyrched yr Arglwydd ei wyneb arnat* yn 'i llgada fo: un meidrol yn gweld wynepryd 'i Dduw 'lly.

Trw'i boen a'i warth, mi lwyddodd o i ofyn,

'Pw' ffwc w't ti?'

Cyrcydiodd Vince. Gwingodd y Dave 'ma. Cwpanodd Vince ên yr horwth yn dyner yn 'i law a deud,

'Fi 'di dy arswyd di.'

*   *   *

'Ddaw o i dalu'r pwyth yn ôl — a *fi* fydd yn goro talu. Fi a Iorath.'

Oedd Bethan Morris 'di hel yr hogyn bach — Iorath — i'r tŷ, a rŵan mi safodd hi efo'i breichia 'di'u plethu ar draws 'i brest ar stepan y drws, ceidwad y porth go iawn. Ni chaiff neb fynd heibio, math o beth.

Oedd Vince drofun deud wrthi am gysylltu efo fo'n syth bìn tasa Dave yn dŵad yn 'i ôl. Ond y gwir amdani oedd na ddim fel'a oedd y byd go iawn yn gweithio.

Mi slanodd Vince gurwr gwragadd ym Maenceinion unwaith. Bygwth y cachwr i'w heglu hi. Mi aeth am ryw fis, a Vince yn deud wrth y wraig gleisiog, 'Ti'n saff, rŵan,' ond honno'n deud, 'Na, dwi ddim.'

Doedd hi ddim, chwaith. Mi ddoth 'i gŵr hi'n ôl — a lladd y gryduras.

Dim cyfiawnder, meddyliodd Vince. Dim iachawd-wriaeth. Ond mi oedd o'n dal ar 'u trywydd nhw, cyfiawnder ac iachawdwriaeth, tan i rywun fatha Bethan 'i roid o'n 'i le a dangos byd yr archolladwy iddo fo.

Mi sbiodd o rownd yr ar' ffrynt, chwilio am atab yno, eglurder, ond doedd 'na'm byd ond chwyn a thacla 'di rhydu.

'Be tisho?' medda hi rŵan.

'Dwi'n chwilio am 'yn chwaer.'

Aeth Bethan i'w phocad, ystyn pacad o ffags. Oedd o'n wag. Cynigiodd Vince sigarét iddi, a'i thanio hi. Smociodd hogan Llidiart Gronw ar stepan y tŷ cownsil yn Maes G, Bangor. Bell o adra rŵan, meddyliodd Vince. Wedi trio dengid o'i byd o'r blaen, a fynta 'di dŵad â'r byd hwnnw'n ôl i'w rhiniog hi.

Dyma fo'n deud,

'Wn i be oedd yn digwydd, y genod a ballu —'

Ddaru Bethan ryw dwrw colli mynadd, crynu i gyd, ac i drio newid y pwnc, deud,

'Dwi newydd gael helynt yn yr ysgol efo'r hogyn 'cw.'

Ond doedd 'na'm gwyro odd'ar y llwybr i fod, a dyma Vince yn deud,

'Meddwl os y buo chdi ddigwydd gweld 'yn chwaer. Lasa'i bod hi 'di cael 'i chymryd. Chwe deg chwech fasa hynny, oedd hi'n hŷn na chdi 'lly, ond lasa'i bod hi'n dal o gwmpas, wedi cael 'i chadw, pan oeddach chdi—'

'Cael 'i chadw?' medda Bethan, sbio reit arno fo. 'Dim fel'a oedd hi. Dim 'tha ffycin *harem*. Oeddan ni'n mynd o gwmpas 'yn petha. Byw'n bywyda. Yr ysgol a ballu. Do' 'na'r un ohonan ni'n mynd ar goll.'

'Pam 'sach chi'm wedi riportio hyn?'

'Riportio wrth bwy?'

'Rhieni?'

Tuchanodd Bethan, deud,

'Oedd 'yn rhieni fi'n rhan o'r peth.'

'Heddlu.'

'Oedd rheini'n rhan o'r peth hefyd. A beth bynnag: pwy 'sa'n credu genod 'tha ni? Do's 'a neb byth yn credu'r genod, mêt.'

Dim gair o ben Vince. Do' 'na'm atab i hynny. Wedyn dyma Bethan yn deud,

'Byd dynion oedd o — *ydi* o. Dynion 'tha nhw. Fatha Dave. Y peth gora fedra i neud 'di dengid neu ddiodda'n dawal bach. Cha'n nhw byth 'u stopio. Maen nhw wrthi o flaen llgada'r byd. Ond nhw sy *bia'r* byd, yli.'

'Mi stopia i nhw —'

'Pw' ti? Batman?'

'Myfi yw dial,' medda fo dan 'i wynt, y geiria 'di dŵad o rwla.

'Sut?'

'Hidia befo. Yli, ga i ddangos 'i llun hi i chdi?'

Cododd Bethan 'i sgwydda: pam lai 'lly.

Mi ddangosodd Vince lun oedd gynno fo o Vonnie yn 'i dillad ysgol.

'Chwe deg chwech,' medda fo eto: ategu.

Smociodd Bethan. Sbio ar y llun. Aeth 'i llgada hi'n gul. Ysgydwodd 'i phen a deud,

'Dwi'm yn nabod hi, sori.'

'OK,' medda Vince, a'r affwys yn 'i frest o'n agor rhyw fymryn, achosi i ryw wayw fynd trwyddo fo.

'Ddudodd Mam hyn i gyd wrtha chdi, felly?'

Nodiodd Vince.

'Ti'n ddipyn o slanwr — Griff a Dave. Dyna pam gafodd Mam 'i dychryn, bownd o fod. Welish i neb oedd yn medru rhoid slas i 'mrawd i. Hyd'noed Chris Lewis, ac mi oedd hwnnw'n fwrlas yn 'i ddydd.'

Cododd Vince 'i sgwydda.

'Pam ti mor flin 'lly?' medda Bethan.

'Vonnie,' medda fo, dal y llun i fyny eto, jest rhag ofn.

'Na, ma' 'na rwbath arall yn llosgi yn'a chdi. Rhyw dwllwch sy cau dŵad i'r fei, cau dŵad i'r goleuni.'

Fe ddatgelir pob celwydd...

'Sut?' medda Bethan.

'Sut?' medda Vince.

'Ddudist ti rwbath...'

'Na, dim byd o bwys,' medda fo, meddwl: Ddudis i hynny, 'ta'i feddwl o? Wedyn deud,

'Ddrwg gin i am greu helynt i chdi. Dave a ballu.'

'Fel'a mae hi.'

Tyrchiodd yn 'i bocad, dŵad o hyd i bensal a darn o bapur. Sgwennu'i rif ffôn yn y tŷ ar y papur, a'i roid o i Bethan.

'Ffonia.'

Mi ddoth 'na ryw hannar gwên ar 'i gwynab hi, un ddigon chwareus, a dyma hi'n deud,

'Drofun dêt w't ti?'

Jôc. Oedd ganddi wên ddigon o sioe.

'Fasa hidia i chdi wenu mwy,' medda Vince.

'Tasa gin i reswm i neud, faswn i'n gneud.'

*   *   *

Arhosodd Fflur tan i'r dieithryn fynd cyn iddi groesi'r lôn. Mi oedd Bethan yn dal i sefyll ar 'i stepan ffrynt yn smocio'r sigarét roddodd y bwrlas iddi ar ôl iddo fo roid homar o gweir i'r horwth oedd yn dwrdio efo Bethan yn gynharach.

Mi welodd Fflur y sioe i gyd: Bethan a'r horwth yn dwrdio; y dyn gwallt melyn yn landio; stido'r horwth yn handi bach: rêl boi.

Mi oedd hwn yn fwystfil.

Mi ddaru Bethan hel 'i hogyn bach — Iorath, brawd Fflur — i'r tŷ wedyn, a siarad efo'r dyn rêl boi am chydig, hwnnw'n dangos rhwbath iddi. Llun, 'wrach. Ond mi oedd hi'n rhy bell i Fflur fedru gweld. Cyn iddo fo fynd, mi ddaru o roid rhwbath yn 'i llaw hi.

Oedd Bethan 'di rhoid mymryn o bwysa 'mlaen ers i Fflur 'i gweld hi ddwytha yn nhŷ Mike Ellis-Hughes yn '79, noson yr ocsiwn, noson y lladdfa.

Oedd hi 'di lliwio'i gwallt hefyd — melyn. Mi licia Fflur liwio'i gwallt. Lasa'i ofyn i Bethan 'i helpu hi; oeddan nhw'n ffrindia go lew o hyd.

Mi sgwennodd Bethan ati'n Ninbach, do. 'Wrach ar ôl iddi ddŵad â Iorath yn ôl at Taid iddyn nhw fod yn deulu eto, mi lasa Fflur ofyn am liwio'i gwallt.

Mi welodd Bethan hi'n dŵad ac mi aeth 'i llgada hi'n

llydan, a dyma'i cheg hi'n agor, a'r mwg o'r smôc yn dŵad ohoni'n gwmwl.

A dyma'i llais hi'n dŵad wedyn ar ôl y mwg, a'r llais 'run peth ag yr oedd o'n '79, y llais o '79 yn deud,

'Ff-Fflur?'

*   *   *

'Fflur,' medda Bethan: trio'r enw fel tasa fo'n gôt neu rwbath; gweld os oedd o'n ffitio.

Mi sgwennodd hi at hogan John Gough tra oedd y gryduras yn Ninbach, ond doedd hi 'rioed 'di disgwl 'i gweld hi'n fa'ma.

Jest sgwennu er mwyn bod yn ffrind iddi ddaru Bethan — a lasa'i bod hi'n teimlo'n euog hefyd am be ddigwyddodd yng nghartra Mike Ellis-Hughes. Ond doedd Bethan ddim drofun meddwl am y ffasiwn beth rŵan; ddoe oedd hynny, ac mi oedd ddoe 'di cael 'i daflyd ar goelcarth.

Beth bynnag, mi steddodd Fflur ar y soffa oedd yn drewi o biso'r gath, ond ta waeth. Oedd hi'n edrach yn ddeuddag oed o hyd. Jest fod 'na fwy o boen a phrofiad ar 'i gwynab hi'r dyddia yma 'lly.

Ac o' 'na rwbath 'di torri yn'i hi hefyd. Anodd deud be. Ond i ddeud y gwir mi o' 'na rwbath 'di torri yn y genod i gyd aeth trw fashîn Plas Owain.

Yn y stafall fyw rŵan: twrw chwiad, twrw gynna, twrw'r miwsig o'r compiwtar wrth i Iorath chwara Duck Hunt ar y Nintendo oedd Dave 'di'i ddwyn o'rwth ddrygi fethodd dalu'i ddyledion.

Oedd Fflur yn edrach ar Iorath 'tha'i bod hi 'rioed 'di gweld aelod o'r ddynol ryw o'r blaen.

Cynigiodd Bethan smôc iddi. Mi ysgydwodd Fflur 'i phen. Taniodd Bethan y sigarét, smocio.

Fflur yn deud,

'Fo 'di 'mrawd i'n de.'

Mi nodiodd Bethan wrth i Fflur ddal i edrach ar yr hogyn.

'O'r un iau â fi,' medda Fflur.

'Lle ti'n byw?' gofynnodd Bethan, gobeithio na fasa Fflur drofun dŵad yma i fyw.

'Dwi 'di mynd at Taid.'

Ddaru hynny lorio Bethan...

... o'r un iau...

... a fatha llewas oedd yn gweld bygythiad i'w chena, mi gododd hi a mynd i ista'n y gadar oedd wrth ymyl lle'r oedd Iorath ar y Nintendo.

Taid, meddyliodd. Hwnnw efo geiria o'r Beibl yn tollti o'i geg o. Oedd ofn y dyn hwnnw go iawn ar Bethan. Fo oedd y pen dyn ym Mhlas Owain, er na Mike Ellis-Hughes oedd bia'r tŷ crand: tŷ go newydd efo hwdw hynafol drosto fo.

Mi oedd hi'n meddwl yn siŵr iddi dengid o 'no, o'rwth y dyn hwnnw. Am ddegawd, fuo hi'n cuddiad rhag y petha ddigwyddodd iddi hi. Ond rŵan, dyma nhw: yn rhuthro i'w chyfwr hi ar sowdwl Fflur.

'Be mae o isho, dy daid?' medda hi, syniad go lew, ond am glywad gin Fflur.

A dyma Fflur yn cadarnhau, ylwch:

'Drofun gweld yr hogyn mae o.'

'Dim ffiars, Fflur.'

'Fo 'di'i daid o, a mae o'n gorchymyn hynny.'

'Geith o orchymyn be fynnith o. Cheith o ddim.'

'Geith bob dim mae o'n fynnu.'

Bethan yn crynu, deud,

'Na... na cheith,' yn gwbod 'i bod hi'n deud anwiradd wrthi'i hun.

'Fedri di'm o'i wadu o, Bethan.'

'Ddaru fi dy achub di rhagddyn nhw. Rhagddo *fo*. Mi oedd o yno'n dy watshiad di'n cael dy werthu —'

Mi sbiodd Fflur arni efo'i llgada'n llonydd, ddim yn blincio na dim, a wedyn dyma hi'n deud,

'Doedd o ddim, sti.'

Ewadd: hanas yn cael 'i ailsgwennu.

'Fasan nhw 'di dy werthu di ac wedi dy drin di fatha ddaru nhw 'nhrin i. O law i law. O wely i wely.'

Cododd Fflur 'i sgwydda, deud,

'Fel'a mae'i, 'de.'

'Fel'a mae'i? Be ti feddwl?'

'Bywyda genod 'tha chdi, 'de,' medda Fflur. 'Ond dim fi. Dwi o'r un iau â *fo*. A titha'n perthyn rŵan drw Iorath. Mae o'r un ffunud â Dad. Iorath 'lly. A fi, hefyd. Ac Aaron. Tylwyth.'

Smociodd Bethan 'tha stemar a deud,

'Mi riportia i nhw i gyd. Datgelu'r cwbwl lot. Deud wrth y byd be ddigwyddodd i ni. Be oedd y dynion rheini 'di neud i fi, ac i'r genod. A be 'ddan nhw'n fwriadu neud i chdi, Fflur.'

Bygythiad enbyd, ylwch, hitha 'di deud wrth Groves: be 'di'r pwynt?

Ac ategodd Fflur hynny:

'Pwy gredith chdi?'

'Mi gredith rhywun.'

'Jest genod 'dan ni, Bethan. Genod heb ffadan ddima. Genod heb enw da. Genod o deuluoedd fforciast, yn de. Y werin dlawd, y stada tai, y ffactris budur. Neith neb gredu'r genod byth. Fasa hidia i chdi ddŵad â fo at 'i daid, sti.'

Mi oedd Bethan yn ysgwyd i gyd, a'r walia'n cau amdani, a'r ofn jest â nadu iddi fedru cymryd 'i gwynt.

'Chdi 'di etifedd Llidiart Gronw, Bethan,' medda Fflur.

'Be?'

'Chdi, a wedyn Iorath.'

'Be ti'n falu? Griff ydi —'

'Tydi o'm ffit. Iorath 'di'r dyfodol. Iorath, Aaron. Hir oes i'r gwaed newydd, medda Taid. Ty'd, Bethan... ty'd...'

Y mae efe yn gosod tywyllwch
ar fy llwybrau

DEFFRODD Griff Morris yn sydyn —
    chwys ar 'i wegil o,
    angau'n 'i hawntio fo,
    y dyddia 'di cael 'u rhifo...
    Ofn y nos, ofn y nos, ofn y —
    Doedd o'm yn siŵr iawn be oedd 'di'i ddeffro fo. Naill ai breuddwyd ofnadwy arall neu —
    Twrw'n y tŷ —
    Crynodd yn nhwllwch y stafall wely. Gwingodd dan y twmpath o blancedi. Twmpath drewllyd oeddan nhw, heb 'u golchi mewn degawd. Hen betha carpiog oedd yn perthyn i Nain a neinia honno hefyd, bownd o fod. Wedi gweld dyddia gwell fel pob affliw o ddim yn Llidiart Gronw, bellach, a Griff yn mwydo'n 'u drewdod nhw.
    Gwthiodd yr oes pys o blancedi o'r neilltu.
    Mi oedd o'n 'i ddillad o hyd, yr un dillad oedd o'n wisgo'n ddyddiol —
    Jîns oedd bia Dad —
    Cardigan oedd bia Dad —
    Crys oedd bia Dad —

Ffwndrodd i lithro'i draed i'r pâr o Adidas golbiodd o allan o rwbath tila'n Ysgol Syr Thomas Jones yn '75.

Mi steddodd o ar ochor y gwely'n llonydd bost —

Ofn y nos, ofn y nos, ofn y —

Be oedd y twrw 'na?

Grisia'n gwichian.

Llgodan yn ffrystio.

Bwgan yn y tŷ.

Llyfodd Griff 'i wefusa. Asu, oedd drofun diod arno fo. Sychad mawr. Ceg yn sych; corn gwddw'n sych.

Ond pw' o' 'na, 'dwch? Pwy?

Gwasgodd 'i ddwylo'n ddyrna. Slanu oedd atab Griff i bob helynt. Mi oedd o'n andros o slanwr. Tan ddoe. Tan y dyn landiodd i'w leinio fo.

Aeth 'na wayw trw fol mab Llidiart Gronw.

Argoledig, medda fo wrtho fo'i hun, lasa bod hwnnw, y dyn *hwnnw*, wedi dŵad yn ôl i roid slas arall iddo fo.

Dim ond Dad oedd yn ddigon o foi i roid slas i Griff. Ond mi oedd Dad 'di mynd, a Griff oedd y dyn i fod rŵan — i *fod*.

Aeth o allan ar dop y grisia. Mi oedd stafall Mam gyferbyn. Weithia, lasa hi ddŵad i stafall Griff, ato fo. Swatio dan y dillad gwely drewllyd a ballu, deud,

'Chdi 'di dyn Llidiart Gronw, 'y ngwash i. Gna fatha'r tarw, yli.'

Mi sgytiodd o'r co hwnnw o'i ben rŵan, meddwl am y twrw, dim am y tarw. Ond wedyn, mi sylwodd o fod drws stafall Mam fymryn bach ar agor, ac oedd hi'n dywyll ar y diân tu mewn.

Aeth o at y drws yn dawal bach a deud,

'Mam?'

Dim smic.

Mi sbiodd o i'r twllwch, ac Asu Grist, mi oedd hi'n ddu

bitsh, 'chi. Twllwch tew, jest iawn fatha mwd. Tasa fo'n gwthiad 'i law i mewn, fasa hi'n glynu, bownd o fod, ac mi fasa'r gweddill ohono fo'n cael 'i sugno i'r fagddu wedyn, a boddi, a...

Mi gythrodd 'na homar o ddychryn yn 'i geillia fo, a gwasgu arnyn nhw.

Mi sbiodd o i'r düwch. Ond pwy welith yr un dim mewn düwch, 'dwch?

Tasa 'na ola, ẃrach y basa fo 'di rhoid switsh ymlaen, ond do 'na'm lectrig yn y tŷ ers ar ôl i Dad farw. Dim pres i dalu bilia a'r dynion oedd i fod i edrach ar ôl Mam a fo naill ai 'di dengid neu 'di troi'u cefna, neu 'di cael 'u saethu gin y dyn papur newydd hwnnw.

Mi sbiodd Griff ar y lleuad trw'r twll yn y ffenast top grisia. Sgleiniodd y gola hwnnw trw'r bwlch a gleuo'r landing, gneud i gysgodion rhyfadd ddywnsio ar y parad.

Argian, mi oedd nerfa Griff 'tha gwair yn raflio ac mi oedd o drofun piso.

Doedd 'na neb yma i roid gordos iddo fo, ac oedd hynny'n anodd i Griff. Oedd o'n licio gordos: dos i hefru ar honna, dos i roid slas i hwnna...

Dyma fo'n deud rŵan i'r twllwch,

'Helô?'

Dim byd am funud, ond wedyn, llais o'r twllwch tew yn hisian arno fo,

'Griff...'

Asu, jest iawn iddo fo gachu'n 'i drowsus. Aeth 'i fol o'n wan i gyd, a rhyw grynu'n mynd trw'i gorff o.

Camodd at ddrws stafall 'i fam. Estynnodd i wthiad y drws yn gorad led y pen. Crynodd 'i law o —

Ofn y nos, ofn y nos, ofn y —

Gwthiodd y drws. Gwichiodd y colfacha. Ymestynnodd y düwch. Rhewodd Griff.

Safai ffigwr tywyll wth ymyl gwely Mam. Gorweddai Mam ar dop y dillad gwely — sgerbwd noethlym, clustog drost 'i gwynab hi.

Udodd Griff: cena'n galw am yr ast esgorodd arno fo.

Safodd y ffigwr wth ymyl y gwely'n llonydd fatha postyn.

'Griff w't ti?' — llais hogan.

Methodd Griff siarad. Aeth 'na rwndi trwyddo fo. Genod yn gneud iddo fo deimlo felly. Ond y cradur, fel arfar, methu bihafio ac yn mynd drost ben llestri, yn 'u brifo nhw. Mam wedyn yn goro mynd i weld rhieni'r hogan a deud,

'Pidiwch chi â mynd i hel clecs. Gredith neb yr ast fach, beth bynnag. Ac os ddudwch chi air o'ch pen, mi ddaw melltith ar ych tŷ chi.'

Dyma'r hogan wrth wely Mam yn deud,

'Prentis dwi.'

'Be ti 'di neud i Mam?'

'Wedi'i difa hi dwi,' medda'r hogan. 'Fatha gast welodd ddyddia gwell. Yli llanast arni.'

Mi sbiodd Griff ar gorff noethlymun 'i fam: esgyrn oedd hi, y croen yn galchwyn ac yn grebachlyd i gyd.

Aeth gwefr erchyll trwyddo fo: braw berwedig yn 'i berfadd o.

Ofn y nos, ofn y nos, ofn y —

Mi oedd 'na rywun — *rhwbath* — arall yn stafall Mam, rhwbath ar wahân iddi hi yn noeth ar y gwely a'r hogan oedd 'di'i difa hi.

Mi ddaru'r aer yn y stafall sŵn fatha sŵn siarad, ac mi symudodd y cysgodion fel tasan nhw'n gneud lle i rywun — gneud lle i'w gwell.

Ac o'r cysgod toddodd...

y gŵr traws...

... toddi o'r twllwch fel tasa fo'n rhan ohono fo 'lly...

... y stori oedd Mam yn arfar ddeud...

Oedd y dyn yn dal, a'i wallt o at 'i sgwydda fo, a'i llgada fo'n dywyll a 'di tystio i ysgelerdera.

Mi redodd y piso'n boeth i lawr coes Griff. Mi gofiodd o Mam yn deud straeon am y gŵr traws pan oedd o a Bethan yn gnafon:

'Bihafiwch, neu mi ddaw'r gŵr traws i'ch blingo chi.'

A dyma fo, ylwch; yma heno: rhaid bod Griff wedi bod yn hogyn drwg go iawn 'lly.

Mi welodd o'r dyn 'ma o'r blaen, cofiwch — mewn breuddwydion ac mewn tai. Oedd o 'di'i weld o ac wedi bod 'i ofn o, a rŵan mi oedd o yma, yn nhŷ Griff a hitha'n nos, ac mi wydda bwrlas Llidiart Gronw fod 'i ddyddia fo 'di cael 'u rhifo —

Dyma'r gŵr traws yn deud,

'Dy fam yw hi, na ddinoetha ei noethni.'

Mi sbiodd Griff ar 'i fam, yn noeth.

'Ti a bechaist,' medda'r gŵr traws. 'Rhaid talu crocbris, gwael. Ty'd 'ŵan, Griff.'

Mi ddoth y gŵr traws o'r twllwch ac mi oedd o'n frawychus i Griff. Ac mi welodd o'r prentis rŵan hefyd: hogan ifanc oedd yn styllan welw, jest iawn 'tha bwgan atgyfododd o'r bedd.

Mi oedd yr ofn yn llifio trw Griff fatha'r oedd yr oerni'n llifio trwyddo fo yn y gaea pan oedd o'n goro codi'n gynnar i dendio i dda byw Llidiart Gronw. Ond do' 'na'm da byw bellach. A'n o fuan fasa 'na'm bywyd o gwbwl; mi wydda Griff hynny. Tir diffaith fasa'r lle, yn anial ac yn anghyfannedd.

Dan grio, yn gwbod 'i ffawd yn well nag oedd o 'rioed 'di gwbod dim byd yn 'i fywyd, dilynodd Griff y prentis.

Tu ôl i fab Llidiart Gronw, yn bresenoldeb oer efo'i law

fawr ar 'i ysgwydd o, oedd y gŵr traws. Prin y medra Griff gerad heb faglu.

Ond mynd yn driw ddaru Griff drw'r cowt lle ddaru o fyrrath ganwaith pan oedd o'n fengach...

Mynd yn driw ddaru Griff i'r sied lle slanwyd Dad gin Chris Lewis, a Griff yn cael ordors gin Mam i aros lle'r oedd o...

Mynd yn driw ddaru Griff i'w nos hir...

*   *   *

Mi gachodd Bethan frics y noson cynt, yn hwyr ar y naw, pan agorodd hi'r drws, ogla dôp mawr yn y tŷ, golwg o ddifri ar y ddau PC ifanc: hogyn a hogan, golwg fel tasan nhw'n yr ysgol o hyd arnyn nhw i Bethan; fawr hŷn na Iorath.

Y peth cynta groesodd 'i meddwl hi:

CYRCH.

'Bethan Morris?' oedd y lefran 'di'i ddeud.

'Dibynnu,' medda Bethan, meddwl bod Dave 'di bod yn hel clecs amdani, deud anwiradd, neu ŵrach cwyno i'r Glas ar gownt y slas gafodd o gin y dyn diarth.

'Ma' ddrwg gin i, ond ga'n ni ddŵad i mewn?'

'Be mae o 'di neud?'

Ond doedd Dave heb neud dim byd — cyn bellad ag y gwydda Bethan. Ond mi oedd Griff wedi mynd o'i go a 'di lladd Mam, debyg, ac wedyn 'di difa'i hun.

Meddwl Bethan yn drysu: Griff? Pwy oedd Griff? Mam? Pwy oedd Mam?

Pobol ddiarth oeddan nhw iddi. Doedd hi heb 'u gweld nhw ers oes pys. Pam oedd y plisman yn deud hyn wrthi?

Wedyn, y niwl yn clirio, Bethan yn deud,

'O, hen dro.'

Off â nhw wedyn, y Glas, a gadael Bethan yn 'i choban yn smocio'i dôp.

A rŵan, bora wedyn:

Dyna lle'r oedd hi'n rhoid fflich i geriach Iorath a hitha i rycsac, Iorath yn swnian a Bethan yn drysu:

Mam 'di marw. Griff 'di marw. Griff 'di lladd Mam, wedyn —

Na, fasa fo'm yn gneud y ffasiwn beth — byth bythoedd. Mam oedd 'i fyd o. Yr unig fyd oedd y cradur yn 'i nabod bellach. Mi oedd hoel llaw rhywun arall ar hyn.

'Lle 'dan ni'n mynd?' medda Iorath.

Meddyliodd Bethan am ymweliad Fflur, wedi cael 'i hel yma i'w denu hi a Iorath i'r nyth eto.

Fedri di'm o'i wadu o, Bethan.

'I weld dy daid,' medda hi wrth 'i mab.

Chdi 'di etifedd Llidiart Gronw.

*   *   *

Gyda'r nos, mi ddoth Nel i Godreddi.

Parciodd y Volvo sgraglyd fenthyciodd hi gin yr un o'i chenedl i lawr y lôn, a cherddodd am y ffarm: llwybr unig, llwybr tywyll a throellog, a Nel —

chwys ar 'i gwegil hi,

angau'n 'i hawntio hi,

y dyddia 'di cael 'u rhifo...

Ond o leia doedd 'na neb yn 'i hama hi. Neb wedi holi amdani hi. A'i henw hi heb gael 'i yngan eto.

Fel arfar, doedd gynni hi'm ofn y nos, ond heno mi oedd 'na fwganod ar droed. Hwdw drost y byd. Drygioni'n hwylio dyrchafu...

Y mae arswyd wrth y llyw...

Aeth drw'r giât, y pren 'di pydru, yr haearn 'di rhydu. Mi oedd y fagddu'n dew. Düwch go iawn ffor'ma. Y meirw'n crwydro'r aceri 'ma o hyd mewn purdan, yn chwilio am iachawdwriaeth. Teimlai Nel 'u presenoldeb nhw. Mi oeddan nhw'n ystyn amdani, hitha efo'r ddawn i gymuno a ballu. Oeddan nhw am 'i defnyddio hi i ddatgelu gwirionedda. Hi oedd 'u llais nhw —

Neu dyna'r oedd hi'n gredu. Lasa'i bod hi'n twyllo'i hun. Pwy wydda go iawn? Lasa mai celwydd oedd pob dim, twyll, un tric mawr.

Crynodd wrth gyrraedd cowt y ffarm, y noson honno ddegawd ynghynt yn 'i hawntio hi —

Jones ac Allison. Nick druan.

Gwyrodd o dan y tâp melyn oedd yn deu'tha chi am 'beidio â chroesi'. Oedd yr heddlu 'di gosod ffens o gwmpas y twll, o gwmpas y bedd. Bedd Nick.

Amneidiodd. Teimlodd bresenoldeb. Llgada'n 'i gwatshiad hi o'r twllwch. Y meirw, ẃrach; ysbrydion ar droed.

Sbiodd o'i chwmpas, gweld dim. Rhy dywyll o beth coblyn. Rhy dawal. Rhy unig. Lle anial i neb fod yma oni bai am y meirw.

Felly be oedd yn 'i sgytio hi, 'dwch?

Gwrandawodd ar y nos. Jest sisial y gwynt a sibrwd y glaw. Estynnodd efo'i chweched synnwyr i'r Tu Hwnt, i dir y rhai oedd wedi huno. Jest bwganod ac eneidia coll; neb dieflig, neb wnâi ddrygioni iddi.

Gwyrodd dan y ffens a mynd at ymyl y twll. Oedd 'na shît blastig drost yr agoriad i gadw'r glaw rhag llenwi'r bedd, ond mi fedra Nel weld i'r mwd, i'r haena hynafol, ac mi heidiodd y noson honno'n '79 i'w meddwl hi —

Nel y noson honno ofn am 'i bywyd; ofn y nos oedd yn cau amdani wrth iddi hi a Nick gael 'u hysio o'r cwt —

Dyma'i darfod hi ar y ddaear, ylwch.

Ond —

Mi setlodd 'i nerfa hi. Canolbwyntiodd a chynllwynio'i dengid. Nid heno oedd awr ei chymuno.

'Tyllwch,' medda Robin Jones, pwyntio gwn cetris atyn nhw.

Ac am awr, mi dyllon nhw: agor bedd iddyn nhw'u hunan. Gorffwysle o dan bridd Godreddi, heb gofiant na dim. Nick yn annog iddi hi orffwys tra'i fod o'n llafurio. Jones ac Allison yn chwerthin am 'u penna nhw, yn hambygio.

'Reit 'ta,' medda Allison —

A heb rybudd, mi saethodd Robin Jones Nick yn 'i frest. Taflwyd yr hwntw i'r bedd oedd o newydd 'i agor.

Aeth gwefr o fraw trw Nel.

Yn reddfol, mi swingiodd hi'r rhaw.

Tarodd yr haearn ddwrn y DS Jones. Gwichiodd hwnnw, gwingo, gillwng y gwn. Swingiodd Nel eto'n wyllt wirion, am 'i bywyd, a digwydd landio homar o glec ar ên Allison. Sigodd hwnnw, gweld sêr.

'Ast,' sgrechiodd Robin Jones, mwytho'i ddwrn oedd 'di'i falu, yr esgyrn 'di cael 'u powdro. Ond mi ruthrodd o amdani, yn hidio dim am y boen: oedd o'n gandryll, ylwch. Châi rhyw ast o hogan ddim gneud sbort ohono *fo* —

Swingiodd Nel eto. Clec i'r DC ar 'i fraich. Baglodd Jones, a syrthio i'r bedd. Landio ar Nick druan. Ond mi oedd Nick 'di marw cyn iddo fo gyrraedd y pridd ar waelod y twll, felly theimlodd y cradur ddim byd wrth i dair stôn ar ddeg syrthio ar 'i ben o.

Mi oedd Allison ar 'i draed rŵan, yn simsan ar y naw, cofiwch, yn gwegian, a'i geg o'n tollti gwaed a'i ên o'n gam.

Dyma fo'n deud,

'Gnawas wirion.'

Baglodd amdani. Hyrddiodd Nel y rhaw, y min yn hollti gwynab Allison. Mynd i mewn i'w geg o a rhoid gwên erchyll, barhaol iddo fo.

Ac argian, mi wichiodd o. Hercio i gyd. Poeri gwaed a dannadd a darna o gnawd. Syrthiodd ar 'i benaglinia'n sgrechian ac ysgwyd i gyd, a'i llgada fo'n llydan ac yn dyfrio.

Rhoddodd Nel hwyth iddo fo i'r bedd, ac mi syrthiodd o efo'i wynab 'di hollti.

Ac yn y bedd griddfanodd Jones, udodd Allison, cysgodd Nick.

Nel 'di dychryn, ond mi gamodd at ymyl y bedd a sbio ar y tri: y ddau oedd 'di bwriadu'i lladd hi'n dal yn fyw.

Erfyniodd y ddau arni fel cachgwn: arbed ni, arbed ni.

Safodd Nel am eiliad iddyn nhw gael meddwl nad oedd ganddi'r dewrder i wneud ar frys yr hyn roedd yn ei wneuthur.

Dim ffiars: gobaith ofer oedd hwnnw.

Rhawiodd y pridd arnyn nhw, claddu'r tri, Allison yn gwingo, Jones yn sgrechian...

*   *   *

Penliniodd Nel wrth y bedd rŵan. Tynnodd dusw llipa o rosys o'i chôt a'u gosod nhw ar y pridd soeglyd a deud,

'Siarad efo fi os w't tisho, Nick. Dwi'n gwrando amdana chdi, yli.'

A do, mi wrandawodd hi amdano fo — jest rhag ofn. Ond dim ond y glaw glywodd hi, dim ond y gwynt: y meirw heno'n ddistaw, ylwch.

Mi oedd cwsmeriad y ffair yn talu iddi gysylltu efo'u perthnasa nhw oedd 'di mynd drosodd. Erfyn arni i addo iddyn nhw fod pob dim yn iawn efo'r eneidia druan.

A Nel yn mwytho: 'Peidwch â poeni, peidiwch â galaru —

'Mae Nain yn madda —

'Mae Mam yn caru —

'Mae Dad yn fodlon yn y byd nesa —

'Mae'r Tu Hwnt yn baradwys, ydi wir, 'chi...'

Arhosodd Nel yn dawal, yn llonydd, am negas gin Nick o'r Tu Hwnt oedd i fod yn baradwys, ond ddoth 'na'r un.

Be ddoth, yn hytrach, oedd twrw o'r coed tu ôl iddi. Sisial y tir wrth i rywun, neu rwbath, symud drosto fo.

Safodd Nel a deud,

'Pwy sy 'na?'

Arhosodd yn y glaw yn llonydd. Arhosodd ar dir diffaith Godreddi lle'r oedd y meirw'n cadw'u cyfrinacha. Arhosodd yn y twllwch am atab o'r nos.

Ond dim ond düwch di-sŵn oedd 'na.

*   *   *

Noson unig arall ym Mhlas Owain, y wraig yn galifantio eto, Mike yn feddw-ddagreuol ar ôl mynd dros 'i ddeg yn y Twrcyhelun Arms yn Llannerch-y-medd —

Gwrando ar y penawda hwyr ar Radio Cymru, y lleisia arferol yn trafod straeon bora fory o'r *Daily Post*:

Y stori am esgyrn Godreddi:

'NO CLUES IN HUNT FOR COPS' KILLER'

Y stori am laddfa Llidiart Gronw:

'SON KILLS MUM IN MURDER SUICIDE'

Y ddwy ar y dudalen flaen.

Teimlodd Mike chwys ar 'i wegil, mi deimlodd o'r

angau'n 'i hawntio fo, mi wydda fo bod y dyddia 'di cael 'u rhifo —

Nid heno, ẃrach, nid fory. Nid am flynyddoedd. Ond rhyw ben. Hyn i gyd yn dychwelyd i'w hawntio fo. Y byd greodd o'n deilchion.

Mi fuo 'na freuddwyd yn 'i blagio fo drost y misoedd dwytha:

Cael 'i erlid gin ryw bresenoldeb arswydus trw'r twllwch; dŵad o hyd i le i guddiad, ond 'i erlidiwr o'n gwbod yn iawn lle'r oedd o'n cuddiad... ac yn dŵad... ac yn dŵad... a'i gipio fo a'i lusgo fo i wynebu llid y byd.

Cofiodd y freuddwyd rŵan, ylwch, ac mi gafodd Mike weledigaeth, yn 'i gwrw, o gwilydd ac o garchar —

Rhith-weld y darfod...

*   *   *

Y bora ar ôl i Mike rith-weld 'i ffawd, mi brofodd Vince Groves hefyd weledigaeth o weld y pennawd:

'SON KILLS MUM IN MURDER SUICIDE'

Meddyliodd am Nefydd Bowen yn difa'i hun — neu dyna ganlyniad y cwest. A'r Glas rŵan yn datgan nad oeddan nhw'n chwilio am neb arall mewn cysylltiad â marwolaeth Kate a Griff Morris.

Gormod o gyd-ddigwyddiad, medda fo wrtho fo'i hun, 'mod i wedi picio i Lidiart Gronw oria 'nghynt ac wedi cael datguddiad.

Gormod o gyd-ddigwyddiad bod y dyn dwytha i weld Vonnie ar dir y byw wedi difa'i hun brin bythefnos yn ddiweddarach.

Mi oedd llaw arall ar waith yma.

Meddyliodd Vince: *Y mae efe yn gosod tywyllwch ar fy llwybrau.*

Torrodd y pennawd o'r *Post* a'i lynu fo ar 'i barad efo'r toriada erill, efo'r llynia a'r mapia a'r llwybra oedd am 'i dywys o at Vonnie a'i gormeswr.

Dilyn y llwybra o'rwth 'i chwaer, a'i llun hi ar ganol y wal, i Godreddi, a'r esgyrn yn y pridd. At John Gough. At Nel Lewis y buo Vince yn 'i gwatshiad hi o'r coed yng Ngodreddi neithiwr. Honno 'di synhwyro'i bresenoldeb o er 'i fod o'n giamstar ar fod yn anweledig os oedd o drofun bod. Mi watshiodd o Nel yn plygu glin ac yn gosod bloda ar ymyl y bedd, a meddwl:

Drost pa'r un w't ti'n galaru?

Lasa ma' Robin Jones, neu'r 'Octopws' chwadal rhei: gwatshia dy hun os ti'n gwisgo sgert; bwrlas os ti'n cael dy ama am helynt.

Neu Nick James ẁrach: hwntw, prentis; 'by the book,' meddan nhw.

Be am Ifan Allison efo'i lun ar y wal?

Syllodd Vince ar y llun rŵan:

Allison —

Mi oedd o yno ar y dechra un, yn helpu ac yn tendio ar ôl i Veronica ddiflannu. Mi oedd o yno pan aeth hi'n flêr ar Vince — pan gafodd o'i dynnu'n gria gan 'i deimlada, a methu'n glir â'u dallt nhw a ballu, cael 'i ddrysu gynnyn nhw —

Pam dwi fel hyn? Pam dwi fel hyn? Pam dwi fel hyn?

Oedd o'n arfar sbio i llgada pobol erill a thrio gweld oedd gynnyn nhwtha dwllwch a dryswch tu mewn iddyn nhw hefyd, twllwch a dryswch oeddan nhw'n guddiad rhag y byd.

Ychydig iawn ohonom sy'n ymddangos fel yr ydym...

Methai weld. Cogiai nad oedd 'i deimlada fo'n fwrlwm ffyrnig. Ond ofnai nhw. Ofnai, rhyw ddwrnod, ddatguddiad:

Fe ddatgelir pob celwydd...

A'r ofn yn troi Vince yn ddraig: brwnt-beth.

Ac Allison yno'n deud,

'Dyna ddigon rŵan, Vincent.'

Ac Allison yno'n deud,

'Fasa hidia i chdi fynd i'r heddlu. Drofun mymryn o ddisiplin arna chdi, washi — neu i'r jêl ar dy ben yr ei di, sti.'

Rŵan —

Aeth Vince drw'r twmpatha toriada oedd o 'di'u hel o bapura newydd. Straeon 'di cael 'u sisyrnu o'r rhacsynna dros y blynyddoedd — gin Mam; gynno fo pan oedd o'n hogyn ifanc ac yn benderfynol o ddatrys y dirgelwch.

Ond Allison yno'n deud,

'Cadw draw. Rho'r gora iddi. Dos i'r heddlu i drio.'

Crychodd Vince 'i dalcian. Sbiodd ar y torion. Pori drostyn nhw. Hen lynia, hen eiria.

Enw Vonnie ym mhob man. Enw Vonnie'n neidio odd'ar y tudalenna. Neidio a chythru'n 'i gorn gwddw fo, a'i sgytio fo, a mynnu:

Achub fi.

Ac enw arall wedyn yn llechu tu ôl i'r geiria. Enw nad ynganwyd yn y dogfenna swyddogol. Enw na ymddangosodd yn yr adroddiada dyddiol o'r wasg a'r cyfrynga. Chwedl adroddwyd gan y mama wrth giât yr ysgol, gan y tada yn y cytia chwys, gan y plant ar y caea chwarae. Hwdw hynafol drost bob dim:

Y GŴR TRAWS.

Mi oedd yr enw, beth bynnag oedd o'n feddwl, ar gyrion y torion, yn hudo Vince i ddilyn 'i sŵn o odd'ar ymylon y tudalenna, i'w ddilyn o odd'ar y mapia 'lly. I'r ffinia peryg rheini rhwng y byd go iawn a rhyw fyd arall. Byd cudd nad oedd yn cael 'i gydnabod.

Oedd o fel tasa bod rhywun 'di sisyrnu ar draws stori arall, a 'di digwydd clipio'r enw i ffwr', jest iawn.

Mi daerai Vince 'i fod o'n cael cipolwg ar yr enw o dro i dro wrth ddarllan; rhyw amball lythyran, ẃrach:

Y gŵr t —

ŵr tr —

raws —

r traw —

Cipolwg o'r Llyn Tân, o'r byd cudd.

Oeroedd gwaed Vince —

chwys ar 'i wegil o,

angau'n 'i hawntio fo,

y dyddia 'di cael 'u rhifo —

Teimlodd bresenoldeb yn y tŷ. Rhywun yma efo fo. Trodd. Neb. Twllwch o'r gegin. Cysgodion yno. Crynodd 'i fol o. Neidiodd ar 'i draed. Llamodd i'r gegin, i'r düwch — herio'r cysgodion a'r dreigia oedd yn tresmasu.

Trodd y gola 'mlaen, ond do' 'na'm byd yno. Teimlodd y gwagla'n 'i sugno fo i mewn. Chwthodd aer o'i geg a chrynu. Aeth o'n ôl at y parad, at y torion, at 'i grwsâd.

Welodd o ddim byd. Gwyrodd wedyn at y twmpath o dorion ar y llawr. Pori trwyddyn nhw: Vonnie a Vonnie a Vonnie...

Hi yn y papur efo parti adrodd neu dîm pêl-rwyd —

Vonnie yn bob man; Vonnie'n y byd o hyd — fel tasa hi'n galw arno fo...

Chwiliodd, tyrchodd, porodd: dŵad ar draws enw oedd o 'di bod yn palu amdano fo:

'*Chief Inspector Edward Jones, who is leading the inquiry into Veronica's disappearance, said...*'

*   *   *

Y bora wedyn, a tasa gin Gwynfor Taylor sysbects mewn golwg, mi fasa fo wedi'u harestio nhw. Llusgo'r tacla i'r stesion. Fflich iddyn nhw i stafall holi. Dychryn cyffes gin un neu ddau yn y stafall holi, wrach.

Ond doedd gynno fo neb. Dim ond un enw: Nel Lewis. Ac mi oedd honno'n y gwynt.

Tynnodd wynab. Doedd petha ddim mor hawdd ag oeddan nhw'n arfar bod. Rheola newydd a ballu. Rheola i gadw cefn y troseddwr. Mi oedd yn rhaid cael tystiolaeth a rhyw fyrrath felly.

Yn ddiweddar, mi ddechreuwyd ailagor achosion o'r saithdega: tystiolaeth newydd yn herio'r ddedfryd.

Pedwar Guildford yn achos mawr. Gwyddelod 'di cael jêl yn '75 am fomio pyb a lladd pump yn Surrey. Ond yr achos 'di cael 'i ailagor. Heddlu'n troi ar heddlu. Y wiber yn bwyta'r wiber. Offisars o Avon a Somerset wedi ffeindio gwendida'n ymchwiliad Heddlu Surrey'n '74. Y pedwar Gwyddal yn debyg o gael 'u traed yn rhydd 'leni.

A dynion 'tha Gwynfor yn gneud erwad onast bob dydd, y fo a'i gyd-blismyn dan gabal gwlad yn hytrach na'r cnafon.

Pwysodd 'i ddwy benelin ar 'i ddesg. Rhwbiodd 'i ddylo trw'i wallt. Ysai am abergofiant. Methodd weld goleuni. Tasa gynno fo un enw, *un* i'w lusgo i stafall holi, *un* i'w fygwth, *un* i'w hambygio. Dim ond un.

Mi oedd yr euog bob tro'n awyddus i gyffesu, ylwch chi. Dyna pam oedd yr Eglwys Gatholig mor llwyddiannus, yn de. Faint fynnir o bechaduriaid yn eiddgar i gyfadda'u camwedda, siŵr iawn.

Os oedd dyn yn *ddi*euog, fasa fo byth yn cyfadda, na fasa. Dim ffiars. Dim otsh faint o slanu fasa fo'n goro ddiodda. Ond doedd gin Taylor neb i'w slanu. Doedd gynno fo'm byd ond twll yn y pridd a thri sgerbwd. Tystiolaeth fod un ohonyn nhw 'di cael 'i saethu'n 'i frest: esgyrn 'i senna fo'n llawn cetris. Tystiolaeth fod un o'r lleill 'di cael hollti'i benglog, a'r llall efo'i fraich a'i ddwrn 'di'u torri.

Ond do' 'na'm hanas o'r arf ddefnyddiwyd: dim gwn, dim mwrthwl, dim pastwn. Darganfuwyd car Ifan Allison yn yr Wyddgrug, wedi'i losgi'n ulw. Gobaith mul o gael tystiolaeth o'r gweddillion.

Ond pwy bynnag gladdodd Dri Godreddi gafodd warad ar y Ford Escort, dim dwywaith.

Pw' 'sa isho ladd tri plisman?

Rhywun oedd yn poeni'u bod nhw ar 'i drywydd o am drosedd, bownd o fod. A pha drosedd oedd Allison, Jones a James yn ymchwilio iddi?

Llofruddiaeth Robert Morris, Llidiart Gronw.

Ond mi oedd honno 'di'i datrys, yn doedd — Chris Lewis yn euog a 'di cael jêl.

Cofiwch chi: Allison a Jones oedd 'di arestio'r cena.

Cnodd Taylor ewin 'i fawd. Mi grwydrodd 'i feddwl o wedyn at Lidiart Gronw a'r digwyddiad echdoe —

Kate Morris 'di'i thagu yn 'i gwely. Griff Morris yn crogi o drawstia'r sied. Griff 'di lladd 'i fam a difa'i hun: *case closed*. Difa'i hun yn y sied lle lladdwyd 'i dad o ddegawd ynghynt. Cylch perffaith.

Mi sgwennodd Gwynfor hynny i gyd yn 'i lyfr nodiada — cysylltiada rhwng '79 ac '89. Mi sgwennodd o'r enwa — Chris, Robert, Kate, Griff... Gough.

Rhwbiodd 'i llgada a meddwl: Griff Morris yn lladd 'i fam a difa'i hun brin wsnos ar ôl y darganfyddiad yng Ngodreddi.

Gwynfor Gwd Boi yn gweu stori, wedyn...

— Esgyrn Godreddi'n atgyfodi hen friwia'n Llidiart Gronw.

— Griff Morris yn cael sterics am bod yr esgyrn 'di dŵad i'r fei.

— Kate Morris yn dwrdio efo'i mab ar gownt yr esgyrn.

— Helynt yn tanio rhwng Kate a Griff.

— Yr esgyrn wedi codi ofn ar Griff am na fo roddodd nhw yn y pridd...

Mi darodd Gwynfor y ddesg, deud,

'Da was, mi neith y tro.'

Ysai am sigarét.

'WPC Marr?' medda fo ar dop 'i lais.

Mi ddoth hi o rwla'n ddel i gyd, siâp da arni, golwg blin 'tha tincar arni siŵr iawn. Aeth llgada Gwynfor i fyny ac i lawr y WPC pan oedd hi'n sefyll yn fan'na'n disgwl gordos, a phan landiodd 'i llgada fo ar 'i llgada hi, mi welodd o'r sarhad ynddyn nhw.

Jest iddo fo'i dwrdio hi am *insubordination*, ond doedd o'm isho anghofio stori'r esgyrn.

'Dos i nôl twenti Bensons i fi, 'mechan i.'

Ddaru Marr ddim symud.

'Glywist ti?' medda Gwynfor.

'Glywish, do, ond dwi'm yma i weini a'nach chi, syr.'

'Be arall ti'n da 'lly?'

'Dwi'n gopar ac mi fedra i —'

'Dos i nôl blydi ffags i fi, dyna hogan dda.'

Mi oedd Marr yn dal yn llonydd. Dim hanas mynd i Siop Guests i nôl smôcs arni hi. Chwip din 'sa hi'n gael. A dyma Gwynfor yn deud,

'WPC Marr —'

'W'ch chi pwy oedd Nick James yn ganlyn cyn iddo fo ddiflannu?'

Tuchanodd Gwynfor a deud,

'Be 'di'r otsh gin am bw' oedd y cradur yn sodro? Dos i nôl —'

'Nel Lewis.'

Aeth o'n oer drwyddo, cael cipolwg ar ehangder 'i ddiffygrwydd, a dyma fo'n tuchan:

'Sut?'

'Chwaer Chris Lewis.'

Ia, mi wydda fo pwy oedd Nel Lewis, blydi hel...

Crychodd 'i dalcian. Mi rafliodd y stori oedd o 'di'i gweu. Mi oedd y wybodaeth newydd 'ma fatha plu ar y gwynt — chwyrlïo'n 'i ben o.

'Chwaer —'

'Chwaer. Llofrudd. Robert. Morris,' medda hi'n ara deg, pwyslais ar bob gair 'tha'i bod hi'n esbonio syms, 2+2, i hogyn bach twp.

Mi wydda fo, mi wydda fo; drapia, drapia, drapia...

'Nefi blw,' medda'r hogyn bach twp ar ôl rhyw funud bach. 'Su' ti'n gwbod...?'

'Ffindio allan pan o'n i *ddim* yn nôl twenti Bensons i chi nesh i.'

Aeth o'n gynddeiriog, deud,

'Su' ti'n gwbod?'

'Holi rownd stesion.'

Aeth Gwynfor trw dwmpath o bapura ar 'i ddesg. Dŵad o hyd i lun oedd yn ffeil ymchwiliad Robert Morris. Rhewodd a sbio ar y llun 'ma ffeindiodd o.

'Golwg 'di gweld bwgan arnach chi, syr,' medda Marr.

Mi sbiodd Gwynfor ar lun Nel Lewis oedd yn canlyn Nick James, y Rhiannon honno fuo gyferbyn â fo, lle safai Marr rŵan, yn cogio'i bod hi'n seicig.

*   *   *

Mi landiodd Nel yn y cartra hen bobol yn Llangefni am 12:30pm, a holi am Florrie Lewis. Mi ofynnodd y croesawydd efo bathodyn a'r enw SHARON arno fo,

'A pw' 'dach chi 'lly?'

Mi ddudodd Nel wrthi pwy oedd hi 'lly, ac mi ddudodd y croesawydd efo bathodyn a'r enw Sharon arno fo bod Mrs Lewis dan annwyd.

'Hidiwch befo,' medda Nel.

'Mae hi i lawr y —'

'Wn i lle mae hi,' medda Nel.

Mi oedd Mam yn ista wth y ffenast yn sbio allan ar yr ar' gefn. Do' 'na fawr i'w weld. Mymryn o wair. Trugaredda'r tendiwr: rhawia, berfa, cryman.

Ond dim gwair oedd Florrie'n weld —

Paradwys o'i chread 'i hun oedd Florrie'n weld: Chris yno'n chwara ar y swings a'r sleids fel yr oedd o pan oedd o'n ddim o beth.

'Helô, Mam.'

Trodd Mam a deud,

'Chris bach?'

'Nel sy 'ma, Mam.'

'O,' medda Mam, andros o siom yn 'i llais hi. Troi at y ffenast eto lle'r oedd hi'n medru gweld Chris a'r nefoedd oedd hi 'di'i greu iddo fo.

'Su' 'dach chi, Mam?'

'Ydi Chris yn dŵad adra?'

Drost y blynyddoedd mi oedd Nel 'di deud anwiradd wrth 'i mam. 'Mi ddaw o'n o fuan, 'chi.' Ond doedd 'yn o fuan' byth yn dŵad. Dal i ofyn oedd Mam, serch hynny. Gofyn fel tasa hi 'rioed 'di gofyn 'lly.

Mi oedd meddwl y gryduras 'di'i rewi'r adag honno'n '79 pan gafodd Chris 'i hel i Strangeways. Neu dyna daerodd y doctoriad, beth bynnag: ymatab Florrie i'r trawma o weld 'i mab yn cael 'i gyhuddo a'i garcharu.

Mi dreuliodd bach 'i nyth hi ddeg mlynadd bellach efo'r dynion gwaetha. Mi gafodd o'i slanu yno, a'r awdurdoda'n gneud dim. Mi gafodd o'i ddinistrio'n llwyr gin y lle.

Ond o'r diwadd, mi oedd 'i dwrna fo'n deud y basa fo'n cael parôl 'leni; o'r diwadd fasa Nel yn medru peidio deud anwiradd wrth 'i mam tasa hi'n gofyn oedd Chris yn dŵad adra.

Her i fory oedd honno, beth bynnag: sut i ddelio efo Chris.

Am rŵan, mi fwriadai Nel fynd yn ôl am y sioe ar ôl gweld Mam. Mi fuo hi'n fa'ma'n rhy hir, a difarodd adael i'r esgyrn 'i hudo hi.

Ond y peth oedd, ylwch, mi oedd awydd gynni neud yn iawn ar gownt Nick druan, bod yma er 'i fwyn o 'lly.

A tasa hi'n agos at y lle lladdwyd o, lasa iddo fo groesi a rhoid negas iddi hi. Oedd rhaid iddi fod yma rhag ofn, rhag ofn iddi glŵad 'i negas o.

A dyna ddaru hi neithiwr: mynd i Godreddi i wrando.

Ond glywodd hi'm byd. Dim smic o'r byd nesa.

A doedd gin yr heddlu ddim clem chwaith: dim smic o'r fforensics.

Holwyd Nel yn '79, a hitha'n cynnig alibai gafodd hi gin y siewmyn. Ac ar herw fuo hi ers hynny, y sioe yn hafan iddi hi, a dyna oedd 'i byd hi bellach.

Beth bynnag, mi oedd hi 'di cwblhau'i gwaith yma, wedi'i lleddfu'i hun rhyw gymaint.

A rŵan:

Mi gâi Nick gnebrwn.

Mi gâi Chris ddŵad adra.

Mi gâi Mam 'i chena.

'Ydi, Mam, mae o,' medda hi. 'Mae Chris am ddŵad adra.'

Daeth cnoc ar y drws.

'Helô?' medda Nel.

Piciodd y croesawydd efo bathodyn a'r enw SHARON arno fo i mewn, golwg 'di dychryn ar y gryduras.

'Sori'ch poeni chi.'

Llyncodd Nel, teimlo'r feis yn gwasgu. Awch magu traed arni hi, deud,

'Be sy?'

'Mae 'na blismyn yma'n holi amdanach chi.'

*   *   *

Ar ôl iddo fo adael Edward Jones y bora hwnnw, aeth Vince yn syth bìn i'r archifdy yn Llangefni, bwriadu bod yno drw'r dydd a'i ben o mewn ffeilia trwchus, darllan ar y peiriant *microfiche*.

Mi gariodd yr archifydd ffeilia at y ddesg hir lle'r oedd o 'di gosod 'i din, yn ôl a blaen, yn ôl a blaen.

Mi dyrchodd Vince wedyn drw'r hen bapura newydd. Pori trw'r hanesion i gyd, chwilio am fwy o'r jig-so 'ma. Y darna yno, ond ar gyfeiliorn.

Stwythodd Vince 'i gefn a sbio ar 'i watsh, ac oedd hi'n 2:00pm. Agorodd 'i geg — fawr o gwsg y dyddia yma; hunllefa a ballu — a wedyn mynd ati eto i fynd trw doman arall: y *Daily Post*, y *Western Mail*, y *County Times*, y *Chronicle*.

Mi restrodd o bob marwolaeth oedd heb 'u datrys lle'r oedd plant 'di'u lladd, a 'di cael 'u 'gosod' mewn rhyw ffor' annaturiol.

Mi oedd 'na sawl un, 48 i gyd, a deud y gwir. Ac mi oeddan nhw'n mynd yn ôl yn bellach na'r pumdega, pan gredid mai Islwyn Owen o Berffro oedd y cynta i gael 'i fwrdro gin y llofrudd cyfresol 'ma oedd rhai'n 'i alw wrth enw o'r Beibl.

Teimlai Vince mai afresymolrwydd y dyn cyffredin oedd wedi rhoid enw sanctaidd i'r lladdwr 'ma. Mi godai'r goruwchnaturiol ofn ar bobol hyd heddiw, er bod rhesymeg a gwyddoniaeth 'di dangos bod 'na'm sail i'n hofna cyntefig ni.

Ond ẃrach, meddyliodd, 'yn bod ni'n dal i reslo'n erbyn 'yn hymennydd hynafol.

Beth bynnag: o '54 hyd at dair blynadd yn ôl yng Nghernyw — pwt yn y *Daily Post* ar dudalen NATIONAL NEWS tua cefn y papur — mi oedd yr enw hwnnw'n eco ar hyd yr oesa, yn bodoli ar yr ymylon, fel yr awgrymodd Edward Jones.

Ac ym marn Vince, mi oedd y dyn drwg 'ma, pwy bynnag oedd o, wedi bod yn hau hunellfa ers cyn 1954, ers cyn Islwyn Owen.

Wrth dyrchu'n ddiddiwadd, mi ddoth Vince o hyd i straeon o'r tridega a'r pedwardega am ddigwyddiada erchyll: plant yn cael 'u difa, cael 'u llurgunio, cael 'u gosod.

Doedd pentwr o farwolaetha heb gael 'u cadarnhau fel mwrdwr. Mi fethodd Vince ddŵad o hyd i straeon yn diweddaru'r wybodaeth wreiddiol: dim smic am archwiliad post-mortem neu gwest.

Y byd yn colli diddordab, meddyliodd. Y byd yn anghofio; y co yn fyr. Cofiodd sylw Edward Jones:

Fedrwn ni'm dygymod efo'r erchylltera mae o'n fwrw. Rydan ni'n 'u gwadu nhw. Ac yli: mae 'na bentwr o amsar rhwng y llofruddiaetha. Co dyn yn fyr. Methu gweld y patrwm mae o'n weu, methu rhoid y darna jig-so, ddaw o oesoedd ar wahân, at 'i gilydd...

*   *   *

'Ty'd â potal o Johnnie Walker efo chdi, gwael,' medda'r cyn-Brif Arolygydd Edward Jones pan ffoniodd Vince am wyth y bora hwnnw, a gofyn 'sa fo'n cael picio draw am sgwrs.

Mi oedd Edward yn byw yn Amlwch. Hen foi drost 'i saith deg. Byw ar ben 'i hun mewn tŷ oedd yn cynnig golygfeydd — fel basa'r gwerthwyr tai'n ddeud wrth drio denu Saeson i brynu'r eiddo — o Fynydd Parys. Miloedd o flynyddoedd o gloddio, o sgraglardio'r tir.

Steddodd y ddau yng nghegin y cyn-dditectif. Oedd 'na bosteri'n rhybuddio ar gownt ynni niwclear ar y parad. Mi oedd Wylfa ar y stepan drws a Chernobyl yn fyw'n y co. Rhybuddiai'r posteri y basa damwain niwclear 'tha honno'n '86 yn Chernobyl yn digwydd yn fa'ma hefyd os na fasan ni'n cael gwarad ar Wylfa. Dywedai'r posteri fod ynni niwclear yn wenwyn.

'Ti'm yn yfad, washi?'

'Dwi'm yn yfad,' medda Vince, a meddwl: yn enwedig am naw y bora.

'Byth, 'ta jest heddiw?'

'Byth. Bellach.'

Cofio: Conran a'r brad.

Cofio: bod yn feddw, bod yn fregus.

Cofio: 'Fucking RUC bastard!'

Vince yn gofyn,

'Ydach chi'n 'y nghofio fi?'

Gwingodd yr hen gant, deud,

'Dwi'n teimlo i'r byw na ddaethon ni o hyd iddi. Methiant mawr, yn de. Andros o ergyd bersonol i mi 'lly.'

Mi sbiodd o i'r neilltu fatha'i fod o'n gweld rhwbath: atgof, wrach, neu fwgan. Dyma fo'n troi at Vince eto a gofyn,

'Dŵad yma i 'nhynnu fi'n gria nest ti ar gownt y ffaith i mi roi'r gora i chwilio amdani? Am i mi fethu dal y diawl?'

'Drofun atebion dwi. Drofun setlo hyn a dŵad o hyd iddi hi.'

Mi ysgydwodd Edward 'i ben a deud,

'Ddoi di byth o hyd iddi.'

*   *   *

Byth o hyd iddi... Mi oedd Edward Jones yn cyboli, siŵr iawn: mi ddaethpwyd o hyd iddyn nhw i gyd, wedi eu gosod. Ac mi oedd y pymthag llofruddiaeth briodolwyd i'r gŵr traws 'di cael 'u datrys, a'r llofrudd ym mhob achos 'di cael jêl.

Mi oedd un ohonyn nhw, Alexander William Brogan o Swydd Caint, wedi'i ddedfrydu am ladd wyth o'r plant.

Carcharwyd Brogan yn '71 ond gwadu'n ddu-las ddaru o drw gydol yr achos mai fo oedd yn gyfrifol.

A dal i wadu ddaru o o'i gell yng Ngharchar Wakefield.

Cyfaddefodd iddo dreisio dwy o genod — un yn ddeg oed, y llall yn naw — yn Southend yn 1969 ar *ôl* iddo fo gael 'i ddedfrydu am yr wyth mwrdwr.

Cyn bod Brogan wedi cyfadda i'r ymosodiada'n Southend, heb 'u datrys oedd yr ymosodiada'n Southend.

'But I did not kill those other kids, I'm no killer,' oedd o 'di'i daeru mewn cyfweliad efo'r *News of the World* o'i gell yn 1972.

Holwyd Brogan ar gownt sawl marwolaeth amheus arall, hefyd. A phan laddwyd mwy o blant, a fynta'n y jêl, mynnodd fod hynny'n brawf o'i ddiniweidrwydd.

Ond dim ffiars. Llofrudd copïol, medda'r awdurdoda. Rhyw wallgofddyn 'di cael 'i ddylanwadu gan Brogan. Neu ddisgybl iddo fo mewn cwlt drygionus. Ewadd, mi oedd y tabloids wrth 'u bodda, un rhacsyn yn rhybuddio rhieni:

SATANISTS ARE AFTER YOUR KIDS:
OUR IN-DEPTH INVESTIGATION
WILL HORRIFY EVERY PARENT

Carcharwyd chwe dyn arall am saith o'r llofruddiaetha. Tad o Fyrmingham wedi'i ddedfrydu am ladd 'i fab a'i ferch, er enghraifft. Aeth hwnnw o'i go'n y jêl. Hefru mai nid fo laddodd 'i blant. Dyfynnu'r Beibl yn ddi-ben-draw. Paentiodd hyn ar wal 'i gell yn 'i waed 'i hun:

Keep me, O LORD, from the hands of the wicked;
Preserve me from THE VIOLENT MAN; Who have purposed
to overthrow my goings...
THE VIOLENT MAN mewn llythrenna bras.
THE VIOLENT MAN yn ôl Beibl William Morgan:
Y GŴR TRAWS.

Mewn uned seiciatryddol yn Broadmoor oedd y tad o Fyrmingham bellach.

Efo'r rhestr o lofruddiaetha ar y ddesg o'i flaen o, aeth Vince drw'r papura newydd oedd 'di cael 'u dyddio o gwmpas adag y llofruddiaetha — wsnos, bythefnos ar ôl i'r cyrff gael 'u darganfod — yn chwilio am ddefnyn o wybodaeth, chwilio am... dwn i'm... be 'dwch?

Tyrchodd, porodd, palodd...

*   *   *

Mi oedd Vince wedi gofyn i Edward Jones,
'Pam ddo i ddim o hyd iddi?'
Moriodd yr awal i mewn i'r tŷ drw'r ffenast agorodd y cyn-dditectif er mwyn iddo fo gael smôc heb i'w ferch o

roid ffrae iddo fo pan fydda hi'n picio draw pnawn 'ma. Mi synhwyrodd Vince rwbath ar y gwynt: ymbelydredd, ẃrach.

Dyma Edward Jones yn deud,

'Mae hi'n y gwynt.'

Oedodd Vince cyn deud,

'Y gŵr traws?'

Mi ddaru Edward dwrw 'tha neidar yn chwthu. Troi'i ben o'r neilltu wedyn fel tasa fo ofn sbio ar rwbath: ystum go debyg i honno ddaru Brychan Bowen.

Gofynnodd Vince, 'Pw' 'di o?'

'Pw' 'di o? Nefi las, washi. Enw 'di o. Chwedl. Stori fwganod i godi ofn ar blant. Tydi o'm yn bod, siŵr iawn. A fedar neb ddeud 'i enw fo heb ddychryn, yli. Mae o fatha deud enw duw: y Tetragramaton sanctaidd.'

'Be am y plant laddwyd? Mae rhywun yn gyfrifol. Os nad fo, pwy?'

Crensiodd Edward Jones 'i ddannadd, yfad. Gwingodd fel tasa fo mewn poen, yfad eto. Ac mi aeth o i bregethu...

*   *   *

Vince yn pori trw'r ffeilia, trw'r *microfiche* —

Mi ddaru nhw ddŵad o hyd i Stephen Merriman, deuddag oed, a Penny Patterson, pymthag, ar draeth New Brighton ar y Wirral ar 3 Mehefin 1964.

Sychwyd cyrff y ddau o waed. Gosodwyd cyrff y plant ar ffurf *Pietà*, cerflun Michelangelo o 1499, oedd yn darlunio Crist ar lin 'i fam ar ôl y Croeshoeliad.

Penny oedd Mair, wedi'i gosod ar 'i hista wrth droed y pier; gwymon ar 'i phen hi fatha pensgarff y Fadonna'n y cerflun.

Stephen oedd Crist, yn un swp ar lin Y Fair, jest cadach am 'i ganol o — yr un sbit â Meseia marmor Michelangelo.

Mi oedd y stori am y darganfyddiad ar dudalen flaen y *Daily Post* o'r cyfnod. Mi oedd 'na fraw ac arswyd a ffieiddio'n lleol.

Meddyliodd Vince am Veronica wrth ddarllan y stori. Dychmygodd 'i hofn hi dan law y gŵr traws.

Aeth gwefr o arswyd trwyddo fo wrth i bresenoldeb 'i phoen hi ymyrryd arno fo: pa artaith ryddhaodd y bwystfil ar 'i chnawd hi?

Mi oedd Vince yn crynu, methu nadu'i hun.

'Ydach chi'n iawn?'

Herciodd. Trodd. Nefoedd! Yr archifydd yno'n holi.

'Siort ora,' medda fo.

'Mi 'dan ni'n cau mewn hannar awr.'

Mi sbiodd o ar 'i watsh ac mi oedd hi'n bedwar o'r gloch. Lle'r aeth yr amsar, 'dwch? Nodiodd, ac off â'r archifydd, yn ysgwyd 'i phen: be sy haru'r dyn 'ma, 'dwch?

Rhwbiodd Vince 'i dalcian:

chwys ar 'i wegil o,

angau'n 'i hawntio fo,

y dyddia 'di cael 'u rhifo.

Gofyn iddo fo'i hun,

'Lle w't ti, Vonnie? Lle mae o 'di d'adael di?'

*   *   *

Pregath Edward Jones:

'Ma'r hwdw 'ma 'di bod dros yr ynys ers degawda. Mae o'n llechu 'nghil 'yn llgada ni. Tydan ni ddim yn ymwybodol ohono fo, ond weithia, o dro i dro, dyna lle mae o, yli — yn dal 'yn sylw ni'n sydyn bach, ac yn 'yn hatgoffa ni o'r twllwch. Lasa'n bod ni'n dathlu. Pen-blwydd plentyn, ẃrach. Pawb yn cael sbort. Ti'n chwerthin wrth i'r plant redag reiat. Ond ti'n gwbod fo 'na rwbath yn y byd sy'n 'u bygwth nhw. Fedri di mo'u cadw nhw'n saff rhag pob drygioni. A dyna chdi'n sydyn yn gweld, wrth iddyn nhw gyboli, rhyw gysgod dan y goedan 'cw. Eiliad o dwllwch. A ti'n dal dy wynt. Ti'n sbio. Craffu. Ond does 'na'm byd yno, yli. Dim byd. Dim byd ond awgrym. Fatha'r ymbelydredd 'ma, sti; fatha'r gwenwyn o Chernobyl — ac o blydi Wylfa lawr y lôn. Mae 'na rwbath yn yr awyr. Mae 'na gysgod. Bylb yn ffllicran, ẃrach. Ffenast yn clecian. Awal sydyn yn oeri — fatha'r awal ddoth trw'r ffenast pan agorish i hi. Dyna ydi o, yli — y presenoldeb bythol hwnnw, y staen ar 'yn heneidia ni, yr enw ar flaen 'yn tafoda ni, a'r sibrwd mewn stafall wag.'

Mi yfodd Edward lwnc hir o whisgi, a smocio, Vince yn meddwl am wenwyn... yn y gwaed... pla... Dyma Edward yn deud,

'Fedrwn ni'm dygymod efo'r erchylltera mae o'n fwrw. Rydan ni'n 'u gwadu nhw. Ac yli: mae 'na bentwr o amsar rhwng y llofruddiaetha. Co dyn yn fyr. Methu gweld y patrwm mae o'n weu, methu rhoid y darna jig-so, ddaw o oesoedd ar wahân, at 'i gilydd...'

*   *   *

Mi oedd Edward Jones yn llygad 'i le: bwystfil oedd hwn oedd yn falch o'i waith, am rannu efo'r byd y trychiolaetha oedd o'n greu o gyrff y diniwad. Felly pam ddaru o ddim gosod Vonnie mewn rhyw arddangosfa arswydus fel ddaru o efo'r lleill?

Dychmygodd Vince y petha gwaetha — bod rhwbath

'di mynd o'i le; bod yr artaith 'di bod yn waeth nag artaith gweddill y plant; bod 'i chorff hi ẃrach 'di cael 'i lurgunio gymaint fel na fedrodd y llofrudd neud defnydd o'i gweddillion hi.

A'i ben o'n troi a'i stumog o'n crawni, aeth Vince trw'r papura eto.

Rhifyn nesa'r *Daily Post* ar ôl yr adroddiad am fwrdwr Stephen a Penny, a mwy amdanyn nhw. Llynia o'r ddau'n fyw, yn hapus, yn gwenu. Llynia ysgol a ballu. Fatha'r llynia o Vonnie. Y plant bach 'ma i gyd yn ddiniwad, yn anwybodus o'r drygioni oedd yn y byd; y drygioni oedd yn 'u hela nhw.

A straeon wedyn:

Y teuluoedd 'di cael 'u dinistrio —

Y gymuned 'di cael 'i dychryn —

Yr heddlu 'di cael 'u drysu.

Papur y dwrnod wedyn. Mwy o ddinistr a dychryn a dryswch. Vince yn troi'r tudalenna: troi, troi, troi, geiria a llynia'n llanast aneglur.

Mwy am y plant, mwy am yr ofn, mwy am yr heddlu'n holi. Mwy amdanyn nhw heb glem, heb y ddealltwriaeth i ymdopi efo'r ffasiwn fryntni celfyddydol.

Ond wedyn, goresgyn:

Yr heddlu'n arestio dau bidoffeil. Y gymuned yn mynnu cyfiawnder, yn mynnu'r rhaff:

'Isho'u crogi nhw!'

Yr heddlu'n rhyddhau'r ddau — dim tystiolaeth.

Y gymuned yn dial — cosb offisar i'r ddau; slas, ac un yn marw.

Yr heddlu'n rhybuddio: 'We will prosecute vigilantes.'

Dau ddyn lleol yn cael 'u harestio am slanu'r pidoffiliaid. Un yn ewyrth i Stephen a Penny. Y ddau arwr — dyna oeddan nhw i'r gymuned — yn cael 'u cyhuddo o ddynladdiad.

Yr heddlu'n erbyn y gymuned oedd hi bellach. A'r

llofrudd — pwy bynnag oedd o, lle bynnag oedd o — yn mwynhau'r syrcas, bownd o fod.

Synhwyrai Vince bod y dyn yma'n trochi ym mraw a dryswch y teuluoedd, y gymuned.

Dioddefaint oedd 'i faeth o.

Vince yn dal i droi a throi a throi'r tudalenna. Mynd trw'r papura newydd — geiria a llynia, geiria a llynia, ac wedyn —

Rhewodd.

Syllodd ar y llun ar dudalen 13 o'r *Daily Post*, 6 Mehefin 1964. Craffodd i weld y llun yn well. Llun dynnwyd mewn capal Cymraeg yn Lerpwl. Criw o addolwyr efo'r pregethwr oedd 'di dŵad i bregethu'r Sul hwnnw, y seithfed.

Oeroedd gwaed Vince. Tawelodd y byd, fel tasa fo'n rhoid y cyfla iddo fo fwydo'n y ddatguddiad 'ma —

Y Pregethwr ddoth i bregethu —

Dyna fo, ar f'enaid i —

Y Pregethwr oedd yn ysgwydd iddyn nhw, oedd yn graig.

A'r enw o dan y llun, enw'r Pregethwr...

*   *   *

Ar ôl harthio, mi chwthodd Edward Jones wynt o'i geg fel tasa fo'n cael gwarad ar yr haint oedd ynddo fo bellach — ymddihatru o'r gwenwyn.

'*Un* adawodd o'n Sir Fôn hyd y gwyddon ni,' medda Vince. 'Un cyn iddo fo fynd â Veronica.'

'Islwyn Owen. Deg oed, y peth bach. Wedi'i osod ar ffurf *Cread Adda*. Rhyw athro celf o'r brifysgol yn Bangor yn deu'tha ni. Do' gynnon ni'm clem. Newydd fynd yn sarjant o'n i. Ewadd, o'n i'n meddwl 'mod i rêl boi, sti. Ond pan welish i'r hogyn bach hwnnw... argian... yr hoelion... argoledig...'

Mi sigodd Edward, yr egni'n cael 'i sugno ohono fo. Gweledigaetha o Gehenna'n dŵad yn fyw o flaen 'i llgada fo. Ar ôl setlo'i hun rhyw fymryn, dyma fo'n deud,

'Mynd ddaru o, wedyn, debyg. Gadael Sir Fôn. Anifal gwyllt yn chwilio am dir hela ffrwythlon. Ond dwi'n meddwl 'i fod o'n dŵad yn ôl yma i hel 'i nerth, sti. Mae'i rym o'n deillio o'r hen bridd 'ma. Mae'i rym o'n hynafol. Epil hil aflan ydi o. Rhyw anifeiliad aeth o le adag y Cread. Chwilan yn y pridd hynafol yn 'u llygru nhw.'

Mi oedd yr hen ddyn yn mopio. Oedodd am eiliad, a'i dalcian o'n crychu fel tasa fo'n chwilio am rwbath, rhyw atgof, rhyw bennill neu adnod ddysgodd o ers talwm.

Wedyn deud, fel tasa fo'n adrodd,

'Y garreg rŷd a'r galchfaen garbonifferaidd, y garreg laid, y lleidfaen, y tywodfaen: dyma'r strata sy'n grochan i'w nerth o. O fan'no mae o'n bwydo.'

Mi grynodd o, mi herciodd o, mi yfodd o'n galad eto. A wedyn ar ôl yfad yn galad, tŵallt mwy o'r whisgi iddo fo'i hun, ac yfad eto. Mynd yn chwil ulw peth cynta'n bora i ddygymod efo'r petha welodd o, bownd o fod. Wedyn, mi gododd o'i sgwydda: fel tasa fo'n diystyru'r cwbwl oedd o 'di'i ddeud.

'Dyna 'di'r chwedl, beth bynnag,' medda fo. 'Petha go syml 'dan ni, 'de: pobol. Ond ma' 'na betha mowr iawn tu hwnt i ni. Allwn ni ddim dygymod. Ti'n sbio ar wynab Duw a ti'n mynd o dy go'n dwyt. Yr un peth efo hwn, sti. Mi'r ei di o dy go. Haws deud straeon. Straeon am strata a ballu. Haws gweu chwedl na wynebu'r gwir.'

Vince 'di laru a deud,

'Dyma'r gwir — dim ond dyn ydi o. A dwi 'di delio efo

dynion sy'n meddwl 'u bod nhw'n fwy na chig a gwaed droeon.'

'Ma' hi 'di darfod a'na chdi os mai hynny ti'n gredu.'

*   *   *

Yr enw, enw'r Pregethwr, enw'r Pregethwr ddoth i bregethu: Eoin Gough.

Ac yn syth bìn i feddwl Vince: John Gough.

11 Mai: cysylltiada —

Cofiodd y llun o Vonnie efo Eoin Gough dynnwyd gan Lena wythnosa cyn iddi ddiflannu: Eoin Gough, yn ddienw, yn hwnnw.

A rŵan dyma fo, wedi cael 'i enwi, yn Lerpwl chydig ddyddia ar ôl llofruddiaetha Penny a Stephen.

'Mi dwi'n cau, rŵan,' medda'r archifydd.

Trodd Vince 'tha melltan. Ac yn 'i ben, oedd o dan warchae yng Ngogledd Iwerddon yn rhwla, gelynion efo gynna'n bob man. Tasa fo'n arfog, mi fasa fo 'di saethu'r archifydd.

*   *   *

Mi fethodd Vince gysgu. Ar 'i draed drw'r nos. Cerad drw'r tŷ, 'nôl a blaen, 'nôl a blaen. Y tŷ oer, y tŷ tywyll.

Fyny'r grisia i stafall Veronica. Lawr y grisia at y parad. Dilyn y llwybra, chwilio am batryma, tyrchu am esgyrn.

Y tŷ oer, y tŷ tywyll.

Drwadd i'r cefn wedyn a sbio drw'r ffenast. Sbio i'r nos, i'r fagddu — y düwch sy'n enaid pob dyn.

Ac yn y nos, yn yr ar' gefn, y swing yn gwichian: cri

o'r düwch dyfn, negas o'r gorffennol pell — galargan diniweidrwydd.

A'r wylan gefnddu'n crawcian wrth glwydo ar dop y swing, adenydd y deryn yn fflapian. Twrw 'tha hwylia cwch ar fôr oedd heb ddiwadd.

A Vince yn gwrando, yn gwatshiad, yn chwilio —
chwys ar 'i wegil o,
angau'n 'i hawntio fo,
y dyddia 'di cael 'u rhifo.

Eoin Gough, yno'n mwytho ar ôl diflaniad Vonnie, yn galaru ar gownt y ddynol ryw:

Ychydig iawn ohonom sy'n ymddangos fel yr ydym...

Eoin Gough, yno'n mwytho ar ôl diflaniad Vonnie, yn addo cyfiawnder:

Fe ddatgelir pob celwydd...

Eoin Gough, yno'n trochi ym mraw a dryswch y teulu —

Agorwyd drws ym meddwl Vince, atgofion guddiwyd tu ôl iddo fo'n rhuthro allan, rhyddhad o gael 'u rhyddhau:

Y gorffennol yn pefrio'n y fagddu 'ma —

Cofiodd Eoin Gough a'i lyfr *Masterpieces of Art: 1000 Greatest Paintings*, ac yn mynd trw'r llyfr swmpus, dangos i Vince:

'Hwn: *Pietà* gan Michelangelo. Yli arno fo. Hwn: *The Scream* gan Edvard Munch. Yli arno fo. Hwn: *Cread Adda* gan Michelangelo eto. Yli arno fo.'

Yli arno fo: Yli ar fy ngwaith.

Iesu Grist, mi oedd o'n cyfadda'n doedd. Mi oedd o mor hy fel 'i fod o'n barod, gerbron llanc tair ar ddeg, i ddatgelu'i bechod. Mi oedd hwn wrthi'n didoli dioddefaint a dychryn dan drwyna pawb.

*   *   *

Arhosodd Vince am y goleuni. Aros ar 'i draed am ddwrnod newydd. A phan ddoth y dwrnod newydd, aeth o'n syth bìn i Langefni. Dreifio fatha dwn i'm be. Parcio'n flêr heb dalu. Rhedag nerth 'i draed a landio jest cyn i'r archifydd agor y drws am naw y bora.

Hitha'n deud,

'Ewadd, ydach chi'n iawn, 'dwch?'

'Siort ora,' medda Vince.

Aeth o'n ôl at y ddesg, at y ffeilia trwchus. Aeth o i dyrchu eto, i balu, i bori —

Dŵad o hyd i saith achlysur pan oedd Eoin Gough yn yr un ardal â phlentyn llurguniedig —

Saith cyd-ddigwyddiad —

Vince: chwys ar 'i wegil o —

Vince: angau'n 'i hawntio fo —

Vince: y dyddia 'di cael 'u rhifo...

Dim ffasiwn beth â chyd-ddigwyddiad. Dim ffasiwn beth â *saith* cyd-ddigwyddiad.

Dŵad o hyd i'r ripórt am ddarganfod y plant ar dudalen flaen y papur. Dŵad o hyd i eitem yn y 'Community News' tuag at gefn y papur am Eoin Gough yn pregethu'n yr ardal.

Ar wahân, ylwch: yn union fel y soniodd Edward Jones. Oesoedd ar wahân, medda fo. A'r cyfeiriada yma at Eoin Gough ar wahân hefyd: y dyn a'r diafol ar wahân; y pregethwr a'r poenydiwr.

Cyd-ddigwyddiad, bownd o fod. Ond *sawl* cyd-ddigwyddiad. *Saith* cyd-ddigwyddiad.

Tyrchodd. Palodd. Porodd —

Aeth o adra'n chwil ulw heb dwtshiad dropyn. Aeth o at y wal a phinio llungopïa o'r *Daily Post* a'r *Liverpool Echo* a'r *Western Mail* a'r *Yorkshire Evening Post* a phapura lleol ar y parad. Llofruddiaetha. A phresenoldeb Eoin Gough.

Y pregethwr.

Y cysurwr.

Y gŵr traws.

Ychydig iawn ohonom sy'n ymddangos fel yr ydym...

*   *   *

Y bora blaenorol, bron i bedair awr ar higian ynghynt bellach, yn nhŷ Edward Jones ar gyrion tir gwenwynig, mi harthiodd Vince eto: 'Dyn o'i go sy 'di cael rhwydd hynt ar gownt y ffaith fod plismyn lleol ddim ffit.'

'Yli di, washi —'

'A 'di cael 'i fwytho a'i dendio gan bileri'r gymuned ar Sir Fôn ers degawda. Mae o 'di cael difa'r diniwad a 'di cael porthi'i awcha heb dalu'r degwm, ac mae 'na rywun yn gwbod pwy 'di o, ac yn caniatáu hyn. Beth bynnag: mae'i ddyddia fo 'di cael 'u rhifo, a fi 'di'r dial; dwi yma i setlo'r cownt.'

'Dwyt ti ddim yn dallt 'i rym o, washi.'

'Ofergoel ydi o. Stori fwganod i godi ofn ar blant — ac ar yr anwybodus.'

'Yr ynfyd a ddywedodd yn ei galon, Nid oes un Duw. Be nawn ni heb Dduw, d'wad?'

Cau'i geg ddaru Vince, deud dim. Mi oedd hi'n anodd gynno fo gredu bod cyn-dditectif yn credu'r ffasiwn rwtsh. Ond nid hwn oedd y copar cynta i gredu celwydd, i fowldio gwirionedd iddo fo'i hun: gwirionedd oedd yn anwir go iawn.

'Fo aeth â Veronica,' medda Vince, 'ac mae o'n mynd i dalu am hynny.'

'Dwn i'm.'

'Sut?'

'Dwn i'm os na fo'r aeth â hi. Dwi 'di ama hynny o'r cychwyn cynta.'

* * *

Safodd Vince o flaen y parad. Cerddodd rownd a rownd y stafall, yn ôl ac ymlaen. Yn ôl ac ymlaen yn y tŷ oer, y tŷ tywyll. Cnodd 'i winadd a chrafodd 'i ben. Dŵad yn ôl at y wal. Edrach arni a'i ben o'n troi. Cerad eto. Cnoi eto.

Chwys ar 'i wegil o...

Mi steddodd o ar y soffa. Mi gododd o'n syth bìn. Mi gerddodd o'n ôl ac ymlaen eto, mynd at y wal eto, sbio ar y wal eto.

Veronica'n 'i ben o, y plant i gyd yn 'i ben o — yn plagio, yn erfyn.

Angau'n 'i hawntio fo...

Mi anghofiodd o am y peryg oedd o'n 'i wynebu: am Jonesborough, am y brad, am y bygythiada. Am y dynion oedd yn dŵad i'w hela fo —

Cloc Nain yn tic-tician...

Y dyddia 'di cael 'u rhifo...

Mi fethodd o gysgu, mi fethodd o fyta, mi fethodd o folchi —

1:00am: neidiodd i gar Lena.

Dreifiodd i'r nos. Dreifiodd drost y bont. Dreifiodd ar hyd yr A55 —

Y mae arswyd wrth y llyw —

Chwys... angau... y dyddia, y dyddia, y dyddia...

Croesodd y ffin yn Sir Fflint —

Dreifiodd i'r fagddu —

Y mae arswyd wrth y llyw —

Chwys... angau... y dyddia, y dyddia, y dyddia...

Dreifiodd i fyny'r M53 ac i fyny'r M56 —
Dreifiodd ar hyd yr M6, i gyffordd 21A —
Dreifiodd y car i wactar yr M60 —
Y mae arswyd wrth y llyw —
Chwys... angau... y dyddia, y dyddia, y dyddia...
Dreifiodd ar yr M62 —
Dreifiodd i'r affwys —
4.30am: cyrion Leeds —
Y mae arswyd wrth y llyw —
Chwys... angau... y dyddia, y dyddia, y dyddia...
Mi oedd 'na awgrym o'r dwrnod newydd yn yr awyr: gwaed y dydd ifanc.

Dreifiodd i lawr Portland Crescent, slofi lawr —
Y mae arswyd wrth y llyw —
Chwys... angau... y dyddia, y dyddia, y dyddia...
Parciodd tu allan i Neuadd Ddinesig Leeds, stopio'r injan —
4.50am —
Tarwyd o'n sydyn gin flinder.

Mi gaeodd o'i llgada, ond ddaru o ddim cysgu. Mi agorodd o'i llgada, ond ddaru o ddim deffro.

Mi arhosodd o'n y car, setlo'i hun, paratoi ar gyfar 'i bererindod i Uffern —

*   *   *

'Ddaru o ddim 'i gosod hi, naddo, dy chwaer,' medda Edward Jones y bora blaenorol. 'Fuo 'na'm hanas ohoni hi. Mae o am iddyn nhw gael 'u *gweld*. Mae o drofun cael effaith ar bobol, yli. Mae o drofun bod 'i waith o'n cael 'i werthfawrogi. Paun ydi o'n dangos 'i blu.'

'Lasa bod rhwbath 'di mynd yn rong.'

'Nefar in Iwrop, washi.'

Gwyrodd Vince yn 'i flaen. 'Pw' 'di o? Pw' 'ddach chdi'n ama? Rho'r enwa i fi.'

'Do's 'a'm enwa.'

'Mae 'na bob tro enwa.'

Cofiodd Vince y dynion oedd yn y llynia efo Vonnie; enwodd nhw:

'Clive Ellis-Hughes... Syr Gwyndaf Miles... Hugh Densley —'

'Densley?'

'Gwyn South...'

'Y dyn papur newydd.'

'Ddaru chi'u cysidro nhw?'

'Mi gysidrwyd pawb.'

'Y dyn ar y beic, hwnnw ffoniodd, hwnnw laddodd 'i hun.'

'Y blydi cadi ffan? Nid fo. Nid yr un ohonyn nhw...'

Daeth enw arall i go Vince rŵan.

'Eoin Gough.'

Mi drodd Edward 'i ben: *canys ni'm gwêl dyn, a byw eto fyth.* Ar ôl hynny, mi wrthododd yr hen dditectif yngan gair o'i ben.

*　　*　　*

Vince yn tyrchu trw'r wasg leol yn Leeds, datgladdu drygioni:

Chwefror '63: Kelvin Brightmore, deg oed, wedi'i lurgunio a'i osod ar dir gwastraff yn Leeds...

Chwefror '63: *Mr. Eoin Gough from North Wales will lead the morning service at Alwoodley Park Methodist Church this coming Sunday...*

Mae o am iddyn nhw gael 'u *gweld.*

Hydref '65: Betty-Jayne Roswell, un ar ddeg, wedi'i llurgunio a'i gosod mewn coedwig ar gyrion y ddinas...

Hydref '65: *Westgate Methodist New Connexion Chapel welcomes Mr. Eoin Gough this coming Sunday...*

Mae o am iddyn nhw gael 'u *gweld.*

Gorffennaf '71: Theresa Mackintosh, naw oed, wedi'i llurgunio a'i gosod mewn warws yn ardal ddiwydiannol Cross Green o'r ddinas...

Gorffennaf '71: *Welsh chapel minister Mr. Eoin Gough preaching in the open air meat market at Cross Green...*

Mae o am iddyn nhw gael 'u *gweld.*

A llun y tro yma: y Pregethwr ar 'i blatfform yn y farchnad gig, gwallt yn hir, dillad yn dywyll...

O Leeds, i lawr yr M1, i Nottingham...

Vince yn tyrchu trw'r wasg leol, datgladdu drygioni:

Mawrth '61: Malcom Taylor, deuddag, wedi'i lurgunio, wedi cael 'i osod...

Mawrth '61: *Welsh chapel minister Mr. Eoin Gough presented a wonderful sermon for members of the Nottingham Welsh Society on St. David's Day...*

Mae o am iddyn nhw gael 'u *gweld.*

Mawrth '74: Olive Elland, wyth oed, wedi'i llurgunio, wedi cael 'i gosod...

Mawrth '74: *A very dear friend of the Nottingham Welsh Society returned to celebrate our 70th anniversary on St. David's Day...*

Mae o am iddyn nhw gael 'u *gweld.*

A llun eto: Eoin Gough ar 'i drafals, Eoin Gough a'i draed yn rhydd...

O Nottingham, yr M1, yr M6, yn 'i dywys o i Fyrmingham...

Archif y *Birmingham Mail...*

Awst '76: Helen Yardley a Peter Yardley, un yn ddeg, y llall yn naw, brawd a chwaer wedi'u llurgunio, wedi'u gosod...

Awst '76: *Bethel Presbyterian Church of Wales, Holloway Head, welcomes visiting preacher, Mr. Eoin Gough of North Wales, this coming Sunday...*

Mae o am iddyn nhw gael 'u *gweld*.

Awst '76:

FATHER ARRESTED OVER CHILDREN'S BLOOD-RITUAL MURDERS

Norman Yardley, 44, has been arrested in connection with the brutal slayings of his son and daughter, Helen and Peter...

Y tad hwnnw oedd Vince 'di darllan amdano fo'n wreiddiol yn y *Daily Post...* y tad druan oedd bellach yn Broadmoor... y tad oedd yn gwbod:

Keep me, O LORD, from the hands of the wicked; Preserve me from THE VIOLENT MAN; Who have purposed to overthrow my goings...

O fan'no wedyn, dwy awr o daith i Gaer ac i'r archifdy, pori trw'r *Chester Chronicle* a'r *Liverpool Daily Post*.

Mawrth '79: Sandra Mellor, pedair ar ddeg, wedi'i llurgunio a'i gosod... *efo ci bach, myn uffar i, be sy haru'r dyn 'ma?*

Gwyrai Sandra fymryn i'r chwith. Mi wisgwyd hi mewn mantell ddu a phensgarff. Y ci bach 'di cael 'i ddiberfeddu a'i osod yng nghrud 'i braich hi. Pawen y pero'n twtshiad ymyl y bensgarff. 6:42 'di'i grafu efo rhwbath miniog ar 'i brest hi. Y llofrudd yn ofalus. Y llofrudd yn bwrpasol. Y llofrudd oergalon. Y llofrudd o'i go: ond purdeb clir i'w wallgofrwydd. Y llofrudd 'di croesi'r bwlch i dir anwar. Y drwg ynddo fo'n drechol. Do' 'na'm atom o ddynoliaeth ar ôl ynddo fo. Eda pwyll 'di raflio. Y gydwybod bellach yn dir diffaith a gwyllt. Ynfydrwydd absoliwt oedd yn weddill.

Mi oedd Vince yn colli arno'i hun yn ara deg bach, wir dduw.

Lerpwl, Leeds, Nottingham, Byrmingham, Maenceinion, Southend, Southampton, Caer...

Cael a chael oedd hi, ond mi oedd Vince yn teimlo'i fod o'n dal ar dir y byw, tir y cyfiawn, tir y gwaraidd; teimlai 'tha'i fod o wedi dal 'i afael ar 'i synnwyr. Oedd o'n trio'i ora glas i wardio rhag y llygredd lasa'i wenwyno fo.

Sioea bloda, cyfarfodydd y WI, y Sgowts yn hel pres, pregethu ar y Sul, ymweld â chymdeithas Gymraeg —

A'r darna'n syrthio i'w lle.

Y jig-so'n datgelu'r gyfrinach.

Y ddelwedd yn ffurfio.

Y gŵr traws wedi'i ddadfasgio.

Yr enw cudd bellach ddim yn gudd.

Mae o am iddyn nhw gael 'u *gweld*.

Chwys... angau... y dyddia, y dyddia, y dyddia...

RHAN 2

8 Mai — 12 Mai 1989

'Yr wyf yn meddwl, os nad yw'r Diafol yn bod,
a dyn felly wedi ei greu,
ei fod wedi ei
greu ar ei ddelw a'i lun ei hun'

FYODOR DOSTOEVSKY, *Y BRODYR KARAMAZOV*

Gwybodaeth

YMLWYBRI nawr drwy balas dy atgofion, dilyn y coridorau crand.

Edmygi'r hyn a luniaist: y lloriau o dderw; y drysau yn ogystal: Edwardaidd; y pared o blastr; y nenfwd wedi'i addurno gan ffresgo Michelangelo, Y Dilyw: y pechaduriaid noeth yn brwydro'n enbyd i oroesi'r dyfroedd, i ddianc rhag llid eu Duw dialgar.

Ar ben y coridor, cynigia ffenest olygfeydd godidog o aceri gwyrdd: coedwigoedd a meysydd sy'n ymestyn am filenia, yn ôl i eni'r byd; i had dy hanfod. Ac yn y fforestydd, helwyr — bleiddiaid, llewod, dreigiau — yn aros eu prae.

Ond nid yr olygfa hon drwy'r ffenest sy'n dy ddenu: i'r stafelloedd yr ei di, y stafelloedd lle storir dy grefftweithiau.

O stafell i stafell, crwydri: yn gwledda ar dy gerfluniau.

Ac mae stafelloedd di-ri; y mae creadigaethau na ellir eu cyfri. Y mae enw ar bob darn o gelf: teitl y gwaith, dyddiad y creu, yr enwau roddwyd i'r deunydd crai gan rieni.

Ar bared pob stafell, mae penawdau'r papurau newydd wedi eu fframio, eto gyda gofal, yn gelfydd.

Ac ar bob pared yn ogystal, darluniau o'r deunydd crai wedi eu crafangu o'r wasg:

Y diniwed yn ddall — yn eu gwisgoedd ysgol — i'r mawredd oedd yn eu disgwyl.

Mae lloriau dy balas yn diffinio'r degawdau: y degawdau wedi eu dynodi mewn caligraffi:

1920au... 1930au... 1940au... hyd at nawr, yr 1980au. Cyn hir, bydd llawr newydd: y 1990au.

Ni ŵyr y byd mai ti oedd artist y gwaith cynharaf. Yr oedd diffyg arddull i'r creadigaethau hynny; dwylo plentyn a'u creodd, chwarae teg; prentis ddinistrydd a luniodd y celfweithiau cyntaf.

Wyth oed, yn 1921. Dysgu'r grefft. Arbrofi ar ddeunydd crai. Handi bach oedd hawlio'r darn cig. Bwrlas yn dy ddosbarth ydoedd. Llo cors dynnai'r llanciau eraill yn llyfrïa.

Un llanc yn enwedig: Ronald Stuart Thomas.

Roeddet ti'n rhannu gyda hwn ben-blwydd: 29 Mawrth 1913. Teimlaist agosatrwydd ar gownt hynny; yr awydd i amddiffyn y llipryn rhag y llo cors.

Dyna wnest: gyda llid.

Ond brwnt oedd dy waith brwsh yr adeg honno. Gweddillion adewaist: adfail o esgyrn a gôr; wedi ei ailwampio.

Ond cefaist flas ar greu o'r newydd...

Nid adnabu'r byd dy ddawn am dri degawd: dy ddarluniad o Gread Adda ddatgelodd dy ddoniau i ddyn.

A heddiw yn dy balas, y mae nifer y sêr o stafelloedd.

Ond y mae crydwst yn dy fyd heno. Am y tro cyntaf ers oes, teimli wendid: rwyt ti'n ddynol ac yn ddiflas.

Ai hwn, sy'n galed fel asgwrn cath, yw dy Ddinistrydd o'r diwedd?

Ai hwn fydd crefftwr dy gwymp?

Na: mae iddo wendid.

Fe ddatgelir pob celwydd.

Y mae tywyllwch yn trigo ym mhob enaid, ac wrth graidd y tywyllwch hwnnw mae had eu dinistr.

Yna, twrw:
Tresmaswr yn dy balas...
A llais yn galw —

*   *   *

'Taid,' medda Fflur.

Oedd Taid yn ista'n y gadar — brenin ar 'i orsedd, bwystfil yn 'i ogof.

Oedd 'i llgada fo ar agor, rheini'n ddu bitsh. Pylla dyfn oedd yn mynd i grombil y byd, at 'i gychwyn o filenia'n ôl.

'Taid,' medda'i eto.

Mi styriodd o.

Mi roddodd Fflur y bag negas ar y bwr' bwyd. Nid bod Taid drofun iddi fynd i siopio ar 'i ran o, cofiwch: mi oedd o rêl boi. Lasa'i fod o'n hen o safbwynt blynyddoedd, ond do'dd o ddim. Mi oedd o'n heini, a fatha'i fod o am fyw am byth, a deud y gwir. Mi fasa fo'n dal yma ar ôl i'r byd 'ma hen fynd.

Mynd yn hytrach ddaru hi am 'i bod hi'n *ysu* i fynd. Awch bod yn Llangefni eto arni. Crwydro'r strydoedd a grwydrodd hi'n hogan bach. Y strydoedd lle dechreuodd 'i diniweidrwydd hi gael 'i lurgunio.

Oedd blys arni i gerad y lonydd 'ma oedd pawb arall yn gerad, a'u cerad nhw'n rhydd — heb neb i ddeud wrthi pryd i ddeffro, pryd i fyta, pryd i gysgu.

Cerad i Sgwâr Llangefni —

heibio cloc y dre, fyny'r stryd —

heibio i Guests lle 'ddan nhw'n prynu papura newydd —

heibio siop Hugh Lloyd lle'r oedd Hugh Lloyd a'i fab David yn torri gwalltia'n 'u cotia llwyd —

heibio Dicks, y siop sgidia — Fflur yn stopio a sbio'n y ffenast a meddwl 'sa hi'n licio pâr.

Cerad wedyn i fyny allt stesion —

Cerad heibio'r Dingle, y coed a'r llwybra trw'r coed —

Cerad at yr ysgol gyfun —

Gwatshiad y plant yn fan'no, a chofio'i hun yn blentyn yno: ond dim hi — rhywun arall mewn byd arall.

Mi ddoth yr atgof yn ôl iddi: cerad i lawr allt stesion o'r ysgol; Bethan Llidiart Gronw'n aros amdani hi; Bethan yn rhoid smôc iddi hi; Bethan yn gaddo ac yn hudo. Bethan yn hogan fawr go iawn, dim hogan bach fatha Fflur; a Fflur drofun bod fel'a, ylwch: hogan fawr.

A Bethan yn gofyn 'radag honno,

'Ti'm yn teimlo 'tha hogan fawr, 'ŵan?'

Dyma 'na lais yn dŵad wedyn a'i llusgo hi'n ôl o'r atgof am Bethan ddegawd ynghynt, y llais yn deud,

'Tisho mynd am dro i'r Dingle?'

Mi drodd hi a gweld hogyn tua'r un oed â hi, debyg, yn sbio'n go gas arni. O' 'na olwg llabwst arno fo, ac oedd 'i ddyrna fo'n dynn.

'Sut?' medda hi.

Camodd yn 'i flaen, llathan, ac mi fedra Fflur ogleuo'r sigaréts ar 'i wynt o a'r ffyrnigrwydd yn 'i waed o.

'W'sti pw' dwi?' medda fo.

'Dim clem.'

'Ddaru dy dad di ladd 'y nhad i.'

Ewadd, aeth 'na rwbath oer drw esgyrn Fflur, ac mi fflachiodd delwedd go anghynnas o '79 i'w phen hi —

Y dynion yn 'i dewis hi.

Bethan yn deud, 'Jest edrach yn ddigon o sioe.'

Y dynion yn bidio amdani hi.

Bethan yn deud, 'Ddoi di i arfar.'

Y dynion am fynd i'r afael â hi.

222

Bethan yn deud, 'Dwi'n disgwl babi.'

Dyma hi'n dŵad ati'i hun, at heddiw a'r twl-al 'ma oedd wedi torri ar draws 'i hatgofion hi.

'Be tisho fi neud am y peth?' medda hi.

Aeth y boi'n goch i gyd. Oedd o 'tha'i fod o'n berwi, ar f'enaid i. A dyma fo'n deud,

'Gwaed am waed.'

Mi oedd Fflur yn llonydd ac yn dawal am funud, ac yn rhyw sbio arno fo fatha'r oedd y dynion 'di sbio arni hitha 'lly: fatha ffarmwr yn sbio ar fustach mewn sêl.

Fflur, ar ôl pwyso a mesur, yn deud,

'Chdi 'di'r llosgwr.'

Sigodd y sgwariwr rhyw fymryn. Synhwyrodd Fflur iddi gael y llaw ucha: y ffordd y llgadodd hi o, bownd o fod, y ffordd ddudodd hi *Chdi 'di'r llosgwr*.

Daliodd ati a deud,

'Y llosgwr tai. Ond fi, w'sti pwy dwi? Y lladdwr, yli. Laddist ti neb 'rioed, naddo, efo dy chwarae tân. Est ti 'rioed â bywyd neb, naddo. Mi nesh i, washi, a mi 'na i eto.'

Dangosodd Fflur 'i dylo iddo fo a deud,

'Yli arnyn nhw, llosgwr bach. Mi laddodd rhein, mi laddant eto. Ond be nei di? Affliw o ddim. Llechu'n llipa mewn clawdd tan bod y tŷ'n wag. Hidio mwy am beidio difa nag ennill y dydd. Gwan w't ti. Gwan fatha dynion. Sgin ti'm o'r asgwrn cefn. Tila, a dim ffit i sefyll ger 'y mron i.'

Ewadd, mi oedd o 'di'i lorio: ylwch arno fo; y grym 'di hidlo ohono fo. A'i llgada fo'n deud 'i bod hi'n llygad 'i lle. Fflur 'i hun 'di synnu at y llith lifodd o'i genau, a llais Taid yn 'i phen hi'n cymeradwyo...

A hi'n deud,

'Yr hyn yr wyt yn ei wneuthur, gwna ar frys.'

Gwahoddiad: ond ddaru o ddim byd, wrth gwrs. Mi

wydda Fflur na fasa fo'n mentro. Dim ond sbio arni hi: methu dallt sut gollodd o'r dydd i ryw ddim o beth o'r seilam, fynta'n 'i ben rêl boi, yn slanwr —

Efo pentwr o sarhad yn 'i lais, dyma Fflur yn deud,

'Dos o 'ngolwg i'r coc oen. Gwadna hi!'

Mi aeth o wedyn. Troi a llamu oddi wrthi hi. Wedi pwdu go iawn. Mynd i'r Dingle, i'r coed, ar hyd y llwybra. Cuddiad yn fan'no, bownd o fod. Meddwl am y tad oedd tad Fflur 'di'i ladd. Gofyn maddeuant i ysbryd hwnnw, mwn, am fethu dial. Meddwl am 'i fethiant o fatha dyn, mwn. Meddwl am y gwaed ar law Fflur, debyg iawn, a sut y medrodd hi fagu'r asgwrn cefn i ddifa. A meddwl hefyd sut ffwc y gwydda hon mai fo oedd y llosgwr, neu un ohonyn nhw.

Aeth Fflur yn ôl i'r dre. Cofio difa Kate Morris. Tagu gweddw Llidiart Gronw efo'i dylo. Teimlo dim wrth i'r bywyd fynd ohoni ar y gwely.

Prynodd sigaréts yn Guests. Smociodd un ar ôl y llall efo whisgi'n y Bull: drofun diod i sadio mymryn arni hi'i hun.

Llgadodd y dynion wrth y bar hi —

ei *dewis* hi —

bidio amdani hi —

am fynd i'r afael â hi —

Trodd atyn nhw dan sgyrnygu a deud,

'Sgynnoch chi'm o'r gyts, y ffycars eiddil.'

Heliodd y barmêd hi o'r Bull: 'Hegla hi o 'ma'r gnawas!'

Mi stompiodd hi o'r tŷ tafarn, awch mynd o'i cho arni hi, mynd yn ffyrnig go iawn, dychmygu gwn ganddi a hitha'n pladuro'r yfwyr a'r barmêd, a'r gôr drost bob dim.

Ond be ddysgodd hi'n Ninbach yn dŵad i'w phen hi:

Anadla'n ddyfn, yn ara deg, i mewn ac allan, i mewn ac allan...

Dyna ddaru hi, a dŵad ati'i hun. Mymryn o bendro arni ar gownt y whisgi, ond 'na fo. Dim byd mawr 'di digwydd. Dim gormod o helynt.

Meddyliodd am Taid ac am neud be fasa wyres yn neud i'w thaid: jest rwbath bob dydd. Aeth am Kwiks a siopio mymryn — rhwbath bob dydd; siopio.

Wedyn mynd am adra — rhwbath arall bob dydd. Adra at Taid a'i hudodd hi'n ôl. Taid y brenin, Taid y bwystfil.

*   *   *

Rŵan, y bag siopio ar y bwr' bwyd, dyma fo'n deud,

"Mechan i. Be gest ti?'

Agorodd Fflur y bag a dangos iddo fo. Llefrith, bara, bîns.

'Argian, da iawn chdi, 'mechan i,' medda fo, fel tasa hi 'di dŵad adra efo'r Greal Sanctaidd, cwpan Crist 'i hun.

'Mae gynnon ni faint fynnir, sti,' medda Taid. 'Ond neith hi'm drwg cael digonedd, na neith.'

'Na neith,' medda hi. 'Pan ddaw Bethan a Iorath, 'de.'

'Ac mi fyddan nhw yma reit fuan.'

Mi oedd Bethan 'di ffonio'n gynharach a deud,

'Dwi'n goro gneud trefniada ar gownt Mam a Griff. Mae claddu'n andros o gostus.'

Ac oedd Taid 'di deud wrth Fflur oedd wedi atab y ffôn, fel tasa fo 'di clŵad,

'Mi dala i'r cwbwl lot... ond mae drofun iddi bicio yma i mi fedru rhoid y sbondwlics iddi, yn 'i llaw hi.'

Oedi wedyn ar ôl i Fflur ddeud hynny wrthi, cyn i Bethan benderfynu, deud,

'Ŵrach y gna i a Iorath bicio draw...'

A dyna fo. Mi oedd Taid yn llygad 'i le: yr afradlon yn dychwelyd i'r nyth.

A dyma hi, bownd o fod: cnoc ar y drws.

Agorodd Fflur y drws, ac mi aeth gwep Taid yn ddu: dim ond Bethan oedd yno.

'A lle mae'r bychan?' gofynnodd Taid.

'Dwi drofun un neu ddau o betha cyn y do i â fo atach chi,' medda Bethan.

'Ewadd,' medda Taid, gwenu. 'Yma i dynnu hen ŵr yn llyfrïa w't ti?'

Fflur yn meddwl: Dim ffiars.

*   *   *

'Be ti'n wbod ti am Nel Lewis?' gofynnodd Gwynfor Taylor.

'Be tisho wbod am Nel Lewis?' gofynnodd Mike Ellis-Hughes.

'Oedd hi'n canlyn Nick James pan ddiflannodd o ac Ifan Allison a Robin Jones. Pan gladdwyd y tri yn yr un twll.'

Mi roddodd Mike glec i'r bêl i lawr y ffor' glir ar Gwrs Golff Rhosneigr a'i gwatshiad hi'n fflio mynd trw'r awyr.

'Ddaru hi 'nhwyllo fi,' medda Taylor.

'Tydi dy dwyllo di ddim yn gamp, Gwynfor,' medda Mike, mynd ar ôl y bêl, y cadi bach pymthag oed oedd o 'di'i hurio'n llusgo'r bag o glybia drud.

'Does 'na'm drofun bod yn sbeitlyd, Î-Êtsh. Mae 'di bod reit anodd, sti. Helen a ballu.'

Dilynodd y ditectif Mike: ci bach yn dilyn 'i fistar.

Doedd Taylor ddim yn chwarae golff. Chafodd o 'rioed wahoddiad i'r clwb, a doedd o ddim yn debyg o gael, chwaith. Doedd 'i dad o ddim yn ddigon pwysig. Gwas ffarm o Langaffo, ac un diog yn ôl y pen dyn.

'Hap a damwain oedd hi i chdi gyrraedd insbectyr, Gwynfor. Help llaw gest ti i ddringo'r ystol, yn de. Dwn i'm pam ti'n dechra bod yn dditectif rŵan. Jest bydda'n hogyn da. Dos yn ôl i lgadu'r WPCs. Llithra dy law i fyny sgert un neu ddwy ohonyn nhw. I'r Bull wedyn i drochi d'euogrwydd a'th gywilydd. Paid â bysnesu ym musnas dynion, yli.'

Mi stopiodd Taylor a deud,

'Dwyt ti'm am 'y nghymyd i'n sbort o hyn allan, Î-Êtsh.'

Mi stopiodd Mike a sbio i fyw llgada'r llall cyn deud,

'Su' ma' Helen 'cw? Ydi hi'n darfod fatha gwêr cannwyll o flaen dy llgada di, Gwynfor?'

Mi wingodd Taylor.

Mike yn deud,

'Dos adra ati. Gafael yn llaw'r gryduras. Mwytha hi, a'i dyddia hi 'di cael 'u rhifo, 'lly. Gaethoch chi'ch dau andros o sengol, do, ar ôl i'r driniaeth fethu a ballu. Ddaru hynny dy ddrysu di, sti. Dw't ti'm yn dy iawn —'

'Dwi siort ora, Î-Êtsh.'

Aeth Mike i gerad eto, danfon y cadi bach, y gwas bach, i dyrchio am y bêl, deud,

'W'sti be 'di bwtcin, Gwynfor? Fasa hidia i chdi wbod a'th dad yn was ffarm a ballu. Hen bladur 'di rhydu 'di o, yli. Un sy'n da i ddim, bellach. 'Mond o iws i dorri mymryn o chwyn —'

Y cadi bach 'di dŵad o hyd i'r bêl: reit ar ganol y ffor' glir. Dewisodd Mike ffon o'i fag, swingio, paratoi i fynd amdani.

'Mae Nel Lewis i mewn gynnon ni,' medda Gwynfor.

Mi grymanodd Mike y bêl i'r chwith, i gyfeiriad tyfiant: coed a ballu.

'Ffycin 'el,' medda fo, troi a rhythu ar Taylor, deud, 'Mi

dynna i di drw rych 'y nhin, y diawl dwl. Mae'r lol 'ma'n nadu cynnydd, Gwynfor. Mae 'na ddau gant o dai ar 'u hannar yn Godreddi ar gownt yr helynt 'ma. Teuluoedd yn aros am aelwyd, yli. Gest ti stori, do: yr hwntw 'di mynd o'i go; difa Jones ac Allison cyn difa'i hun. Dyna chdi, yli: *case closed.*'

'Tydi'r fforensics ddim yn ffitio.'

'Gna iddyn nhw ffitio 'ta.'

'Mi oedd gin i stori arall: Griff Morris.'

Mi roddodd Mike fflich jest iawn i'r ffon i'r bag, y cadi bach yn cael andros o fraw. Brasgamodd Mike i gyfeiriad y coed, ac wrth fynd, deud,

'Griff Morris?'

Mi esboniodd Gwynfor: yr esgyrn wedi rhoid hwdw ar fab Llidiart Gronw am mai fo a'u rhoddodd nhw yn y pridd; lladd 'i fam, difa'i hun.

'Wel, dyna ni 'lly,' medda Mike, chwilio am 'i bêl.

'Ond mae'r Nel Lewis 'ma wedi codi.'

Mike, wedi laru rŵan, yn deud,

'Gwynfor, y cont gwirion, w't ti'n nadu cartrefi newydd, angenrheidiol, rhag cael 'u codi, ond mi w't ti hefyd, washi bach, yn nadu dynion rhag llafurio ac ennill 'u bara menyn. Jest dewis stori, wir dduw. Ti 'di arestio'r hogan 'lly?'

'Helpu efo *enquiries* ma' hi ar hyn o bryd. Gofyn iddi ddŵad i mewn ar 'i liwt 'i hun ddaru ni.'

'*Ydi* hi'n helpu?'

'Na, dim i ddeud y gwir, 'de.'

'Fedri di neud i'r stori ffitio?'

'Mae gynni alibai go solat. Y bobol ffair mae hi'n weithio efo nhw'n taeru'i bod hi efo nhw yn ochra Maenceinion. Hynny'n yr adroddiad gwreiddiol ar ôl diflaniad y tri yn '79.'

'Gad iddi fynd, 'ta. Adrodd dy stori: Griff, stori drist. Fedra hwnnw'm gwadu.'

'Ia, ond stori 'di hi.'

'Straeon oedd yr Efengyla i gychwyn hefyd, sti. Mi ddaethon nhw'n wirionedda'n do.'

'Dwi 'di laru ar fod yn ddogar, Î-Êtsh.'

'Dogar w't ti. Ci bach. Ci ffycin rhech. Be ddoth i dy ben di drost nos i benderfynu gneud dy job, ddyn?'

Ysgydwodd 'i ben. 'Ŵrach y medra i'i chael ar *Section 5: giving false information to the police.*'

'Pryd oedd hynny?'

'Pan gogiodd hi fod yn seicic.'

'Dyna ydi hi'n y ffair 'cw'r cwdyn gwirion,' medda Mike, yn go flin, ac wedyn wrth y cadi bach oedd yn pladuro'r tyfiant am y bêl,

'Ffinidist ti hi byth?'

'Naddo, Mr Ellis-Hughes.'

'Diogyn bach...' medda Mike dan 'i wynt.

Dyma Gwynfor yn deud,

'Dwi'n gwrthod deud stori. Dwisho'r gwir. Y gwir 'di'r unig ffor' y medra i achub 'yn hun.'

'Be uffar sy 'di dŵad drosta chdi, Gwynfor? Pam affliw w't ti 'di dewis heddiw i atgyfodi dy hun fatha Kojak Sir Fôn, chditha 'di bod yn Clouseau digon o sioe am flynyddoedd?'

'Copar dwi, Î-Êtsh, dim dy was bach di.'

Aeth llgada Mike yn gul. Swingiodd 'i ffon fel tasa fo'n slanu Taylor efo hi. Ond ddaru Taylor ddim gwingo na hercian na dim — jest sefyll yn stond.

Mi ddudodd Mike,

'Cau'r achos. Agor Godreddi. Gad i fi fwrw ati i fildio byd newydd.'

Oedd Taylor yn hir cyn deud gair, fel tasa fo'n pwyso

a mesur, yn cymryd cyfri o'i fywyd. Ond o'r diwadd, dyma fo'n deud,

'Na.'

*   *   *

'Be ddymuni di i mi neud ar gownt dy awcha cyfalafol di, Mike bach? Nid mwytho dy flas pres di ydi 'mhwrpas i yn y byd 'ma. Hen ŵr yn 'i oed a'i amsar ydw i, frawd. Hen gant sy'n aros am y dydd pan fydda i'n fwyd i'r tyrchod.'

Mi oedd Eoin Gough yn potshian efo homar o jig-so mawr. Miloedd o ddarna, bownd o fod. A'r pictiwr gorffenedig yn debyg i dalp mawr o dwllwch i Mike. Twllwch oni bai am amball i fflach o wyn. Fatha plu neu sêr, anodd deud 'lly.

Oedd Mike ar 'i draed. Mynd o 'ma'n go handi oedd 'i fwriad o fel arfar. Licia fo byth aros yn rhy hir yng nghwmni'r hen Gough.

Ac efo Fflur Gough bellach yn byw yma hefyd, a'i thraed i fyny rŵan ar y soffa'n llifio cyllall bocad yn ysgafn ar draws 'i garddwrn, mi oedd awch Mike i'w heglu hi'n llethol.

'Dim ond sôn dwi, Eoin,' medda fo. 'Mae 'tha bod y grymoedd yn hel at 'i gilydd.'

'Be ti'n gyboli, ddyn?'

'Yr esgyrn yn Godreddi, a'r blydi jibar Taylor 'ma'n gwrthod cau'r achos er mwyn i mi fedru mynd ati efo'r —'

Ebychodd Eoin Gough wrth osod darn arall o'r jig-so'n 'i le — pig deryn, ylwch.

Wedyn dyma fo'n deud,

'Ti'n un sgut am arian, Mike. Ti'n fwy o Dori na ti'n sosialydd, go iawn.'

Aeth 'na wefr anghynnas drw Mike. 'Sa fo 'di slanu

rhywun arall am ddeud y ffasiwn beth. Neu 'di cael Owain i slanu ar 'i ran o.

Ar gownt sarhad Eoin Gough meddyliodd: Mi oedd Saunders Lewis yn 'yn hannog ni i gyd i fod yn gyfalafwyr bach...

A dyma fo'n deud,

'Mae 'mhroffid i o fudd i'r gymuned, o fudd i Gym—'

'Jarff,' medda Eoin Gough, chwerthin. 'Meddwl dy hun yn rêl boi.'

'Dwi'n —'

'Peth rhyfadd, sti, bod sosialwyr Cymru fatha chdi wedi mabwysiadu uchelwyr fatha eiconau.'

Dyma fo: Eoin Gough yn tynnu arno fo.

'Llywelyn Fawr, Llywelyn Ein Llyw Olaf, Owain Gyndŵr. Ca'l socsan gynnyn nhw fasa chdi a dy giwad heddiw. Gweision bach fasach chi. Deheulaw i'r dynion mawr 'ma.'

Mi grensiodd Mike 'i ddannadd. Gwatshiad Eoin Gough yn rhoid y jig-so at 'i gilydd, y jig-so jest iawn wedi'i orffan, y darlun yn glir. Mi llgadodd o Fflur Gough yn droio leins ar draws 'i chnawd efo'i chyllall.

'Consurio arwyr ydach chi'n de, Meical, mewn gwirionadd. Creu mytha cenedlaethol i ffitio'ch credoa. Ond nid uchelwyr ydi'r arwyr heddiw: beirdd, cantorion pop, ysgolheigion — a dynion busnas, siawns' — nodio at Mike yn fa'ma — 'ond welish i 'rioed ddreifar fan yn arwain gwrthryfal. Welist ti? Welist ti fuldar 'rioed yn trafod yr angan i ddymchwel y system? Rownd y byd hefyd yr un peth. Lenin, Stalin, Mao. Deallusion. Dwi'n 'u hedmygu nhw'n arw, cofia. Mi 'ddan nhw'n dallt grym. W't ti'n dallt grym yn o lew hefyd, yn dw't. Dallt sut i drin y dyn bach.'

'Dwn i'm.'

'O sôn am y dyn bach, sut hwyl wyt ti'n gael ar ddŵad â'r dynion at 'i gilydd?'

'Maen nhw'n gyndyn.'

'Cyndyn?'

'Ofn ar gownt... ar gownt y ffeilia, y dystiolaeth aeth ar goll yn '79.'

Oedodd y pen dyn, astudio'i jig-so, ffitio darn a sythu a sbio fatha artist yn sbio ar lun oedd o wrthi'n baentio, Eoin Gough yn deud yn dawal bach,

'Mi syrthith y darna i'w lle.'

Crynodd Mike; crafodd y min ar draws croen Fflur —

... *chhd... chhd... chhd...*

'Gwybodaeth,' medda Eoin Gough, dal i sbio ar y jig-so.

'Sut?' medda Mike.

'Gwybodaeth, Mike, yw ffynhonnell grym. Dyna pam bod Duw'n hollrymus. Ar gownt y ffaith 'i fod O'n hollwybodus.'

'Dwi'm yn credu'n Nuw.'

'Paid â bod yn godog, Meical. Heb Dduw, heb ddim. Creda. Wedyn mi ddallti di natur Duw: gwybodaeth, washi bach.'

'Dwi ddim cweit yn —'

'Mae drofun dŵad o hyd i ffeilia'r curadur: gwybodaeth.'

Y curadur: Moss Parry, ceidwad cyfrinacha Gwŷr Môn. John Gough 'di saethu'r cradur.

'Aeth y mab â nhw,' medda Eoin. 'Dwyn y cwbwl lot ar ôl iddo fo ddifa'r curadur: gwybodaeth.'

Mi oedd Mike wedi hel hogia i dyrchio drw drugaredda Tyddyn Saint, aelwyd Moss Parry, ar ôl y cnebrwn.

Rargian, mae 'na lanast yma, Mike, meddan nhw.

Rargian, do's 'a'm dŵr na lectrig.

Rargian, ma'r lle'n drewi o gachu ac anobaith.

Cachu ac anobaith, ond dim gwybodaeth — hwnnw 'di mynd.

Dim clem gin neb lle'r aeth John Gough â'r ffeils. Sawl

un o hoelion wyth y sir yn gweiddi mwrdwr: llynia ohonyn nhw'n noeth efo genod ifanc, llynia oedd yn beryg bywyd i'w henwa da nhw, llynia lasa'u landio nhw i gyd yn y jêl —

'Gwybodaeth,' medda Eoin Gough. 'Maen nhw'n saff yn rhwla, ond yn lle, Meical? Fasa hidia iddyn nhw fod yn ein dwylo ni. Gwybodaeth. Grym.'

Oedd o'n llygad 'i le, wrth gwrs. Felly'n union oeddan nhw'n cadw trefn ar Wŷr Môn.

Dyma i ti dy gamwedda, frawd...

Oerodd Mike a meddwl:

Mewn oes a ddaw, pan adroddir hanas gwir y cyfnod hwn, ffawd y cwbwl lot ohonan ni fydd cwymp o'rwth ras; fi fydd y dyn drwg.

... chhhd... chhhd... chhhd...

'Gwybodaeth,' medda Eoin Gough eto.

'Sut?' medda Mike, 'di mopio.

'Bocsys Moss Parry. Drofun dŵad o hyd iddyn nhw, Mihangel. Mae'r Ddiweddgan wrth law. Mae grymoedd drygioni'n ymgasglu ar y gorwel. Gelynion yn dŵad i wastatu'r cyfri, gyfaill. Mae drofun i ni storgatshio'n harfau: gwybodaeth; *gwybodaeth*. Vince Groves.'

Mi grychodd Mike 'i drwyn, deud,

'Vince Groves?'

'Mae o'n hau dannadd dreigia.'

Mi roddodd Eoin Gough ddarn yn y jig-so: darfod sêt hen swing.

Dyma fo'n deud,

'Vince Groves 'di'r Polaris. Ato fo mae gofyn i ni lywio.'

... chhhd... chhhd... chhhd...

*   *   *

Cafodd Nel 'i rhyddhau, heb staen na chyhuddiad yn 'i herbyn hi, siŵr iawn, a phan gerddodd hi o Stesion Llangefni, a mynd am y Volvo sgraglyd oedd 'di'i barcio tu allan, mi oedd o yno'n aros.

Mi ddilynodd o Nel wedyn i'r cartra preswyl yn Llangefni lle roedd 'i mam hi'n byw, ac mi arhosodd o'r tu allan am awran tra'i bod hi'r tu mewn.

Chwys ar 'i wegil o...

Mi ddilynodd hi i lawr Stryd y Bont ac i Sgwâr Bulkeley ac i'r Stryd Fawr.

... angau'n 'i hawntio fo...

Mi ddilynodd hi heibio i Fanc Lloyds, i gyfeiriad y B5111, i Stryd yr Eglwys.

... y dyddia 'di cael 'u rhifo...

Mi ddilynodd hi i fyny Allt Saith Aelwyd a trw Rosmeirch ac i gyfeiriad Llannerch-y-medd.

... fe...

Mi ddilynodd hi ar hyd y B5111 trw Lannerch-y-medd, i gyfeiriad Llandyfrydog, heibio Llidiart Gronw, dal i fynd ar hyd y lonydd cul sy'n gweu drw Fôn.

... ddatgelir...

Mi ddilynodd hi nes iddi ddechra slofi lawr, nes iddi droi odd'ar y lôn fawr i fynd am Godreddi.

... pob...

Mi stopiodd ar ochor y lôn, cyn cyrraedd y troead, anadlu am funud bach, ac wedyn neidio o'r car a cherad am Godreddi.

... celwydd...

Dies Irae

MI gerddodd o o'r coed fatha melltith a deud,

'Do's 'a'm linshans ar dy gar di.'

Mi oedd Nel yn sefyll wrth ymyl yr affwys ar dir Godreddi, wedi bod yn sbio i'r pydew, wedi bod yn aros am gysylltiad o'r byd nesa, wedi dŵad am yr eildro, y tro dwytha cyn 'i heglu hi o 'ma.

Holwyd hi gin Taylor, oedd 'di llyncu mul ar gownt y ffaith iddi neud twl-al ohono fo pan gogiodd hi fod yn seicic efo gwybodaeth am yr achos.

Ond gadael iddi fynd fuo raid iddo fo, a chafodd Nel fodd i fyw wrth weld 'i wep o, hitha a'i thraed yn rhydd.

Ond rŵan, dyma ddyn arall 'di dŵad i'w phlagio hi, ond doedd hwn ddim o'r un iau â'r sinach Taylor hwnnw.

Mi sbiodd hi arno fo'n dŵad, ac mi oedd o'n dal ac yn 'i dridega, sgwydda fatha ci corddi gynno fo: llydan a solat.

'Ewadd, hogyn nobl,' fasa Mam 'di'i ddeud.

Ond mi oedd 'na andros o faich ar y sgwydda llydan, cofiwch chi, ac mi oedd Nel — uwch greddf na meddwl, fel yr oedd hi — yn synhwyro'r helynt oedd yn hambygio'r slanwr 'ma.

Ac ar f'enaid i, dyma hi'n 'i nabod o: hwnnw yn y Bull, a'i fôn braich a golwg medru leinio arno fo, a Gwynfor Taylor fel deheulaw iddo fo.

Byd bach, ylwch.

Ac medda Nel,

'Mi waedda i fwrdwr.'

'Taswn i'n bwriadu gneud drwg i chdi, fasa gin ti'm o'r cyfla.'

'Pw' w't ti?'

Fflachiodd y dyn gardyn o'i bocad i'w chyfwr hi, ac mi oedd o'n edrach fatha ID'r Glas ar yr olwg gynta. Gwelodd enw arno fo: Vince Groves.

'Car pw' 'di o?' medda fo, stopio rhyw bum cam o'rwth Nel: ewadd, mi oedd o'n smart; fasa hi 'di lecio mynd i'r afael â fo.

Cododd Nel 'i sgwydda a deud,

'Car 'di'i fenthyg.'

'Wedi'i fenthyg gin pwy 'lly?'

'Gin twll din Ifan Saer.'

Mi ebychodd o: rhyw hannar gwên; gweld y jôc, ylwch.

Dyma Nel yn deud,

'Mi fedra i weld dy natur di.'

Mi aeth 'i llgada fo'n gul am funud. Mi oedd o'n pwyso a mesur, ylwch, trio gweld i fwriada Nel.

Dyma fo'n deud,

'A be 'di hwnnw 'lly?'

'Wrach bod well gin ti beidio sôn.'

Mi oedd 'na dân yn 'i llgada fo rŵan; oeddan nhw'n pefrio â fflama'n wir.

Dyma fo'n gofyn,

'A be mae Nel Lewis —'

Chwys ar 'i gwegil hi...

'— chwaer Chris Lewis aeth i'r jêl yn '79 am fwrdro Robert Morris, Llidiart Gronw —'

Angau'n 'i hawntio hi...

'— sydd newydd gael 'i holi gin y DI Gwynfor Taylor ar gownt diflaniad Nick James, Robin Jones ac Ifan Allison —'

Y dyddia 'di cael 'u rhifo...

'— yn da ar dir Godreddi lle darganfuwyd y tri?'

Cododd Nel 'i sgwydda cyn deud,

'Dw't titha'm yma ar gownt rhyw sgrapyn o Volvo heb linshans chwaith, nag'wt.'

'Pam 'sat tisho tynnu coes y DI Taylor, cogio bod yn seicic? Cloddio w't ti? Cloddio am esgyrn?'

'Dyna w't ti'n neud, Mr Groves?'

'Fasa hidia i chdi fedru gesio, siŵr iawn, chditha'n seicic.'

'Dim gesio dwi — gweld a gwrando.'

'Be ti'n wrando arno fo'n fa'ma?'

Mi sbiodd Nel i'r pydew a deud dim.

Dyma Vince yn deud,

'Oeddach chdi'n nabod Ifan Allison, bownd o fod.'

'Mi slanodd o 'mrawd bach i'n Stesion Llangefni. Fo a Robin Jones.'

'Ifan Allison?' medda'r Vince 'ma, syndod yn 'i lais o.

'Paid â deu'tha fi nad w't ti 'rioed 'di slanu cyffes allan o gradur bach diniwad?'

'Do' 'na'r un ohonyn nhw'n ddiniwad.'

Mi sbiodd Nel i fyw llgada'r dyn. Ewadd, mi oedd 'na nos yn hwn. A briwia amrwd hefyd; creithia heb fendio.

'Oedd Allison yn fêt i chdi 'lly?' medda Nel.

Mi sbiodd y dyn, y Vince Groves 'ma, i'r fagddu o'u cwmpas nhw, ac mi fedra Nel 'i weld o'n meddwl, ylwch: yn pwyso a mesur, yn cymryd cowntt. Ac wedyn, ar ôl tawelwch, mi drodd o at Nel, wedi penderfynu, fel pe bai, a deud,

'Oedd o'n un o'r rheini oedd yn ymchwilio i ddiflaniad 'yn chwaer i chwartar canrif yn ôl.'

Creithia heb fendio, ylwch.

Aeth Vince yn 'i flaen:

'Oedd o'n digwydd bod yn ffeind 'radag honno.'

'Wel, dyna chdi 'li. Mi welodd o i'r Fall, do. Ac mi welodd y Fall iddo fynta, a diferu i'w galon o.'

'Dyna sy'n digwydd pan ti'n hela anghenfil: beryg i chdi droi'n anghenfil dy hun.'

Chdi, meddyliodd Nel, wedyn gofyn,

'Dyna aeth â dy chwaer, ia? Anghenfil?'

Oedodd ac aeth 'i llgada fo'n gul eto, a chrinodd — mynd yn llai, rhwsut. Cymryd cownt eto. Sbio i fyw llgada Nel, i'w henaid hi, mewn gwirionedd. Pwyso. Mesur. Penderfynu. A deud,

'Glywist ti am y gŵr traws yn ystod achos dy frawd?'

Asu Grist: oedd hi 'di gobeithio peidio clŵad yr enw hwnnw byth eto. Mi ddechreuodd Nel gerad i ffwr', wedi cael 'i sgytio.

'Miss Lewis,' medda fo, ac mi setlodd hi pan glywodd hi'r llais, troi a deud,

'Nel, 'de.'

'Dwi'n meddwl 'y mod i'n gwbod pw' 'di o.'

'Hel dannadd dreigia nei di.'

'Dw't ti'm isho i Nick gael cyfiawnder?'

'Sgin hynny'm byd i neud efo'r...' Oedd hi'n methu deud yr enw. 'Efo'r stori codi-ofn-ar-blant honno.'

'Ti meddwl na dyna 'di'r gŵr traws? Stori i godi ofn ar blant?'

Mi wingodd Nel fel tasa hi 'di twtshiad mewn procar poeth.

A dyma hi'n gofyn eto,

'Be 'di dy fwriad di?'

'Dwi'n ymchwilio —'

'Paid â malu cachu efo fi, Mistar Plisman, a rhoid rhyw sbloetsh swyddogol i fi —'

'Cyfiawnder,' medda fo ar dop 'i lais, a'r gair yn mynd ar draws Godreddi, i'r twllwch 'ma, i'r pridd ac i'r awyr.

Mi aeth Nel yn ôl ato fo, a sefyll reit agos, a sbio i fyny ar 'i wynab godidog a chreulon o a deud,

'Mae'r affwys acw'n go ddyfn. Ond tydi hi'n ddim o'i chymharu â'r pwll diwaelod y gnei di fwrw dy din dros dy ben iddo fo os w't ti'n hwylio mynd i'r tir gwyllt o lle ma'r anghenfil hwnnw'n tarddu.'

'Sgin i'm dewis.'

Dyma Nel yn gafael yn 'i fraich o, a'i mwytho hi, teimlo'i nerth o, a deud,

'Gad i'r twllwch fod yn dwllwch. Gad i'r gola fod yn ola. Maen nhw 'di bod ar wahân ers dechra'r byd, ac ar wahân 'sa hidia iddyn nhw fod.'

Wrth sbio i fyw 'i llgada fo, teimlai Nel 'tha'i bod hi'n gweld mwy ohono fo: yn cael cip tu ôl i'r gorchudd trwchus lle'r oedd o'n cadw'i Wir Hunan —

Y Vince Groves go iawn; y dyn oddi mewn.

Mi feddyliodd o am hir, a jest â bod i Nel weld 'i feddylia fo'n corddi. Cysidro oedd o, bownd o fod, os mai hon, Nel, oedd yr un fedra fo drystio. Ac yn y twllwch 'ma, yn y tawelwch, yn nhir yr esgyrn, mi feddalodd o ryw fymryn; trodd yn fregus yma. Dyma'i wep o'n mynd yn dynn i gyd fel tasa fo'n trio nadu'i hun rhag siarad, rhag datgelu gormod, rhag rhannu rhyw gyfrinach oedd o 'di cael rhybudd i'w chadw.

A dyma fo'n tynnu'i llaw hi odd'ar 'i fraich o a deud,

'Fe ddatgelir pob celwydd.'

'Gad i fi fod yn gyffeswr i chdi, Vince Groves. Gad i fi dy illwng di'n rhydd o dy bechoda.'

*   *   *

239

Jonesborough, Mawrth 1989

Estynnodd y dreifar dan 'i sêt, cythru'n y pecyn.

Chwys ar 'i wegil o...

Mi sythodd o, a gweld: dynion mewn balaclafas efo gynna, un yn sefyll dros Baxter, bygwth y prif uwch-arolygydd.

Angau'n 'i hawntio fo...

Mi giledrychodd y dreifar i'r sêt gefn: Barnard yn waed drosto, carcas, ogla cordeit yn y car, y ffenast gefn ochor y dreifar yn jibidêrs.

Y dyddia 'di cael 'u rhifo...

Mi rwygodd o'r pecyn ar agor: M1911 smyglwyd i mewn o'r Unol Daleithia, lle cynhyrchwyd y gwn gan gwmni Colt, rhif cyfresol yr arf wedi cael 'i grafu odd'ar y baril.

Tu allan i'r car: y dyn balaclafa'n dal llygad y dreifar.

Y dreifar yn codi'i freichia drost 'i ben —

Dwi'n ildio 'lly.

Yn 'i law dde fo, y gwn.

Mi nodiodd y dyn balaclafa.

Mi agorodd y dreifar ddrws y car — slo bach, slo bach.

Llais Baxter yn glir yn begian, llais Baxter yn glir yn annog y dreifar —

'Saetha fo! Saetha fo!'

Mi oedd y dreifar allan o'r car rŵan. Sbio ar y gyflafan: y dynion balaclafa efo'u gynna, Baxter yn gorfadd ar lawr, sowldiwrs y siecbwynt 'di'u lladd.

Mi gododd o'i wn, mynd yn syth bìn i Osgo Weaver, techneg saethu ddatblygwyd yn Los Angeles yn y pumdega: dwy law ar y gwn, y baril ar uchder llygad y saethwr.

Mi arhosodd o felly, anelu at y dyn balaclafa oedd yn sefyll uwchben Baxter. Mi gamodd o'n 'i flaen, y gwn 'di'i bwyntio at ben y dyn balaclafa.

Mwy o ddynion arfog rŵan yn hel o gwmpas y dreifar — mi oedd o mewn trap.

A dyma'r dyn balaclafa'n nodio.

Baxter yn hefru: 'Saetha fo! Saetha fo!'

Gwn y dreifar yn pwyntio at y dyn balaclafa. Gwn y dreifar yn gwyro. Gwn y dreifar yn targedu Baxter.

Baxter yn deud,

'Sarjant, be ffwc —'

Mi daniodd y dreifar. Y bwlad .45 ACP yn malu penglog y plisman yn racs. Gwaed yn sbrencian ar drowsus du'r dyn balaclafa.

Mi ollyngodd y dreifar y gwn. Un o'r dynion balaclafa'n cythru'n yr arf. Mynd â fo. Mynd â fo am byth.

Y dreifar a'r dyn balaclafa efo gwaed Baxter ar 'i drowsus yn sbio ar 'i gilydd.

'Barod?' medda'r dyn balaclafa.

Mi nodiodd y dreifar.

Mi gaeodd o'i llgada ond ddaru o'm cysgu; mi agorodd o'i llgada ond ddaru o'm deffro.

Meddyliodd:

Dynion marw ydym ni oll.

Saethodd melltan o boen drwy'i ben o: rhywun yn rhoid andros o swadan iddo fo; sawl ergyd yn dilyn; slas go iawn. A hwnnw'n 'i derbyn hi — am y tro cynta 'rioed.

Duodd y byd — a du fuo hi ers hynny.

*   *   *

Mi oedd 'na ddynion yn dŵad yn o fuan, mi 'ddan nhw'n *bownd* o ddŵad, wedi addo dŵad.

Dynion brwnt a digyfaddawd oeddan nhw.

Dynion fatha fo.

Dynion yn dŵad i setlo cownt ar ôl iddo fo gamweddu, ar ôl iddo fo fradychu, ar ôl iddo fo lofruddio.

Ond pa ddewis oedd gynno fo?

Mi fedra i weld dy natur di.

Mi fasa'i 'di darfod arno fo: alltud fasa fo, yn cael 'i erlid, yn colli'i yrfa, yn colli'i enw da fatha dyrnwr, fatha ditectif —

Fatha *dyn.*

Ychydig iawn ohonom sy'n ymddangos fel yr ydym...

Mi gafodd o'i ddal, do. Rhyw nos Wenar ym mis Ionawr. Noson arall ar y lysh: plygu'r benelin go iawn. Gillwng stêm ar ôl iddo fo a dau fwrlas arall slanu criw IRA yn y *cells*:

Dynion go iawn, yn de: brwnt a digyfaddawd.

Mi fedra i weld dy natur di.

Meddwi'n dwll 'lly. Dathlu'r gwaed Gwyddelig dolltwyd. Hefru am:

Fucking Fenians. Fucking Blacks. Fucking Queers.

Cogio bod hyn yn ddigri. Cogio'i fod o'r un fath â nhw. Cogio'i fod o ar i fyny, ond:

Ychydig iawn ohonom sy'n ymddangos fel yr ydym...

Y tri jarff Special Branch yn mynd dros 'u deg. Y tri'n gegog yn y clwb nos. Y tri'n slanwrs adnabyddus. Y tri'n tynnu ar y lefrod ac yn *come here and feel my truncheon, darlin'* efo'r lefrod. A'r lefrod yn troi'u trwyna. A hyn i gyd yn troi stumog Vince ond —

Cogio cael sbort, fo'n un o'r tri, ond deud ar ôl awran neu ddwy o gogio,

'Dwi off, hogia.'

Mi aeth o'n igam-ogam i lawr y lôn, yn chwil ulw ac efo awch yn 'i waed o. Trodd i sbio dros 'i ysgwydd. A dyna fo lanc lgadodd o'n y clwb yn 'i ddilyn o. Mi ledodd o'i gama: rhan ohono fo am ddengid; y rhan arall am aros. Y nos yn oer a'i waed o'n ferwedig.

Chwys ar 'i wegil o.

Angau'n 'i hawntio fo.

Y dyddia 'di cael 'u rhifo.

A'r gwn yn 'i gesail o. Lasa fo fod 'i angan o: Armagh'r adag honno. Y lle'n beryg bywyd. 'Murder Mile' oeddan nhw'n galw un o'r lonydd ar gyrion y dre. Mi laddwyd aelod o Gatrawd Amddiffyn Wlster yma gin yr IRA rhyw bedwar mis ynghynt: dim y cynta chwaith, a dim y dwytha.

Ac ẃrach mai fi fydd y nesa, meddyliodd Vince.

Ond doedd o'n hidio dim am hynny heno a'i feioleg o'n mynd *va-va-voom*.

Am oes mi fuo fo'n gwadu, ond doedd dim iws gwadu, nag oedd: hyn oedd o. Ac mi oedd cwrw, fel arfar, yn deffro'r dyn oddi mewn, a hwnnw wedyn am gael 'i gyflawni.

Prin fuo dyddia gras ac amseroedd cymeradwy fel heno, ond pan oedd y cyfla wrth law, mi oedd yn rhaid cythru.

A dyma fo: y dyn ifanc yn dilyn.

Mi drodd Vince i'r parc, a'r adag yma o'r nos, mi oedd hi'n ddu bitsh ffor'ma: dim goleuada — fel tasa petha 'di'u cynllunio er mwyn i ddyn dramgwyddo.

Jest ar ôl i chi fynd i mewn i'r parc drwy'r pyrth, mi oedd 'na doiled cyhoeddus, ac mi oedd hi'n gyfrinach i bawb mai lle i gael bachiad fin nos oedd y pisdy aflêr.

Mi oedd Vince yn go benfeddw pan aeth o i lawr y grisia am y drws oedd yn deud:

GENTS.

Trw'r drws yr aeth o, a drewi'r iwrin yn 'i daro fo fatha mwrthwl. Twrw tuchan wedyn yn dŵad o'r cuddygla. Tri neu bedwar dyn yn llechu wrth y droethfa, fatha'u bod nhw mewn cyfrin-gyngor; llaw un ar din un arall. Y dynion yn ciledrach ar y dieithryn oedd newydd landio yn 'u tŷ dirgel nhw; pwyso a mesur; didoli'r defaid o'rwth y geifr 'lly. Oedd o yma i ga'l pishiad? Oedd o yma i ga'l pidlan?

Un neu ddau Rolf Harris yn ôl 'u dymuniad wedi droio cocia'n bwrw'u had ar y walia. 'Brits Out' ar y parad hefyd: fatha 'English Out' ar walia Môn. 'IRA' ar y parad a Vince yn dŵad ato fo'i hun a meddwl,

Mae hi'n dipyn o Lyn Cysgod Angau ffor'ma.

Llaw, wedyn, ar 'i ysgwydd o. Troi rownd ar sbid, barod efo'i ddyrna. Ofn yn llgada'r dyn ifanc oedd wedi'i ddilyn o. Ond wedyn yr ofn yn hidlo o'i edrychiad o pan afaelodd Vince yn 'i law o'n ysgafn 'lly.

Trodd Vince ac arwain y dyn ifanc i'r cysgodion.

Mi gyfeiriodd un o'r tri oedd wrth y droethfa'n mwytho at y guddygl bella. A fan'no'r aeth Vince â fo. Cau'r drws a mynd i'r afael â'i gilydd yn y drewi.

A'r llanc oedd efo fo'n y lle cyfyng yn cael 'i ddychryn yn sydyn. Taflyd 'i hun yn ôl yn erbyn wal y stâl. Côt Vince ar agor. Gwn yn 'i gesail o.

Y llanc yn deud,

'RUC w't ti?'

Vince ar fin cysuro, deu'tho fo am beidio poeni. Ond mi ffrwydrodd 'na leisia bygythiol yn y toiled.

A mynd am 'i wn yn reddfol ddaru Vince wedyn, heb feddwl pwy oedd wedi dwyn cyrch ar y cachdy.

*   *   *

'RUC oeddan nhw?' gofynnodd Nel.

Mi oedd hi a Vince yn ista'n y Volvo sgraglyd a'r nos yn ddu amdanyn nhw; twllwch drost y tir 'lly.

'Na,' medda fo. 'IRA lleol. Saith o'nyn nhw. Arfog, y cwbwl lot. Blin. Barod am dwrw.'

'Be 'ddan nhw'n da yno?'

Mi oedodd Vince: y noson honno'n heidio'n ôl i'w hawntio fo. Er hynny, mi deimla fo'r baich 'ma'n codi. Mi oedd cyffesu gerbron hon, y Nel 'ma, yn llesol.

Dewisodd Vince hi'n ofalus: ni fwriadai dollti'i gyffes ola — a dyna oedd hi — gerbron rhywun rhywun. Mi wela fo fymryn o Vonnie yn hon, ylwch: hud a lledrith, ẃrach, ond dyna sut y gwelai Vince hi, ac mi oedd hynny'n ddigon da heno.

A deud y gwir, doedd 'na'm otsh pwy oedd yn offeiriad iddo fo, yn derbyn 'i gyffes o: mi oedd dydd blin Vince Groves o fewn cyrraedd, yn doedd.

Ac felly, mi aeth o'n 'i flaen, crensian 'i ddannadd, deud,

'Mi oedd yr IRA'n go lawdrwm efo troseddwyr yn 'u cymuneda. Mi fasa hi'n giami arna chdi tasa chdi'n ddryg dîlar neu'n leidar ac ar dy liwt dy hun. Fasa chdi'n cael naill ai rhybudd, os 'sat ti'n lwcus, slas, neu dy saethu drw dy ddwy ben-glin — neu'n waeth o beth coblyn weithia. Fatha'r boi oedd efo fi'r noson honno. Ac mi oedd gynnyn nhw fwy na *mwy* o gasineb tuag at...'

Oedoedd eto cyn dŵad o hyd i eiria addas, deud,

'W'sti su' ma' petha i... i *ni*. Dynion fatha *fi*' — gwingodd Vince — 'Asu Grist: dynion 'tha *fi*. Tro cynta i fi gydnabod hynny o flaen rhywun arall. Tro cynta i fi gydnabod hynny i fi fy hun. Ti'n gyffeswr ar y naw.'

Gwenodd Nel wên alarus, a deud,

'Hen dro.'

'Hen dro?'

'Dy chwaeth. Pwy fasa'n meddwl?'

'Ychydig iawn ohonom...'

Oedodd cyn deud,

'Ta waeth.'

Chwthodd wynt o'i geg fel tasa fo'n cael madael ar haint

a'i plagiodd o am hydoedd: rhyw ddrwg oedd 'di bod mewn ogof am fileniwm nes i rywun wthiad y garrag o'r neilltu a gadael yr awyr iach i mewn.

Peth fel hyn ydi cyffes; cael deud.

Aeth o'n 'i flaen:

'Mi 'dan ni dan gabal gwlad. Section 28 a ballu. Aids yn codi ofn ar bawb. Ond oedd hi'n waeth o beth coblyn yng Ngogledd Werddon. Crefydd efo'r llaw ucha'n fan'no. Y ddwy ochor — Pabyddion a Protestaniaid — yn Hen Destament i gyd ar gownt dynion hoyw.'

Mi rwbiodd o'i ben, crafu'i sgalp, gwres gwarth yn diferu trwyddo fo, yn tollti o bob mandwll.

'Esh i am 'y ngwn — a'i illwng o, a'r ID, i'r seston.'

'Pam?'

'Tasan nhw'n ffeindio 'mod i'n RUC ac hefyd yn... yn y tŷ bach hwnnw: gwybodaeth. Oedd gin i ofn am y tro cynta'n 'y mywyd. Doedd 'na'r un dyn yn 'y nychryn i. Ond mi oedd cael fy nabod fatha... mi oedd hynny'n waeth na marw. Oedd hynny'n waeth na dim byd lasa'r IRA neud i fi tasan nhw'n gwbod 'mod i'n gopar — *jest* yn gopar. Ond copar *hoyw*?' — ysgydwodd 'i ben — 'Dyna fo wedyn, 'de.'

Gwibiodd 'i feddylia fo'n ôl i'r noson honno, deud,

'Lladder hwynt yn feirw.'

'Sut?'

'Oeddan ni i gyd ar 'yn glinia, gynna'r IRA 'di'u hanelu atan ni. Oeddan nhw i gyd efo balaclafas drost 'u penna. Ond dyma un yn tynnu'i fasg a sbio arnan ni fatha'i fod o *isho* i ni'i weld o. Boi gwallt melyn oedd o, ac mi fasa hynny'n ddigon o esgus iddo fo wedyn, basa.'

'Digon o esgus i be?'

'I'n saethu ni'n de. Mi oedd gynno fo ganiad o baent a dyma fo'n chwistrellu, mewn paent coch, LEVITICUS 20:13 ar y parad. Wyddost ti'r adnod?'

'Mi fedra i ddyfalu'r cyd-destun.'

'Medri, mwn: "A'r gŵr a orweddo gyda gŵr, fel gorwedd gyda gwraig, ffieidd-dra a wnaethant ill dau: lladder hwynt yn feirw; eu gwaed fydd arnynt eu hunain."'

*   *   *

Y pechadurus ar 'u glinia yn y piso, a Vince yn 'u plith nhw'n gynddeiriog — yn barod i fynd i'r afael â'r saith mygydog oedd 'di rhuthro i'r bog.

Mi slanodd o saith ar 'i ben 'i hun unwaith mewn rhyw lôn gefn yn Lerpwl, ond caridýms oedd rheini.

Ond callia, medda fo wrtho fo'i hun. Y saith yma'n fatar gwahanol. Hôps mul.

Penliniodd mewn rhes efo'r lleill, rheini'n cwyno ac yn tuchan, ond Vince yn crensian 'i ddannadd —

chwys ar 'i wegil o —

angau'n 'i hawntio fo —

y dyddia 'di cael 'u rhifo.

A dyma'r paentiwr, hwnnw oedd yn nabod 'i Salma ac oedd wedi chwistrellu

LEVITICUS 20:13

ar wal y toilet, yn deud,

'Ffordd troseddwyr sydd galad...'

Mi gerddodd o ar hyd y rhes, o un pen i'r llall yn ara deg 'lly. Llgadu pob un o'r gwrwgydwyr oedd 'di goro plygu glin o'i flaen o. Deud,

'Pa'r un dalith am bechodau'r nifer?'

Tynnodd gyllall hela o gwd, ac mi ddechreuodd rhei o'r hogia druan ar 'u glinia swnian.

Dyma'r carn-ddyn yn dyfynnu o'r Ysgrythura eto:

'"Nac yn ystyried mai buddiol yw i ni, farw o un dyn

247

dros y bobl, ac na ddifether yr holl genedl..." Mae'r hyn sy'n digwydd yn y Sodom yma'n erbyn Duw — ac yn erbyn y gymuned.'

Mi stopiodd y carn-ddyn o flaen Vince, cythru'n 'i wallt o, codi'i ên o.

Mi sbiodd Vince i fyw llgada'r bwrlas a gweld y llgada'n culhau: fatha'i fod o'n tyrchio yn 'i go am wybodaeth.

Gwybodaeth oedd grym.

Lasa'i fod o'n meddwl 'i fod o wedi gweld Vince rhywdro'n rhwla, ond mi *wydda* Vince 'i fod o wedi gweld y carn-ddyn: mewn mygshot IRA.

Mi gofiodd y rhybudd: *approach with caution*; enw drwg am greulondeb, am artaith.

Gan sbio o hyd ar Vince, dyma'r carn-ddyn y pwyntio'i gyllall at yr un oedd yn penlinio nesa i Vince — yr hogyn a'i dilynodd o i'r ffau 'ma, hwnnw a garodd am foment.

Mi lusgodd dau o'r dynion mygydog y dyn ifanc o'r rhes, y cradur yn beichio fatha babi, Vince yn ysu'n 'i ben am iddo fo roid gora iddi: peidio rhoid y boddhad i'r poenydwyr 'ma.

Mi stiffiodd, yn barod i fynd i'r afael â'r saith, ond dyma'r carn-ddyn yn deud,

'Nid heno y byddi di'n cymryd dy anadl ola, frawd. Nid heno y byddi di'n gorfod rhoi cyfri am dy bechodau. Nid heno...'

Mi ruthrodd 'na ryddhad greddfol trw Vince: doedd o ddim am farw.

Ond wedyn dyma'r carn-ddyn yn deud,

'Er hynny, paid â meddwl ymyrryd yn y cosbi 'ma, reit? Aros di'r lle'r w't ti... *copar*.'

*   *   *

'Ddaru o fy nabod i,' medda Vince wrth Nel yn y car. 'Fasa fo 'di medru 'nienyddio fi. O'n i meddwl siŵr 'i fod o am neud — o'n i'n disgwl clec yng nghefn 'y mhen 'lly. Bwlat, a dyna hi — twllwch. Mi fasa'r lleill 'di 'nifa fi, dim lol. Ond mi oedd hwn yn medru dychmygu'r dyfodol. Mi fedra fo weld y defnydd fedra fo neud o bobol, ac oedd o'n medru'u trin nhw. Mi oedd o'n gall fatha sarff. Oedd gynno fo afael drosta i, yli. Gwybodaeth, 'de. Grym 'di gwybodaeth, sti.'

Mi wingodd Vince — y noson honno'n 'i blagio fo, y noson honno'n 'i greithio fo: wedi gadael hoel.

Aeth o'n 'i flaen:

'O'n i'n meddwl 'rioed y baswn i'n cwffio'n y ffoes ola tasa 'mywyd i, neu fywyd rhywun arall, yn y fantol. Ond ddaru fi ddim. Oedi nesh fi. Gadael i hwn 'yn sgytio fi. Gadael iddo fo gael y llaw ucha.'

'Be ddaru o i'r boi oedd efo chdi?'

Mi sbiodd Vince ar Nel a deud,

'Gorfodi i ni'i watshiad o'n cweirio'r cradur.'

*   *   *

'Mi o'n i'n dyst i fwrdwr, a'r dewis nesh i oedd achub 'y nghroen yn hytrach na gweithredu,' medda Vince. 'Fasa hidia i fi 'di gneud safiad. Ond taswn i 'di gneud hynny, faswn i ddim yn medru setlo'r cownt ar ran Vonnie. Mae bob penderfyniad 'dan ni 'di'i neud wedi'n landio ni'n fa'ma, heno, yn y car 'ma, yn y twllwch.'

Mi nodiodd Nel, deud dim. Oedd hi'n dallt hynny. Mi oedd hi wedi myfyrio ar hynny 'rioed, ac yn enwedig dros y degawd dwytha 'ma. Y degawd ers Godreddi.

'Mewn ofn a dychryn a phechod y mae'r llwybr at iachawdwriaeth yn dangos 'i hun i ni,' medda fo. 'Fel hyn oedd yn rhaid i betha fod. Dyma'n ffawd i. Dyma'r llwybr

ddewiswyd i fi cyn i fi gael 'y ngeni. W't ti'n credu mewn
petha felly, Nel? Bod 'yn bywyda ni 'di cael 'u cyfansoddi ar
'yn cyfar ni?'

'Siŵr iawn,' medda hi. 'Be nest ti?'

'Plygu glin.'

'Pam?'

*   *   *

Gwybodaeth: does 'na'm arf cystal. Mwy ciadd o beth
coblyn nag artaith. Mwy marwol na bwlad neu fom.
Dinistrydd bywyda. Llygrwr enwa da. Mi wydda Vince
hynny. A'r noson honno mewn pisdy'n Armagh, mi aeth 'i
fywyd o'n shwtrwds.

'Fi sy bia chdi rŵan, cadi ffan,' medda'r dyn balaclafa,
y dyn gwallt melyn: y dyn ddangosodd ystyr grym i Vince.

Aeth 'na wayw trw Vince pan glywodd o'r sarhad:

Cadi ffan.

Oedd o'n gwbod be oedd hynny'n feddwl, ond mi fasa
fo'n gwadu'n ddu-las 'i fod o'n un ohonyn nhw. Oedd o'n
lecio be oedd o'n lecio, ond doedd hynny'm yn 'i neud o'n
bansi.

Nag oedd?

Ar 'i linia'n y cachdy cyhoeddus hwnnw, mi oedd o'n
dechra ama, i ddeud y gwir. Oedd hi'n dechra gwawrio
arno fo be oedd o go iawn — y dyn oddi mewn.

Ac mi oedd y gelyn 'ma efo gwn a gwallt melyn yn
gwbod hefyd.

'Heglwch hi o 'ma'r ffycin pansïaid ffiadd,' medda
fo wrth y lleill. 'Dwi'n gwbod pw' 'dach chi, y cwbwl lot
ohonach chi. Dwi'n gwbod lle 'dach chi'n byw a pw' 'di'ch
gwragadd chi, a'ch mama chi — a'ch bosys chi.'

Mi sgrialodd y lleill. Ar wahân i'r cradur oeddan nhw 'di'i gweirio. Gorweddai hwnnw mewn pwll o biso a gwaed, wedi marw ar y llawr budur oer 'ma. Wedi'i ddifa fathag anifal.

Efo saith gwn yn anelu ato fo, mi oedd Vince yn meddwl siŵr 'i bod hi ar ben, er gwaetha addewid y carn-ddyn yn gynharach.

Ond oedd hi'n waeth na hynny.

'Aelod o'r RUC sy'n mynd yn groes i gyfraith natur ac i gyfraith gwlad,' medda'r dyn IRA. 'Ddaru Duw ddim creu dyn i fod efo dyn. Weli di air Duw ar y parad 'na, pansi?'

Pwyntiodd y dyn at y paent:

LEVITICUS 20:13

'Glywist ti 'rioed eiria'r Sant Paul? Gwŷr a ymlosgent yn eu hawydd i'w gilydd; y gwŷr ynghyd â gwŷr yn gwneuthur bryntni. Y rhai sydd yn gwneuthur y cyfryw bethau yn haeddu marwolaeth. Ddysgist ti 'rioed hynny yn dy ysgol Sul? Naddo, mwn. Dyna 'di'r draffath efo heresi dy eglwys Satanaidd di.'

Sgyrnygodd Vince. Blys slanu arno fo. Deud,

'Rho derfyn ar 'y mhoena fi, wir Dduw. Dwi 'di laru ar dy barablu di.'

'Argian, un gegog 'di *hon*, hogia.'

Yr iselhau drw'i alw fo'n *hon*.

Dyma'r hogia o'i gwmpas yn glana chwerthin, ac un wàg yn deud,

'Drofun rwbath yn 'i cheg mae hi, ẃrach.'

'Ych a fi,' medda'r carn-ddyn, a nodio.

Mi gafodd Vince glec ar gefn 'i ben gin fôn gwn. Mi welodd o sêr. Aeth petha'n ddu am funud, poen yn rhuo drw'i benglog o, a jest iawn iddo fo syrthio'n fflat owt yn y piso a'r gwaed.

Dyma'r carn-ddyn yn deud,

'Ac ma' hyd yn oed yr ast yn Downing Street yn meddwl bod hynny'n ych a fi. Cyfraith gwlad, cadi ffan. Cyfraith dy wlad *di*, beth bynnag. Adran 28: nadu hybu'ch ffieidd-dra chi. Nadu i'r bryntni rydach chi'n neud i'ch gilydd ddinistrio'r teulu naturiol: y fam, y tad. Nadu i chi roid Aids i'n plant ni'r ffycin moch. Ydi dy fam a dy dad di'n gwbod am y blys llwgr sy'n dy waed di? Sgin ti wraig a phlant fatha rhei o'r petha erchyll oedd yn yr affwys 'ma heno?'

'Sgin i neb,' medda Vince.

'Gin ti enw.'

Mi sbiodd Vince i fyny ar y dyn gwallt melyn a dyma hwnnw'n mynd yn 'i flaen:

'Wn i pw' w't ti, yli. Mi nesh i dy nabod di'n syth bìn. Anghenfil w't ti. Un o'u bwystfilod nhw. Un o'r rheini maen nhw'n anfon i lusgo'n hogia ni drw byrth Uffern pan maen nhw'n gwrthod plygu i fygythiada'ch awdurdoda chi. Chdi 'di un o'r cŵn ffyrnig rheini mae'r Goron yn gillwn y ffrwyn arnach chi o dro i dro. Slanwr w't ti. Llabwst. Ond be 'di'r dyn oddi mewn, sgwn i? Masg ydi'r bôn braich 'ma'n de. Wel, w'sti be? Ychydig iawn ohonom sy'n ymddangos fel yr ydym...'

A Vince yn oeri at 'i esgyrn, y geiria'n eco ar draws y degawda...

*   *   *

Tri dewis i Vince: gwn, gwarth, gwaredigaeth.

Gwn: 'Mi saetha i di'n farw'n fa'ma a gadael iddyn nhw ddŵad o hyd i dy garcas di efo hwn ddaru fi gweirio. Y byd yn bownd o ddyfalu be oedd dau ddyn — os mai dyna sut mae'ch disgrifio chi — yn da mewn stidwll o le fatha hwn.'

Gwarth: 'Mi geith dy feistri wbod am dy flys di, ac fel oen i'r lladdfa fyddi di o flaen dy well. Panel disgyblaeth, bownd o fod. Allan ar dy din, chditha'n *ddyn* tin' — chwerthin mawr o blith y balaclafas — 'a prae wedyn i wasg y gwter. Dy enw'n fwd. Dy yrfa'n racs jibidêrs. Dy ddyfodol yn llwm. Difa dy hun fel sawl un o dy hil annuwiol, y sodomeiddwyr sy'n cael 'u dadfasgio.'

Gwaredigaeth: 'Mae'r RUC a'r Gardai'n hwylio cyrch yn erbyn ymgyrch smyglo arfau mae fy nghymrodyr i'n weithredu ar draws y ffin. Mae'r ymgyrch yn un bwysig i sicrhau ffynhonnell ffrwythlon o ynnau ac amo. Mae'n 'yn galluogi ni i fod ar dir gwastad efo byddin y Brits. Y bwriad 'di rhoid clec i'w cynllunia nhw i danseilio'r ymgyrch smyglo: arafu, os medrwn ni, blot y Brits.'

Gwn fasa'r dewis rhwydda. Rhoid diwadd ar hyn. Fflich iddo fo'i hun i'r düwch bythol. Mewn gwirionedd, doedd cael 'i ogwydd yn cael 'i gyhoeddi o benna'r tai ddim o'r dewis cynta. Y cwilydd yn ormod. Yn waeth na marw.

Mi oedd y fwyall ar fôn y pren, felly'n doedd.

Mi ddarparodd o ar gyfar y gwn, y pwll diwaelod, pyrth Uffern.

Ond wedyn:

Llais yn deud,

'Vince...'

A thwrw gwichian hen jaen rydlyd...

Mi gododd o'i ben i gyfeiriad y llais, y twrw gwichian...

Ar 'i farw, hyd at heddiw, mi daerai Vince iddo fo weld Vonnie'n dair ar ddeg yn ymddangos o'r cysgodion yn y twll din byd hwnnw lle'r aeth bob dim yn ffliwt.

Mi oedd hi'n ista ar y swing yn y ar' gefn, yn siglo'n

ôl ac ymlaen ar yr hen sêt bren oedd 'di pydru; y tsheini rhydlyd yn gwichian.

Ac yn sefyll ar dop y swing, gwylan gefnddu yn gwatshiad Vince.

Am funud, mi oedd o'n hwylio rhybuddio Vonnie i guddiad rhag yr uned IRA 'ma: 'Gleua'i o 'ma.'

Ond hwdw oedd hi'n de. Dim ond Vince fedra'i gweld hi. Ar 'i gyfar o oedd hi yma. Wrtho fo y dywedodd hi,

'Ymddial ar 'yn rhan i. Tala'r pwyth yn ôl. Ty'd â fi o'r twllwch i'r goleuni.'

Mi oedd 'i rith-chwaer o'n angal yn y lle llwm 'ma: croen 'i gwep hi'n sialc-wyn a'i gwallt tonnog hi'n Nia Ben Aur.

Sut affliw oedd hi yma, 'dwch?

Siglodd y rhith-Vonnie ar y swing. Gwichiodd y tsheini. Crawciodd y wylan gefnddu.

'Mae hi'n ddu'n fa'ma, Vince, a mae gin i ofn. Dwi drofun gorffwys. Paid â 'ngadael i'n amddifad... paid...'

Mi oedd Vince ar fin cythru amdani: achub 'i chwaer o'r pydew.

Ond gwywo ddaru'r drychiolaeth: fatha'r gola ar dortsh pan oedd y batri'n mynd yn fflat 'lly.

Ac oedd hi 'di mynd — hi a'r swing a'r ffycin deryn anghynnas 'na.

Mi roddodd y carn-ddyn IRA hwyth i Vince efo baril 'i bistol a deud,

'Amser i eni, ac amser i farw, cadi ffan. Pa ddewis neith dyn ar ôl 'i gwymp?'

*　　*　　*

Ar ran y mawr ddaioni, bradychodd y Sarjant Vince Groves nhw.

Y dwrnod hwnnw, 20 Mawrth: Barnard yn rhoid goriada'r car iddo fo, deud, 'Gin ti'r asgwrn cefn i neud hyn, yn does?'

Oedodd; nodio'i ben.

Ar ôl y cyfarfod, aeth y sarjant i ffôn-bocs chwartar milltir o'r stesion. Mi ffoniodd o'r nymbyr oedd o 'di'i gadw'n 'i walat ers y noson honno'n y pisdy.

Y noson wynebodd o'r plaendra: Cadi ffan w't ti.

Y noson glywodd o'r alwad o ganol y berth: Ymddial ar 'yn rhan i.

Ar dop y papur lle'r oedd y carn-ddyn 'di sgwennu'r nymbyr ffôn, mi oedd 'na enw:

Claire.

'Cogio bo' chdi 'di gofyn i lefran am 'i rhif ffôn, yli,' medda'r carn-ddyn, sarhad yn 'i llgada fo. 'Jest 'cofn i chdi gael dy ddatgelu'n de. Cael dy ddal. Gei di gymryd arnat bo' chdi'n ddyn go iawn, wedyn, yli.'

Yn y ffôn-bocs: ffonio'r nymbyr a disgwl.

Mi atebodd 'na ddynas.

Claire, meddyliodd Vince. Oedd o drofun gofyn iddi, ond ddaru o ddim.

'Deu'tha fi,' medda hi'n ddi-lol.

'Dwi'n 'u dreifio nhw i Dundalk heddiw. Cyfarfod efo'r Gardai. Drw Jonesborough ddown ni'n ôl. Drw Border Checkpoint 10 ar Ffordd Edenappa.'

Deud y cwbwl lot wrthi: cyffes, jest â bod.

'Chdi'n dreifio?' medda'r Claire 'ma, os mai dyna oedd 'i henw hi; fel tasa hi'n gweld y ffaith mai fo oedd yn dreifio'n ddigri. 'Dyna handi, 'de. Y sêr yn alinio, yli. Rhaid bod Duw ar 'yn hochor ni. Os felly' — ac mi oedoedd hi am chwinciad — 'gwranda: ar gownt dy bresenoldeb di, mi ro'n nhw andros o slas i chdi. Er mwyn i betha edrach yn deg. Edrach o ddifri. A cosb, hefyd, am i chdi fod yn gadi ffan. Hen dro: w't ti'n odidog.'

Mi agorodd o'i geg i ddeud rwbath — do' gynno fo'm syniad be oedd o am ddeud — ond mi roddodd y lefran y ffôn i lawr.

Mi gadwodd o'r ffôn wrth 'i glust gan obeithio clŵad Vonnie, ẃrach. Neu Mam, neu hyd yn oed Dad, yn 'i leddfu o o'r byd nesa.

Ond do' 'na'm smic, ylwch — dim ond y distawrwydd diwaelod hwnnw oedd yn ben y daith iddo fo.

*   *   *

Mi o' 'na olwg ar y naw arno fo: cleisia, creithia, cracia. Mi leinion nhw fo go iawn yn fan'na yn y glaw yn Jonesborough: cicio a dyrnu a stompio, sioe go lew o gogio nad oedd o'n euog o frad ac o fwrdwr. A ddaru o'm codi pen bys yn 'u herbyn nhw fel 'sa fo 'di'i neud mewn byd arall.

'Dwi'n synnu, sti,' medda Ray Dobbs yn y di-briff ar 20 Ebrill, ar ôl 'i ymchwiliad i'r digwyddiad ar Ffordd Edenappa, 'na safist ti dy dir.'

Vince yn deud dim: jest ystum fach efo'i ben.

Dobbs yn deud,

'Do's 'a fawr neb yn drech na Vince Groves mewn gornest wynab yn wynab — hyd'noed os 'di'r ods yn dy erbyn di.'

Vince yn deud dim: jest edrychiad bach diymhongar.

Dobbs: 'Welish i chdi ar ôl y parti Dolig llynadd yn rhoid slas i bedwar crymffast ar yr un pryd, rheini oedd yn hambygio'r lefrod rheini tu allan i Red Neds.'

Cododd Vince 'i sgwydda mewn ystum o: *ddim yma nac acw.*

Dobbs: 'Yr hogia i gyd jest yn gwatshiad a gwbod yn iawn pw' fasa'n drech yn yr ymryson.'

Crychodd Dobbs 'i dalcian, crafu'i ên. Ystyn sigarét o'r pacad ar y ddesg. Cynnig un i Vince; hwnnw'n cymryd un. Taniodd Dobbs y smôc a rhoid y leitar ar y bwr'. Mi gymrodd Vince y leitar, tanio'i ffag. Y ddau'n chwthu mwg, rŵan.

Tu allan, mi dolltai'r glaw yn ddidrugaredd. Y dŵr yn diferu i lawr y ffenast, a'r awyr yr un lliw â phlwm, a Vince yn meddwl,

Mae hi'n ddu a'na fi, hogia bach.

A dyma Dobbs yn deud,

'Mae gin i un cwestiwn i chdi.'

Mi nodiodd Vince, deud dim byd.

'Y cwestiwn ydi, Groves: be fasa dy ddymuniad ola di tasa dy ddyddia di ar y ddaear 'ma wedi cael 'u rhifo?'

Mi sbiodd Vince ar Dobbs trw fwg y smôc: mi wydda Dobbs; mi wydda Vince y gwydda Dobbs.

A dyma Dobbs yn sefyll. Mynd at y ffenast. Llgadu'r llwydni a'r glaw, a deud,

'Hen dro wir, slanwr gwerth chweil yn disgyn i'r ffoes efo'r sodomiaid, gadael dy hun yn gorad wedyn i flacmel, yli. A dyma ni.'

Trodd Dobbs at Vince, deud,

'Ond am fod gin i barch tuag atat ti fel llabwst, mi gei gadw dy enw da. Mi sgwria i y budredd a'r brad, dy anwiredd di, o lyfr y rhai byw.'

Am funud bach, mi gredai Vince 'i fod o wedi cael getawê, ond dyma Dobbs yn deud,

'Er hynny, mi wyt ti'n mynd i'th Galfaria, Vincent. Does 'na'm troi'n ôl o'rwth yr hoelion a'r groes. Ond dwi am ddangos trugaredd i chdi cyn i ni fwrw'n llid. Dwi'n edmygu dy fôn braich di'n arw. Trw deg neu hagr y daw rhywun i'r lan mewn Uffern fatha hon: yr ail ffordd ydi dy ffordd di, a fy un inna hefyd. Ar gownt hynny, mi gymrish i atat ti'n syth bìn. Hen dro i hyn ddigwydd. Ond dyna fo, fel'a mae hi. Pobol yn ych a fi, yn tydyn. A chdi o bawb. Felly' — trodd Dobbs i edrach ar Vince — 'be 'di dy ddymuniad ola di? Dy ewyllys di?'

Mi syrthiodd 'na dwllwch drosto fo: un trwm, un trwchus, un oedd yn drewi o bydredd. Ac o'r twllwch, dyma'r rhith o Vonnie oedd o 'di'i weld yn y toilet yn ymddangos eto: siglo ar y swing; y wylan gefnddu honno ar dop y ffrâm.

Ac felly dyma fo'n datgelu'i ddymuniad, datgan 'i ewyllys ola 'lly.

Ac ar ôl gwrando, dyma Dobbs yn deud,

'Testament teilwng. Dos i ddatrys mwrdwr dy chwaer. Mi ymprydiodd Crist ddeugain niwrnod a deugain nos yn yr anialwch, a chael ei demtio. Bwrw dy hun i lawr ddaru ti, wrth gwrs, yn hytrach na rhuo fel Iesu, Ymaith, Satan. Felly, gan mai hanner y dyn hwnnw wyt ti, a hanner dyn go iawn, mi gei hanner hynny: ugain diwrnod; maent wedi eu rhifo.'

A'r byd yn duo, a'r dyddiad yn pefrio, dydd 'i farn o:

11 Mai —

Cysylltiada —

*　　*　　*

'Paid ag aros,' medda Nel wrtho fo'n y car, yn y twllwch. 'Jest dos i'r gwynt, wir dduw. Maga draed.'

'Tydi dengid ddim yn 'y natur i. Mi safa i 'nhir yn fa'ma — yn Godreddi.'

'Godreddi?'

'Lle i esgyrn ydi'r tir 'ma'n de.'

Mi oedd Nel yn dawal: meddwl am y meirw.

Deud,

'Degawd 'di mynd ers y tollti gwaed 'na i gyd.'

'John Gough ti'n feddwl?'

'Wel, ia...'

'Ia? "Ia" be?'

'Fasa hidia i chdi fynd i weld Gough yn Strangeways?'

'Pa iws fasa hynny?'

'Oedd o'n riportar. Bys ym mhob briwas.'

'Chwilan yn 'i ben o'n ôl bob tebyg.'

'Mi chwaraeodd o efo tân.'

'Mi chwaraeodd o efo gynna,' medda Vince.

'Hen Luger 'i daid.'

Cysylltiada —

Mi gymrodd Vince anadl ac wedyn deud,

'Dwi'n meddwl mai'i dad o 'di'r gŵr traws.'

'Sut?'

'Eoin Gough.'

'Stori fwganod.'

'Mi ddaru rhywun ladd y plant bach 'na i gyd.'

Mi gododd Nel 'i sgwydda a deud,

'Fasa hidia i chdi fynd i weld John Gough. Mae gynno fo gyfrinacha i'w datgelu.'

'Ŵrach 'i fod o mewn cyfrin-gyngor efo'i dad, y ddau ohonyn nhw 'di'r gŵr traws,' medda Vince, ac wedyn cysidro hyn: lasa fod hynny'n wir.

'Na,' medda Nel, torri ar draws 'i feddylia fo. 'Mi ddudodd o fod 'na ffeil fasa'n datgelu homar o sgandal ar Sir Fôn sy'n deillio'n ôl i'r Ail Ryfal Byd. Dynion yn grŵmio genod ifanc a'u cam-drin nhw. Hwyrach bod dy chwaer...'

Nodiodd Vince, meddwl am Kate Morris, am Bethan; meddwl am Edward Jones a'i sylw am y gŵr traws: *Paun ydi o'n dangos 'i blu.*

Nel yn deud,

'Dwi drofun dŵad o hyd i'r ffeil 'ma. Dwi 'di bod wrthi'n chwilio ers degawd. Ond ddaru Gough wrthod deud mwy na hynny wrtha fi. Mae o fatha mynach: deud dim wrth neb, bellach. Llw o dawelwch 'lly. A dwi ddim yn ddigon o hogan: 'mond gweithiwr ffair dwi, sti. Dos di i'w weld o.'

'Be tisho efo'r ffeil?'

'Setlo'r cownt,' medda Nel. 'Am 'y mrawd. Am y genod.'

'*Dies Irae*,' medda Vince.

'Sut?'

'Dyddia llid 'di rhein.'

'Ẃrach y doi di o hyd i Vonnie yn y ffeil, Vince.'

'Doedd Bethan Morris ddim yn 'i chofio hi.'

'Babi bach oedd Bethan Morris yn '66.'

Darniodd petha'n go sydyn, rŵan: mi oedd Vince wedi bod ar y llwybr anghywir, ylwch; neu dyna y dechreuodd o feddwl. A'i ddyddia fo 'di'u rhifo, fydda'n rhaid iddo fo fynd yn ôl i'r dechra un, 'dwch?

'Mae John Gough yn elyn i'w dad, os mai'i dad o w't ti'n hela,' medda Nel, wedyn; ar ôl oedi, deud,

'Mae drygioni'r holl fyd yn deillio o un lle, a drw ddatrys un dirgelwch, mi syrthith y darna jig-so i'w lle.'

Oedd hi'n dawal eto am funud, a wedyn:

'Mae'r meirw'n deud 'u straeon, sti. Ma'n nhw'n gegog ar y naw, yn gwrthod gorffwys.'

Vince yn meddwl am Vonnie: *Mae hi'n ddu'n fa'ma, Vince, a mae gin i ofn. Dwi drofun gorffwys. Paid â 'ngadael i'n amddifad... paid...*

Nel yn deud,

'W't ti am i mi ddeu'tha chdi am esgyrn Godreddi a pam y dylia chdi fynd ar drywydd y sgandal 'ma? Mae pob dim 'di'i lynu at 'i gilydd, Vince.'

Diofryd mynach

Y TWLLWCH yn ddyfnach na fuo fo 'rioed. Y nos yn hirach. Y dyddia oedd ar ôl yn fyrrach; llai ohonyn nhw.

Mi oedd o'n y tŷ oer, yn y tŷ tywyll, a hitha'n oria mân y bora, 9 Medi. Neu felly oedd hi'n teimlo, beth bynnag. Perfadd nos.

Cloc Nain yn mesur yr amsar oedd yn weddill: tic-toc-tic-toc...

Mi oedd o 'di cael 'i dynnu'n gria. Mi oedd y swing yn gwichian yn yr ar' gefn, Vonnie'n erfyn arno fo o rwla i ymddial.

Gafodd o'i lorio gin gyffes Nel Lewis:

Hi laddodd Allison a Jones. Amddiffyn 'i hun ar ôl i'r ddau Las fwriadu'i difa hi a Nick James.

Ychydig iawn ohonom...

Mi oedd Allison yn llygredig, yn barod i ladd. Yr holl ddaioni a thrugaredd oedd Vince 'di'i synhwyro ynddo fo flynyddoedd yn ôl 'di pydru bellach: casgliad; haint.

Ychydig iawn ohonom...

Allison yn cadw cefn cnafon.

Ychydig iawn ohonom...

Allison yn sefyll yn yr adwy rhwng y gyfraith a grymoedd y fall, rhwng da a drwg.

Ychydig iawn ohonom...

Allison yn gi rhech i gabál o gamdrinwyr.

... sy'n ymddangos fel yr ydym —

Ond mi wisgodd ynta Vince fwgwd hefyd. Mi guddiodd o'r dyn oddi fewn. Mi slanodd o ar ran y Goron. Mi fradychodd o'i lw o deyrngarwch. Mi fwrdrodd o'i gymrodyr.

Fe ddatgelir pob celwydd.

Y gwir yn fôr a dynion fel Caniwt: methu nadu'r tonnau; methu nadu amser —

Y dyddia 'di cael 'u rhifo.

Trodd Vince y lamp ymlaen, gola gwan yn y stafall fyw.

Mi sbiodd o ar y parad:

Llun Allison yn ŵr ifanc yn '66: calon lân gin y cradur, y bwriada gora gynno fo, bownd o fod. Ond lle'r aeth petha'n shwtrwds? Pryd y bwytaodd o o bren gwybodaeth da a drwg? Be wenwynodd Ifan Allison? Be surodd y dyn da? Sut y crefftir cwymp un diniwad?

Meddyliodd am un syrthiodd i'r affwys...

11 Mai...

Cysylltiada...

John Gough —

*   *   *

Mi ddreifiodd Vince odd'ar Sir Fôn ac ar hyd yr A55, croesi'r ffin yn Sir y Fflint.

Mynd fel dwn i'm be ar hyd yr M53 a'r M56, y lonydd i gyd yn plethu'n un, traffig y bora'n niwl aneglur o geir a cheir a cheir...

Lwc mwngral yn 'i nadu o rhag mynd yn syth bìn i gefn HGV oedd yn mynd yn igam-ogam ar yr M6.

Chwys ar 'i wegil o ar yr M62.

Angau'n 'i hawntio fo ar yr M602.

Y dyddia 'di cael 'u rhifo wrth iddo fo fynd am Faenceinion.

Mi landiodd o'n Strangeways. Parcio ac ista'n llonydd ac yn dawal yn y car am funud. Methu'n glir â chofio'r un eiliad o'r daith o Sir Fôn.

Aeth trw'r rigmarôl wrth fynd i mewn i'r jêl. Mi ddangosodd o'i ID i'r Gangen Arbennig, ac mi ddaru hynny neud y tro.

Mi steddodd o wedyn yn stafall yr ymwelwyr, aros yn fan'no. Aros efo'r gwragadd a'r cariadon a'r mama a'r chwiorydd: genod i gyd, ylwch. A phlant hefyd: swnian, codi twrw, colli mynadd efo'r aros 'ma i gyd.

Plant, meddyliodd: rheini oedd ar ôl bob tro'n de, yn bwrw'r traul. Mi welodd o hynny'n Werddon hefyd.

Diferodd y carcharorion allan wedyn, un ar ôl y llall, un rhes, ac mi ddaru Vince nabod John Gough yn syth bìn. Golwg 'di'i stricio arno fo o'i gymharu â'r llynia welodd Vince yn y wasg o'r achos llys a ballu. Dyn main bellach, efo'i wallt o 'di'i gropio'n fyr. Golwg 'tha'i fod o wedi cael 'i naddu o fflint arno fo — un arall â'r daioni i gyd 'di diferu ohono fo.

'John Gough,' medda Vince, sefyll, cynnig 'i law.

'Be ffwc tisho?' medda Gough, gwrthod y llaw, ista.

*   *   *

Oedd nerfa John Gough yn racs jibidêrs: crafu'r croen ar gefn 'i law; cnoi'i winadd; llyfu'i wefusa a rhwbio'i llgada.

'Ydi Fflur yn iawn?' medda fo.

Dim clem gin Vince, deud,

'Digon o sioe.'

Gough ddim yn ffŵl, deud,

'Malu cachu 'ti. Mi faga i draed, sti.'

'Digon teg.'

'Haws i chdi fyta uwd efo mynawyd na 'nhwyllo i, boi. Fi 'di'r arch-gnaf. Cael socsan nei di'n mynd i'r —'

'Mi hola i amdani,' medda Vince, torri ar draws Gough, drofun cau ceg y jarff.

Mi syllodd Gough ar Vince am funud bach, a cnoi gewin 'i fawd, wedyn deud,

'Mi w't ti rêl boi, yn dw't. Slanwr.'

'Dwi'm yma i slanu neb.'

Crafodd Gough gefn 'i law. Pwysodd a mesurodd yr ymwelydd 'ma. Ar ôl gneud, dyma fo'n deud,

'Un o'r Glas w't ti, ond dw't ti'm *efo'r* Glas. Nid picio yma'n swyddogol nest ti, neu mi fasan ni mewn stafall ar 'yn penna'n hunan yn cael PG Tips a Digestives. *Rōnin* w't ti: samwrai heb fistar. Be ti'n da 'ma ar dy liwt dy hun?'

'Mae 'na ffeil...'

Ddudodd Gough yr un gair.

'Lle mae hi?' gofynnodd Vince.

Gough yn deud,

'W't ti'n meddwl 'y mod i am gyffesu ger dy fron di, sy'n ddiarth i mi, finna heb ddeud gair o 'mhen am ddegawd, hyd'noed wrth 'yn —'

'Nel ddudodd 'sa hidia i fi ddŵad yma.'

'Nel,' medda fo: rhyw hiraeth yn 'i lais o, yn sŵn yr enw. 'W't ti 'di'i gweld hi?'

Mi nodiodd Vince.

'Sud gest ti'r afael yn'i hi?'

Mi ddudodd Vince: am Godreddi, yr esgyrn. Ond ddaru o'm datgelu cyffesiad Nel: y tollti gwaed; hi oedd yn dial 'lly.

Mi ofynnodd Gough wedyn, 'Geith hi helynt?'

'Pam 'sa hi'n cael helynt?' Meddwl: *mae o'n gwbod.*

'Mae'r cyfiawn a'r anghyfiawn yn cael 'u dyfetha'r un peth.'

'Pa'r un w't ti, Gough?'

'Sgin ti smôc?'

Cynigiodd Vince sigarét iddo fo. Tanio'r smôc, tanio un iddo fo'i hun hefyd; y ddau'n smocio.

Tagodd rhyw ddynas, chwifio'i llaw o flaen 'i gwep.

'Dim capal 'di hwn,' medda Gough wrthi'n Gymraeg.

'Foreign cunt,' medda'r ddynas.

'Any more, and this visit is over,' rhuodd un o'r gards. 'That's a smoking area, love, so if you don't like it, move.'

Rhegodd y ddynas, y carcharor oedd hi'n ymweld ag o'n gneud 'i ora glas i leddfu'i wraig/gariad/fam/chwaer, beth bynnag oedd hi.

'Mae 'nghamwedda i'n ddi-ri,' medda Gough rŵan ar ôl i betha setlo. 'Ŵrach mai dyma 'nghosb i am y pechoda i gyd — ffawd yn 'y ngyrru fi'n syth bìn i'r nos dywyll honno. Ond lasa bod ffawd wedi gneud defnydd ohona i: fatha dialydd. Moss Parry, Densley, a'r lleill. Lasa'u bod nhw i gyd i fod i wynebu'u cosb nhwtha'r noson honno.'

'Ddaru dy dad ddim, naddo.'

Mi sbiodd Gough ar Vince, deud dim.

'Fo ydi o'n de,' medda Vince.

'Fo 'di pwy, d'wad?'

Mi oedd Gough 'di mynd yn dynn i gyd, fatha'i fod o'n nadu rhwbath rhag dengid allan ohono fo.

'Dwi'n chwilio am lofrudd 'yn chwaer yn '66,' medda Vince. 'Dwi'n ama'n go gry na dy dad di oedd yn gyfrifol.'

Gough yn deud,

'Dy chwaer... '66... lle'r o'n i 'lly?... shifftia ar y *Chronicle* yn Bangor, ŵrach... be oedd enw dy chwaer?'

'Veronica Groves.'

Gough yn ysgwyd 'i ben: na.

Vince yn deud,

'Dy dad ydi'r gŵr traws.'

'Pwy?'

'Y gŵr traws.'

Oedd 'na syndod ar wep Gough a dyma fo'n deud,

'Argoledig, be sy haru chdi? Y pen dyn oedd 'yn —'

A dyma fo'n cau'i geg yn o sydyn fatha'i fod o wedi rhoid 'i droed ynddi go iawn 'lly.

Ond mi oedd Vince 'di cael bachiad. Dyma fo'n deud,

'Pen dyn. Mi soniodd Kate Morris am y pen dyn, gwrthod 'i enwi o. Bethan Morris —'

'Welist ti Bethan?'

'Do.'

'Welist ti'r hogyn bach?'

'Y pen dyn, Gough.'

Mi aeth hi'n dawal rhwng y ddau, clebran a dwrdio'r carcharorion erill a'u hymwelwyr yn tresmasu rŵan.

Trodd meddwl Gough rownd a rownd fatha injan: mi welai Vince hynny'n digwydd, jest â bod.

Ddudodd o'm gair: gadael i Gough gysidro. A dyma'r hen hac yn crensian dannadd a gneud rhyw dwrw sgyrnygu fatha'i fod o mewn poen, wedyn deud,

'Y ffeil 'ma w't ti ar 'i hôl, be sgin honno i neud efo mwrdwr dy chwaer?'

Soniodd am fynd i Lidiart Gronw, am y sgwrs efo Kate Morris, a be ddigwyddodd iddi hi a Griff ar ôl hynny.

'Ewadd,' oedd Gough 'di'i ddeud.

Wedyn, mi soniodd o am fynd i weld Bethan a 'do, mi welish i'r hogyn bach, Iorath, yr un ffunud â chdi, Gough'.

A Gough yn mynd i mewn iddo fo'i hun i gyd; poen.

Dyma Vince yn sôn am ddatguddiad Nel: 'Dynion crand Sir Fôn yn cam-drin genod y caridýms,' medda hi. Lasa fod 'na gysylltiad rhwng be ddigwyddodd i Vonnie a'r helynt 'ma. Y drwg i gyd 'di'i gysylltu, medda Nel. Petha 'di'u clymu at 'i gilydd: un jig-so mawr. Y pen dyn, dy dad, y gŵr traws —'

'Fflur,' medda Gough, torri ar draws.

'Sut?'

'Hi 'di 'myd i, yli. Yr haul a'r dŵr, yn de: be sy'n 'y nghynnal i. Tra 'mod i'n fyw, mae hi'n fyw. Ond dwi 'di'n melltithio. Wedi fy nharo'n fud.'

'Diofryd mynach.'

'Sut?'

'Wbath ddudodd Nel: llw o dawelwch.'

Gough yn ysgwyd 'i ben, deud,

'Mi fasa'i 'di bod yn abal â byw ar Fflur taswn i 'di gweiddi mwrdwr yn ystod yr achos llys. W't ti'n cofio'r achos?'

Mi nodiodd Vince.

'Pledio'n euog,' medda Gough. 'Gwrthod cynnig amddiffyniad lasa 'nhwrna fi wedi medru'i iwsio'n yr achos. Goro sefyll yn y doc a gwrando ar un ar ôl y llall yn lladd arna i. Dim gair da gin neb. Mi gesh i'n magnu go iawn. Ond do'n i'n hidio dim am hynny. Hidio dim am y jêl. Jest bod Fflur yn saff.'

'Pwy 'sa'n 'i niweidio hi? Nhw? Y dynion 'ma? Dy dad?'

Mi oedd Gough yn dawal eto, yn edrach i fyw llgada Vince. Ar ôl mymryn o amsar — a Vince yn rhoid amsar iddo fo fyfyrio — dyma fo'n deud,

'Tewais yn ddistaw, ie, tewais â daioni; a'm dolur a gyffrôdd.'

'Sut?'

'Ti'm yn nabod dy Salma? Gweinidog oedd 'y nhad, sti. Mi ddyrnodd o'r ysgrythura i 'mhen i — yn llythrennol 'lly. W't ti ar y llwybr iawn efo fo. Dal ati.'

'Dal ati? Dyna'r cwbwl?'

'Lle ddaru nhw ddŵad o hyd i dy chwaer?'

'O hyd iddi?'

'Ia: lle gadawodd y... y gŵr traws 'ma hi?'

'Ddaru o ddim. Mae hi'n dal ar goll.'

Mi ddoth 'na olwg ddryslyd ar wynab Gough.

'Be sy?' medda Vince:

chwys ar 'i wegil o,

angau'n 'i hawntio fo,

y dyddia 'di cael 'u rhifo.

'W't ti'n siŵr na fo aeth â hi?'

Dim gair o ben Vince. Meddwl am Edward Jones yn deud,

'Paun ydi o'n dangos 'i blu.'

Aeth Gough yn 'i flaen:

'Mi oedd y gŵr traws yn datgan 'i fawredd i holl gyrrau'r ddaear, Groves. Nid un i oleuo cannwyll a'i rhoid hi dan lestr ydi o. Mae o am i'r fflama mae o'n 'u cynna oleuo ar bawb — a'u crasu nhw efo arswyd.'

'Dy dad.'

Ysgydwodd Gough 'i ben, methu dygymod efo hynny, deud,

'Y pen dyn, ẃrach, ond...'

'Yr un dyn.'

'Lasa'u bod *nhw* 'di mynd â dy chwaer.'

'Nhw?'

'Gwŷr Môn. Dos i weld Tom Lloyd, *Daily Post* slawar dydd. Hola fo am y ffeil.'

Mi fagnodd o'r sigarét ar y sosar oedd ar y bwr', sefyll ar 'i draed, cythru'n y bocs o smôcs, deud,

'A' i â'r rhein, yli.'

A mynd.

*   *   *

Mynd i ffordd yr holl ddaear nei di, boi bach, medda Gough wrtho fo'i hun yn 'i gell, meddwl am Groves, am ffawd y cradur.

Mi smociodd o un o sigaréts y sarjant o'r RUC a dyfaru peidio gofyn iddo fo bicio'n ôl fory efo potal o Bell's. Ewadd, fasa'r whisgi tanllyd 'di codi calon Gough. Oedd hi'n dri mis ers i gariad 'i selmêt o smyglo potal o frandi i Strangeways. Yfodd y ddau'r ddiod mewn awr, ac ewadd, mi 'ddan nhw'n chwil ulw.

Dychmygodd flas alcohol rŵan wrth bwyso a mesur 'i sgwrs efo'r dieithryn.

Dim ond ar gownt y ffaith bod Nel wedi rhoid cyfri amdano fo ddaru Gough gytuno i weld Groves.

A'r ffaith bod Gough yn hen drwyn, wrth gwrs: busnas pawb oedd 'i fusnas o.

Mi oedd o'n awchu am ddatgelu bob dim am y noson honno ym Mhlas Owain yn '79; yn ysu i ddinoethi'i dad a'r dynion oedd yn sgraglardio Sir Fôn.

Ond doedd fiw iddo fo. Mi orfodwyd iddo fo leddfu'i natur: hel clecs. Ar gownt Fflur, ylwch.

'Hi dalith y pris,' medda'i dad o wrtho fo jest cyn i'r heddlu landio'r noson honno a'i arestio fo.

Y gŵr traws mytholegol, yn ôl Groves. Hynny 'di sgytio Gough. Ac wedi peryglu Fflur yn fwyfwy. Mi oedd hi o fewn cyrraedd i'r hen ddyn. Oedd hi dan 'i adain o. Oedd o'n bownd o'i mowldio hi bellach, rŵan 'i bod hi allan o'r seilam.

Brwydro'n erbyn y dagra ddaru Gough wrth feddwl amdani fel hyn: hiraeth amdani hi; hiraeth am 'i fab, Aaron; hiraeth am 'i wraig, Helen; hiraeth am 'i fabi ffair efo Bethan; hiraeth am y bywyd oedd o'n arfar 'i fyw ac na fasa fo'n 'i fyw fyth eto.

Mi oedd gynno fo igian mlynadd ar ôl: drost 'i drigian pan gâi o ryddid.

Fflur, erbyn hynny, yn 'i phedwardega. Aaron, oedd efo'i nain a'i daid, mam a thad Helen, yn 'i dridega. A'r Iorath hwnnw yn 'i dridega hefyd.

Doedd o'n cofio dim am y noson efo hi. Mi gafodd o'i ddrygio gan y dynion:

'Miss Morris became pregnant as a result of the assault by the defendant,' medda twrna'r Goron yn achos llys Gough.

'Asu Grist,' oedd Gough 'di'i ddeud: tro cynta iddo fo glŵad y ffasiwn beth. Methu'n lân â chofio. Methu credu. Methu mynd at Bethan ac edifarhau.

Rhwbiodd 'i llgada, y tristwch yn drwm ar 'i galon o am fod 'i blant o yn y pedwar gwynt a fynta'n goro cau'i geg.

Ond ŵrach 'i fod o 'di plannu hadyn ym mhen y Groves 'ma. Oedd 'na olwg rêl boi ar y sarjant o'r RUC. Un 'sa'm yn cymryd lol gin neb.

Oedd gin y slanwr 'i Real Sanctaidd 'i hun i'w ddarganfod: y chwaer golledig. Lasa hynny 'i neud o'n fwy penderfynol: yn gryfach, gryfach.

Mi sathrodd Gough ar stwmp y sigarét, cuddiad y pacad dan y fatras.

Sychodd y dagra: doeddan nhw'm iws bellach.

Aros rŵan. Aros i weld os basa'r Groves 'ma'n codi nyth cacwn.

Llaw yr heliwr

TREULIODD Tom Lloyd, cyn-ohebydd y *Daily Post*, gyfnod yn y jêl yn '83 ar ôl cael 'i ddal yn sugno coc stiwdant deunaw oed mewn toilet cyhoeddus yng Nghaernarfon.

Digwydd bod, y noson honno, mi oedd 'na gyrch ar y bogs yn y dre ar ôl i gymdogion gwyno fod 'na bentwr o fynd a dŵad.

Arferai Tom fentro i'r stidwll lle flynyddoedd ynghynt. Ond oedd o 'di osgoi'r cachdy am dri, bedwar mis ar ôl cael clustan gin Gofi oedd o 'di'i gamgymryd fel cyd-garwr coc.

Ond, a'r cyrch ar droed, ac ar ôl tri tripl whisgi'n y Black Boy, mi fagodd o awch am fîn ifanc, a phicio draw i'r pisdy i chwilio am un.

Hen dro... bad teiming, washi.

Bellach, mi oedd o'n byw 'i fywyd anniben mewn fflat cyngor anniben mewn tŵr anniben ar stad anniben yng Nghaergybi.

Pa fodd y cwympodd y cedyrn, meddyliodd Vince, ista'n stafall ffrynt Tom Lloyd.

Mi oedd y fflat yn drewi o dybaco a diflastod. Tyrra mawr o bapura newydd yn bob man. Seidfwrdd yn gorlifo efo tacla, gan gynnwys gwobr Newyddiadurwr y Flwyddyn 1969. Llwch yn haen drost bob dim. Chwain ar y soffa'n deillio o'r dair cath oedd yn mewian a mwytho Vince. Ogla piso'n dŵad o'r bocs lludw oedd yn y cefn.

Mi oedd Tom Lloyd 'di gwaelu ers i'r llynia welodd Vince ohono fo gael 'u tynnu. Bellach, dyn bach llwyd efo gwallt gwyn oedd o.

'John Gough,' medda fo, gosod panad o de a phlatiad o Hobnobs ar y bwr' coffi teircoes oedd o flaen Vince. 'Cradur oedd John Gough. Dipyn o dderyn. Mynd o'i go ddaru o ar ôl colli'i wraig, 'chi. Marw wrth roid genedigaeth ddaru hi'n de. Hen dro.'

Mi steddodd Tom Lloyd, yr hen benaglinia'n clecian, y wep yn rhychau o boen. Sut affliw oedd o'n medru denu'r hogia ifanc, bellach? Talu am 'u cwmni nhw, beryg — pres, cwrw, smôcs.

Mi oedd cyflwr 'i fywyd o — yr unigrwydd a'r ffaith fod 'i chwaeth o'n groes i awcha'r byd, yn enwedig yn oes y pla fel yr oedd hi — wedi deud yn arw ar yr hen lanc.

Hen lanc: gair teg am gadi ffan...

'Ddaru o roid ffeil i chdi,' medda Vince, cysidro'r Hobnobs, penderfynu: Na.

'Nefi, ffeil?'

'Dyna ddudodd o.'

'Welsoch chi o?'

'Do.'

'Ewadd. Golwg 'di blino a'nach chi, Vincent. Fasach chi'n licio gorfadd am funud?'

Mi o' 'na olwg 'di blino ar Vince, heb amheuaeth. Ond doedd o ddim yn bwriadu gorfadd yn nunlla'n fa'ma. Lasa mai hyn oedd un o gastia Tom Lloyd: annog pa bynnag ŵr ifanc oedd yn digwydd bod yma, am ba bynnag reswm, i orfadd, *ewadd, golwg 'di blino a'nach chi.*

'Dwi siort ora, Tom. Be am y ffeil?'

'Ffeil. Dwn i'm, 'chi —'

'Tydi pawb sy'n dŵad yma ddim yn ddeunaw oed, nac'dyn, Tom.'

'Nefi fawr, be 'dach chi'n gyboli, 'dwch.'

'Yr hogia yma,' medda Vince, tynnu llun o bocad 'i gôt, fflich i'r llun at Tom Lloyd, llun diweddar: Tom tu allan i'w fflat efo'i fraich am ysgwydd hogyn oedd ar draws 14, dau lanc arall tua'r un oed yn loetran ar gyrion y llun.

'Lle-lle gaethoch chi afael ar hwn?'

'Dwi'n Special Branch, Tom. Lle mae'r blydi ffeil?'

'Dyn brwnt ydach chi.'

'Sgin ti'm syniad.'

'Nesh i'm byd i'r hogia 'na. 'Mond 'u helpu nhw. Dysgu'r petha bach i ddarllan. Ffor shêm ar y wlad 'ma: hogia'r oed yna methu darllan a sgwennu'r dyddia yma. Dwi'n mynnu dim yn bris.'

'Lle mae'r ffeil?'

Tuchanodd Tom Lloyd a deud,

'Mi roish i'r ffeil i Gwyn South, golygydd y *County Times* yn '79. Gobeithio y basa fo'n cyhoeddi stori. Mae o 'di riteirio. Dwn i'm lle mae o.'

'Pam ddaru chdi'm sgwennu'r stori?'

Ysgydwodd 'i ben, sbio i fyw llgada Vince, deud,

'Oeddan nhw'n gwbod bob dim am bawb. Oeddan nhw'n gwbod amdana fi.'

'Pwy 'dyn nhw?'

'Nhw. *Nhw.* Y dynion i gyd. Y cefn-ddynion, Mr Groves.'

'Eoin Gough.'

'Nefi fawr, ewch o 'ma, wir dduw.'

Cadarnhad: mi oedd enw Eoin Gough yn ennyn ymatab eithafol, yn doedd.

Mi safodd Vince a deud,

'Gwatshia dy hun, Tom. Mae'r hogia 'ma'n dy drin di. Riportars lleol yn talu iddyn nhw dy bryfocio di fel hyn' — dangosodd y llun o Tom a'r hogyn — 'Trio dy ddal di maen nhw. Chwilio am stori waeth na honno'n '83. Aids a ballu; Cymal 28: tydi'r dyddia 'ma ddim yn ddyddia da i —'

Jest iawn i Vince ddeud 'i ddynion 'tha ni', do — ond mi nadodd o'i hun, ac yn hytrach deud,

'Gwatshia dy hun.'

Trodd Vince i fynd.

'W't ti'n un hefyd, yn dwyt,' medda Tom Lloyd. 'Fatha fi. Fedra i ddeud, sti.'

Trodd Vince a sbio arno fo fatha'i fod o'n mynd i slanu'r cradur; mi oedd yr edrychiad yn ddigon i wanio pledran Tom Lloyd.

Mi ddudodd Vince,

'Dwi'm fatha chdi, Tom. Dim byd tebyg.'

'Dyn brwnt,' medda Tom wrth i Vince adael y fflat. 'Dyn brwnt iawn.'

*   *   *

Mi gafodd Vince 'i styrbio gin eiria Tom Lloyd. Dim gin 'dyn brwnt': mi oedd o'n cydnabod 'i hun fel un o'r rheini. Ond gin,

W't ti'n un hefyd...

Oedd hynny'n amlwg i bobol, 'dwch?

Dreifiodd ar hyd yr A55 o Gaergybi —

Ychydig iawn ohonom sy'n ymddangos fel yr ydym...

Oerodd wrth feddwl am y ffasiwn beth: yr hel clecs tu ôl i'w gefn o.

Dreifiodd am Lanfairpwll, lle'r oedd Gwyn South yn byw —

Fe ddatgelir pob celwydd...

Cafodd afael ar gyfeiriad y cyn-newyddiadurwr trw'r

DVLA: ffonio o deliffon-bocs a rhoid rhif 'i ID iddyn nhw. Handi bach.

W't ti'n un hefyd...

Oedd o'n flin 'tha tincar, sen Tom Lloyd yn 'i ddisodli fo: y dyn oddi mewn yn cael 'i ddinoethi.

Doedd o'm yn dallt pam oedd o mor flin: mi oedd o, i radda, yn cydnabod 'i wrwgydiaeth bellach. Mi ddaru'r gyffes gerbron Nel les. Ond doedd o ddim am i neb *arall* 'i gydnabod o. Oedd ofn yn gwasgu'i berfadd wrth iddo fo ddychmygu'r byd i gyd yn gwbod.

Oedd o'n teimlo fatha'r oedd o'n teimlo cyn slanu rhywun: y gwaed yn boeth yn 'i wythienna fo.

Felly teimlodd o'r noson honno leiniodd o'i dad ar ôl i hwnnw ddŵad adra'n chwil ulw eto, clustan i Mam, hefru ar Mam —

'Ast wirion. Gnawas hyll. Dy fai di 'di hyn i gyd. Chdi laddodd Vonnie.'

Chdi laddodd *Vonnie...*

Y datguddiad yn malu pen Vince: neb 'di potshian deud wrtho fo bod 'i chwaer o 'di *marw* tan yr eiliad honno; oedd o'n 'i disgwl hi adra.

'Mae hi'n saff, sti,' oedd Anti Lena yn addo, crynu i gyd, smocio 'tha stemar.

'Ddo'n ni o hyd iddi, sti,' oedd Allison yn sicrhau, nodio'i ben, a'i ên o'n dynn.

'Mi gewch fod yn deulu eto,' oedd y Parchedig-ffycin Eoin Gough 'di'i ddatgan, a'i llgada fo'n dywyll, a'i wên o'n llydan.

Aeth Vince o'i go. Mynd i'r afael â Dad. Dyrnu'r meddwyn yn 'i aren. Dad yn gwingo, troi a deud,

'Dyma fo'r pwff bach budur.'

Vince yn beichio crio. Vince yn gynddeiriog. Vince yn fabi mam, medda Dad, a Dad yn deud,

'Isho slas w't ti'r pwff bach? Ty'd 'laen 'ta?'

Dad yn ymosod. Dyrna'n fflio mynd. Mam yn gweiddi iddyn nhw roid gora iddi. Mi ymosododd Dad, ond mi oedd Vince yn barod, yn gryfach, yn sobrach. Rêl boi. Leinio Dad.

Oedd y ffeit yn un unochrog, ac o fewn dim mi oedd Dad yn gwingo ac yn gwaedu ar y llawr. Un o'i llgada fo'n racs, dim ond sbloetsh o waed.

A Mam — yng nghanol y stŵr i gyd — yn beichio crio, amddiffyn 'i gŵr dwy a dima.

Vince yr hogyn ffyrnig 'ma'n deud wrth Dad,

'Os dwtshi di ben bys yn'i hi eto, mi ladda i di.'

Mynd ddaru o'r noson honno ar ôl y gweir: yn unllygeidiog, yn grymanog.

'Yli be nest ti,' medda Mam wrtho fo: crio, yfad, smocio fatha shimdda. 'Dwi'n weddw ar dy gownt di. Wel, mi beidia i fod yn fam hefyd. Dw't ti'm yn fab i mi.'

A'i gorffan hi'n dŵad wedyn:

Y botal o dabledi'n wag ar y gwely —

y tri can Special Brew ar y llawr —

yr eda o boer yn diferu lawr 'i gên hi —

a'i llgada hi ar agor yn trio gweld gorwelion anfeidredd.

Ond i Vince:

There is no such thing as closure...

Y blydi seiciatrydd hwnnw...

Ond beth bynnag:

Y noson honno, y noson ddaru Vince slanu Dad, mi newidiodd bob dim —

Y noson honno mi oedd Vince yn ddigon o foi. Y noson honno mi oedd o'n fwy o ddyn na'i dad. Y noson honno, ar ôl slanu'i dad, mi deimlodd o'i fod o 'di profi'i hun —

Y teimlada chwithig oedd o'n 'u profi weithia'n cael 'u mathru, gobeithio, yn sgil y prawf 'ma —

Y dryswch oedd o'n deimlo'n y stafelloedd newid efo'r

hogia erill cyn cael gwers PE wedi cael 'i sgwrio, bownd o fod, ar ôl slanu'i dad —

Trais 'di tywys Vince at garrag filltir, at Ddamascus — *dwi'n ddyn*.

Oedd o 'di cwffio o'r blaen, faint fynnir o weithia. Wedi stido hefyd. Ond hogia'r un oed â fo, nid dyn. A dyn oedd Dad, ac mi oedd o'n ddyn rŵan, hefyd.

Ac mi oedd yn rhaid profi'i hun yn fwy o ddyn byth, wedyn. Gwthiad i'r dwfn go iawn 'lly.

Y dwrnod ar ôl slanu Dad, mi fentrodd fod yn ddyn go iawn: mynd â Helen i'r Dingle.

Helen oedd 'di ffansïo Vince ers hydoedd, ers cyn i Vonnie ddiflannu. Helen oedd yn Mrs Gwynfor Taylor erbyn heddiw. Helen druan oedd ar 'i gwely angau, gryduras.

Ond nid adag honno: mi sleifiodd hi a'r hogyn ffyrnig Vince i'r Dingle yn Llangefni. Y ddau'n un deg pedwar a hannar. Y ddau ar i fyny. Neu o leia dyna oedd Vince yn 'i feddwl. Mi oedd am drio'i ora; trio bod yn ddyn fel oedd dynion i fod —

Yn y coed, mewn cysgodion: swsio —

Tafod Helen yn 'i geg o, a'i wefusa fo'n sych —

Llaw Helen rhwng 'i goesa fo, ond y tân cau cynna —

Helen yn deud,

'Rho dy law yn fan'na, Vince.'

Mwy neu lai gwthiad 'i law o i'w dillad isa hi, a gwres yno, a'i theimlo hi'n fan'no; hitha'n goch ac yn anadlu, a'i llgada hi'n cau, a brathu'i gwefus —

A Vince yn cael dim awch o'r twtshiad a'r rhwbio 'ma; ffac ôl —

Hitha'n deud ar ôl sylwi,

'Be sy haru chdi?'

'Dim byd.'

'Ti'm yn lecio fi neu rwbath?'

'Yndw, siŵr dduw.'

'Ti'm yn galad, hyd'noed.'

'Sori.'

'Swil 'ti?'

'Ẃrach.'

'Ti'm yn gadi ffan, nagw't?'

Aeth o'n goch ac yn gandryll, gwadu'n ddu-las —

chwys ar 'i wegil o,

angau'n 'i hawntio fo,

y dyddia 'di cael 'u rhifo —

Fe ddatgelir pob celwydd...

Mi ddaru o'i heglu hi o'r Dingle, o'rwth Helen arhosodd mor hir amdano fo, honno'n beichio crio, meddwl siŵr mai hi oedd ar fai: doedd hi'm digon da iddo fo, neu ryw lol wirion felly, dim yn ddigon o bishyn.

Dadlygrodd Vince 'i hun yn yr ysgol y dwrnod wedyn drw roid slas i jarff o Fform 5, blwyddyn yn uwch na fo: profi'i hun yn ddyn ar ôl methu profi hynny efo Helen.

Ychydig iawn ohonom sy'n ymddangos fel yr ydym...

Ond dal i gael 'i dynnu'n gria oedd o gin yr awcha anghynnas 'ma tu mewn iddo fo. Doedd 'na'm puro i fod.

*   *   *

'Mrs South?' gofynnodd Vince i'r wraig efo gwallt 'di'i liwio'n goch tywyll atebodd y drws, ymddiheuro iddi hi am alw draw mor hwyr.

Tynnodd y wraig efo gwallt 'di'i liwio'n goch tywyll wynab. 'Naci'n anffodus. Sut fedra i'ch helpu chi?'

Cyflwynodd 'i hun, dangos yr ID Special Branch yr RUC eto.

'Meddwl 'sa'i'n bosib cael gair efo Mr Gwyn South. Ymchwilio i hen drosedd dwi.'

Mi sbiodd y wraig efo gwallt 'di'i liwio'n goch tywyll oedd ddim yn Mrs South arno fo am funud bach cyn deud,

'Mi gewch drio, bownd o fod.'

*   *   *

Doreen oedd enw'r ddynas oedd ddim yn Mrs South.

'A mi 'ddan ni'n cyboli, ylwch, pan oedd o'n olygydd y *County Star* a finna'n gweithio'n yr adran hys-bys,' medda hi. 'A dyma hyn yn digwydd i'r cradur: strôc; un ddrwg yn '84 ar ôl iddo fo riteirio. Ac off â hi.'

'Hi?'

'Y wraig gynta, 'de. Y Mrs South honno. A'i adael o fel hyn.'

Mi oedd Gwyn South, llinyn o ddyn, yn ista'n y gadar freichia o flaen y telifishion. Mi oedd y newyddion ar S4C. Ond doedd ffwc otsh gin Gwyn South. Mi steddai'r cradur yn llipa efo'i ben yn sigo a'i llgada'n wag.

'Dyn papur newydd oedd o drw gydol 'i oes, a dwi'n siŵr 'i fod o'n lecio gweld y niws 'lly. Panad?'

Ysgwyd 'i ben ddaru Vince. ''Na i ddim o'ch cadw chi.'

'Be 'ddach chi drofun drafod efo fo, Sarjant?'

Mi soniodd Vince: y ffeil.

Mi gododd Doreen druan 'i sgwydda a deud,

'Trïwch Siân Thomson, archifydd y *County Star* pan oedd Gwyn yn olygydd. Lasa'i bod hi'n gwbod. Os o's 'a rywun fedrith ych helpu chi ddŵad o hyd i sgerbyda, hi 'di'r un.'

*   *   *

Y bora wedyn, 10 Mai, ar ôl noson arall heb fawr o gwsg, noson arall o wthiad pob maen tramgwydd o'r neilltu, aeth Vince i chwilio am Siân Thomson.

Mi oedd hi ar draws 'i phum deg ac yn archifydd Papurau North Wales Albion Media & Times.

Gwerthwyd y *County Times*, a gweddill papura'r grŵp teuluol, i gwmni Albion Media Group (AMG) yn '87.

Addawodd AMG gadw'n sanctaidd egwyddorion sefydlwyr y *County Times*:

GWIR POB GAIR A'R GYMUNED YN GYNTAF.

'Ga'n ni weld,' oedd Siân 'di'i ddeud yr adag honno, ac oedd hi'n llygad 'i lle, yn doedd —

Sgraglardiodd AMG bapura newydd y grŵp. Cau dau neu dri. Cyfuno amball rai. Sacio pentwr o'r staff.

Ddwy flynadd yn ddiweddarach, mi oedd y *County Times* — papur Sir Fôn, 'de — yn cael 'i gynhyrchu ym Mangor: fan'no oedd y pencadlys, y golygydd, yr is-olygyddion, mwyafrif y gohebwyr canolog oedd yn gweithio i holl bapura AMG yng ngogledd-orllewin Cymru. Mi oedd 'na ddwy swyddfa ar yr ynys — Caergybi a Llangefni — efo tri riportar ac un ffotograffydd.

Mi ddoth y Siân 'ma i gyfarfod Vince yn nerbynfa'r swyddfa ar stad ddiwydiannol ym Mangor, ac mi llgadodd hi fo.

Ar y ffor' i lawr y grisia i'r archif, dyma hi'n deud,

'Diolch byth bod rhywun 'di dŵad.'

'Be 'dach chi'n feddwl?' medda Vince.

'Mae gofyn adfer o'r pridd hen betha sy 'di cael 'u claddu weithia'n does. Datgelu gwirionedda. Hen esgyrn a ballu.'

Doedd o'm yn dallt ac mi welodd hi hynny.

'Dowch 'laen, Sarjant Groves. Mi gewch weledigaeth, 'chi.'

Aeth hi â fo trw'r drws oedd tu ôl i'r brif ddesg lle'r oedd 'na archifydd arall yn delio efo ymholiad gin ohebydd. Mi llgadodd y gohebydd Vince yn go amheus. Os oedd y ffwcsyn ffoglyd yn meddwl 'i fod o rêl boi, mi ddaru rhythiad go sydyn gin Vince newid 'i feddwl o'n reit handi.

Dilynodd Vince y Siân 'ma i lawr coridor hir, ac ar ben y coridor mi oedd 'na ddrws efo

PREIFAT

mewn llythrenna bras, coch 'di'i sgwennu arno fo. Dyma Siân yn datgloi'r drws, gadael i hen ogla ddengid o'r stafall fatha cath oedd 'di'i chloi yno am hydoedd.

Stafall ddigon ddiola a llychlyd oedd hi. Mi oedd hi'n llawn dop o drugaredda — hen deipiaduron oedd yn rhydu; pentyrra o lyfra nodiada oedd 'di cael 'u llenwi efo llaw-fer, bownd o fod; rhesi o ffeils a bocsys llawn dogfenna.

Dyma Siân yn deud,

'Dyma ni, ylwch: *Kodesh HaKodashim*.'

'Sut?'

'Y Cysegr Sancteiddiaf, y seintwar yn y Tabernacl lle'r oedd presenoldeb Duw'n ymddangos.'

Nodiodd Vince. Bwrw golwg drost y stafall — y lle'n fwy tebygol o gynnwys presenoldeb Satan na Duw, a deud y gwir.

'Be ddoth â chi yma?' medda Siân.

Ac ar ôl iddo fo esbonio — am bicio i dŷ Gwyn South, am Vonnie hefyd — dyma hi'n deud,

'Gwyn South druan. Biti garw. Dyna ni. Ewadd. Ych chwaer? Dychrynllyd.'

Mi symudodd hi bentwr o focsys cardbord a datgelu coblyn o sêff: un hen, golwg reit solat arni hi. Mi ddechreuodd hi agor y sêff. Troi'r olwyn efo rhifa arni, a tra oedd hi wrthi, deud,

'Mi symudwyd y trugaredda 'ma i gyd o'r swyddfa'n Llangefni ar gefn lorri. Geriach o ganrif a mwy. Neb yn hidio dim am yr hen betha rŵan. Ond pan riteiriodd Gwyn druan, mi soniodd o fod 'na gyfrinacha'n fa'ma, a'n rhybuddio fi i beidio â sbio arnyn nhw, a dim ond 'u datgelu nhw pan ddeua 'na rywun diarth i ofyn.'

'Diarth?'

'Mi ddudodd am i mi beidio trystio neb dwi'n nabod. Neb o ffor'ma. Mi fydd d'elynion i gyd yn wên deg, medda fo wrtha fi. Oedd o 'di dychryn, 'chi. Ofn arno fo. Mi striciodd o'n syth bìn ar ôl gadael y *County Star.* Ac i lawr allt yr aeth o wedyn yn o sydyn. Wel, mi wyddoch chi am 'i strôc o a ballu, y wraig yn 'i adael o...'

Agorodd y sêff, y drws yn gwichian, y cyfrinacha'n dengid.

Fe ddatgelir pob celwydd...

Tynnodd y ffeil allan. Hen beth, yr ymyl 'di rhwygo, y pentwr papura tu fewn iddi'n felyn — awchu am gael rhyddhau'i chyfrinacha.

'Dyma chi,' medda Siân, rhoid y bocs iddo fo, lastig band oedd ar fin torri'n ddau rowndo fo. 'Mae'n ryddhad gweld 'i chefn hi. Dwn i'm be sydd yn'i hi. Do' gin i mo'r stumog i sbio. Well gin i beidio gwbod. Petha dychrynllyd iawn, bownd o fod.'

'Pam 'dach chi'n deud hynny?' medda Vince, cymryd y ffeil.

'Mae pawb yn gwbod, yn tydyn.'

'Gwbod be?'

'Am be oedd y dynion yn neud i'r genod. Am 'u — chwiliodd am air — 'u cabál cythreulig nhw. Ond nhw sy bia'r byd, 'de. Dynion fatha nhw. Crand a phwysig. Ydach chi'n meddwl bod gynnyn nhw rwbath i neud efo diflaniad ych chwaer 'lly?'

'Dwn i'm,' medda fo. 'Ga'n ni weld.'

'Maen nhw'n bob man, 'chi, y dynion 'ma. Mae'u camwedda nhw mor amlwg â golau dydd. Hidio dim am guddiad. A neb yn deud gair rhag iddyn nhw gael 'u maeddu. Pawb ofn.'

'Sgin i'm ofn,' medda Vince.

'Be sydd *yn* ych dychryn chi, Sarjant? Oherwydd dyna fydd y blaidd anfonan nhw i'ch hela chi.'

Yr un dyn

TOLLTODD y cyfrinacha. Chwalwyd sylfeini rheswm. Datgelwyd calon dywyll dyn.

Yn y tŷ oer, yn y tŷ tywyll —

Daliodd Vince 'i wynt wrth bori trw'r ffeil — dogfenna, llynia, cofnodion. Methodd gael 'i wynt weithia. Sigodd 'i synnwyr o. Gwegiodd 'i stumog o.

Yn y tŷ oer, yn y tŷ tywyll —

Mi oedd hi'n ola dydd tu allan. Ond mewn gwirionedd, y fagddu welai Vince — y goleuni 'di gwywo, yn colli'r ymrafael.

Fatha Vince, düwch drosto fo —

chwys ar 'i wegil o,

angau'n 'i hawntio fo,

y dyddia 'di cael 'u rhifo,

a hyn —

Yn y ffeil —

Llynia o'r pumdega. Gwŷr Môn yn cyfarfod. Du a gwyn oedd y rhan fwya o'r llynia. Un neu ddau mewn lliw —

Dynion mewn siwtia a dici-bos. Genod ymhlith y dynion. Genod ifanc, yn 'u harddega: pymthag, un ar bymthag, fengach. Ar draws yr un oed â Veronica —

Genod ifanc 'di'u gwisgo i fyny: ffrogia dirndl. Genod ifanc yn 'u dillad isa, yn noethlymun —

284

Noeth ymhlith y dynion —

Dylo'r dynion drostyn nhw. Llgada'r genod yn wag. Yr emosiwn 'di'i sgwrio o'u heneidia nhw. Y gobaith 'di'i ddileu o'u calonna nhw —

Llynia o'r chwedega. Gwŷr Môn yn cyfarfod. Du a gwyn oedd y rhan fwya o'r llynia. Un neu ddau mewn lliw —

Dynion mewn siwtia a dici-bos. Genod ymhlith y dynion. Genod ifanc, yn 'u harddega: pymthag, un ar bymthag, fengach. Ar draws yr un oed â Veronica —

Genod ifanc 'di'u gwisgo i fyny: ffrogia mini. Genod ifanc yn 'u dillad isa, yn noethlymun —

Noeth ymhlith y dynion —

Dylo'r dynion drostyn nhw. Llgada'r genod yn wag. Yr emosiwn 'di'i sgwrio o'u heneidia nhw. Y gobaith 'di'i ddileu o'u calonna nhw —

Llynia o'r saithdega rŵan. 'Run peth â'r lleill. Llun ar ôl llun. Hogan ar ôl hogan. Dim byd yn newid heblaw am y lliw a'r ffasiwn oedd y genod yn wisgo. Y dynion 'run peth oni bai 'u bod nhw'n hŷn, a rhei 'nyn nhw'n wyneba newydd.

Y genod yn ifanc. Mewn ffrogia *maxi* o'r saithdega. A rhai'n noethlymun fel o'r blaen, rhai yn 'u dillad isa. Y dynion yn pwyso a mesur a mwytho fel o'r blaen: fel ffarmwrs yn cysidro heffrod ar ddwrnod sêl.

A'r genod: llgada gwag; yr emosiwn 'di'i sgwrio o'u heneidia nhw; y gobaith 'di'i ddileu o'u calonna nhw —

Gormes a gwactar ar 'u gwyneba nhw —

Vince yn meddwl am y *conveyor belt* ar *The Generation Game*, Bruce Forsyth yn annog y cystadleuydd i gofio'r eitema oedd yn rowlio heibio iddo fo, ac mi fasa fo'n ennill y gwobra oedd o'n medru'u cofio: y genod 'mond yn wobra i'r dynion; rhesi ohonyn nhw ar y *conveyor belt* — cofiwch nhw, a chi fydd pia nhw.

Vince yn ysgwyd. Vince yn gynddeiriog a'i waed o'n chwilboeth. Y delwedda 'ma i gyd yn 'i lygru fo, fel y llygrwyd o gan y trais welodd o yn 'i oes, y trais a'i rhyddhaodd o.

Chwiliodd am Vonnie ymysg y genod. Ymysg y meirw byw. Ymysg y dileu. Chwiliodd bob gwynab, ond dim hanas ohoni.

Teimlodd ryddhad chwithig: o leia chafodd hi'm o'i llusgo i'r Uffern 'ma, y gormes a'r gwactar; chafodd hi'm o'i maeddu yma.

Yn y tŷ oer, yn y tŷ tywyll —

Oedd drofun awyr iach arno fo. Baglodd drw'r cefn, drw'r drws, i'r ar' gefn. Y bylb yn fflicran tu ôl iddo fo. Sugnodd aer i'w sgyfaint, a bu ond y dim iddo fo lewygu.

Rhuodd i'r nos: gwaedd o rwystredigaeth a ffyrnigrwydd; gwaedd yn datgan i'r byd bod 'na ddial yn dŵad.

Myfi yw dial.

Sadiodd 'i hun a sbio ar y swing: y swing yn siglo er nad oedd 'na awal; y gadwyn yn gwichian.

Twrw chwipio'n tynnu'i sylw fo. Twrw fatha hwylia cwch — neu adenydd angal.

Vonnie...

A'r angal yn ymddangos o'r düwch yn wyn.

Vonnie...

Daliodd Vince 'i wynt.

Yr adenydd yn chwipio a'r angal yn disgyn.

Vonnie...

Ac yn crawcian — nid angal —

Gwylan gefnddu.

Clwydodd y deryn ar ffrâm y swing. Crychodd Vince 'i drwyn yn ddryslyd. Sut oedd deryn fatha hwn yn landio'n fa'ma a hitha'n nos?

Mi sbiodd y deryn ar Vince drw'r llgada duon rheini. Hen eiria'n eco ym mhen Vince, ond yn rhy bell iddo fo'u clŵad nhw'n iawn. Hen eiria'n rhuthro'n ôl o ryw ddoe pell:

Hen ddywediad... gwylan... gefnddu... hen ddywediad...

Y dryswch yn 'i ben o cau gadael iddo fo bwyso a mesur y geiria, y PTSD yn nadu iddo fo hoelio'r ffynhonnell.

'Dos o 'ma,' medda fo wrth y wylan.

Yr hen eiria'n niwlog yn 'i ben o.

'Dos a gad lonydd i fi.'

Y llais o'r gorffennol yn datguddio...

Fe ddatgelir pob celwydd...

'Dos,' rhuodd, fflich i garrag at y wylan. A dyma'r deryn yn crawcian a fflio i ffwrdd.

*   *   *

Aeth o'n ôl i'r tŷ oer, i'r tŷ tywyll, a'r petha dychrynllyd oedd yn llanast ar lawr y stafall fyw.

Anadlodd: paratoi'i hun.

Steddodd ar y soffa a phori trwyddyn nhw eto. Chwilio am gysylltiad rhwng hyn, yr anlladrwydd yma, a diflaniad 'i chwaer.

Jest iawn iddo fo chwdu drost y stwff i gyd: cael a chael oedd hi.

Mi astudiodd o wyneba'r dynion: cofio'r cwbwl lot i setlo'r cownt.

Mi astudiodd o wyneba'r genod: cofio'r cwbwl lot i sicrhau cyfiawnder.

Y dynion, y genod yn ddi-ri. Mwy o lynia. Llynia gwaeth. Llynia mwy ffiadd. Llynia mewn albyms. Dau efo'i gilydd, dyn a hogan. Tri efo'i gilydd. Pedwar a phump a giang o gnawd.

Pornograffi.

Mi oedd 'na gapsiyna ar bentwr o'r llynia: cofiannu'r anlladrwydd, fel tasa'r dynion 'ma'n falch o'r creulondeb. Deallodd Vince: dathlu'u grym oeddan nhw.

A'r enwa wedyn:

Clive Ellis-Hughes; Roger Densley; Jim Price; Horace Owen...

Teuluoedd amlwg, tada i feibion amlwg.

Chwilio am y meibion wedyn: Hugh Densley'r heddwas; Elfed Price, cymêr lleol a ffotograffydd y *County Times* fel 'i dad, Jim; Trevor, mab y ffarmwr cefnog, Horace; a mwy a mwy: yr ail hil.

Ond dim sôn am Mike Ellis-Hughes. Dim arwydd o'i bresenoldeb o. Dim llynia ohono fo efo'r genod.

Nodyn:

'Dychweliad y pen dyn, 1957.'

Nodyn:

'Dathlu pum mlynedd ers ein sefydlu, 1960.'

Nodyn:

'Dychweliad y pen dyn, 1961.'

Nodyn:

'Ynydu'r genethod gyda'r pen dyn, 1963.'

Y pen dyn — Eoin Gough, yn ôl 'i fab; y pen dyn gododd ofn ar Kate Morris ac ar 'i merch hi, gymaint o ofn fel na feiddiai'r un yngan 'i enw fo. Y gŵr traws aeth â Vonnie. Y gŵr traws sy'n rym anweledig drost hyn i gyd.

Cadarnhad? Yr un dyn?

Trodd Vince y dudalen.

Nodyn:

'Pen-blwydd y pen dyn. Chwefror 1957. Robert a'i chwaer Kate o Lidiart Gronw. Plant Isaac.'

Robert Morris gafodd 'i ladd ddegawd ynghynt; Kate, 'i weddw fo, laddwyd gan 'i mab.

Brawd a chwaer?

Wedyn mwy o lynia:

Gên Vince yn syrthio —

John Gough a Bethan Morris yn noeth ar wely. Golwg llipa ar Gough fatha'i fod o'n chwil, efo'i dafod yn hongian o'i geg o a phoer ar 'i ên o; llgada 'di rowlio'n ôl yn 'i ben o. Dynion yn 'i drin o a'i osod o. A Bethan yn gosod 'i hun, yn ffitio'i hun i ffurf Gough. A'i llgada hi'n wag, yr emosiwn 'di'i sgwrio o'i henaid hi, y gobaith 'di'i ddileu o'i chalon hi —

Gormes a gwactar.

Cofiodd yn ôl at achos John Gough. Mi gafodd o'i gyhuddo o feichiogi Bethan Morris yn yr achos llys. A dyma ni...

Ysgydwodd 'i ben: rhyw drio cael madael ar yr haen o bydredd oedd 'di iro'i enaid o.

Fel Mike Ellis-Hughes, doedd 'na'm hanas o'r pen dyn oni bai am y teitl roddwyd iddo fo; dim llynia o'r naill na'r llall. Y fo a Mike yn anweledig. Y pen dyn yn ofalus. Y pen dyn yn cadw draw. Y pen dyn a'i ddeheulaw.

Ond wedyn, sicrwydd:

Llun o'r cabál efo'i gilydd yn Chwefror 1957 eto. Y dynion i gyd. Amball wraig fawr fatha Kate Morris. Genod ifanc yn smart ac yn striclyd, y petha bach. A dyn tal yn y rhes gefn, reit ar yr ymyl. Jest iawn fel tasa fo 'di anghofio'i fod o yn y llun; wrthi'n sleifio o olwg y camera. Ond rhy hwyr. Gwên hir gynno fo, fel tasa ymylon 'i geg o 'di cael 'u hollti reit i fyny 'i focha fo: gwên o glust i glust yn llythrennol 'lly. Rhwbath annynol yn 'i gylch o. Rhwbath hynafol a brwnt. Rhwbath anifeilaidd. Rhwbath drwg —

Llygredd llwyr.

Y pen dyn: Eoin Gough.

Y Pregethwr yn cysuro: Eoin Gough.

Y gŵr traws: Eoin Gough.

Yr un dyn...

A'i fys ym mhob briwas...

A'i wenwyn yng ngwaed pawb...

Yr un dyn...

*   *   *

Hydref 1966, ac mi oedd Veronica Groves, tair ar ddeg, ar fin diflannu odd'ar wynab y ddaear.

Doedd gynni'm syniad na hwn oedd 'i dwrnod dwytha hi wrth iddi fartsio'n flin i fyny'r lôn o Ffair Borth ar ôl dwrdio.

Brasgamodd o'rwth 'i ffrindia, o'rwth 'i brawd, dan feichio crio. Teimlad 'tha tân yn 'i brest hi, a'i phen hi'n mynd rownd a rownd, teimlo 'tha fod pawb ohonyn nhw wedi mynd tu ôl i'w chefn hi, wedi'i bradychu hi.

Oedd hi 'di pwdu go iawn. Wedi laru ar bawb. Llyncu mul, chwadal Dad.

'Ti 'di llyncu mul eto'r ast fach,' oedd o'n arfar ddeud.

Oedd Dad yn ddiweddar 'di bod yn 'i galw hi'n ast fach yn go amal 'lly. Oedd o 'di bod yn sbio'n rhyfadd arni hi, yn enwedig pan oedd o'n yfad a mynd yn chwil. Sbio a llyfu'i wefus, a chrensian dannadd, a'i llgada fo'n mynd i fyny ac i lawr 'i chorff hi.

Aeth Vonnie i fyny'r stryd fawr yn Borth. Heibio'r Victoria lle'r oedd Dad yn dŵad i yfad weithia. Heibio'r Eglwys Bresbyteraidd lle'r oedd yr hen bobol yn mynd i weddïo ac i dwt-twtio.

Bwriadai gerad i Fangor. Gneud fel y mynno hi'n fan'no. Bod yn hogan fawr go iawn 'lly. Neb i ddeud wrthi be i neud yn fan'no, ylwch.

Argol, fasa amgian iddi redag i ffwr' i ddeud y gwir. Byw ar ben 'i hun yn y byd. Gweithio ac ennill 'i bara menyn. Oedd hi jest iawn yn bedair ar ddeg, beth bynnag, ac oedd Heulwen Baines 'di sôn rhyw fis yn ôl fod 'na ddynion 'sa'n talu i gael edrach ar 'i hôl hi a rhoid gwaith iddi a ballu.

Pa fath o waith oedd hi 'di'i ofyn.

'Gwaith ella 'sa chdi'm yn lecio i ddechra,' medda Heulwen.

'Sut ti'n gwbod 'swn i'm yn lecio fo?'

'Ti'n goro bod yn hogan fawr 'lly,' medda Heulwen, a rhwbath swil ac ella digalon ar 'i gwynab hi. 'Oedd Dad yn nabod rhywun, a...'

Oedd tad Heulwen yn dreifio bysys i Ellis-Hughes Coaches ac yn ddyn lot neisiach na thad Vonnie. Lasa'i fod o 'di cael gwaith i Heulwen efo'r dynion 'ma. A lasa fo fedru cael gwaith i Vonnie hefyd.

'Fedar dy dad gael job i fi 'lly?' medda Vonnie.

'Drofun i chdi weld dynas o'r enw Mrs Morris o ochra Llannarch'medd.'

'Llannarch'medd? Ewadd, hynny'n ffor' go bell, 'lly.'

'Dyna pam ti'n goro bod yn hogan fawr, Vonnie. 'Mond genod mawr sy'n medru mynd.'

'A' i i' gweld hi.'

Mi reidiodd Vonnie ar y bỳs i Bentra Berw a chyfarfod efo'r Mrs Morris 'ma mewn caffi.

Mrs Morris oedd pwy oedd Vonnie drofun bod: deniadol a drud yr olwg; gwallt du a llgada gwyrdd; gwefusa coch.

Hi fydda i ar ôl tyfu, meddyliodd Vonnie.

'Dyma'n hogan i, Bethan, yli,' medda Mrs Morris, cyflwyno babi bach mewn pram i Vonnie.

'Del,' medda Vonnie, swil i gyd.

'Drofun joban ti, felly?' medda'r Mrs Morris 'ma. 'Joban 'tha Heulwen, ia?'

Mi nodiodd Vonnie'i phen, deud dim am bod 'i thafod hi'n glyma i gyd 'lly.

Culhaodd llgada gwyrdd Mrs Morris a ddoth 'na rwbath calad drost 'i gwynab del hi, a dyma hi'n deud,

'Ddaru Heulwen ddim sôn wrtha chdi pa *fath* o waith sgin i, naddo?'

Ysgwyd 'i phen ddaru Vonnie.

Mi wenodd Mrs Morris wedyn a deud,

'Hogan dda 'di Heulwen. Dwi siŵr 'sa chditha'n gneud hogan dda, hefyd. Faint 'di d'oed di, 'mechan i?'

'Un deg tri,' medda hi.

'Mi drefnwn ni gyfweliad i chdi.'

Mi nodiodd Vonnie: dal ddim yn dallt ond cogio'i bod hi 'lly.

'Wsos ar ôl Ffair Borth, ẃrach,' medda Mrs Morris, cynnig darn o bapur, deud, 'Hwda'r nymbyr ffôn 'ma. W't ti'n meddwl medri di fynd i focs teliffon ar ben dy hun a ffonio fi? Wsos ar ôl y ffair?'

'Medra siŵr,' medda Vonnie, cythru'n y darn papur efo'r nymbyr ffôn arno fo.

'Yli felly,' medda'r wraig, a rhoid grôt i Vonnie. 'I chdi ffonio 'tha hogan fawr. Ond paid â deud gair o dy ben wrth dy fam a dy dad, iawn?'

'Iawn,' medda hi, wrth 'i bodd efo'r syniad o gadw cyfrinach rhagddyn nhw.

'Mi fydd o'n syrpréis iddyn nhw pan sylwan nhw bod 'u hogan fach nhw'n hogan fawr.'

Dyna 'na i, medda hi wrthi'i hun rŵan wrth fartsio ar draws Pont Borth: ffonio Mrs Morris a chael joban efo hi, neu beth bynnag.

Mi stopiodd hi'n sydyn ar ganol croesi'r bont, rhyw

dwllwch yn dŵad drosti. Mi sbiodd hi drost yr ymyl, a'r Fenai lawr yn fan'na'n llwyd ac yn llydan, ac yn rhedag at y môr.

Meddyliodd Vonnie amdani'i hun yn neidio odd'ar y bont a syrthio ar sbid i'r dŵr, a'r dŵr wedyn yn 'i llyncu hi, a'r byd efo hiraeth amdani.

Oedd yr awch i syrthio'n aruthrol, a deud y gwir. Ŵrach 'sa hi'n cael parch wedyn, ar ôl cael 'i cholli. Oedd hi'n dair ar ddeg a drofun cael 'i thrin fatha'i bod hi'n ddeunaw. Tasa hi'n cael joban gin Mrs Morris, lasa hynny ddigwydd.

Neu lasa hi jest fynd adra a pwdu, gwrando ar 'i records. Nancy Sinatra, *These Boots Were Made For Walking*, ŵrach. Addas.

'Lle ti'n mynd?'

Trodd: Vincent yn sefyll ar bafin y bont.

Teimlodd Vonnie bentwr o deimlada rhyfadd yn mynd trwyddi wrth weld 'i brawd yn fan'na, a doedd hi'm yn medru enwi'r un ohonyn nhw.

'Adra,' medda hi.

'Ti'n mynd ffor' rong 'lly.'

Crensiodd Vonnie'i dannadd.

'Ffor'ma,' medda Vince, ystum fach efo'i ben i gyfeiriad Sir Fôn.

Sigodd sgwydda Vonnie.

'Paid â pwdu ar 'u cownt nhw, Von,' medda'i brawd hi.

'Ar gownt pwy? Dwi'm yn pwdu,' medda hi: damia Vince, yn medru'i darllan hi bob tro. Mi ddoth dagra, do, a deud, 'Roist ti gythral o slas i Gwynfor, sti.'

'Doedd o cau stopio. Do'n i'm drofun gneud.'

'Fasa hidia i chdi 'di deu'tha fi am Carys a chdi.'

Aeth o'n swil, deud,

'Do's 'a'm Carys a fi go iawn, dim ond Carys sy'n meddwl hynny.'

'Fasa hidia i chdi fod wedi deud beth bynnag. A fasa hidia i Helen 'di deud 'i bod hi'n ffansïo chdi.'

Cododd Vince 'i sgwydda.

Vonnie'n deud,

'Mae 'na lwythi o genod yn ffansïo chdi, Vince. Does 'na neb yn 'yn ffansïo fi, dim hyd'noed Gwynfor Gwd Boi.'

'Tisho fo ffansïo chdi?'

'Ych a fi, nag'dw, ond...'

Dim geiria wedyn.

Vince yn rhoid gordos:

'Dos ar y bỳs a syth adra, reit,' medda fo. Trodd i fynd ac wedyn oedi, deud, 'Ac os gei di helynt gin rywun, deu'tha fi pwy 'dyn nhw. A' i ar 'u hola nhw, Vonnie. Mi ro i slas iddyn nhw. Pob un wan jac neith ddrwg i chdi.'

'Dim ond slanu wyt ti, Vince.'

Tuchanodd, ac off â fo efo'i sgwydda'n sgwâr a'i ddyrna'n dynn. Oedd o'n goblyn o foi, meddyliodd Vonnie. Yn o fuan, mi fedrith roid slas i Dad: mi fydd o'n ddigon o ddyn a fynta 'mond yn dair ar ddeg.

Mi adawodd hi iddo fo fynd yn ôl am Borth cyn iddi ddilyn. Mi ffoniodd hi adra efo'r grôt gafodd hi gin Mrs Morris.

Dad atebodd. Oedd hi 'di gobeithio na Mam 'sa'n atab.

'Lle ma' Mam?'

Ddaru Dad ryw sŵn rhyfadd yn 'i gorn gwddw, twrw mwydro'n dŵad ohono fo, a dyma fo'n deud,

'Sut? Dwn... 'Di mynd i weld 'i... i weld 'i Anti Lena, ẃrach.'

Anti Lena: oedd Anti Lena mor cŵl.

'Dwi'n dŵad adra a drofun gneud siŵr bod 'na rywun yna cyn i fi —'

'Ff—'

'Be?'

'Ty'd 'ta,' medda fo: miniog, difynadd.

Oedodd Vonnie, meddwl siŵr iddi glŵad sŵn arall, llais arall, cyn gofyn,

'Ddowch chi i roid lifft i fi?'

'Dal fŷs, yr ast ddiog,' medda fo.

Eto, mi daerai Vonnie iddi glŵad rhywun yn deud rhwbath wrth Dad wedyn. Llais yn sibrwd yn gas. Llais fatha llais dynas. Mam? Dim cweit Mam. Lasa na jest twrw ar y lein ffôn oedd o.

Beth bynnag, châi hi byth mo'r cyfla i sôn wrth neb am y llais hwnnw.

Ac fel tasa fo'n cyfaddawdu, fel tasa fo 'di cael 'i ddwrdio, ẃrach, dyma Dad yn deud,

'Wela i di ar Lôn Llangaffo. Iawn?'

*   *   *

Wrth ddilyn y bws y mae hi'n teithio arno, dyfeisi'r crefftwaith yr wyt am ei lunio ohoni.

Mae dychmygu gosod cnawd fel hyn drachefn a thrachefn yn tanio dy lwynau.

Llyfi dy wefus, dy dafod yn dafod sarff.

A dena'r ffetish di'n ôl nawr i'th blasty o atgofion. Ymlwybri ar hyd y coridorau wrth yrru; pori trwy dy greadigaethau.

Wrth ymdroelli, fe grëi hafan ar gyfer hon yn dy dŷ mawreddog: pileri marmor, penddelwau ymerodwyr, a phlinth ar ei chyfer hi.

Daeth i'th sylw trwy'r wraig a gymero ei brawd ac a welo ei noethni ef: yr un sy'n iro dy gorff â'i hennaint ei hun; yr un sy'n paratoi'r diniwed a'u hudo i gwt yr helgwn yr wyt yn helsmon arnynt.

Gwŷr Môn, wir: eu hawchau pechadurus wedi'u rhoi
ar dy drugaredd di; rwyt yn dyst i'w tramgwyddau ac fe'u
cofrestrir gan y curadur yr wyt wedi ei benodi.

I ti, arf yw lejer eu bryntrwydd. Iddyn nhw, cofeb o'u
concwest ydyw. Y gwir yw, maent dan rwymau i ti; ni fydd
dianc o'th drap.

Arafa'r bws, ac arafi di'r car yn ogystal. Daw'r clai oddi
ar y cerbyd: un ifanc eto, un hawdd i'w thrin.

Dealli pam y'i dewiswyd hi gan Wraig Llidiart Gronw ar
gyfer Sodom a Gomorra'i gŵr-frawd a'i gyfeillion.

Ond taflu gemau o flaen y moch fyddai hynny: ti bia hon,
ac fe ogleuaist ei chnawd nemor fis ynghynt wrth dynnu llun
mewn hafan i'r henoed, hi a phlant y fro wedi bod yn adrodd
i'r crymanog.

Pur fydd hi, ac fe osodi arni iachawdwriaeth: fe ddiferi'r
bywyd daearol llwm hwn o'i chorff a'i hail-greu'n nefolaidd.

Y mae gwyrthiau ar ddod.

Glafoeri nawr wrth yrru eto, ei dilyn wrth iddi gerdded —
chwys ar dy wegil...
angau'n dy hawntio...
y dyddiau wedi eu rhifo...

*   *   *

Oedd 'na gar 'di bod yn dilyn Vonnie ers iddi ddŵad odd'ar y
bỳs ar Ffordd Caergybi a'i chychwyn hi i fyny Lôn Llangaffo.

Mi sbiodd hi'n sydyn drost 'i hysgwydd: car tywyll. Aeth
'na rwbath annifyr trwyddi. Tynnodd y gôt yn dynn amdani
fatha bod honno'n debyg o'i chadw hi'n saff rhag dyn drwg.

Meddyliodd am Vince a theimlo'n sigledig i gyd am 'i
fod o mor bell o'rwthi hi.

Do' 'na'm pafin ar y B4419, 'mond glaswellt. Ar gownt

hynny, mi oedd 'i thraed hi'n socian, ac oedd hi'n baglu bob hyn a hyn wrth sbio drost 'i hysgwydd i weld lle'r oedd y car.

Tarfodd 'i nerfa hi ar 'i gallu hi i gerad yn gall. Teimlai'i phenaglinia hi fatha'u bod nhw'n llawn dŵr. Oedd hi rêl babi mam, yn swnian a beichio, wrth iddi drio mynd yn ffastach a chael y blaen ar y car.

Doedd hi'm yn medru gweld y dreifar: siâp tywyll tu ôl i'r llyw oedd o. Ond mi oedd o'n anfarth: cawr go iawn, i'w weld.

Ewadd, mi oedd gynni ofn, 'chi — fatha 'rioed o'r blaen.

Am bod Vince mor bell, gweddïodd ar i Dad ddwâd yn reit handi. Lôn Llangaffo ddudodd o. Ond mi oedd hi'n lôn dair milltir o hyd, a lasa hynny fod wedi meddwl 'i fod o'n bell, bell — yn rhy bell.

Oedd hi'n dwâd i fyny am y troead i'r dde am ffarm Plas Llangaffo, ac oedd y car y tu ôl iddi'n dal i gropian yn slo bach. Mi droeai hi i fyny'r lôn honno i guddiad: jest rhag ofn.

Ond cyn hynny, o' 'na droead i'r chwith: lôn gefn go iawn.

Laswn i fedru dengid o'rwtho fo i fyny honna, medda Vonnie wrthi hi'i hun.

Oedd y lôn yn nadreddu trw gefn gwlad ac yn dwâd allan yn Llangaffo, a tasa hi'n medru codi sbid go iawn, lasa hi fedru cyrraedd adra.

Aeth hi'n obeithiol i gyd yn o sydyn: meddwl am fod adra.

Oedd y car diarth rownd y gornal rŵan, allan o'i golwg hi, ac oedd gynni jest digon o amsar i'w heglu hi i lawr y lôn fach cyn i'r dreifar 'i gweld hi.

Cael a chael, ond —

Dyma 'na ddyn ar feic yn dwâd i fyny'r lôn. 'Lwynion y beic yn gwichian. Y dyn yn chwthu.

Anadlodd Vonnie: rhyddhad. Tyst, meddyliodd; iachawdwr. Mi reidiodd y dyn heibio iddi, a mynd yn 'i flaen yn syth bìn ar draws y lôn, beicio i lawr rhyw lwybr cul: wedi troi'i gefn ar Vonnie; wedi'i gadael hi'n hawdd i'w chlwyfo...

Wedyn: injan car yn tagu a chlencian.

Aeth oerfel trw Vonnie.

Mi ddoth 'na gar coch i fyny'r lôn o gyfeiriad Llangaffo, a jest iawn i Vonnie farw'n hapus: Dad.

Powdrodd fynd am gar Dad. Neidiodd i sêt y pasinjyr. Daeth bympar y car tywyll oedd yn 'i dilyn hi rownd y gornal a stopio.

Chwthodd Vonnie wynt o'i bocha a gneud rhyw sŵn digon rhyfadd, wir.

Dyma Dad yn sbio arni hi efo llgada cul a deud,

'Golwg hogan ddrwg a'na chdi.'

*   *   *

Mae ei cholli fel profedigaeth: tywyll a thrymaidd; plwm yn dy frest. Dy dymer sydd gatastroffig: fel y bydysawd yn creu.

A'th glai wedi ei ddwyn, wedi mynd o'th afael fel diffodd cannwyll, difrodir y seintwar greaist iddi ym mhalas dy atgofion: y marmor yn malu, y pileri'n pydru, y penddelwau megis prennau'n rhodio.

Ond aros wyt yn sydyn: nid yw'r tir uchel wedi ei golli; gellir eto ennill y dydd a hawlio'r wobr.

Sbarduni'r car i ddilyn, ond daw epa ar feic o'r gyffordd heb edrych.

Bu ond y dim i ti ei lorio, ac mae ysfa'n cythru i yrru drosto, ei fathru yntau a'i declyn diawledig o dan dy olwynion.

Ond nid yw ei gnawd o ddefnydd i ti. Mae'n troi i'r dde,
ac yn chwipio mynd i lawr y lôn.
    Gyrri'n hytrach ar drywydd y lleidr.

*   *   *

Mi gaeodd Vince 'i llgada ond ddaru o ddim cysgu. Mi
agorodd o'i llgada ond ddaru o ddim deffro.

Y GŴR...

Eoin Gough yn pregethu —
Y pen dyn yn cadeirio pwyllgor Gwŷr Môn —
Plentyn yn cael 'i fwrdro —
Eoin Gough yn cynnal seiat —
Y pen dyn yn dwrdio un o Wŷr Môn —
Plentyn yn cael 'i lurgunio —
Eoin Gough yn mynd o le i le —
Y pen dyn yn dathlu efo Gwŷr Môn —
Plentyn yn cael 'i osod —
Eoin Gough yn deud, Gadewch i'r plant bychain —
Y pen dyn efo Gwŷr Môn a'u genod —
Y plant... y plant i gyd...
Dyma brawf, nid bwrw amcan —
Dyma dystiolaeth, nid dyfalu —
Vince yn gweld, bellach.
Yr un dyn —
Y drwg i gyd yn deillio ohono fo —

... TRAWS.

*   *   *

Nawr:

Synhwyri law yr heliwr. Y mae wrth gilbost y ffau — o fewn pellter cythru i'r llew.

Ac ar ôl cythru ynddo, fel y cythrwyd eraill a ddaeth i herio, mi gaiff hwn ddewis:

Gwaed neu blygu glin; dyna'i ffawd.

Os gwaed, mi flingi'r gwalch a gwisgo'i groen yn grys gorau i oedfa'r Sul.

Os plygu glin, mi gaiff wyro gerbron Baal ac offrymu ei enw da ar dy allor. Caiff lygru ei hun yn dy eglwys o gnawd. Dod, fel y gweddill, yn ddisgybl am oes, wedi ei raffu i'r grefydd gerfydd ei geilliau.

Ar y daith i Ddindaethwy — cwmwd yng nghantref Rhosyr — i ymweld â Phant y Saer gyda Fflur, y daw'r teimlad drosot bod y gelyn yn agosach nag erioed. Ar y daith i ddangos i dy wyres bwysigrwydd defodau marwolaeth, ei dysgu drwy ddangos iddi'r gladdgell estyllog Neolithig sydd yma ar y calchwastadedd ger Tyn-y-gongl. Ar y daith i drochi yn y delweddau ddaw i'th ddychymyg wrth gysidro'r esgyrn hynafol ddarganfuwyd yma: dros hanner cant o ddynion, merched, plant, ffoetysau.

Wrth y fynedfa, gosodwyd offrymau — esgyrn anifeiliaid; crochenwaith.

Hyn oll yn awgrymu defod.

Mae defodau'n hanfodol ers y dechrau, ers i ddyn sefyll ar ddwy goes. Ond mae hadau'r defodau'n fwy hynafol na dyn. Llecha'r grymoedd sydd yn eu mynnu yn y pridd ac yn yr awyr ac yn y dŵr, ac maent yn oesol: y grymoedd sy'n diferu trwy dy rydwelïau di; sy'n arnofio'n dy waed.

Rwyt tithau o'r pridd ac o'r awyr ac o'r dŵr.

Oesol yw dy natur dithau. Diddiwedd yw dy gyrhaeddiad. Mae dy annhosturi yn anfaddeugar. Ni fydd gwrando ar ble. Ni fydd iachawdwriaeth. Ni fydd newid dedfryd. Gwaed neu blygu glin. Gwaed, debyg...

Edrychi i'r affwys: agoriad y gladdgell estyllog. Y mae haint yr esgyrn yno o hyd, gelli eu synhwyro.

Esgyrn, felly; esgyrn yw ffawd yr heliwr.

'Hen gerrig,' meddai Fflur, *yn torri ar draws dy fyfyrio.*

'Hen, hen,' *meddet ti wrthi.* 'Hen pan aned Mab Duw. Hen pan ddechreuodd dyn ddroio'i ffiniau. Hen cyn Cymru, a gwledydd, a lol wirion felly...*

hen...

hen...

hen...'

Deud 'i enw fo

O' 'NA olwg *Rargian fawr, be ti 'di neud, d'wad?* ar wep Gwynfor Taylor wrth i Vince amlinellu'r dystiolaeth.

O' 'na olwg *Dwisho'i heglu hi o 'ma a chymryd arna na welish i hyn* arno fo wrth i Vince fynd trw'i betha.

O' 'na olwg *Ei enau sydd yn llawn melltith* arno fo wrth watshiad Vince yn condemnio'i enaid i'r Llyn Tân.

Y tŷ oer, y tŷ tywyll —

10 Mai —

Tic-toc-tic-toc, medda hen gloc Nain, deud:

5:45pm —

Ar lawr y stafall fyw: dogfenna, toriada o bapura newydd, a llynia o'r ffeil a gafodd o gin Siân Thomson.

Ar y parad: llynia a phenawda a llinella 'di cael 'u droio mewn ffelt tip; llwybra'n arwain at lun o Veronica ar ganol y wal; llwybra o wyneba di-ri; cysylltiada 'di cael 'u creu; bylcha 'di cael 'u llenwi gin ffeithia a thystiolaeth, a —

Veronica'n 'i chanol hi —

Veronica ar goll yn y trugaredda i gyd.

'A hwn 'di'r gŵr traws,' medda Vince, pwyntio at y llun oedd o wedi'i lynu ar dop y pyramid o wybodaeth. 'Dyma fo,' medda fo: efo'r un cyffro â hwnnw gydiodd yn Howard Carter pan ddarganfyddodd o feddrod Tutankhamun yn 1922, bownd o fod.

Teimlai Vince felly: teimlai'n Fagellan, yn Amundsen, yn Pasteur.

Dyma ddirgelwch oedd 'di drysu dyn ers degawda:

PWY 'DI'R GŴR TRAWS?

Ond doedd o'm yn ddirgelwch go iawn, nag oedd: *cyfrinach* oedd hi go iawn, yn de. Gwybodaeth gudd fatha enw Duw.

Fatha'r Tetragramaton, chwadal Edward Jones.

Gwybodaeth oedd bia neb ond y rhai dewisedig, ond gwae chdi os datgeli di'r wybodaeth, washi bach.

Ac mi oedd yr enw cudd 'ma'n hyrddio trw'r byd, ac i'w glywad mewn sibrydiad gin y rhei oedd yn ddigon dewr — neu'n ddigon dwl — i wrando.

Ond ar ôl gwrando, ar ôl clywad yr enw, dyna hi wedyn: o' 'na staen arnyn nhw, melltith yn 'u gwaed nhw. Mi oedd 'na gosb am fysnesu, ylwch; cosb am awchu, crocbris i'w dalu am wbod.

Dyna ddaw os bwytewch chi o bren gwybodaeth, yntê; maeddu Eden.

'Asu Grist,' medda Gwynfor, crafu'i ben moel. 'Wn i'm, sti.'

'Be ti feddwl, dwn i'm?' medda Vince.

'W't ti'n gneu' honiada mawr.'

'Nag'dw: cyflwyno tystiolaeth dwi. Profi.'

Crychodd Gwynfor 'i dalcian a deud,

'W't, d'wad?'

Dangosodd Vince efo'i fys: dilyn y llwybra ffelt tip oedd yn arwain ar draws y degawda. O'r pumdega'n bendant, Islwyn Owen; a chyn hynny, ẃrach. O Vonnie reit at Eoin Gough.

Ond gwrthod gweld ddaru Gwynfor. Gwadu tan wela fo'r briwia. Rêl Tomos, yntê. Ẃrach bod well gynno fo *beidio* gweld, cofiwch chi. Mi oedd gweld yn farwol, yn doedd.

'Ŵrach yr a' i â fo at CID yn hed-offis, yli,' medda fo.

'Mi ddo i efo chdi 'lly.'

'Ewadd, Vince bach. Mae'r *chieftains* am dy waed di, sti. Pawb yn flin a chditha 'di mynd yn rôg. Maen nhw am dy waed di.'

'Ga'n nhw fynd i gefn y ciw 'lly.'

Y dyddia 'di cael 'u rhifo: dynion yn dŵad.

'Deud 'i enw fo,' medda Vince ar ôl munud o feddwl.

'Sut?'

'Deud 'i enw fo, Gwynfor. Deud 'i enw fo' — pwyntiodd Vince at lun Eoin Gough — 'hwn yn fa'ma. Deuda fo.'

Aeth Gwynfor yn chwithig i gyd. Trodd y foch arall, ac mi ddiferodd y chwys o'i wallt o, i lawr i dalcian o, a dyma fo'n deud,

'Do's 'a'm digon o dystiolaeth, Vince. Dim yn 'i erbyn o. *Circumstantial* i gyd. Jest 'i fod o'n digwydd bod yn rhwla lle'r o' 'na fwrdwr —'

'Drost hannar cant o weithia, Gwynfor,' medda Vince, sgyrnygu, pwyntio at y pentwr papura ar y llawr. 'Mae 'na batryma i fywyd. Tydi cyd-ddigwyddiada fatha rhein ddim yn digwydd *hannar cant o weithia*. Yli' — cythrodd mewn toriad o hen bapur — 'Islwyn Owen, 1954. Os ti'n credu'r straeon, y chwedla, fo oedd y cynta. Ond dim fo *oedd* y cynta. Mae'r gŵr traws 'ma 'di bod yn crefftio'i arswyd ers cyn yr Ail Ryfal Byd. Ers y dauddega, bosib iawn.'

'Argoledig, Vince, be sy haru chdi, d'wad?'

'Be sy haru fi 'di bod rhywun 'di mynd â Vonnie, a chafodd hi — na'r plant erill 'ma gafodd 'u malu — ddim cyfiawnder. Maen nhw'n *haeddu* cyfiawnder.'

'Ti'n credu'n bod ni'n *haeddu* cyfiawnder?'

'Yndw. Hi, y plant erill, a'r genod sy 'di cael 'u cam-drin

gin y dynion yma: Clive Ellis-Hughes a'i fab, Densley, Horace Owen. Jim Price. Dwshina o achosion ar blât i chdi, Gwynfor. Bydda'n ffycin iachawdwr iddyn nhw.'

'Lasa ni fedru dŵad â cyhuddiad yn erbyn un neu ddau —'

'A fo,' medda Vince, pwyntio at Eoin Gough eto, 'wrth wraidd y difrod i gyd, yli. W'sti pam nad oes 'na gysylltiad 'di cael 'i neud rhwng rhei o'r llofruddiaetha 'ma o'r pedwardega, y pumdega, a'r rhei diweddara 'ma?'

'Goleua fi, Vince, wir dduw.'

'Ma'r lladd 'di bod yn ara deg. Bob hyn a hyn. A tydi pobol ddim yn cofio. Maen nhw'n methu cysylltu. Co byr sgin ddynion. Mi oedd Edward Jones yn llygad 'i le. Mae'r gŵr traws yn ystyn ar draws hanas ac amsar, ac mae'i dramgwydda fo'n goroesi bywyd dyn, yli.'

*   *   *

Mi astudiodd Gwynfor y geriach i gyd — dogfenna, toriada, llynia, mapia — ac ar ôl rhyw funud neu ddau, dyma fo'n deud,

'A' i â'r ffeil 'ma am y cam-drin efo fi, reit. Lasa ni gael bachiad ar gownt un neu ddau.'

Mi oedd Vince yn gobeithio mai Mike Ellis-Hughes fasa'r un neu ddau.

Hwnnw oedd yr enw mawr, yn de, er nad oedd 'na'r un llun ohono fo'n torri'r gyfraith efo'r un o'r genod. Yr unig gysylltiad oedd mai'i dad o oedd un o sefydlwyr Gwŷr Môn, ac mai'n 'i dŷ crand o oedd y camweddu'n digwydd, debyg iawn.

Chwthodd Vince wynt o'i sgyfaint. Oedd o 'di bod drofun mynd i HQ efo Gwynfor a chyflwyno'r dystiolaeth.

Ond mi wydda fo na fydda 'na ffanffer yn 'i aros o. Gadael i Gwynfor fynd â'r ffeil ddaru o felly. A chadw Plan B o dan 'i het.

Er nad oedd llynia o Mike Ellis-Hughes efo'r genod, mi oedd 'na faint fynnir o dystiolaeth i'w gyhuddo fo o *aiding and abetting*, neu *soliciting*, wrach.

Mi sbiodd Vince ar lun Vonnie, yr hollt yn 'i galon o'n agor yn lletach po fwya'r oedd o'n sbio arni.

Mi wydda fo na fasa Gwynfor yn da i ddim 'tha Tonto i'w Lone Ranger o yn 'i grwsâd i ddŵad â'r gŵr traws i gyfiawnder. A da o beth oedd hynny: oedd o drofun dial efo'i ddylo'i hun am be ddigwyddodd i'w efaill o. Y fo fasa'n sicrhau cyfiawnder iddi. Y fo oedd y barnwr a'r dienyddiwr yma. Y fo oedd am setlo'r cownt.

Ond mi drawyd o gan yr ansefydlogrwydd hwnnw eto: rhwbath oedd Gough 'di'i ddeud.

Mi oedd y gŵr traws yn datgan 'i fawredd i holl gyrrau'r ddaear, Groves. Nid un i oleuo cannwyll a'i rhoid hi dan lestr ydi o. Mae o am i'r fflama mae o'n 'u cynna oleuo ar bawb — a'u crasu nhw efo arswyd.

Ac Edward Jones:

Paun ydi o'n dangos 'i blu.

Ysgwyd 'i ben ddaru Vince, a medru sgwrio'r amheuon. Hidia befo amdanyn nhw, medda fo wrtho fo'i hun. Aros ar y llwybr cul. Anela am y goleuni. Bwrw ymaith dy rwystra. Chdi bia'r nos 'ma.

*   *   *

9:00pm —

Dyna lle'r oedd Mike yn 'i offis yn smocio sigâr ac yn pori drw'r ffeil o lynia ac enwa oedd Gwynfor Taylor 'di'i illwng ar 'i ddesg o, a dyna lle'r oedd Gwynfor Taylor yn ista gyferbyn â Mike fatha ci bach yn aros clod ar ôl plesio'i fistar.

Ysgydwai Mike 'i ben bob hyn a hyn, twt-twtio a deud 'argian fawr' a 'nefi blw'.

Ar ôl mynd trw'r cwbwl lot ac ysgwyd 'i ben ac argian fawrio a thwt-twtio, dyma fo'n deud,

'Be ti am neud efo rhein, Gwynfor bach?'

Llyfodd y DI 'i wefus a chrafu'i ben moel. Oedd 'na olwg 'di blino ar y cradur.

'Meddwl o'n i,' medda fo.

'Ia?' medda Mike, yn aros, aros, aros.

'Meddwl o'n i tasan ni'n medru dŵad i ryw fath o gytundeb 'lly.'

'Ffasiwn gytundeb, Gwynfor?'

'Cytundeb 'sa'n siwtio pawb 'lly.'

'Ymhelaetha, frawd. Dwi ddim mewn tymer i falu cachu. Mae Wal Berlin yn fregus ac mae'n credoau gwleidyddol ni a'n heidioleg ni'n deilchion. Mi fydd gofyn i ni'r ffyddlon gogio a thaeru mai: *nid sosialaeth go iawn oedd hynny, wyddoch chi*. Argoledig! Hanas yn darfod a chditha'n dal i falu awyr ar gownt Godreddi. Dwi'n flin 'tha tincar. Ty'd yn dy flaen.'

'Y llynia...'

'Pa ffwcin llynia?'

Cochodd Gwynfor, rhwbio'r chwys odd'ar 'i dalcian.

Deud,

'Do' gin i'm clem faint oedd oed y lefran, sti.'

Pwysodd Mike yn ôl yn 'i gadar, smocio'r sigâr yn braf, chwthu'r mwg i'r awyr, deud,

'Tair ar ddeg. Dy fol mawr di rhwng 'i chlunia noeth hi, Gwynfor. Ti drofun gweld? Mae'r cwbwl gin i ar ffilm 8mm, ac wedi'i throsglwyddo i VHS hefyd. Lwc mwngral nad oeddan nhw ddim yn y ffeil. Lasa dy fêt Vince Groves 'di'u gweld nhw. Be 'sa fo 'di'i ddeud, d'wad?'

Mi oedd Gwynfor yn laddar o chwys.

'A Helen druan bach ar 'i gwely angau hefyd,' medda Mike, mwydo yn anghysur y dyn.

'W't ti'r un mor euog â fi, Î-Êtsh. Yn fwy euog, ẃrach. Chdi sy'n hwyluso' — pwyntiodd Gwynfor at y ffeil — 'hyn i gyd.'

'Cipar dwi, dyna i gyd. W'sti pw' 'di'r pen dyn. W't ti am fynd yn 'i erbyn o, Gwynfor? W't ti am 'i flacmelio fo?'

'Lasa i mi neud.'

Golwg 'di dychryn ar Mike, deud dim.

Dyma Gwynfor yn deud,

'Gin Groves syniad yn 'i ben — a tystiolaeth, medda fo — na'r pen dyn 'di'r gŵr traws: yr un dyn. Mae Groves 'di datrys y cwbwl. Mae o 'di ffitio'r darna at 'i gilydd.'

Ddaru Mike sŵn wfft, a deud,

'Mae pawb yn gwbod, siŵr iawn. Jest cogio'u bod nhw ddim maen nhw. Mae'r petha 'ma'n digwydd dan drwyna pobol, Gwynfor. Ond cysgu efo'i llgada ar agor mae'r byd, yn de. Si ydi'r gŵr traws. Hanas cyfrinachol. Stori werin.'

'Enw cudd,' medda Gwynfor.

'Sut?'

'Hidia befo, Î-Êtsh. Y ffacin llynia.'

'Paid â'n rhegi fi'r cont.'

'Mi a' i â'r ffeil at y bosys yn Colwyn Bay.'

'Nei di'm o'r ffasiwn beth. Ac mi wyddost ti hynny'n iawn, y coc oen. Rho fygwth heibio: dw't ti'm yn ddigon o foi. Mi gei di dy fathru, ac yn y jêl efo John Gough a Christopher Lewis fyddi di. Ac w'sti ti be maen nhw'n neud yn jêl i ddynion sy'n mynd i'r afael â genod bach — genod tair ar ddeg? W't ti am i mi ddroio llun o sbaddiad i chdi, Gwynfor?'

Collodd Gwynfor 'i bwyll, deud,

'Î-Êtsh, yn enw'r —'

'Faint 'di oed Medi erbyn hyn? Tair ar ddeg, debyg. Oed neis.'

Rhewodd Gwynfor. Mynd fel delw, a'i du mewn o'n toddi i gyd. Chwiliodd am 'i lais mwya ffyrnig, dŵad o hyd iddo fo, a deud,

'Paid â rhoid 'i henw hi yn dy geg fudur.'

'Mi ro i fwy na'n enw yn 'i cheg *hi*, dim ffiars.'

Llamodd Gwynfor drost y ddesg. Mynd am wddw Mike, hwnnw'n taflyd y sigâr. Ond mi roddodd rhywun fflich i'r drws ar agor, a rhuo i mewn i'r stafall —

Owain Iwan, ylwch: bwrlas fatha'i dad gynt.

Mi roddodd o uffar o hwyth i Gwynfor o'r neilltu, jest cyn i hwnnw fedru mynd i'r afael â Mike. Cythrodd Owain yn sgrepan y copar. Clec i ben Taylor ar y ddesg.

Llusgodd Owain y ditectif ar 'i ista rŵan, llgada Taylor druan yn rowlio'n 'i ben o, gwaed yn diferu o'i dalcian o.

'Yli be ti 'di neud i chdi dy hun, y llipryn dwl,' medda Mike, codi'r sigâr odd'ar y llawr, sugno arno hi, chwthu mwg. 'Wedi syrthio a brifo dy hun, 'chan. Hei gancar.'

Mi chwifiodd Mike lun hyll o Gwynfor efo'r lefran o dan 'i drwyn o, dangos 'i dramgwydd iddo fo'n blaen.

Taylor yn trio peidio sbio — yn gwadu tan wela fo'r briwia, ylwch. Ond sut medra fo beidio gweld? Mi oedd o yno, yn doedd. Mi oedd y cwbwl lot ddigwyddodd y noson honno yn 'i ben o, yn fyw fatha ffilm: y lefran, y budredd.

A ffycin Mike Ellis-Hughes yn ffilmio ac yn tynnu llynia ac yn chwerthin.

A dyma hwnnw'n deud,

'Pryd mae Medi'n bedair ar ddeg, Gwynfor? Ŵrach y gna'n ni'i gwahodd hi yma am barti.'

Pa le bynnag y byddo'r gelain, yno yr ymgasgl yr eryrod

FFLATIA'R Allt, Llangefni. Gyda'r nos...

10 Mai...

A Vince yn ista 'nghar Lena tu allan i'r fflatia'n smocio 'tha stemar: un ar ôl y llall, a thu mewn i'r car yn drewi 'tha shimdda.

Oedd o 'di bod yn gweld 'i fodryb, cyffesu iddi'i fwriada: a hon oedd 'i ffoes ola fo.

Lena wedi hefru ac wedi erfyn, wedi beichio, wedi deu'tho fo am anghofio hyn, wir dduw; anghofio ddoe. Wedi mynd ar 'i glinia, begio, begio, begio:

'Gad i hyn fod, neno'r tad, gad iddi orffwys!'

Welodd Vince y ffasiwn gastia gynni hi 'rioed ag a welodd o'r noson honno.

A rŵan, yn y car, yn y mwg:

chwys ar 'i wegil o,

angau'n 'i hawntio fo,

y dyddia 'di cael 'u rhifo.

Mi sbiodd i fyny at y seithfed llawr lle'r oedd Eoin Gough yn byw: yr hen frenin yn 'i dŵr.

Sawl gwaith fuo Vince ar gyrch i gartra terfysgwr arfog, 'dwch? Sawl gwaith fuo'n rhaid iddo fo fynd i'r afael â'r terfysgwr arfog? Sawl gwaith yr arestiodd o labwst o'r IRA neu'r INLA ar ôl 'i slanu o? A'r llabwst yn gofyn iddo fo: 'Pa fath o fwystfil wyt ti?'

Gant a mil o weithia. Ond fuo'i nerfa fo, hwn oedd yn galad fatha asgwrn cath, 'rioed mor frau ag yr oeddan nhw heddiw —

Mi roddodd o fflich i'r sigarét drw'r ffenast, ac allan o'r car â fo. Ciledrach o'i gwmpas i ddechra, golwg sydyn ar y tirwedd 'lly.

Oedd hi'n go dawal, ond o' 'na fiwsig yn dŵad o rwla. Mama ifanc yn smocio wrth wthiad pram. A chriw o hogia wedyn yn smocio ac yfad o gania ar feincia. Hen gant crymanog, hefyd, mewn côt Armi dreuliedig, locsyn blêr, yn baglu mynd am y fflatia.

Mi gyrhaeddodd Vince y fynedfa cyn y taid. Aeth o drw'r drws. Drewi piso a smôcs yn 'i daro fo'n syth bìn.

Oedd 'na lifft efo

OUT OF ORDER / DDIM YN GWEITHIO

ar y drws ar y chwith, a wedyn y grisia ar y dde.

Aeth Vince i fyny'r grisia, un llawr ar ôl y llall, ac ar bob llawr, mi oedd 'na siapia'n 'i watshiad o'n y cysgodion: ellyllon o'r *Inferno* gan Dante. Anwybyddodd Vince nhw: doedd o'n hidio dim amdanyn nhw.

Oedd 'na ogla canabis rŵan. A graffiti ar y walia i gyd:

Tafod y Ddraig —

Tanya 4 Gwyn —

Pa le bynnag y byddo'r —

Mi stopiodd Vince, sbio ar y graffiti:

Mi oedd

Pa le bynnag y byddo'r gelain, yno yr ymgasgl yr eryrod wedi'i baentio mewn inc trwchus du ar wal wen mewn llythrenna bras. Y peth rhyfedda. Pw' 'sa'n sgwennu'r ffasiwn beth ar wal lle'r oedd 'na ddatganiada gwleidyddol a datganiada o gariad?

Aeth o'n 'i flaen: y llawr nesa. Ogla piso ac ogla dôp. Anobaith yn yr awyr. Annibendod. Y pedwerydd llawr, y pumad, dal i ddringo i'r Isfyd, a Satan yn 'i chanol hi...

*   *   *

Mi gafodd addewid y basa'r dyn Groves 'ma'n dŵad heno, a rhoddwyd rhwydd hynt i Owain leinio'r diawl.

'Profa dy hun,' oedd Mike 'di'i ddeud. 'Ac ẃrach os y gnei di sioe, mi gei esgyn.'

Doedd gan Owain fawr o syniad am esgyn na dim, ond mi oedd 'i waed o'n berwi, ac mi fwriadai slanu'r cont 'ma.

'Sais ydi o,' oedd Mike 'di'i ddeud. 'Brit. Dyn y Goron, yli. Quisling yn erbyn 'i Gymru. Mae o yma'n guddweithredwr. Colaboretyr. Bydd yn anhrugarog. Fydd 'na'm cosb.'

Ewadd, Owain ar i fyny. Joban go iawn o'r diwadd. Job sowldiwr. Dim job dan din 'tha llosgi tai gwag yn y twllwch. Sarhad Fflur yn eco:

Laddist ti neb 'rioed, naddo, efo dy chwarae tân.

Hefrodd ar Mike unwaith:

'Difaru 'na'n ni ar ddiwadd y dydd na ddaru ni ddigon, dim difaru na naethon ni ormod. Bwledi a bomia sy'n newid petha.'

A dyma ni, Mike 'di gweld y goleuni...

Fydd 'na ddim cosb.

*   *   *

Y seithfed llawr. Chwthodd Vince wynt o'i geg. Hidlo'r tensiwn o'i gorff.

Mi welodd o'r llabwst yn dŵad i'w gyfwr o. Oedd o'n 'i nabod o hefyd: gwas bach Mike Ellis-Hughes o'r noson honno, oes yn ôl bellach, yng Ngodreddi.

Mi sgwariodd y twl-al. Golwg rêl boi arno fo; drofun codi twrw. Ond mi oedd 'na olwg felly arnyn nhw i gyd cyn i betha boethi go iawn. Pob un wan jac yn geg i gyd cyn iddyn nhw gael dwrn yn 'u dannadd; dim clem be 'di cwffio go iawn gin yr hogia 'ma.

A dyma fo'n profi hynny: yn sgut i gyd efo'i ên allan; yn gneud 'i hun yn fawr gan feddwl basa hynny'n codi ofn ar Vince.

Sgyrnygodd y bwrlas, deud,

'Dwi'n mynd i dy ffwcin slanu di'r coc —'

Ond mi ddoth o'n rhy agos, do. A chyn i'r bygythiad dollti o'i geg o, mi oedd Vince 'di rhoid clustan iddo fo.

Mi sigodd y ffwcsyn. Rhyw dwrw udo mawr yn dŵad ohono fo. Oedd clustan yn waeth na dwrn weithia. Clustan yn sgytio, yn cymryd y gwynt ohonach chi. Clustan 'sa rhywun yn roid i hogyn drwg — ac oedd hynny'n gwilydd o beth i labwst fatha hwn.

Mi sythodd o wedyn, mwytho'i foch, dagra'n diferu, a'i geg o'n llydan gorad: golwg 'di dychryn go iawn arno fo.

'W't ti am fyhafio rŵan?' medda Vince. 'Dwi'm drofun rhoid slas go iawn i chdi, reit. Dos am adra cyn i chdi gael dy frifo.'

Hen dro; ddaru'r llanc ddim dysgu, naddo.

'Ty'd 'laen, 'ta, os ti'n meddwl bo' chdi rêl boi,' medda fo.

'Ci rhech Mike Ellis-Hughes w't ti, yn de.'

Sgyrnygodd y ci rhech. Mi gododd o'i ddyrna: fawr o siâp arno fo, ond dyna fo.

'Yli, 'ngwash i,' medda Vince, 'dwi'm isho dy leinio di, ond mi 'na i, 'de.'

'Ty'd 'ta,' medda'r llall, beichio crio, blin am 'i fod o 'di cael 'i iselhau.

Latshian oedd o, wrth gwrs; latshian fatha alarch neu glagwydd; curo'i adenydd yn fygythiol. Ond tro ar wddw'r deryn oedd isho, a dyna ni.

Ond wedyn:

Aeth y llabwst i'w gôt ac allan â fo efo cyllall: *Stanley knife.*

'Cont,' medda fo, poeri go iawn. 'Sais contlyd.'

Oedd Vince yn edrach dan 'i guchia ar y boi 'ma, methu dallt, wir dduw, pam oedd o 'di'i alw fo'n Sais.

Chafodd o fawr o amsar i fyfyrio ar y sarhad, cofiwch: hyrddiodd y ci rhech amdano fo dan gyfarth.

Hôps mul: swingiodd y llanc yn ffyrnig, hacio'r llafn am wynab Vince. Osgôdd hwnnw'n go handi. Dyrnu'r di-ildiwr yn 'i drwyn. Wedyn, cic reit sydyn iddo fo'n 'i stumog.

Aeth o i lawr 'tha cadach llestri.

Pistylliodd y gwaed o'i drwyn o. Tagodd a mwytho'i fol. Oedd o'n dal 'i afael ar y *Stanley knife*, chwara teg.

Ond gillwng y llafn ddaru o pan stompiodd Vince ar 'i ddyrna fo, malu'r esgyrn yn racs, y bwrlas yn gwichian 'tha mochyn wedyn.

Cythrodd Vince yn y gyllall, fflich iddi drost yr ymyl.

'Ewadd, Vincent, 'y ngwas i, mi dyfaist yn hogyn nobl, yn do.'

Trodd Vince i gyfeiriad y llais er 'i fod o'n gwbod pwy siaradodd yn syth bìn. Safai Eoin Gough yn nrws 'i fflat efo'i wên fatha giât a'i llgada duon a'i wallt at 'i sgwydda.

Oedd o'n sbio — efo difyrrwch, o'r olwg ar 'i wep o — ar y llabwst yn gwingo ar y llawr, deud,

'Y baricêd cynta wedi'i ddymchwel yn reit handi. Doedd gen i fawr o ffydd yn y bwrlas, ond dyna fo: dipyn o sbort.'

Wedyn mi sbiodd o ar Vince eto a deud,

'Rydw i 'di bod yn edrach ymlaen yn arw i gymuno gyda thi eto, boi. Ty'd i mewn.'

Oedd Vince mewn llesmair, methu symud. Daeth tuchan o'r tu ôl iddo fo a meddyliodd am funud fod 'na labwst arall am roi tro arni.

Ond yr hen gant crymanog yn 'i gôt Armi a'i locsyn oedd Vince 'di'i weld yn gynharach oedd yno: allan o wynt ond yn stryffaglio i fyny'r grisia; un llygad gynno fo, sylwodd Vince.

Trodd eto at Eoin Gough, hwnnw'n dal i wenu. Ystumiodd ar i Vince ddŵad i mewn. Camodd, felly, i ffau'r llew.

*   *   *

'Taro dy ben nest ti?' medda Nel wrth y DI Taylor. Oedd 'na olwg ar y diân ar y ditectif. Ac mi wingodd o rŵan: cofio'r swadan gafodd o gin Owain.

Ar ôl hynny, mi gafodd ordors gin Mike Ellis-Hughes:

'Sortia'r esgyrn yn Godreddi i mi fedru mynd ati eto efo'r tai.'

Mi winciodd Mike arno fo wedyn, fflapian y llun o dan drwyn y ditectif — y llun ohono fo a'r lefran honno. Ac wedyn 'i fygwth o efo'r VHS: mi gawn *film show* yn y pictiwrs yn Bangor.

Degawd yn ôl bellach. Jest cyn yr helynt ym Mhlas Owain pan aeth John Gough o'i go a ballu.

Robin Jones oedd 'di'i hudo fo at Wŷr Môn drost Dolig '78. Mi oedd y ddau'n sarjants yn CID.

Robin Jones, yr Octopws: yn ddylo i gyd medda'r genod — honcio brestia, pinsio tina, mwytho coesa.

Helen 'radag honno 'di cael y diagnosis cynta: cansar. Goro mynd trw'r driniaeth. Ewadd, mi gwffiodd hi. Ond y straen yn deud ar Gwynfor yn fwy na hi.

Ar gownt y salwch, mi fethai hi neud cymwynas â fo bellach — winc, winc. Ty'd i gael sbort, medda Robin Jones — winc, winc. Lefran ddigon o r'feddod drofun tendio ata chdi — winc, winc.

Tentacla'r Octopws yn llusgo Gwynfor i affwys o ble nad oedd dengid. Twll dyfn, twll tywyll, lle diffaith a gwyllt.

'Mae gynnon ni afael arna chdi rŵan, yli,' oedd Mike Ellis-Hughes 'di'i ddeud yr adag honno, ar ôl i Gwynfor fynd i'r afael â'r lefran mewn fflat yn Amlwch. 'Ond paid â meddwl amdani fel'a, washi. Meddwl amdani fatha tasa chdi'n un ohonan ni. Un o'r hogia. Cefn ddynion y sir 'ma, 'de. Un criw, wedi'n clymu efo'n gilydd am weddill 'yn hoes. Yr ynys am byth! A ni, ei meistri hi.'

Winc, winc.

Meddwl yn ôl rŵan: mi oedd golwg deunaw oed arni — o leia. Nid bod hynny'n cyfiawnhau be ddaru o. Ond tasa hi'n ddeunaw, dim ond torri calon 'i wraig y basa fo 'di'i neud, nid torri'r blydi gyfraith, nid condemnio'i hun, nid rhwymo'i hun.

Oedd hi 'di darfod arno fo'n doedd. Mi feddyliodd o'i fod o rêl boi. Ond dynion 'tha Mike oedd efo'r llaw ucha; nhw oedd efo'r gafael ar betha. Cŵn rhech oedd hogia 'tha Gwynfor, yn cael asgwrn bob hyn a hyn.

Ar ôl i Mike ddatgelu iddo'i dramgwydda, a'i fygwth o efo nhw, dyma fo'n deud,

'Rhaid i ni gyrraedd y lan efo Godreddi, Gwynfor. Dos i setlo hyn. Hidia befo am hen esgyrn, frawd. Mae ddoe 'di'i gladdu, yli' — winc, winc: rhoid y llynia o Gwynfor a'r lefran dan oed yn y drôr — 'Ni bia heddiw, ac yn bwysicach byth, ni bia fory hefyd. Off â chdi, was ffyddlon.'

A mynd ddaru o: gadael y geriach i gyd oedd Vince 'di'i roid iddo fo ar ddesg Mike Ellis-Hughes.

Ddoe 'di'i gladdu: yn esgyrn ac yn llwch cyn bo hir, 'chi.

Ysai Gwynfor am yr encilion. Awchai am y twllwch. Ond cyn hynny, aeth o i chwilio am derfyn: diwadd ar hyn i gyd.

Mi arhosodd o amdani ym maes parcio'r Bull lle'r oedd hi'n aros.

Mi welodd hi o'n sefyll wrth 'i gar, ond ddaru hi ddim cymryd arni: dal i gerad yn syth ato fo heb wyro nac oedi na dim byd.

Mi stopiodd hi o'i flaen o, ac argian fawr, mi oedd 'na rwbath gogoneddus yn 'i chylch hi: y gwallt a'r llgada; rhwbath allan o afael.

'Gafael yn'i,' medda hi. 'Dwi ar grwsâd.'

'Chdi ddaru,' medda fo.

'Fi ddaru be?'

'Godreddi. Ifan Allison. Robin Jones. Yr hwntw oeddach chdi'n 'i ganlyn.'

Mi wingodd hi rhyw fymryn yn fan'na'n do: yr hwntw'n wendid. Ond wedyn, dyma'i llgada hi'n mynd yn gul i gyd — fatha llgada neidar 'lly — a sbio i fyw enaid Gwynfor, jest â bod. Ewadd, mi grynodd o, 'chan: bron 'tha'i bod hi 'di hel hwdw drwyddo fo.

A dyma hi'n deud,

'Fe ddatgelir pob celwydd.'

'Sut?' medda fo, y llynia ohono fo a'r lefran yn fflachio drw'i ben o.

'Fi gladdodd y tri,' medda hi — jest fel'a, fel tasa'm otsh gynni hi. 'A dwi'n mynd i gladdu'r cwbwl lot ohonyn nhw yn 'u tro. Mi ddaw cyfri. Mae'r dyddia 'di cael 'u rhifo.'

Mi gafodd Gwynfor 'i lorio. Mi ddoth yma efo'r llaw ucha ond rhwsut mi gollodd o'r fantais.

Ac yn sydyn, o nunlla, dyma Nel Lewis yn rhoid 'i llaw ar 'i frest o, ar 'i galon o 'lly — cael cownt o'r curiada oedd ar ôl.

Ac mi sgytiwyd Gwynfor go iawn.

Mi sbiodd y lefran i fyw 'i llgada fo a deud,

'Yr hyn yr wyt yn ei wneuthur, gwna ar frys.'

Tynnodd 'i llaw odd'ar 'i frest o. Rhoid cap ar 'i phen. Tynnu'r pig i lawr i guddiad 'i llgada gwyrdd oedd yn llawn petha ffyrnig a chyntefig. Ac off â hi i'r Volvo sgraglyd efo'i bag.

Arhosodd Gwynfor a'i gwatshiad hi'n dreifio o 'na, meddwl, Lle bynnag mae hi'n mynd, gwynt teg ar 'i hôl hi, wir dduw.

Am funud wedyn, mi safodd o'n stond efo dagra'n rowlio drost 'i focha fo. Mi fedrodd o symud ar ôl rhyw funud, ac mi aeth o i'r car ac ista'n fan'na'n gwasgu'r llyw —

chwys ar 'i wegil o,
angau'n 'i hawntio fo,
y dyddia 'di cael 'u rhifo.
Meddyliodd Gwynfor,
Gwna ar frys...

Mi sigodd penaglinia Vince ryw fymryn wrth gerad i fewn i'r stafall ffrynt a gweld fod pob modfadd o'r parad 'di'i orchuddio gin gelfwaith: paentiada enwog.

Oedd stafall ffrynt y gŵr traws 'tha amgueddfa, jest iawn: 'jest iawn', am mai copïa oedd y paentiada, wrth gwrs, ond bob un wan jac — ac mi oedd 'na bentwr — mewn fframia hen ffash.

Aeth llgada Vince drostyn nhw i gyd —

Gweld:

Creazione di Adamo gin Michelangelo.

Gweld:

Madonna and Child gin Duccio.

Gweld:

Self-Portrait as a Female Martyr gin Gentileschi.

Gweld y cwbwl lot, ac wrth weld llun penodol, yn 'i ben mi welodd o'r plant:

Gweld:

Islwyn Owen.

Gweld:

Sandra Mellor.

Gweld:

Sharon Thomas.

Gweld a gweld a gweld tan iddo fo fethu dad-weld.

'W't ti'n gwerthfawrogi celfyddyd, Vincent?' medda Eoin Gough.

'Y llyfr. Ddangosaist ti'r rhein i gyd i fi'r adag honno. Cyfaddefaist.'

'Naddo wir: addysgais.'

'Dan drwyna pawb,' medda Vince, sadio'i hun; cledu'i hun yng ngwynab yr anlladrwydd fel y buo'n rhaid iddo fo neud ganwaith yn 'i waith bob dydd.

Mi sbiodd o ar wynab Eoin Gough. Ewadd, mi oedd

Vince 'di gweld pentwr o ddrygioni'n 'i ddydd: mi welodd o greulondeb a barbareiddiwch, do, wir dduw. Ond mi deimlodd o'r funud honno'i fod o 'mhresenoldeb rhwbath gwaeth; rhyw ddrygioni na ellid rhoid enw go iawn arno fo 'lly.

Mi wenodd Eoin Gough, nabod yr hyn oedd Vince wedi'i weld: yr un peth welodd pawb o'i flaen o oedd 'di sbio'n syth i wynab y gŵr traws, y pen dyn, yr *un* dyn.

'Yma i gyffwrdd ymyl fy ngwisg wyt ti, Vincent? Disgwl iachâd?'

'Dim ffiars.'

'Be nei di, felly, Vincent bach? 'Yn arestio fi, mwn.'

Cynigiodd y gŵr traws 'i arddyrna, deud,

'Ond yli, frawd...'

Trodd 'i arddyrna wedyn, a dangos 'i ddylo i Vince megis Crist yn dangos 'i ddylo i Tomos.

Deud,

'Moes yma dy fys, a gwêl fy nwylo; ac estyn dy law, a dod yn fy ystlys: ac na fydd anghredadun, ond credadun.'

Mi ddoth pendro drost Vince —

Llaciodd rhwbath ynddo fo; rhyw dennyn ar y ddraig, ẃrach —

Ac ylwch, mi fethodd o siarad ar gownt y ffaith bod y gallu hwnnw ddim gin y bwystfil cynoesol oedd 'di cael 'i atgyfodi ynddo fo'r funud honno.

Dyma Eoin Gough yn deud,

'Dim hoel, yli. Dim i gyfiawnhau dy daith ofer.'

Mi ddoth Vince o hyd i'w lais, o hyd i'r sŵn mae anifal yn 'i neud wrth fygwth, a deud,

'Be nest ti i Veronica?'

Mi sbiodd Eoin Gough ar 'i ddylo'i hun wedyn, ar y cledra a'r bysadd hir, ar y dylo 'tha rhawia oedd gynno fo, dylo lasa wasgu'r bywyd o blentyn yn handi bach.

Cael a chael oedd hi 'lly, ond bu jest iawn i Vince daflyd 'i hun at Eoin Gough a'i slanu o. Oedd, mi oedd o drost 'i ddeg a thrigian, ond mi oedd golwg iach 'tha cneuan ar y mwrdrwr mewn oed 'ma. Golwg fel tasa fo'n dal rêl boi tasa hi'n mynd yn helynt.

Ond ta waeth am yr olwg bwrlas arno fo: mi slanodd Vince ddynion fengach, dynion mwy, dynion cryfach.

Eto, mi oedd 'na rwbath yn 'i nadu o rhag rhoid clustan i Eoin Gough: rhyw faes grym 'lly o'i amgylch o'n atal ymosodiada.

'Oeddach chdi'n gysur i fi,' medda Vince. 'Yn nerth ar ôl i Vonnie ddiflannu.'

'Yno i wasanaethu'r oeddwn i.'

'Yno i ymdrochi yn 'yn diodda ni fatha teulu oeddach chdi. Bwydo ar y boen fatha rhyw Ddraciwla'n bwydo ar waed. Gorfoleddu yn 'yn galar ni. Lle ma' hi, er mwyn iddi gael 'i chladdu'n waraidd?'

'Mae hi yn y pridd, Vincent.'

Cael a chael oedd hi eto i Vince nadu'i hun rhag tynnu'r bwystfil 'ma'n gria. Ond mi gerddodd 'na styllan o hogan i mewn efo'i gwallt llipa coch a'i llgada gwag, a rhwbath go gyfarwydd ar 'i chownt hi; rhoid sgytwad i Vince.

A dyma Eoin Gough yn deud,

'Fflur 'di hon, yli. Wyres i mi. Prentis. Fflur, dyma Mr Vincent Groves o Langaffo: yr hwn sydd ddibechod ohonom, yr hwn sydd am daflyd y garreg gyntaf.'

Fflur Gough, meddyliodd Vince. Dyna be oedd yn gyfarwydd amdani. A dyma un arall a welodd betha 'sa hidia iddi fod wedi peidio'u gweld, petha na fedra hi 'u dad-weld — ac ylwch be ddigwyddodd iddi hi, y gryduras.

'Mae hi yma rŵan, efo'i hil. Hi oedd y gynta'n ôl i'r nyth. Mi ddaw'r lleill 'n o fuan. Y plant i gyd yn uno dan adain 'u taid. Mae'r gorlan ar agor i'r defaid coll, Vincent, ac fe ddônt, fe ddônt, yn ufudd i alwad y bugail.'

'Neu pan fydd y ci'n 'u bygwth nhw ac yn brathu'u sodla nhw.'

Mi wenodd y gŵr traws a deud,

'Un ar y diân wyt ti, Vincent.'

'Be nest ti i'n chwaer i?'

'Dim byd.'

'Paid â deud anwiradd wrtha fi'r —'

'Ar ôl dy grwsâd, y daith ofer 'ma, ar ôl y datguddiadau oll am y crefftweithiau adewish i, wyt ti'n wirioneddol gredu y baswn i'n cuddiad 'y ngwaith rhag y byd?'

Atgof yn ysgwyd Vince:

Mi oedd y gŵr traws yn datgan 'i fawredd i holl gyrrau'r ddaear...

Oedd Vince 'di cael 'i ddallu. Ond rŵan, mi agorodd o'i llgada. Oedd o drofun sicrhau cyfiawnder i Vonnie. Oedd o drofun 'i gosod hi ymhlith yr angylion. Oedd o drofun dial ar 'i rhan hi. Oedd o drofun llorio'r Drwg Oedd Yn Dinistrio Diniweidrwydd. Oedd o'n creu patryma. Oedd o'n gweu tapestri. Oedd o'n cysylltu'r drwg gwaetha a'r diniweidrwydd pura — y gŵr traws a Vonnie.

Dyma 'na gnoc ar y drws. Torri ar draws dryswch Vince. Torri ar draws 'i ddatguddiad o.

'Drofun cyffes wyt ti, Vincent?' medda'r gŵr traws. 'Mi gei gyffes, felly. Drofun merthyr? Mi gei ferthyr yn ogystal. Fflur, dos i agor y drws, dyna hogan dda.'

Agorodd Fflur y drws ac mi ddoth yr hen gant crymanog, unllygeidiog, efo côt Armi fudur a locsyn blêr, i mewn.

'Yr hen Maldwyn,' medda'r gŵr traws.

Dechreuodd pen Vince droi. Dechreuodd 'i stumog o gorddi. Dechreuodd 'i reswm o ddadfeilio.

A dyma'r hen Maldwyn 'ma'n deud,

'Sud w't ti, 'ngwash i?'

A dyma Vince, rhwsut, yn deud wrth yr hen Maldwyn 'ma,

'Dad.'

Cyffesa dy dramgwydd

A DYMA tad Vince yn deud, 'Rhaid i mi gael ista, 'chi. Ydach chi'n meindio os 'na i ista, Mr Gough?'

'Stedda, frawd,' medda'r gŵr traws, gwenu o glust i glust — ar i fyny rŵan am 'i fod o wedi sicrhau'r llaw ucha. 'W't ti am jochiad i dy gynnal di drw'r treialon yma?'

'Caredig iawn, Mr Gough.'

'Fflur, dos i nôl ffisig i'n gwestai.'

Aeth Fflur i'r cefn.

Oedd Vince fatha delw. Methu symud. Fel 'i fod o 'di troi'n biler o halan 'lly. Neu'n glai, ẃrach — clai i'w fowldio gan greawdwr.

Oedd o 'di drysu go iawn, a'i ben o'n troi. Trio clymu'r cynffonna 'ma i gyd efo'i gilydd, ond 'i fyd o'n raflio.

Rhythodd ar 'i dad, os mai'r peth striclyd 'ma oedd 'i dad o go iawn 'lly. Lasa mai gêm y gŵr traws, y pen dyn, yr *un* dyn, oedd y cwbwl.

Oedd hi'n anodd dygymod. Ai'r cadach dyn yma oedd Dad? Dyn bygythiol fu Dad. Mantis gweddïol, nid llyngyryn.

Dychwelodd Fflur efo gwydriad o whisgi. Rhoid y whisgi i'r hen ddyn. Yfodd hwnnw a wedyn ochneidio fel tasa'r boen i gyd 'di diferu ohono fo.

O'r diwadd 'lly, mi ddoth Vince o hyd i'w lais a deud,

'Lle'r est ti os mai chdi ydi 'nhad i?'

'Pw' ti feddwl ydw i?'

Ewadd, mi oedd y llais yn gyfarwydd o feddwl, ac yn croesi'r oesoedd a chodi gwrychyn Vince. Ddaru o ddim cymryd arno, cofiwch, a dyma fo'n deud,

'Dwn i'm.'

'Pont Borth, dyna lle'r esh i. Meddwl neidio.'

'Fasa hidia i chdi fod wedi gneud.'

Tuchanodd yr hen ddyn ac yfad eto. Gwagio'r gwydyr a'i ystyn o i gyfeiriad Fflur. Mi sbiodd honno ar 'i thaid, a hwnnw'n nodio. Aeth Fflur â'r gwydryn a mynd i roid mwy o whisgi yn'o fo.

'Basa, mwn,' medda Maldwyn Groves. 'Yli a'na fi.'

Blêr: locsyn budur, un llygad, drewi.

'Pam ddaru chdi ddim, 'ta?'

'Mi landiodd Mr Gough. Stopio'i gar ar y bont 'lly. Dyna chdi andros o beth — hidio dim am y traffig. Dŵad ata i a gweld y llanast oedd arna fi, y llanast nest *ti'r* cythral bach. Dyrnu dy dad. Ffor shêm. A dyma Mr Gough yn deud wrtha fi am gadw'r ffydd, yn de. "Cadw'r ffydd, frawd," medda fo. "Cadw'r ffydd, ac mi ddaw dy ddydd di eto. Fe ddatgelir pob celwydd." A dyma fo, yli: y dydd hwnnw yma; y dydd hwnnw heddiw. Gaddo'r awr yma. Wedi'i drogan hi.'

Deilliodd rhyw chwerthiniad aflan o wddw Eoin Gough: cymryd hyn i gyd yn sbort; gêm oedd hi.

'Gafodd o hyd i fflat i fi'n fa'ma,' medda tad Vince. 'Mae o 'di 'nghynnal i, yli.'

Oedd 'na olwg ar Eoin rŵan fel tad oedd 'di cael 'i fodloni gin ganlyniada arholiad 'i epil. Rhyw *dda iawn chdi, 'ngwash i* ar 'i wep o.

'Ti 'di dy blesio, bownd o fod,' medda Vince wrtho fo.

Mi ddoth Fflur i fewn eto. Mwy o whisgi i'r hen gant.

'Mae aduniad tad a mab yn eli i'r galon,' medda'r gŵr

traws. 'Ond awch mab yw marwolaeth 'i dad er mwyn iddo fo etifeddu'i iawn le fel penteulu — a'i iawn le yng ngwely'i fam —'

Vince yn rhuo,

'W't ti'n ffycin sâl! Ysbail 'di pawb i chdi, yn de.'

Gwywodd gwên Eoin Gough rhyw fymryn 'lly. Sbio'n reit galad ar Vince cyn deud,

'Mi oeddwn i'n dy nabod di cyn i chdi nabod dy hun, sti.'

Crensiodd Vince 'i ddannadd, deud dim.

'Oedd dy natur di'n amlwg i mi, Vincent, a halan ar friw i dy dad druan oedd cael cadi ffan yn fab iddo fo. Meddwyn oedd f'un i, ond o leia'r oedd o'n ddyn.'

Tynhaodd Vince 'i ddyrna, barod amdani, deud,

'Am weld dyn w't ti?'

'Nid dyrna neith ddyn.'

'Neith y tro heno.'

'Ara deg, rŵan,' medda'r gŵr traws, ofn, ẃrach, yn y llgada pefriog rheini. 'Yli, Vincent, yli ar dy dad: mi striciodd y slas honno roddaist i'th riant y cradur. Yli, yli' — cyfeirio at Maldwyn Groves — 'yli'r anlladrwydd a greaist, frawd. A lliniaru d'enaid dy hun, yn ogystal.'

Oedd dagra'n dechra tŵallt o llgada Vince, rŵan. Sgyrnygodd fatha anifal oedd ofn rhwbath diarth nad oedd o'n ddallt. Ysgydwai i gyd. Dadfeiliodd 'i reswm o. Darniodd y byd. Mi sbiodd o ar 'i dad, yr hannar dyn hwnnw, a deud,

'Drofun dial w't ti? Ty'd 'laen 'ta, hen ddyn, yr hen gont.'

'Argoledig, naci, siŵr iawn,' medda Maldwyn Groves. 'Drofun dy weld di eto'n de — cyn i betha fynd yn jibidêrs go iawn.'

Oedodd Vince. Drysu braidd. Be oedd yn digwydd? Deud dim.

Dyma Eoin Gough yn deud,

'Mae awr dy ymddatodiad yn agos, Vincent, ond

mi'i penderfynwyd hi chwartar canrif yn ôl pan nad anrhydeddaist dy dad a'th fam —'

'Lle mae hi?' medda Vince. 'Lle mae Vonnie?'

Oedd Maldwyn Groves yn ysgwyd i gyd fel bod haint arno fo.

Fflur yn piffian chwerthin: y dynion 'ma'n tynnu'u hunan yn gria o'i blaen hi, hitha'n gweld y cwbwl yn ddigri.

Trodd Eoin Gough at Maldwyn Groves a deud,

'Cyffesa, frawd.'

*   *   *

'Cyffesa,' medda'r Pregethwr wrth Maldwyn Groves ar ôl i hwnnw agor y drws —

24 Hydref, 1966 —

'Cyffesa dy dramgwydd.'

A dyma'r Pregethwr yn cythru'n sgrepan Maldwyn a'i wthiad o'n ôl i'r tŷ. Argoledig, mi oedd y dyn duwiol 'ma'n gry. Homar o nerth gynno fo. Bôn braich go iawn. Mi roddodd o fflich i Maldwyn ar y soffa fel tasa hwnnw'n ddol glwt 'lly.

'Dadlwytha, Maldwyn.'

'Sut —'

Gwyrodd y Pregethwr a rhuo'n ffyrnig yng ngwep Maldwyn:

'LLE MA'R LEFRAN?'

Oedd Maldwyn yn swnian ac yn cwyno, pwyntio i fyny'r grisia.

'Dangos i mi,' medda'r Pregethwr.

Arweiniodd Maldwyn o i lofft Vonnie, a dyna lle'r oedd hi'n gorfadd ar 'i gwely'n noethlymun, jest â bod. Wrth 'i hymyl hi ar y gwely, mi steddai gwraig go odidog mewn dresing gown. Llgadodd y Pregethwr hon am chwinciad, a'i meddiannu hi, a gosod euogrwydd a chwilydd yn 'i chalon hi'n oes oesol.

"Di'r gnawas bach cau deffro,' medda Maldwyn.

'*Fi* oedd pia hi,' medda'r Pregethwr yn dawal ac yn flin, fatha'i fod o wedi'i bechu. 'Mi oedd hi wedi'i nodi ar gyfer esgyniad. A dyma chdi'n dŵad efo dy ddylo budur a'th awcha anwar a'i maeddu hi fel hyn. Mi welish i chdi'r llipryn, yn dreifio yn dy gar, yn sgut amdani. Dy gnawd dy hun, mewn difri calon. Ffor shêm. Mi dwi'n edrach yn gam arna chdi, Maldwyn. Fasa hidia i mi hollti dy wddw di ar agor. Dy waedu di fatha mochyn.'

Gwingodd Maldwyn. Mynd ar 'i benaglinia. Begian a swnian:

'Helpwch fi, Mr Gough. Deudwch wrtha fi be i neud. Ydach chi wedi bod yn werth chweil efo fi. Wedi 'nghynnal i efo'r pils a ballu. Ond ylwch, dim ond rhyw garidým sy'm yn dallt mawredd ydw i. Chi 'di'r pen dyn. Deheulaw ydw i. Dangoswch i fi be i neud, finna wedi gneud y ffasiwn lanast.'

'Cheith hi ddim o'i gosod, rŵan. Cheith hi ddim o'i gorfoleddu gin y byd. Rhaid iddi fynd i'r pridd o lle doth hi.'

Aeth y Pregethwr at y ffenast a sbio i lawr ar yr ar' gefn, y swing yn fan'no, y mieri a'r chwyn.

Aros yn 'i lle wrth ymyl Veronica ddaru'r wraig odidog, ond mi gododd Maldwyn ar 'i draed, mynd at ymyl y dyn tal, teimlo'n gorrach yn 'i bresenoldeb o.

Mi sbiodd ynta ar yr ar' gefn hefyd. Oedd hi'n llanast: hidiodd Maldwyn ddim 'rioed am gadw trefn, am chw'nnu a ballu. Hen le anial. Neb fawr yn mynd yno bellach. Y plant yn rhy hen i gyboli ar y swing. Maldwyn yn rhy ddiog i balu a mynd ar 'i linia. Tir angof go iawn, ylwch. Lle gwerth chweil i guddiad pechod — i gladdu'ch cyfrinach.

Siglodd y swing yn y gwynt. Ar dop y ffrâm, clwydodd gwylan gefnddu.

'Ewadd, yli,' medda'r Pregethwr. 'W'sti'r hen ddywediad?'

Mi ysgydwodd Maldwyn 'i ben: fuo fo 'rioed yn un da efo iaith a ballu; barddoniaeth a rhyw lol felly.

'Arwydd claddu, gwylan gefnddu,' medda'r dyn oedd gan mil doethach na Maldwyn.

Mi lapiodd y Pregethwr 'i fraich hir, anaconda o fraich, am ysgwydd Maldwyn a deud,

'Cyffesa, rŵan, yr hyn a wnest iddi...'

Llyfodd 'i wefus yn farus, y dafod fatha tafod sarff yn chwipio allan.

'Fi a'i hudodd o,' gwaeddodd y wraig go odidog oedd yn ista ar y gwely.

'Taw di, Jezebel. Mae dy gosb di wedi ei gosod: hen ferch; Na thyfed ffrwyth arnat byth mwyach. Rŵan, Maldwyn: pob manylyn aflan, o'th orwedd gyda'th ferch, sut y buo hi'n *rhoddwn i'n tad win i'w yfed, a gorweddwn gydag ef* yma heddiw...'

Mi ddoth griddfan o'r gwely. Trodd pawb at y twrw. Mi oedd Vonnie'n fyw.

*   *   *

Ac felly y buo hi, Maldwyn Groves yn cyffesu gerbron 'i fab fel hyn:

'Oedd hi'n tyfu, sti. Peth ddel. Fatha dy fam pan oedd honno'n fengach. Fatha... Ac o'n i methu nadu'r awydd 'ma. Ond 'sat ti'm yn dallt, na 'sat. Yr awch naturiol sy gan ddyn —'

'Naturiol?' medda Vince, yn ddraig, nid yn ddynol.

Llamodd am 'i dad, yn ddyrna ac yn ddannadd i gyd,
chwys ar 'i wegil o,
angau'n 'i hawntio fo,
y dyddia 'di cael 'u rhifo —
'Fedrwn i'm helpu'n hun,' medda Maldwyn, gwingo.

Mi stopiodd Vince yn stond. Tennyn ar yr anifal gwyllt
drigai'n 'i frest o, un oedd ar fin cael 'i ryddhau.

'Ast fach oedd hi,' medda'i dad o. 'Ast fatha dy fam.
Pryfocio a hudo —'

'Tair ar ddeg oedd hi'r diawl.'

'Be wyddost ti?'

Mi roddodd Vince glustan i'w dad. Andros o dwrw —

CLEC!

— wrth i'w law o daro boch yr hen gant. Beichiodd 'i dad o,
crymanodd.

A dyma'r gŵr traws yn deud,
'Adrodd dy chwedl, Maldwyn.'

'Oedd hi'n y car, efo'i choesa —'

Stumog Vince yn corddi —

'O'n i 'di meddwi —'

Brest Vince ar dân —

'Esh i â hi adra 'lly —'

Gwaed Vince yn mudferwi —

'Ddaru hi'n hudo fi efo'i llgada, ac efo'i —'

Nerfa Vince yn dynn —

'Nesh i'i llusgo hi i fyny grisia, dysgu gwers —'

Dyrna Vince fel dwy ordd —

'Oedd hi'n sgrechian a deu'tha fi am beidio, ond oedd
hi *isho* go iawn. *Isho*. Maen nhw i *gyd* isho. Ond 'sat ti'm
yn dallt —'

Pen Vince yn llosgfynydd —

'Ac oedd hi'n stryffaglio a finna'n colli 'mhen, dylo am 'i chorn gwddw hi, sgyrnygu —'

Tymer Vince yn gorwynt —

'A dyma *hi'n* dŵad i mewn —'

Ddaru Vince ddim clywad y geiria. Oedd o 'di mynd o'i go. Yr argae ar 'i ffyrnigrwydd o'n sigo, yn gwanio: methu dal y tac. Cythrodd yn sgrepan 'i dad, sgytio'r cont, gweiddi,

'LLE MAE HI?'

'Edrych ar fy nwylo,' medda'r gŵr traws, y pen dyn, yr *un* dyn.

Trodd Vince, ysgwyd i gyd: oedd 'i fyd o'n darfod fel gwêr cannwyll, ac oedd hi'n ras, oedd hi'n ras... a wedyn stopiodd y byd —

Dyna lle'r oedd y gŵr traws, y pen dyn, yr *un* dyn yn gosod darn mewn jig-so mawr ar y bwr' bwyd, y darn yn darfod deryn — gwylan gefnddu...

* * *

Mi agorodd o'i llgada ond ddaru o ddim deffro. Mi gaeodd o'i llgada ond ddaru o ddim cysgu.

Yfodd lasiad arall o Bell's ar ôl i hogan John Gough dollti un iddo fo.

Oedd gynno fo botal yn 'i fflat, ac ar ôl mynd o'r purdan yma yn ogof y Pregethwr, mi oedd o'n bwriadu yfad honno hefyd. Gorfadd ar y soffa ddrewllyd yn 'i aelwyd aflêr a mynd i'r fagddu. Oedd 'na boen yn 'i frest o ar ôl gweld Vincent.

Galar tad oedd wedi methu'n 'i alwedigaeth.

Ewadd, mi oedd Vince yn hogyn nobl, yn doedd. Dyn gwerth chweil, er na fedra Maldwyn ddeud hynny wrtho fo.

Hen dro'i fod o'n gadi ffan efo'r Aids 'ma a ballu o gwmpas y dyddia yma.

Ond chwara teg, mi fasa Maldwyn 'di lecio bod yn *hannar* ffasiwn ddyn. Addas, felly, gan mai hannar dyn oedd o, mai hannar stori roddodd o i'w fab.

Aberthu'i hun ar ran rhywun arall.

Y weithred gynta o'i bath i Maldwyn Groves 'i chyflawni: rhoid rhywun arall ar y blaen.

Mi oedd 'i lygad dda fo'n llosgi ar ôl y dagra i gyd, ar ôl y gyffes —

Vonnie druan, meddyliodd.

Ond 'i bai hi oedd be ddigwyddodd, yn de. Fasa hidia iddi fod wedi bod yn fwy gofalus o gwmpas 'i thad, hwnnw 'di meddwi a ballu.

Ac fel tasa fo'n gweld i ben Maldwyn, dyma Mr Gough, y Pregethwr, yn deud,

'Hudo maen nhw, Maldwyn, y genod 'ma. Ac os nad oes hunanreolaeth ganddon ni ddynion, i'r affwys yr awn ni. Mae'r Arabs yn gall, sti: cuddiad 'u gwragadd mewn sacha; osgoi temtasiwn. Hwda, frawd...'

Mi roddodd botal o dabledi i Maldwyn, deud,

'Yli ffeind dwi efo chdi.'

'Ffeind iawn, Mr Gough.'

'Rhaid i bawb gael 'u cosbi. Dyna 'di cyfiawnder, yn de.'

'Ia, wir.'

'Tramgwyddaist a chefaist gyfle i adfer dy hun. Fe wnest, i raddau, drwy gyffesu heddiw. Ond dyma dy Galfaria, Maldwyn. Dim troi'n ôl, bellach. Cer tuag at Golgotha, frawd.'

Dechreuodd Maldwyn Groves grio eto wrth i'w fywyd gwastraff ddŵad i'r amlwg.

'Dim fi ddaru, syr,' medda fo'n baldorddi. 'Dim fi darodd yr ergyd wasgodd yr aer ohoni hi.'

'Ŵrach, ond chdi sydd ar fai,' medda Eoin Gough, a wedyn: 'Fflur, dos â'r cradur 'ma adra. Tawela fo.'

Aeth hi â fo a'i orfodi o i lyncu'r ffisig i gyd. Ac ar ôl iddi fynd, a fynta'n ista'n 'i fflat yn y twllwch ar 'i ben 'i hun, y lle'n ddigon oer, pentyrrodd 'i bechoda fo. Ac ar dop y twr o dramgwydda, mi oedd yr un gwaetha:

Ar ôl iddi ddwad ati'i hun: Veronica'n stryffaglio, ac yn begian, 'Dad, Dad, pidiwch,' ac yn gwingo o dan 'i bwysa fo wrth iddo fo'i thagu hi. A'i swnian hi'n 'i wylltio fo, a llais y Pregethwr tu ôl iddo fo'n deud,

'Lleddfa hi, tawela'r jadan, y mae'r Hollalluog yn atgyfnerthu dy ddwylo, frawd... lleddwch bob benyw a fu iddi a wnaeth â gwr, trwy orwedd gydag ef... hudo mae hi, hudoles... gwraig a fo ganddi ysbryd dewiniaeth, neu frud, hi a leddir yn farw: ei gwaed fydd arni ei hun...'

Y sibrwd cyson 'ma —

Y bregath daer —

Y llais gyddfol —

Y gwenwyn geiriol —

Y gwasgu, y gwasgu, y gwasgu —

A'r llais:

'Ti'n da i ddim, ti'n da i ddim.'

A'r drws yn agor wrth iddo fo wasgu, wrth i Vonnie stryffaglio; y drws yn agor tu ôl iddo fo, tu ôl i'r gwr traws oedd yn sbeitio a'i hudo fo i dagu Vonnie, i wasgu, i wasgu.

Aeth hi allan ar ôl iddyn nhw sylweddoli bod Vonnie'n fyw: 'Dwi'm am fod yn dyst i hyn.'

Ond rŵan, a llaw Maldwyn yn llegach pan oedd gofyn am fôn braich, dyma hi'n dŵad yn ôl i'r llofft yn 'i dresing gown —

A'r byd yn dŵad i stop —

A Vonnie'n llipa, a Maldwyn yn ddagra, a'r Pregethwr yn deud,

'Gad i'r hen ferch orffan y job. Mae hi'n fwy o ddyn na chdi.'

Aeth Maldwyn i ysgwyd i gyd, beichio crio, wrth i'r atgof chwarae o'i flaen o fel ar lwyfan, jest iawn. Chwalodd 'i ben o. Aeth 'i goesa fo'n feddal i gyd, ac mi syrthiodd o ar 'i bedwar 'tha anifal 'lly.

A'r hen ferch, ar ôl gorffan y job, yn dwrdio ac yn deud,

'Dw't ti'm ffit. Dwn i'm be sy haru fi, wir. Prin yn ddyn.'

Rŵan ar 'i ben 'i hun, yn hen, yn fethiant:

Tolltodd jochiad go lew iddo fo'i hun, yfad yn drwm ac yn hir. Tagodd, a dyfriodd y llygad dda. Mi grynodd o i gyd, ac ysai i weld y fagddu: dim ofn y nos arno fo bellach.

Gorweddodd ar y llawr yn y llwch, a marw'n fan'na'n slo bach wrth watshiad, am y milfad tro, derfyn bywyd Veronica trwy law yr un y bu'n godinebu gyda hi.

A gwatshiad wedyn fo'i hun yn laddar o chwys yn goro lapio'i chorff hi mewn darn o darpolin dan ordors y pen dyn. A wedyn goro llusgo'r pecyn i'r ar' gefn a'i adael o nes iddi dwllu.

A gwatshiad 'i wraig yn dŵad o'i gwaith ac yn tynnu'i hun yn gria: *Lle mae Vonnie? Lle mae Vonnie?*

A'i gwatshiad hi'n beio'r bastad bach: *Lle mae Vonnie gin ti, Vincent?* A'i watshiad o'i hun yn cymryd y cyfla i feio'r bastad bach: *Ia, lle mae hi'r diawl? Chdi sy fod i edrach ar 'i hôl hi.*

A'i wraig a'r bastad bach yn mynd i chwilio, a fynta'n deud, 'Mi arosa i yn fa'ma 'cofn iddi landio adra.'

Ac yn y nos, yn yr hen le anial, ar y tir angof, mi gladdodd o Vonnie o dan y swing.

Dim ond y Diafol sy'n ennill y gêm

TRI ohonyn nhw ar y fferi o Ddulyn i Gaergybi. Tri o'r UFF, y mudiad unoliaethol terfysgol waharddwyd gin Lywodraeth Prydain yn 1973.

Yr oria mân...

11 Mai...

Y dydd hwnnw...

Y tri yn aros yn yr Escort ym mol y fferi. Y dec ceir yn llawn. Bedd o gerbyda. Tawelwch a thwllwch.

Y tri'n deud dim smic wrth 'i gilydd. Jest aros i'r drysa mawr agor, i ola'r nos nofio i mewn, ac iddyn nhw fedru dreifio odd'ar y fferi wedyn.

Y dreifar efo'i ddylo'n gwasgu'r llyw —

chwys ar 'i wegil o,

angau'n 'i hawntio fo,

y dyddia 'di cael 'u rhifo —

Wrth 'i ymyl o, y cadlywydd — yn llonydd, yn myfyrio.

Y trydydd, wedyn, yng nghefn y car — y prentis, hwnnw ar biga'r drain go iawn, yn brathu'i wefus ac yn cnoi'i winadd. Fo oedd y fenga: dwy ar higian oed. Dyma'i berwyl cynta ar ran y mudiad. Cyffro'n poethi'i waed o. Teimlo'n go debyg i sut y teimlodd o pan oedd o'n dair ar ddeg: mynd ar gefn lefran am y tro cynta. Ffycin min 'tha baril gwn gynno fo. Ac mi oedd gwn a choc yr un peth iddo fo: arwyddion grym.

Oedd y cadlywydd 'di deud,

'Cadw dy ben.'

Nid y prentis oedd y dewis cynta ar gyfar y joban 'ma. Rhy benboeth, meddan nhw. Ond mi oedd y cadlywydd 'di cadw'i gefn o.

'Paid â 'nghymyd i'n ffŵl, felly,' rhybuddiodd, 'neu ddoi di ddim yn ôl o Loegar.'

Er mai nid yn Lloegar oeddan nhw, wrth gwrs. Ond ta waeth am hynny. Y tir mawr i gyd 'run peth: un wlad; un Lloegar.

Mi oedd gin y prentis enw da fatha disgybl triw a pharod: lladdodd bedwar Pabydd hyd yma. Oedd lladd rheini'n hawdd. Nid dynol oeddan nhw, ond o Satan y daethon nhw. Oedd 'i gasineb o'n bur a chlir fel dŵr, ac mi laddodd o'r un cynta pan oedd o 'mond yn bedair ar ddeg.

Ac wedyn, cadlywydd yr UFF lleol yn 'i gymryd o dan 'i adain a'i gadw fo rhag celloedd yr RUC, rhag yr IRA dialgar. Y cadlywydd lleol yn 'i anfon o ar amball berwyl bob hyn a hyn, a'i ddysgu o, a'i feithrin o.

A dyma fo, heddiw, efo'r dreifar a chadlywydd pwysicach o beth coblyn.

Dyma'r tri: yma i ladd bradwr.

Edrychodd y cadlywydd ar 'i watsh: newydd droi hannar nos; landio ar y tir mawr mewn igian munud. Mi oedd cyfarfod mewn dwy awr. Doedd o ddim am ddeud enw'r man cyfarfod ar gownt y ffaith na fedra fo: enw Cymraeg, enw Celtaidd. Iaith fatha iaith y Gwyddal. Iaith anwaraidd. Iaith dramor oedd Gwyddelod am 'i gosod ar dafoda plant Wlster: dim ffiars.

Mi dorra fo'r tafoda o gega'i genawon 'i hun cyn gadael iddyn nhw siarad y ffasiwn ffieidd-dra.

Saesnag oedd iaith y Beibl, wedi'r cwbwl. Saesnag oedd iaith gwareiddiad.

Oeddan nhw'n mynd dow-dow odd'ar y fferi, rŵan, ciw hir o geir yn gweu am Gaergybi. Ac mi oedd y dreifar yn gwbod lle i fynd. Cof ffotograffig gynno fo am fapia a ballu.

Dau aelod o Fudiad Sosialaidd Cenedlaethol Prydain, carfan o neo-Natsïaid ffurfiwyd yn 1985, a giamstars ar smyglo gynna, oedd yn aros amdanyn nhw. Ac mi oedd drofun gynna ar y tri i ladd y bradwr. Go anodd smyglo arfa ar y fferi. A pam risgio? Y Natsïaid amdani 'lly.

Doedd y cadlywydd ddim yn ffasgydd nac yn Natsi, cofiwch chi. Ond ar grwsâd, o dro i dro, mi oedd gofyn cydgerad efo'r gwaetha. Wedi'r cwbwl, mi oedd y Pabyddion a'r cenedlatholwyr yn cael gynna gin Gaddafi yn Libya. Prin bod hwnnw'n sant.

Y tri'n aros...

Y drysau'n agor...

Y nos yn nofio i fewn...

Y car y cropian odd'ar y fferi...

Y tir mawr...

Aethon nhw drw'r dollfa, ond mi oedd yr heddlu'r ochor yma'n ddigon amheus, wir, o weld tri dyn mewn car yn teithio o Werddon.

Ond ddaru hynny'm para: pan ddangosodd y cadlywydd 'i ID, mi oedd pawb yn fêts.

Ac mi oedd y tri yn Sir Fôn, wedyn, yn dreifio trw Gaergybi i rwla yng nghanol nunlla oedd ag enw anynganadwy i dderbyn arfa gin ffasgwyr.

Tri aelod o'r UFF.

Yma i ddifa bradwr.

*   *   *

Dreifiodd Vince fel dwn i'm be, efo'i ddylo fo'n gwasgu'r llyw,

efo chwys ar 'i wegil o,
efo angau'n 'i hawntio fo,
efo'r dyddia 'di cael 'u rhifo.
Oedd hi'n tresio bwrw —
Gwichiai'r weipars —
Tasgai'r dŵr odd'ar y lôn —
Mi oedd Vince yn crensian 'i ddannadd ac yn sychu'i ddagra —
Mwmiai weddi —
A Rhiannon Tomos, wedyn, yn rhuo ar y casét mai dim ond y Diafol sy'n ennill y gêm:
'Sneb yn tyfu fyny,
Dim ond tyfu'n hen...
Ẅrach nid yn achos Vince, cofiwch chi...
Sglefriodd y car odd'ar Lôn Caergybi ym Mhentra Berw ac i fyny'r B4419 am Langaffo.

Jest iawn iddo fo daro'r car oedd yn dŵad o gyfeiriad Bangor, ac mi sgidiodd y car hwnnw, y dreifar yn hitio'r corn —

Oedd Vince yn hidio dim amdano fo, ac mi ddreifiodd o'n 'i flaen i lle'r oedd o drofun bod.

Mi landiodd o adra — y tŷ lle magwyd o, y tŷ lle magwyd Vonnie, y tŷ lle lladdwyd Vonnie —

Vonnie'n perthyn i'r pridd.

Y gŵr traws wedi dangos hyn iddo fo:

'Edrych ar fy nwylo,' medda fo, a gosod y darn jig-so yn 'i le, darfod y darlun, cwblhau'r patrwm —

Y ddelwedd yn dangos y wylan gefnddu'n clwydo ar dop y swing...

Arwydd claddu...

338

Mi ruthrodd o *i'r tŷ, trw'r tŷ* — fatha tarw wedyn trw'r drws cefn ac allan i'r ar' gefn 'lly, y bylb yn fflicran yn llipa; cannwyll gorff.

Yn y nos, a'r byd yn ddu, baglodd drost ryw drugaredda rhydlyd. Rhydiodd drw'r glaswellt-at-'i-benaglinia. Mi roddodd hwyth i'r hen swing o'r neilltu —

Sigodd y swing, syrthiodd y swing, gwichiodd y swing.

O dan sylfaen bren yr hen swing, mi oedd y pridd yn damplyd ac yn fyw o lyngyrod daear a malwod a phryfaid cop go hegar: bywyd yno; a marwolaeth.

Aeth Vince ar 'i linia'n y pridd, y glaw yn tywallt yn ddidrugaredd. Oedd o'n 'lyb at 'i groen, ond ta waeth —

Mi dyllodd o —

Tyllodd a gwaeddodd.

Tyllodd a gwaeddodd arni *hi*; ei galw hi'n ôl o'r affwys.

Tyllodd efo'i ddylo am hydoedd — yn ddyfn i'r pridd, i'r ddaear, i hanas 'i deulu, i dramgwydda, i'r haena hynafol —

Yn y twllwch, a'r glaw heb oedi, a'r twll bellach yn ddyfnach na Vince ar 'i linia, dyma'i llaw hi'n ymestyn o'r pridd — esgyrn oedd hi, siŵr iawn, ond mi oedd y llaw mewn ystum o erfyn.

Gafaelodd yn sgerbwd llaw 'i chwaer, a'r esgyrn yn galad ac yn oer, a dyma fo'n gweiddi mwrdwr —

Y dyddia 'di cyrraedd; y cownt ar fin cael 'i setlo.

*   *   *

Mi osododd o weddillion Veronica ar lawr y stafall ffrynt. Mi oedd y lle'n bridd ac yn fwd i gyd, a Vince yn socian at 'i groen.

Mi steddodd o'n fan'na efo hi am hydoedd, siarad efo hi a gofyn maddeuant iddi hi, deud,

'Yli ar y parad 'ma. Mi drïish i 'ngora glas, Vonnie.'

Wedyn, ar ôl cyfnod o alar, mi dolltodd o betrol drost bob dim — drost yr esgyrn hefyd.

Tolltodd, ac wrth dollti, mi gliriodd 'i feddwl o ac mi welodd o.

Aeth petha trw'i ben o. Ailfywiodd 'i fywyd, o'r dechra hyd heddiw. Ailglywodd gyffes 'i dad... rhwbath yn pwnio... rhwbath ddaru o'm 'i glŵad y tro cynta...

A dyma hi'n...

Mi dolltodd o lwybr o betrol, wedyn, o'r stafall ffrynt, trw'r cefn, ac at y purdan o dan y swing lle bu Vonnie mewn artaith am chwartar canrif.

Taniodd sigarét. Smociodd y sigarét. Myfyriodd drost y tŷ: magu yma, tyfu yma, gadael yma. Galarodd y ffaith na fydda fo byth yn profi cariad. Ar ôl dygymod efo hynny, taflodd y stwmp sigarét i'r petrol.

Do' 'na ddim mwgro, bellach: llosgodd y tân drw'r mieri'n 'i ben o, ac mi gafodd weledigaeth, mi gafodd o'i buro gin y fflama —

... dŵad i mewn...

Rhuthrodd neidar danllyd am y tŷ.

Cyffes 'i dad. Geiria'i dad —

A dyma *hi'n* dŵad i mewn —

Llosgwyd y tŷ'n ulw.

Cofiodd 'i dad yn deud,

'Fatha dy fam pan oedd honno'n fengach. Fatha...'

Fatha pwy? Hi. Fatha hi ddoth i mewn. Fatha honno. Fatha'r ddwy. Chwiorydd.

Aeth Vince wedyn ar frys i wneud yr hyn oedd am ei wneuthur.

Tir yr esgyrn

MI oedd hi'n aros amdano fo, wedi aros ar 'i thraed, fel tasa hi'n gwbod 'i fod o'n dŵad: smocio 'tha stemar, yfad eto ar ôl llwyrymwrthod ers y noson honno, ers iddi ddŵad i mewn, ers gneud ar frys 'lly be fethodd Maldwyn neud, ers deud wrtho fo,

'Dw't ti'm ffit. Dwn i'm be sy haru fi, wir. Prin yn ddyn.'

A dyma *fo'n* dŵad i mewn rŵan, fel y doth *hi* i mewn yn '66. Golwg arno fo fatha'i fod o am neud ar frys. Golwg ar y diân arno fo. A hitha'n deud wrtho fo,

'Mae 'na olwg ar y diân arna chdi, Vincent.'

Mi safodd o'n fan'na, yn barddu drosto ar ôl y tân. Oedd o'n chwthu, allan o wynt 'lly, a'i llgada fo'n llydan, a'r ddraig oedd ynddo fo ers y cychwyn cynta'n rhydd bellach: y dyn wedi'i gladdu; dim ond bwystfil ar ôl.

'Wyt ti 'di dy daro'n fud?' medda hi.

'Mae hi'n saff, sti.'

'Sut?'

'Mae hi'n saff, sti. Dyna 'ddach chi'n arfar ddeu'tha fi. Mae hi'n saff, sti.'

Nodiodd. Smociodd. Deud dim gair o'i phen.

'Mae hi'n haeddu molawd,' medda Vince, y ddraig yn rhuo.

Ac mi gafodd un: y gwir yn tollti; y gwir am y noson honno.

'O'n i'n fregus. Tila fy meddwl. Yfad yn drwm. Melltith
'yn teulu ni, Vincent. Ac oedd dy dad yno'n doedd. Yfwr
efo fi. Partnars. Ond dyn diog. Gwendid yndda i, a fynta'n
gweld. Oedd dy fam yn gwbod, ond mi oedd gynno fo afael
arni — oedd gynni ormod o feddwl ohono fo, yli.'

Mi steddodd Vince gyferbyn â hi, dylo'n ddyrna ar y
bwr' brecwast.

Aeth hi'n 'i blaen:

'Oeddach chdi a Vonnie 'di mynd am y ffair. Mam yn 'i
gwaith. Wedi mynd i llnau i'r gweinidog, i Mr Gough —'

Vince yn gynddeiriog: Llaw y gŵr traws yn bugeilio
pawb tuag at 'u ffawd.

Aeth hi 'mlaen eto:

'Dyma fi'n picio draw. Yfad efo fo. Yfad a ballu. A dyma
Vonnie'n ffonio, gofyn 'sa fo'n dŵad i'w nhôl hi. Doedd
'na'm awydd arno fo. Ond mi fedrwn i'i chlywad hi'n ypsét
i gyd ar ben arall y ffôn, a dyma fi'n deu'tho fo am fynd,
wir dduw. Mistêc nesh i oedd aros. Meddwl 'swn i'n medru
bod, wel, bod yn fodryb dda i Vonnie os o' 'na rwbath
wedi'i hambygio hi'n y ffair. Drofun bod yn fam, ond dyna
ni: natur petha...'

Smociodd eto, mwg yn dew bellach.

'O'n i'n cuddiad yn llofft dy fam a —'

'Yn 'i gwely hi. Ffor shêm.'

Mi fathrodd hi'r sigarét a thanio un arall, deud,

'Pleda fi, os mynni di. Yr hwn sydd ddibechod, Vincent,
tafled yn gyntaf garreg ati.'

Tawelwch wedyn. Y mwg yn dew. Drewi'r tân ar Vince.

'Dwn i'm be ddoth drosto fo, wir,' medda hi ar ôl
mymryn o amser. 'Oedd 'y nhad inna'n llgadu dy fam a
finna. Dwn i'm. Ydi hynny'n naturiol, d'wad?' A dyma hi'n
rhoid rhyw edrychiad sarhaus iddo fo a deud, 'Ond be
wyddost ti am naturiol?'

'Ddaru o'i threisio hi,' medda Vince, anwybyddu'r sbeit.

'Mi'i hudodd hi fo —'

'Peidiwch â ffycin cyboli.'

'Aeth petha'n flêr. Yn llofft Vonnie. O'n i'n dal i guddiad. Ond wedyn mi ddoth dy dad ata i a deud... deud bod Vonnie 'di mynd yn dawal i gyd. Es i yno, ac mi oedd hi'n noethlymun, jest â bod... ac mi landiodd y... y Pregethwr, Mr Gough. Ewadd, 'sa hidia i mi fod wedi mynd i'r afael â fo. Mwy o ddyn na'th dad. O'n i'n dal yn y llofft efo Vonnie. Mi llgadodd o fi, a gosod cosb arna i yn y fan a'r lle. Mi ddalltodd o'n syth bìn be oedd yn digwydd, a cynnig ffordd i ni ddatrys y llanast. Doeddwn i ddim am weld a dyma fi'n mynd yn ôl i lofft dy fam. Ond mi fethodd o â'i difa hi, yli, a dyma fi'n...'

A dyma *hi'n* dŵad i mewn, meddyliodd Vince.

Lena'n deud,

'Doedd gin i'm dewis, Vincent. Mi fasa dy dad 'di mynd i'r jêl. Mi fasa 'di difa dy fam druan.'

Oedodd am funud, cysidro'r hyn oedd yn 'i gwynebu hi, bownd o fod: cosb Vince.

Dyma hi'n gofyn,

'Ddoist ti o hyd iddi?'

*   *   *

Wrth ddreifio o dŷ Lena, mi sylwodd Vince ar yr Escort brown yn 'i ddilyn o, tri dyn yn y car.

Mi oedd o'n gwbod yn syth bìn pwy oeddan nhw a be 'ddan nhw'n da'n Sir Fôn.

Mi hudodd nhw i Godreddi: tir yr esgyrn.

Fatha *Jim'll Fix It* math o beth

TRI ohonyn nhw, a'r tri'n dŵad o'r car yn y nos, yn y glaw, yng Ngodreddi —

Y dreifar 'di laru ar y wlad 'ma'n barod — y drewi gwarthaig a'r bwrw glaw. Ysai am goncrit Belffast. Ysai am fwg y ffactrïoedd a mygdarth petrol.

Y prentis yn sgut i fynd i'r afael â'r bradwr — dipyn o 'fi fawr' oedd yr hogyn 'ma.

Y cadlywydd yn cadw'i lygad ar betha. Oedd o'n ymwybodol o fôn braich y dyn a safai yn 'u herbyn nhw. Dyn peryg oedd Groves, ac mi oedd y cadlywydd yn ddrwgdybus ar gownt y ffaith 'i fod o wedi'u harwain nhw i'r tir neb 'ma.

Mi oedd o'n aros yn fan'na, rŵan, Groves, ar gyrion y cae, tâp melyn yr heddlu wedi'i fathru i'r mwd, goleuada'r car yn dal ymlaen, ac yn llewyrchu'i safiad o.

Dyma'r cadlywydd yn deud,

'Yr euog a ffy heb neb yn 'i erlid.'

'A'r nos honno, twllwch a'i cymero,' medda'r bradwr, yn socian at 'i groen ar gownt y glaw melltigedig 'ma.

'Ia wir,' medda'r cadlywydd, ac wedyn deud, 'Setlist ti'r cownt, Sarjant Groves? Datrys dy ddirgelwch?'

*　　*　　*

Mi safodd Vince yn llonydd ac yn dawal wrth ymyl y pydew oedd yn ara deg lenwi efo glaw.

'Dwi bob tro'n setlo'r cownt,' medda fo, yn atab cwestiwn Ray Dobbs: prif arolygydd efo'r RUC a chadlywydd efo'r UFF.

Mesurodd Vince y tri:

Dobbs: rêl boi; cadw'i ben.

Dreifar: boliog ac ara deg.

Prentis: ar biga'r drain, y math o gwdyn gwirion oedd yn cyfri'r cywion cyn iddyn nhw ddeor.

Oedd hwn, y fenga o dipyn go lew, fatha nyth cacwn. A dyma Dobbs yn rhyw daro golwg arno fo, a wedyn deud wrth Vince,

'Mi brofaist dy hun sawl gwaith, a finna 'di bod yn dyst i'th anhrugarogrwydd, Vince. Ond mae hwn, yli' — ystumiodd at y llanc — 'yn cyfri'i hun yn dipyn o foi, a drofun mynd i'r afael â chdi cyn i ni dy anfon di i abergofiant. 'Sat ti'n meindio gwireddu'i ddymuniad o? Fatha *Jim'll Fix It* math o beth. Hynny'n siwtio?'

'I'r dim, Ray. Anfon dy gi rhech.'

Trodd Dobbs at y prentis a deud,

'Have at it, William, and give me your —'

Mi oedd y William 'ma wedi'i gwadnu hi am Vince cyn i Dobbs fedru deud *weapon*.

Chafodd Vince fawr o helbul efo'r prentis. Mi oedd y llanc yn rhy wyllt wirion o beth coblyn. Swingiodd 'i freichia megis melin wynt gan drio dyrnu Vince. Ond y peth hawsa'n y byd oedd osgoi'r ymdrechion.

Ac wrth i'r llanc faglu heibio iddo fo, dyma Vince yn rhoid lempan uchal iddo fo — clec i ên yr asasin wrth 'i ddymuniad.

Sigodd y boi, ond cyn iddo fo hitio'r mwd, mi roddodd Vince andros o swadan iddo fo'n 'i drwyn — gwaed yn pistyllio — ac wrth i'r cadach syrthio, mi gafodd o gic yn 'i dalcian gin y Cymro.

Lawr â fo'n sbloetsh yn y baw, a'i gôt o'n syrthio ar agor, a'r gwn yn fan'na dan 'i gesail o.

'Na!' gwaeddodd Ray Dobbs.

Ond mi oedd Vince 'di cythru'n y pistol, ac mewn chwinciad, mi gododd o'r gwn a'i danio fo, a llorio'r dreifar ffoglyd cyn i hwnnw fedru twtshiad 'i arf.

'Wel, dyma ni,' medda Ray Dobbs, efo'i wn yn anelu'n syth at Vince, a Vince yn pwyntio'r gwn oedd o 'di'i ddwyn gin y prentis at Dobbs.

Mi safodd y ddau yn y glaw ac yn y nos ar dir Godreddi'n anelu'r gynna at 'i gilydd am fymryn o eiliada a deimlai fatha anfeidredd.

Mi ddechreuodd y prentis ddŵad ato fo'i hun wedyn: rhyw duchan a gwingo. Stompiodd Vince ar 'i ben o ddwywaith, rhoid stop reit sydyn ar gyboli'r sinach. A dyna fo, ylwch: mi oedd o, boi bach, yn dedar.

'Hogyn ifanc oedd o,' medda Dobbs.

'Stopiodd hynny 'rioed mohona chdi, Ray.'

Gwenodd Dobbs, deud,

'Be rŵan 'lly?'

'Mi dynnwyd tri sgerbwd o'r pridd 'ma chydig wsnosa'n ôl.'

'Do wir?'

'Do wir, ac mae'r pridd heno drofun tri arall yn 'u lle nhw.'

'Wel...'

Y ddau ddyn yn stond am funud cyn i Vince ddechra rhoid 'i wn i lawr yn slo bach.

Ac aeth clec o bistol wedyn yn eco ar draws tir Godreddi a'r cyrion.

Ac mi aeth Vince Groves i gyfeiriad y goleuni...

Hanesion drwg

CYNHADLEDD newyddion y *Daily Post* yn Lerpwl, 9:30am, 11 Mai, ac mi oedd golygydd newyddion y rhifyn Cymraeg, Keisha Vaughn, yn aros 'i thro.

Y golygydd yn deud,

'Welsh?'

Keisha'n rhestru'r straeon:

Corff y Ditectif Arolygdd Gwynfor Taylor yn cael 'i ddarganfod yn 'i gar o yn 'i garej, wedi difa'i hun —

Yr heddlu am sgwrsio efo Nel Lewis ar gownt diflaniad y tri heddwas oedd Taylor yn ymchwilio iddyn nhw —

Tân mewn tŷ yn Llangaffo —

'Where's Klangaffowe?'

'Anglesey,' medda Keisha, deud bod yr heddlu wedi dŵad o hyd i weddillion dynol yno.

'Is it the My-be-ohn Glendower lot?' medda'r golygydd yn obeithiol. O'r diwadd: y nashis diawl 'di lladd rhywun.

Tanseiliodd Keisha'i obeithion a deud,

'No, Phil. Police aren't linking it to the campaign. Looks like an accident.'

Aeth hi'n 'i blaen a deud bod aelod seneddol wedi derbyn dyfais ffrwydrol trw'r post.

A dyma'r golygydd yn deud,

'It's all fire and bones.'

*   *   *

Eoin Gough ar 'i orsadd: yr hen gadar freichia. Oedd 'i ddylo fo ar agor fatha rhawia —

'Ty'd at Taid,' medda fo.

Oedd yr hogyn bach yn swil. Swatio at 'i fam. Culhaodd Eoin Gough 'i llgada duon: rhwbath anifeilaidd yn 'u cylch nhw.

Dyma fo'n deud,

'Paid â bod yn fabi mam.'

Dyma Bethan yn deud,

'Pidiwch â siarad efo fo fel'a neu mi'r a' i â fo o 'ma.'

'Mae o'n gig a gwaed i mi. Drofun iddo fo wrando ar 'i hynafiad.'

'A' i â fo,' medda hi eto: rhybuddio.

'Nei di ddim o'r ffasiwn beth, sti. Ddo i o hyd i chi'ch dau, lle bynnag yr ei di â fo. Chei di'm dengid eto. Mi gest ti dy warantiad. A chdi 'di gwraig Llidiart Gronw bellach. Ti'n ôl ymysg dy hil.'

Oedd Fflur yno hefyd efo'i henaid 'di cael 'i garthu ohoni a'i chalon hi'n goncrit. Oedd hi'n gwatshiad wrth i'w thaid drio hudo'i hannar brawd hi i ista ar 'i lin o. Ond chwara teg, dim ond deg oed oedd yr hogyn bach; rhy hen i ista ar lin 'i daid.

Mi sbiodd hi ar Bethan wedyn, a phwyso a mesur y ferch oedd wedi trio'i hudo *hi* i ista ar lin dynion diarth ddegawd ynghynt. Dim ond deuddag oed oedd hi'r adag honno.

Mi setlodd Taid ddyledion Bethan: dyna oedd hi 'di'i fynnu. Mi addawodd o drin a thwtio Llidiart Gronw iddi:

dyna oedd hi 'di'i fynnu. Mi sicrhaodd o y basa hi'n cael 'i chynnal a'i chadw: dyna oedd hi 'di'i fynnu.

Credai Bethan mai hi oedd efo'r llaw ucha: wedi dwyn perswâd ar y pen dyn. Ond na, ylwch: heb iddi ddallt, o heddiw 'mlaen, Eoin Gough oedd pia hi a'i hepil.

Seliodd Bethan ddêl efo'r Diafol. Does 'na'm dengid fyth o ddêl felly. Mae hi'n gadwyn am ffêr rhywun.

Drost bob dim, mae'r gŵr traws yn gwatshiad. Mae llaw y gŵr traws yn bugeilio; y llaw sy'n anafu.

'Dos at Taid,' medda Bethan wrth Iorath, ac mi aeth o'n gyndyn at y dyn anfad efo gwallt hir gwyn a llgada duon.

Lapiodd Eoin Gough 'i freichia cryfion rownd yr hogyn bach a'i godi o ar 'i lin, fel y gosododd o ddwshina — neu ŵrach gannoedd, pwy a ŵyr go iawn — ar 'i lin drost y degawda.

'Mi ddalltwn ni'n gilydd yn o fuan, sti,' medda fo wrth 'i ŵyr. 'Mae Fflur a chditha'n frawd a chwaer, yli. A mae 'na foi bach tua'r un oed â chdi — Aaron — yn dŵad yn o fuan. A mae 'na un arall yn y byd, hefyd. Pedwerydd. Pedwar etifedd fydd rhywdro'n cymryd yr awena odd'arna i, yn dilyn y llwybra dwi 'di'i dorri.'

'Pedwar?' medda Bethan, golwg isho'i heglu hi o 'ma arni hi. Ond oedd hi 'di cael 'i phrynu fatha prynwyd hi ddegawd yn ôl. Eiddo dyn oedd hi bob tro, mae'n debyg: dyna'i ffawd hi. Dynion y cylch ddegawd ynghynt. Densley wedyn, jest â bod. A Dave ar ôl hwnnw, hitha'n meddwl 'i bod hi'n rhydd, ond na. A rŵan... 'Oes 'na bedwar?'

Nodiodd Fflur. Oedd hi'n gwbod yn iawn bod Dad 'di bod yn cyboli efo Miss Thomas, yr athrawas Saesnag, cyn iddo fo gael 'i hel i'r jêl. Oedd hi'n gwbod bod Miss Thomas yn magu cyn iddi godi pac am Lundan 'cw.

Mi fasa Fflur yn mynd yno'n o fuan a dŵad o hyd i Miss Thomas a'i chwaer arall hi oedd yn y byd, fel y buo hi at Nain a Taid i fynnu bod Aaron yn dŵad.

Mi fasa'r teulu efo'i gilydd eto, a Taid yma i edrach ar 'u hola nhw, a'u magu nhw, a'u meithrin nhw i gyd.

'Oes wir, pedwar,' medda Taid. 'Ac mi'r ei di a Fflur i'w nhôl nhw i mi.'

*　　*　　*

Safodd Mike ac Owain ar gyrion y safla. Mi oedd yr heddlu 'di gosod tâp ynysu i'ch nadu chi rhag mynd yn agos.

HEDDLU GOGLEDD CYMRU –
NORTH WALES POLICE –
DO NOT CROSS – PEIDIWCH Â THRESMASU

Y tâp yn fflapio'n y gwynt. Y tai tu ôl i'r tâp ar 'u hannar. Sgerbyda cartrefi — ac felly fyddan nhw ar ôl i'r esgyrn gael 'u darganfod.

'Ffycin niwsans,' medda Mike, nid wrth Owain ond wrth y byd. 'Helbul fel hyn sy'n atal cynnydd.'

Mi gafodd Mike alwad ffôn ar ôl cinio'n deu'tho fo am ddŵad i Godreddi reit handi: mi oedd 'na helynt.

'Be rŵan?' medda fo wrth giaffar y seit.

Oedd o 'di gobeithio cael mynd ati eto efo'r gwaith adeiladu ar ôl i'r heddlu agor y safla'n sgil darganfod gweddillion Allison, Jones a James.

Doedd achos y tri copar heb 'i ddatrys, cofiwch, ac mi oedd detectifs drofun sgwrsio efo Nel Lewis ar gownt y matar, ond do' 'na'm hanas ohoni hi, siŵr dduw.

Beth bynnag, mi o' 'na olwg 'tha bod Mike yn dŵad i'r

lan. Oedd o 'di cael gafael ar ffeil Moss Parry, ac mi oedd yr heddlu, ddoe, wedi agor Godreddi eto i'r JCBs.

Mi o' 'na gymyla o hyd, siŵr iawn: yr ymgyrch losgi'n stryffaglio i naill ai tanio chwyldro na newid polisïa ar gownt tai haf; sosialaeth o gwmpas y byd dan y lach; gelynion fatha Nel Lewis yn dal i heidio i'w gyfwr o.

Ond o leia mi fasa Godreddi'n mynd ati eto. Neu dyna'r oedd o 'di'i obeithio: clŵad y peirianna'n dyrnu, gweld y sylfeini concrit yn tŵallt i'r ffosydd, ogleuo'r sbondwlics pan oedd y tai'n cael 'u gwerthu.

Ond ẃrach ddim:

Mi oedd o 'di nôl Owain ar 'i ffordd i'r safla. Oedd y cradur yn magu'r cleisia gafodd o gin Vincent Groves. Ond y sôn oedd bod hwnnw 'di mynd i'r gwynt bellach. Dim mwy o godi twrw gin y diawl.

Mi landiodd Mike ac Owain yng Ngodreddi a chael coblyn o glec: Heddlu Gogledd Cymru'n forgrug ar y safla; swyddogion fforensig yn haid o gwmpas y pydew lle daethpwyd o hyd i'r gweddillion fisoedd ynghynt.

Mi deimlodd o'r hen *déjà vu* honno, ac mi ddudodd o,

'Ffwc,'

wrth gerad o'r car.

Meddwl,

Be rŵan?

Wel, *hyn* rŵan:

Chwibanodd Mike fel tasa fo'n gorchymyn ci defaid —

Trodd un o'r plismyn: ditectif mewn côt oedfa Sul —

Hudodd Mike y ci rhech ato fo —

Troediodd y ditectif draw...

Aeth 'na deimlad o wactar trw Mike: doedd o'm yn

nabod y Glas yma, a doedd o'm yn lecio peidio nabod pobol.

Dyma fo'n cyflwyno'i hun: fi 'di perchennog y tir 'ma a ballu.

'Ditectif Insbectyr Tecwyn Davies,' medda'r copar, golwg reit ddifynadd arno fo 'lly. 'Ddaru'ch gweithwyr chi ddŵad o hyd i dri corff yn y twll 'na'n gynharach —'

'Be 'di hyn, jôc?' medda Mike: o'i go.

'Dwi'm yn cael 'yn nabod fel dyn digri, Mr Hughes-Ellis —'

'Ellis-ffycin-Hughes, ddyn.'

Ewadd, mi rythodd y ditectif ar Mike am funud cyn deud,

'Pidiwch chi â'n rhegi fi, syr. Alla i ddallt bod hyn yn helbul i chi ar ôl yr oedi fu efo'r esgyrn a ballu. Ond mae gynnon ni fwrdwr yn fa'ma. Ac mi'r awn ni ati'n dow-dow i'w datrys hi heb blesio neb ond Cyfiawnder 'i hun.'

'Blydi Columbo w't ti neu rwbath?' medda Owain wedyn, methu cau'i geg, heb ddysgu'i wers ar ôl y gweir gafodd o gin Vince Groves.

Eto, mi rythodd y DI Davies: y tro yma, ar Owain.

Deud wedyn,

'Ŵrach 'sa noson bach yn y *cells* yn lleddfu mymryn ar dy geg fawr di, washi. A lasa hynny roid yr esgus i ni bicio draw i'r fflat 'na'n Llangefni. Gweld os ydi o 'di'i weirio'n saff. Be amdani, Owain ap beth bynnag oedd enw "Nashi" dy dad?'

Oedd ceg Owain ar agor.

Oedd ceg Mike ar gau.

Wel, dyma i ni glec, meddyliodd. Aeth ias trwyddo fo: maen nhw'n gwbod, ond *faint* maen nhw'n wbod?

Meddyliodd am y blydi ffeil: oedd Gwynfor Taylor 'di clebran cyn difa'i hun, 'dwch?

Asu, oedd petha'n ddu, hogia.

'Reit, wel,' medda fo. 'Gadwch i mi ymddiheuro ar ran Owain. Mae o'n un cegog, a deud y gwir. Dwi'n gobeithio y medran ni gyd-fynd efo'n gilydd yn ystod yr ymchwiliad. Mae hi'n go bwysig i ni fedru mynd ati efo'r tai. Ond dwi'n dallt yn iawn mai matar o raid ydi cau'r safla. Eto byth. Mi gadwch chi mewn cysylltiad efo fi, gnewch, Tecwyn? Ga i'ch galw chi'n Tecwyn, caf?'

Gwenodd Tecwyn Davies, ysgwyd 'i ben, deud,

'Na chewch, Mr *Ellis*-Hughes, chewch chi ddim.'

*　　*　　*

Wrth watshiad 'Y Tecwyn Chainsaw Massacre', fel oedd yr hogia'n galw DI Davies, yn tynnu Mike Ellis-Hughes yn gria, mi oedd gin Lowri Marr chwith ar ôl y diweddar Gwynfor Taylor, cradur.

Un sâl oedd o, dim ffit i fod yn dditectif. Ond fel'a'r oedd hi. Mi fuo iddo fo drin Lowri efo sarhad, ond eto: fel'a'r oedd hi.

Lefran mewn lifra oedd hi, a fel'a oeddan nhw'n cael 'u trin.

Nid fel'a oedd hi *am* gael 'i thrin, cofiwch, ond am y tro, goro dygymod oedd hi a'r genod erill.

Mi larodd hi ar neud te i Taylor, mynd i nôl smôcs iddo fo i Siop Guests, bod yn ddim mwy na morwyn i'r sinach.

Oedd hi 'di dychryn, siŵr iawn, pan laddodd o'i hun, ac yn teimlo biti garw ar gownt Mrs Taylor druan, dyddia honno 'di'u cyfri hefyd.

Ond ddoe pan ddoth hi adra o'r gwaith, dyma Mam yn deud,

'Mi landiodd 'na lythyr i chdi heddiw.'

Dyma Lowri'n mynd i'r llofft i newid, y llythyr efo hi. Mi agorodd o, ac ar f'enaid i, gin Taylor oedd o. O'r tu hwnt i'r bedd, ẃrach. Mi oedd y llythyr 'di'i deipio fel hyn:

Annwyl Lowri, Ffor shêm i mi dy drin di fatha morwyn i mi. Wyt ti'n well copar o beth coblyn nag ydw i. Dwi wedi awgrymu i'r chief super y dylia fo gysidro dy godi di'n sarjant. Mi wnei di sioe go lew ar blismona, dwi'n sicr o hynny. Wrach na chdi fydd y lefran gynta i fod yn chief constable ar Ogledd Cymru. Mi fetiwn i fy mywyd ar hynny. Ac i dy roi di ar ben ffordd, ma' 'na gopi o ffeil yn cael 'i chadw gan Mr W.T. Harris, rheolwr Banc Lloyds, Llangefni. Mae'r manylion i ti gael hawlio'r ffeil ar waelod y llythyr yma. Gwna ddrwg iddyn nhw, 'mechan i!

Cofion, Gwynfor.

Gwna ddrwg iddyn nhw.

Be oedd hynny'n feddwl, 'dwch? Mi gâi wbod pan âi i nôl y ffeil. Ond dyna fo, ylwch: pobol yn ych synnu chi. Pwy 'sa'n meddwl? Ychydig iawn ohonom sy'n ymddangos fel yr ydym, chwadal y gweinidog hwnnw oedd yn pregethu'n Capel Penuel pan oedd Lowri'n hogan bach.

*   *   *

Caffi'n Salford, a merch yn ista'n y gornal. Coffi ar y bwr' bwyd. Bag lledar rhwng 'i thraed hi, fatha ci ffyddlon. Copi o'r *Daily Post*, rhifyn 12 Mai, ar agor gynni. Ac mae hi'n darllan:

THREE MORE DEAD ON ANGLESEY FARM SITE

*Murder hunt as three bodies discovered
where bones were excavated last month*
By RACHEL MCINTYRE-JONES

POLICE have launched a murder hunt after three bodies were discovered on an isolated Anglesey farm — where the remains of three police officers were found on 29 April.

The shocking discovery was made by workers yesterday lunchtime on their first day back at the site on Godreddi, near Llannerchymedd.

It comes as North Wales Police investigate the suspicious deaths of police officers Ifan Allison, Robin Jones and Nick James.

They disappeared ten years ago, on the same night as a former *County Times* reporter, John Gough, murdered five men at nearby Plas Owain, the home of prominent businessman Michael Ellis-Hughes, who now owns Godreddi.

The identities of the three men found this week at the site have not been released, and the cause of death has not been made public.

However, local residents have told the *County Times* that they heard gunshots on the night the men were killed.

Detective Inspector Tecwyn Davies of North Wales Police confirmed that the deaths were being treated as suspicious but would not reveal how the men died.

'We are awaiting medical reports, and until

then, we will make no statement about the cause of death,' he said.

'I do, however, want to reassure local people that this does not appear to be a random attack, and although we urge them to be vigilant, they should not be worried for their safety.

'We believe the three men were targeted for a specific reason and they and their killer or killers are likely to have known each other.'

But the prospect of a gangland-style execution in peaceful Anglesey has shocked the community.

Local Labour councillor Tim Jones said: 'Anglesey, and particularly the area around Godreddi, is peaceful and the people law-abiding citizens.

'To hear of such a terrifying incident is indeed shocking, and it is vital that we support the police in their endeavours to catch whoever is responsible.

'We need these people off our streets. Not only the streets of Anglesey but the streets of Britain.'

The killings of Mr Allison, Mr Jones and Mr James in 1979 remain unsolved, although police do want to talk to Miss Nel Lewis, the sister of Christopher Lewis, who was jailed ten years ago for murdering farmer Robert Morris.

Gwynfor Taylor, the lead detective in that investigation, took his own life earlier this week.

His replacement, acting Detective Inspector J.T. Evans, said: 'We were all devastated to hear about Gwynfor's death, and we were aware of many difficulties he faced at home. I am determined to solve this case, his case, and I can assure residents that we are very close to an answer.'

DI Evans did not confirm or deny whether Miss Lewis is a suspect, but added: 'We are hoping she can help us with some inquiries we have about the events of that night ten years ago when these three brave officers disappeared.'

Ar ôl darllan y stori, mae'r hogan 'ma'n rhoid fflich i'r papur: wedi cael hen ddigon ar hanesion drwg.

Mae hi'n yfad 'i choffi, y weinyddes yn dŵad ati a gofyn yn Saesnag, Rhywbeth arall, del, ac mae hi'n deud dim diolch 'lly, a gadael i'r weinyddes fynd â'r llestri a'r papur.

Allan ar y stryd, lle mae hi'n ddigon oer, mae'r ferch yn tynnu'i chôt yn dynn amdani, ac yn gwasgu'r bag lledar sydd drost 'i hysgwydd hi'n dynn at 'i chesail.

Rhoid cap gwlân dros 'i gwallt lliw brân, rhoid sbectol haul ar 'i thrwyn i guddiad 'i llgada llydan gwyrdd —

Llgada sy'n llawn petha ffyrnig a chyntefig.

At y car, rŵan: Volvo sgraglyd. Fflich i'r bag lledar i'r sêt gefn. Mae hi'n sbio ar y bag am funud cyn cau'r drws a meddwl am y cynnwys:

PLAN B VINCENT GROVES.

Daw gwên wrth iddi feddwl am hynny, ac am Vincent.

Mae hi'n tanio'r injan, ac i ffwr' â hi: dreifio i gyfeiriad yr A6, ar ras am Strangeways, mynd fel fflamia, gwasgu'r llyw...